JOVEM
O SUFICIENTE

FELIPE GAÚCHO

JOVEM O SUFICIENTE

NUMA VIAGEM AO REDOR DO MUNDO,
A BUSCA DA JUVENTUDE PERDIDA

MATRIX

Direitos em língua portuguesa para o Brasil:
Matrix Editora
www.matrixeditora.com.br

Diretor editorial
Paulo Tadeu

Capa e diagramação
Monique Schenkels

Revisão
Lucrécia Freitas
Silvia Parollo

CIP-BRASIL. CATALOGAÇÃO-NA-FONTE
SINDICATO NACIONAL DOS EDITORES DE LIVROS, RJ

Gaúcho, Felipe

Jovem o suficiente / Felipe Gaúcho. - 1. ed. - São Paulo: Urbana, 2015.
352 p.: il.; 21 cm.

Inclui índice
ISBN 978-85-8230-169-2

1. Romance brasileiro. I. Título.
15-19744 CDD: 869.93
CDU: 821.134.3(81)-3

PARA LOUIZ

PRÓLOGO__________________**8**

PARTE 1

1. **EUROPA OCIDENTAL** Se fosse pra apontar um começo, este seria ele__________________**12**
2. **PAÍSES BAIXOS** E amigos “altos”__________**29**
3. **EUROPA ORIENTAL** Tudo que sobe desce______**51**
4. **BRASIL** A minha casa é o fundo do poço______**81**

PARTE 2

5. **EUROPA ORIENTAL E TURQUIA** A solidão é não ter uma coberta cheia de percevejos______**101**
6. **ÍNDIA** A acolhida do hinduísmo______**133**
7. **NEPAL** Congelando o assombro na Cordilheira do Himalaia______**199**
8. **LAOS** A acolhida do budismo______**219**
9. **SUDESTE ASIÁTICO** Testando os limites do corpo – e da sorte______**237**
10. **INDONÉSIA** A acolhida do islamismo______**255**

PARTE 3

11. **AMÉRICA CENTRAL** Levantando a bandeira dos perdedores ______**295**
12. **BRASIL** Uma overdose de liberdade______**329**
13. **BRASIL** Se fosse pra apontar um final, este seria ele______**340**

AGRADECIMENTOS______343

PRÓLOGO

A morte de um desconhecido consolidou minha descrença no hinduísmo, a morte de uma amiga dizimou meu afeto pelo islamismo, mas foi só cara a cara com a minha própria morte que eu deixei de acreditar em Deus.

Nunca pensei, de fato, que fosse morrer. Foi a primeira pessoa a ficar sabendo da história, no dia seguinte, que me disse que isso já tinha acontecido:

– Não pode ser... Cê não pode ser o cara que tão dizendo que morreu sendo a última vítima daquele bandido...

A descrença dele era natural. Nem eu acreditava no que tinha acontecido, enquanto rolava, abraçado à minha mochila, para baixo daquele barranco coberto de grama.

Na minha cabeça não havia fé, não havia medo, ainda não havia raiva e mal e mal havia alguma adrenalina. Não havia nada que o movimento ríspido e contínuo do meu corpo quicando contra o chão pudesse misturar para me deixar atordoado. Vaziez é um sintoma de liberdade. Oco, cedi completamente ao instinto.

Levantei-me no final da descida, uns trinta metros abaixo da estrada, quando começava a rolar mais devagar. As dores ainda não tinham tido tempo de se assentar: eu só perceberia depois o rasgo na pele das costas e de umas das nádegas, além dos cortes que sangravam nas palmas das mãos e antebraços. Não tinha quebrado nenhum osso, e isso já era meio milagre. O resto dele tomaria forma nas vinte e quatro horas seguintes.

Já de pé, corri em linha reta. Jamais ousei olhar para trás. Subi a face de um morro e desci pelo outro lado; depois transpus mais um, e mais um, até ser freado pela falta de fôlego, meia hora ou quarenta minutos de corrida mais tarde. Meus pulmões exaustos clamavam por novas lufadas de oxigênio assim que eram inflados por uma inspiração. Clamavam para que eu parasse, alimentasse-os, olhasse para o nada que me circundava e avaliasse a situação. Talvez fosse o reduto da racionalidade que eu decidira abandonar. Para mim, depois do que acontecera, simplesmente não fazia mais sentido a possibilidade de que alguma coisa tivesse sentido.

O capim ora estava pelos joelhos, ora batia na minha cintura. O coração, como que fugindo dele, teimava em ficar forçando a saída pela minha goela. As pernas, mesmo começando a doer, ignoravam o temor que tentava brotar na minha mente. Marchavam obsessivas, imparáveis, mesmo desconhecendo a direção de seu destino. Só podiam ter aprendido comigo.

1

Sinto-me nascido a cada momento para
a eterna novidade do mundo.

Fernando Pessoa

1. EUROPA OCIDENTAL

Se fosse pra apontar um começo, este seria ele

Foi estranho embarcar naquele avião acompanhado de um amigo que não era você. Entretanto, eu não queria cultivar o desconforto. Nanei quaisquer pensamentos que pudessem vir a me atormentar na fresta aconchegante que era o vão entre os peitos da aeromoça. Ela apontava pras trezentas saídas de emergência, na frente, no meio e na traseira da aeronave, numa coreografia ensaiada pra exibir seus seios de todos os ângulos possíveis. A única vez em que prestei atenção no discurso preventivo que algum robô entoava através dos alto-falantes (é impossível uma pessoa ter uma voz tão monótona quanto aquela) foi quando aquele saquinho pra vômito com um funil de borracha atrelado à ponta, que eles dizem ser uma máscara de oxigênio, foi solto a partir de seu rosto e encobriu seus peitos.

Eu havia muito mais o que fazer. A primeira Heineken tinha tomado assim que me sentei. A segunda teria que esperar mais um pouquinho: o serviço de bordo fora interrompido em nome daquela ladainha toda. Além do mais, eu tinha brigado com o Bola e não queria falar com ele. A briga aconteceu na fila, antes mesmo de a gente embarcar.

Ele sugeriu que comprássemos uma cachaça pra dar de presente ao Carlos, um cara que nos hospedaria em Portugal, e que tínhamos conhecido através do CouchSurfing[1]. Uma ideia brilhante. Então eu disse:

– Vai ali e compra a garrafa, que eu guardo nosso lugar na fila.

E ele retrucou:

– Não. Vai você, compra a garrafa e deixa que eu fico aqui com as bagagens.

E, sem nenhuma alteração, repeti a minha fala. E ele repetiu a dele, tal e qual. E nós continuamos a disputa pra ver quem tinha a cabeça mais dura, primeiro para a diversão de uma velhinha que estava atrás de nós na fila, depois para o espanto dela, quando começamos a competir também pra ver quem afrontava o outro num tom de voz mais alto. Só paramos quando a velhinha se ofereceu pra cuidar das mochilas enquanto nós fôssemos, juntos, comprar a tal da garrafa. Não sei se ela

1. Um site que permite hospedar viajantes no sofá da sua casa – numa cama ou numa rede, dependendo da criatividade e disponibilidade do anfitrião – ou ser hospedado em outros países. De graça. Eu teria te mostrado isso assim que descobri. Se você tivesse algum acesso à internet.

entendeu o propósito daquilo tudo – não estávamos brigando porque ambos queríamos ir até a lojinha, mas sim porque não queríamos nos mover – ou se por trás daqueles óculos redondos emprestados do Harry Potter havia um sarcástico senso de humor. Só sei que a oferta dela me enfureceu. Nenhum de nós ganhou a discussão. E o Carlos ficou sem a birita dele.

O Bola é foda. Você conhece ele. Lembro até hoje aquele dia em que vocês brigaram porque ele não quis te dar uma colherada de Nutella. Até que a vó dele ficou sabendo da história e mandou ele ir pra sua casa e te dar o pote inteiro. Só que você tinha ficado puto, que nem eu no aeroporto, e não aceitou o gesto de desculpas. Aí ele deixou o pote de Nutella na calçada da sua casa, e foi embora, e ninguém mais viu a cor daquele chocolate. Pensando bem, o episódio foi parecido com esse antes de eu e ele partirmos pra Europa.

Acho que todos nós da turma sempre fomos orgulhosos. Mas o Bola sempre foi mais. Ele sempre foi o tipo de cara que se mata pra ganhar uma corrida, que dá um braço pra vencer um jogo e que aposta sem dó no carteado. Mas também sempre foi o tipo de cara que, quando ganha, se percebe que você queria mais do que ele, te dá o prêmio. E eu acho que é por isso que eu amo esse sujeito.

O Rato é o completo oposto. Ele não está nem aí pra competições. Ele está rindo em no mínimo cinquenta por cento do tempo em que está acordado. E eu já vi o Rato rir dormindo mais de uma vez. Ele é exagerado. Mais que isso: pleonástico – o tipo de cara que come tomate com ketchup. Ele tem um cabelo enrolado que é o cruzamento de um black power com um cogumelo, um nariz que o faz sempre ganhar uma corrida[2] e uma barba mais grossa do que a do meu avô. Ao contrário do Bola, que há muito tempo deixou de ser gordo, a aparência dele sempre fez, e sempre vai fazer, jus ao seu apelido.

Mesmo assim, o Rato faz sucesso com a mulherada. Talvez ele engane as meninas porque realmente se acha bonito: passa horas na frente do espelho apalpando aquela cabeleira, passando cremes e fazendo microcirurgias na pele do rosto, antes de dormir – quando vai sair, então, tem de começar a se arrumar no dia anterior. Ou talvez seja porque ele é forte. Aliás, é aí que eu queria chegar.

O Rato me jogou longe, usando um só braço, quando pulei em cima

2. Quando ele está na metade do caminho, o nariz já cruzou a linha de chegada. Essa piada foi você que me contou, aliás.

dele assim que o vi deitado num pufe na recepção do albergue em que ficamos logo que chegamos a Lisboa. Ele tinha chegado um dia antes, e estava lá, mais esparramado que afta em beiço de negão. Estava rindo, é claro – esse sempre foi o jeito dele de cumprimentar alguém, e de se despedir de alguém, e de dizer "sim" e de dizer "não" –, mas o fedor que exalava dos meus sovacos depois de um voo longo daqueles, misturado com o bafo de álcool, por pouco não o fez ficar sério.

Eu acabei tomando um banho, mas o bafo de álcool ainda persistiria por mais um tempo. Pela janela do nosso quarto, víamos pipocarem luzes neon pra fora das estreitas e íngremes vielas de paralelepípedo do Bairro Alto. Centro da vida noturna lisboeta, tinha uma altitude menor que muitos outros distritos da capital. O "Alto" do nome era mais um indicativo do espírito do local do que de sua altura propriamente dita. Caiu bem, também, para a forma com que levamos aquela primeira noite.

Nos velhos tempos, você se orgulharia da gente. Ficamos bêbados, os três, sem gastar um tostão sequer. O primeiro bar em que entramos ostentava uma bandeira do Brasil na fachada. E não aceitava cartão de crédito. Como não tínhamos dinheiro vivo, convencemos a velhinha que tomava conta do balcão a nos servir três chopes na amizade. Em um bar maior, pedimos pra experimentar uma marca de cerveja, com a desculpa de que éramos brasileiros e não a tínhamos bebido ainda. O garçom deu um copo pra cada e, com ele, fomos até o boteco vizinho. Neste, ainda maior, repetimos a conversa de que só tínhamos cartão, e de que éramos brasileiros. Era uma garçonete nos atendendo. Sem choro nem vela, mandou três shots e um drinque extra por conta da casa. Finalmente chegamos a uma baladinha, onde, depois de curtir umas músicas brasileiras (parecia que todo remix de música eletrônica começava com um refrão sertanejo), pedimos uma saideira para um barman, já que éramos brasileiros e recém-chegados a Portugal.

– Com esse papo vocês não vão conseguir nada – ele nos afrontou, sisudo, de um jeito que nenhum de seus compatriotas tinha sido conosco. – Nós não gostamos muito de brasileiros por aqui.

O Rato despencou com a cara no balcão de tanto rir. Àquela altura já estávamos bêbados sem ter pagado nada. O Bola trabalhou a boa vontade do barman. E eu estava lesado demais pra ter qualquer tipo de reação. Meio a contragosto, o homem nos deu um shot que misturava um drinque com flocos de ouro, absinto e fogo. Aquilo foi um soco na mente. Mas um empurrão na autoestima. Muitas portuguesas, antes aparentemente prepotentes, começaram a puxar papo voluntariosamente. Brasileiras emergiram da obscuridade daquele lugar onde as únicas luzes eram fugazes relâmpagos estroboscópicos, injetando uma dose de estrogênio nos nossos arredores. E, depois, não lembro mais de muita coisa. Não que fosse fazer falta. Nós continuaríamos ganhando coisas de graça, e em volume ainda maior. Carlos, o senhor que tinha se proposto a nos hospedar em sua casa em Coimbra, por meio do CouchSurfing, seria ainda mais generoso. A diferença, como ainda perceberíamos, era que ele queria uma ou outra coisinha em troca.

•••

Carlos usava um boné da Nike, óculos retangulares pequenos, e tinha um bigode grosso e cinzento parcialmente encoberto pelo nariz pontiagudo. Quando descemos do trem na cidade universitária de Coimbra, bem no meio de Portugal, ele esfregou uma mão na outra e sorriu como um aficionado por esportes motorizados sorri quando recebe a última versão de um carrinho de controle remoto pelo correio.

Cumprimentou-nos e depositou solenemente a mão no peito de cada um, antes de engatar um monólogo sobre as regras que guiariam nossa estadia em sua casa, os princípios que norteavam a sua vida, os programas que faríamos nos dias seguintes e a supervalorização do passe do Neymar. Nos quinze minutos que separavam a estação ferroviária do seu apartamento, ele não parou de falar por um segundo sequer. E o Rato não parou de olhar pra mim com uma expressão aflita como a que geralmente se sucede à marcação de um pênalti contra o time de coração de alguém. Ele estava assustado e me contagiando.

Fomos dormir às duas da madrugada, e só porque o Bola tomou coragem e interrompeu o falatório pra dizer que estávamos exaustos e precisávamos de repouso. Deitamos cansados, assustados e molhados. A boca do velho era uma catapulta de perdigotos.

Mas a porta da sala na qual estavam os sofás que nos serviam de cama abriu de supetão, de manhã, e meu sono foi interrompido pela voz que eu menos queria ouvir. Carlos entrou, só de cueca. Sentou na ponta do sofá onde dormia o Bola e elevou significativamente a periculosidade do seu discurso.

Os temas preferidos, naquele segundo dia de convívio, eram: como ser "open minded" (disse-nos não existir a expressão "mente aberta" em Portugal), bissexualismo, como achava corpos de homens às vezes mais belos que os de mulheres e... engenharia elétrica. O almoço no restaurante executivo foi por conta dele, e Carlos deixou claro que pagaria tudo de que precisássemos durante nossa estadia.

Insistia na necessidade de sermos todos "open minded", mas não fechava a boca durante um segundo sequer para ouvir as nossas opiniões ou a opinião de seu filho adolescente acerca de qualquer tema. Todo segundo ao seu lado era um sermão, uma lição inquestionável sobre qualquer assunto, afinal, como ele mesmo dizia, era um dos caras mais cultos de Portugal (mais culto ao menos que 99,9% da população, pelas suas contas). Esculachou o fato de o Bola fazer faculdade de economia e disse que "essas teorias não servem pra nada, já que nunca se provam certas". A seguir, sem perceber o paradoxo, dissertou durante meia hora sobre a sua própria teoria, que abarcava causas e consequências das crises econômicas e que, de modo impressionante, não tinha falhas.

Carlos Chang era o nome de seu filho. E eu tive pena dele. Certa ocasião, enquanto o Bola cozinhava uns bifes com um avental que eu poderia jurar que deixou Carlos excitado, nosso anfitrião nos contou que recebe *couchsurfers* basicamente com o intuito de fazer com que seu filho seja como eles: como o menino é introvertido, preguiçoso e não gosta de viajar (segundo o próprio), o pai tenta fazer com que os viajantes venham até ele.

Só que o pobre do Carlos Chang estava sentado à mesa conosco, o olhar murcho e a boca desfalecida. Diante do fogão, o Bola respirava cada vez mais profundamente. Carlos pai continuava se vangloriando, sorridente, sobre a "estratégia" com a qual criava seu filho (e se essa palavra faz a criação de um filho parecer com uma guerra, a culpa não é minha). Vi o Bola largar a frigideira e pôr as mãos na cintura. Se ninguém tomasse o partido do moleque, um bife logo voaria na direção do velho.

– E você acha que a sua "estratégia" vem funcionando? – eu retruquei, através de uma brecha ínfima naquela enxurrada de palavras.

– Pois não tenho dúvida. Uma hora ou outra esse menino vai crescer, foda-se – ele se apressou em responder. Nós vínhamos achando engraçado o modo como os portugueses usavam o foda-se como nós usamos o "tipo", numa interjeição sem muito significado. Naquele contexto, contudo, a expressão não fez ninguém rir.

– E não seria melhor ouvir o que ele gostaria de ser, antes de tentar forçá-lo a ser um viajante "open minded"? – eu fui irônico, e Carlos pai soltou um suspiro de desdém.

– Olha, Felipe, você é um puto inteligente – essa gíria tampouco tinha conotação negativa para os lusos. Mas era usada somente quando alguém se dirigia a uma pessoa muito mais nova. – Eu entendo as suas dúvidas. Antes de você, meio mundo já teve todas elas. Existem fases na vida, e cada fase tem as suas dúvidas e suas crenças. Logo, logo, você vai abandonar as suas e dar boas-vindas às dúvidas e ideias da próxima fase. Pouco a pouco vai ver que passou da época de acreditar nas ideias velhas... de quando você era novo... e vai se acostumar com isso.

A voz dele vinha carregada de um didatismo sarcástico, e aquilo quase me enfureceu. Eu tinha explicado pro Carlos a minha ideia de entrevistar crianças do mundo todo pra tentar redescobrir a juventude através das palavras delas. De verdade, o tom pejorativo velado da fala dele era um ataque desdenhoso ao meu projeto. Mordendo o beiço inferior, olhei pro Bola, que já servia os nossos pratos. Ele balançou a cabeça de um lado pro outro, como que me aconselhando a não gastar minha saliva com aquele homem.

Comemos em silêncio (não sei o que o Bola colocou na comida do Carlos) e depois jogamos uma pelada contra um time de cabo-verdianos numa quadrinha de pedra perto do apê. Eles eram enormes, pernas de pau, e nos venceram por dois a um. Carlos era o nosso goleiro. Um dos gols foi por baixo de suas pernas. No outro, ele perdera a noção de espaço e só percebeu que estava quase saindo pela linha lateral quando o atacante adversário chutou, rindo, pro gol vazio. O Rato acompanhou a gargalhada debochada dos africanos. O Carlos ficou desesperado quando percebeu que estava a mais de cinco metros de qualquer uma de suas traves. Eu o xinguei, baixinho, e ele acusou os cabo-verdianos de serem desonestos. Eles até podiam ser ruins, mas o Rato, maior entre nós, mal batia no ombro do menor do time deles. Tivemos que carregar o Carlos de volta pra casa às pressas, sob os olhares nada amistosos dos africanos.

Nosso anfitrião, entretanto, não podia estar mais feliz. Ele já tinha deixado bem claro que o seu maior hobby, além da engenharia elétrica, era a massagem esportiva. E, chegando em casa, depois daquela partida, elegeu o Bola para receber uma amostra do seu talento com as mãos.

Não me pergunte como o Bola aceitou o convite e foi, sozinho, até o quarto daquele velho. Você conhece ele, e sabe que ele não é gay. Talvez ele só estivesse exausto, e realmente quisesse uma massagem. O fato é que, segundos depois de ter nos deixado, ele voltou correndo a passos largos, com os olhos e a boca arregalados.

– Carlinhos tentou meter a mão dentro da minha bermuda, mano! –

o Bola contou, ofegante. Eu e o Rato já tínhamos desatado a rir quando vimos o desespero estampado na cara dele. – E ainda falou que tem que ser bom que nem ele pra fazer massagem onde tem bastante pelo. Vambora, mano, vambora!

E aí nós deixamos aquele lugar. A comida de graça vinha agradando. Mas a mera perspectiva de ser comido de graça era suficiente para nos afugentar. Durante o tempo em que passamos na companhia do Carlos, contudo, um episódio merece mais destaque que qualquer outro. A primeira entrevista que eu fiz na minha volta ao mundo, Louiz, não foi com uma criança. Foi com um velho. E eu não faria questão de contá-la pra você se ela não fosse essencial para que eu extraísse sentido de uma tragédia que aconteceu meses depois, e para que eu entendesse uma das maiores dicotomias da minha vida.

•••

Na periferia de Coimbra começava a se erguer a Serra da Lousã. As montanhas não eram espetacularmente íngremes ou altas. O que tornava o lugar especial eram as aldeias de xisto incrustadas nas escarpas irregulares.

Se fosse para descrever as aldeias de xisto sucintamente, eu diria que eram favelas medievais. As casas de blocos de pedra escura se espremiam umas ao lado das outras, em ângulos variados encosta acima. O raro espaço que sobrava entre elas era onde havia as ruas de paralelepípedo pelas quais só transitavam pedestres. Algumas casas tinham belos (e singelos) terraços face ao vale e, como a maioria delas estava abandonada, o entardecer fazia com que as inúmeras janelas fossem transpassadas por raios de sol laranja que depois se embrenhavam pelas vielas e ziguezagueavam pelos declives.

Entre cerca de uma dúzia de aldeias, Vaqueirinha era a mais abandonada, tendo somente quatro habitantes. Um deles era o dono do único bar do local, oportunamente chamado de *O Fim do Mundo*. Seu nome era Pedro, tinha 50 anos e saíra de Lisboa para morar ali já fazia mais de 30. O olhar sereno emergia de um rosto coberto pela barba comprida e dona de um branco que transmitia não só paz, mas também sabedoria.

Ele vestia uma camisa xadrez de flanela comprida, com cuja manga limpou as bocas das garrafas de cerveja que nos vendeu, a cinquenta centavos cada.

– Cinquenta centavos... a demanda não anda muito forte aqui na aldeia... – eu brinquei com ele.

– É quase o preço de custo – Pedro respondeu com um sotaque que adensava os Ss, sorrindo. – Não tem muito onde gastar dinheiro aqui em Vaqueirinha.

– E se você quiser comprar alguma coisa... Alguma coisa que deseje?

– Faz tempo que eu não desejo nada, filho. Vendo duas, banco uma pra mim – Pedro foi até a geladeira velha e tirou uma garrafa para ele, antes de brindar comigo. – E está mais do que bom. Pra falar a verdade, faz tempo que o tempo vem apagando meus sonhos.

– Você quer dizer que não sonha de noite... ou que não sonha de dia?

– De dia mesmo, filho, sonho de desejo, de querer.

– Quando você era mais novo, você sonhava com o quê?

– Eu nunca tive um grande sonho ou objetivo de vida. Até acho que me arrependo disso. Tudo o que queria era me dar bem com as pessoas – Pedro varreu as paredes empoeiradas do bar com o olhar enérgico, ainda que cansado. – E, conforme fui crescendo, fui percebendo que o único jeito de fazer isso era me afastando delas, já que discordava de tanta coisa.

– Você nunca teve medo de ficar sozinho? – eu não tive medo de ser inconveniente, de tão natural que parecia a recordação dele.

– Por mais estranho que seja, meu maior medo era o de acabar ficando sozinho. Só depois fui perceber que o meu maior medo era na verdade o caminho para que eu pudesse ficar tranquilo...

Pedro custou a usar a palavra, mas "tranquilo" era um adjetivo latente em toda a sua atitude. Ele não gesticulava espalhafatosamente, não sorria à toa, muito menos se mostrava abatido em algum momento. A placidez que o cabelo comprido conferia à sua imagem não era ilusória. Pedro parecia completamente confortável com as escolhas que tinha feito e as consequências daquilo que tinha assumido.

Em poucos minutos contou toda sua história pra mim. Falou dos tempos em que nadava e praticava ginástica, e se encantou quando lhe contei que tive uma cama elástica em minha casa durante a infância. O olhar lustrado só se desconectava do meu quando voltava a procurar detalhes do passado nas frestas entre os blocos de xisto da parede. Admitiu que a idade já não permitia que ele desse os saltos mortais que um dia aprendeu e eu, imaginando que sentisse falta do vigor físico de outrora, acabei sendo surpreendido.

– Imagino que você tenha saudade da juventude, de poder fazer coisas que não pode mais – comentei.

– Ah, filho, isso é o de menos... sinto falta mesmo é de ser virgem – ele subiu as sobrancelhas grossas e se multiplicaram as rugas na testa.

– Virgem de cabeça, virgem de ideias, virgem de opinião. Quando você envelhece e tem a cabeça formada, as coisas vão perdendo o impacto, e você vai deixando de aprender. Chega-se a um ponto em que se acha que sabe de tudo, o que é uma armadilha. Você se fecha a ideias novas, para de aprender, e fica ainda mais longe da missão impossível que é saber de tudo.

Ele já tinha ganhado a minha simpatia, e cada vez mais atraía meu interesse. Tinha saudade de não saber das coisas pra poder sentir o prazer de aprender, enquanto a maioria das pessoas tem a ânsia de mostrar tudo que sabe em vez de curtir o que aprende. O que me intrigava passara a ser o motivo que o levara a escolher Vaqueirinha como um lugar para morar.

– O que esta aldeia tem de especial? – perguntei.

– Acho que a maior riqueza desta aldeia é justamente a pobreza dela. O fato de ser simples, coisa que não se vê em quase nenhuma cidade hoje em dia. E coisa que não vai se ver tão cedo, acho eu, já que cada vez menos se dá valor a esse tipo de coisa.

– Você não vê esperança na juventude de hoje ou nas gerações que estão por vir?

– De jeito nenhum. Acho que, na ambição de evoluir individualmente, as pessoas têm se esquecido de que só vão conseguir isso se antes evoluírem como sociedade, como grupo. Essa ambição faz com que os jovens sejam cada vez mais egoístas. Isso também vem da tecnologia, da mídia, de tudo que isola as pessoas umas das outras com a promessa de uni-las ou que as faz acreditar que precisam de coisas que nunca sequer tinham imaginado.

Soou estranha a crítica ao individualismo, saída da boca de um homem que vivia sozinho há anos. Contradição ainda maior era a que brotava da incoerência entre a solidão dele e os panfletos de grupos religiosos e folhetos propagandeando movimentos ideológicos e festas enormes, todos espalhados sobre o balcão do bar. Pedro notou o meu desconforto e tratou logo de dizer que foram visitantes recentes que deixaram o material ali, e que ele era avesso a grupos do gênero.

– Você tem alguma religião, Pedro?

– Não, não mais. Quando jovem, experimentei seguir algumas práticas, inclusive passei um tempo com um grupo relacionado ao hinduísmo e não me arrependo. A juventude é uma época de experimentos, de conhecer melhor a si mesmo, de escolher o rumo que se quer tomar e, principalmente, os rumos que não se quer tomar. Mas vejo movimentos coletivos com certo pé atrás. Quando existem muitas pessoas caminhando numa mesma direção, geralmente existe muita inércia. Uma inércia que não é benéfica, que mostra que muitos no movimento em questão não estão pensando por si, não estão indo para onde deveriam ou queriam ir de verdade porque nunca refletiram o suficiente a respeito disso. Por isso preferi não fazer parte de movimento algum pra evitar essa inércia. Eu não estaria vivendo aqui se o mundo soubesse dar valor ao indivíduo mesmo dentro de um grupo. Mas esse mundo, meu filho, só existe nos meus sonhos. Nos meus sonhos que eu sonho de dia.

Através da barba espessa eu pude notar que os cantos da boca dele se ergueram sutilmente, num gesto que funcionava como um ponto final. Calei-me, assim como ele. Com um aperto de mão firme e um aceno de cabeça gentil, despediu-se de mim. Virei-me de costas e, enquanto ia embora, imaginei se Pedro ainda estava a olhar para mim. Se achava mesmo que a sua juventude permeada de aprendizados dera lugar a uma nova fase, esta mais rica em ensinamentos. Se a minha concepção sobre ele estava certa ou errada. Se não restava em Pedro um pouco da curiosidade dos velhos tempos, suficiente para que se perguntasse o que buscava aquele jovem que chegara cheio de questões e partia agora em silêncio.

•••

Estávamos nos acostumando à (falta de) rotina da viagem, e Madri foi meio emblemática no que diz respeito ao meu ganho de conforto e coragem. Nós saíamos de noite com frequência, e eu sei que isso não é o que você esperava deste relato da minha viagem norteada pela busca da juventude em crianças. Mas te peço paciência, Louiz. Esse período é uma parte essencial do processo todo e logo você vai me entender.

Na noite em questão, o Rato e eu acompanhamos o Bola numa visita a um cassino. Enquanto ele apostava na roleta, nós dois pescávamos, em diferentes mesas, potinhos de amendoins e batatas fritas. Toda vez que o Bola ganhava alguma coisa, o Rato, que é extremamente exagerado – das feições aos trejeitos –, erguia os braços e saía correndo pelo cassino, estalando os chinelos de dedo no chão e entoando suas gargalhadas histéricas. É claro que eu morria de rir junto, e pulava de alegria por causa de um lucro de quinze ou vinte centavos, mas o Bola estava ficando preocupado com a aglomeração de seguranças em torno da sua roleta. Então nós engolimos o déficit final de noventa centavos de euros, passamos a mão em mais algumas porções de amendoim e partimos para uma balada que nos tinha sido recomendada.

A salsa dominava os alto-falantes, e três meninas de olhos claros e peitos perfeitamente esféricos monopolizavam os nossos olhares. O Bola pegou a mais feia, que ainda era bem bonitinha, e eu e o Rato nos contentamos com algumas encoxadas durante as danças com as outras duas. Minha falta de coragem em abordar a garota era sintomática. Eu tive a oportunidade de abordar algumas crianças em Portugal, mas essa mesma falta de coragem - misto de vergonha e insegurança - barrava meus impulsos. Já fazia quase dez dias de viagem e eu não tinha entrevistado um pimpolho sequer. A minha sorte é que meus amigos tinham percebido isso. E o Rato estava disposto a me ajudar.

– Sem medo, Felipe – ele balbuciou, assim que saímos da tal da balada. – Pro cê fazer suas entrevistas, cê tem que deixar de ser migué.

Aí ele girou os olhos pro alto e apoiou o queixo na mão. Se eu tirasse uma foto daquela pose e a justapusesse a um desenho animado, ninguém perceberia a diferença. O Rato sempre foi uma caricatura de carne e osso.

– Eu vou girar em torno do meu próprio eixo – ele continuou. – Que nem a Terra faz, sabe? – aí ele teve de parar por alguns segundos para rir da própria piada. – E quando eu disser "para!", a gente vai sair correndo na direção pra qual eu estiver virado, sem choro nem vela. Sem medo, entendeu? Coragem, mano.

Ele fez o que disse e me puxou numa corrida desenfreada, deixando o Bola, sem entender nada, para trás. Paramos quando chegamos à entrada de um hotel cinco estrelas. Era ali que o treinamento prosseguiria.

– Agora você vai, ergue esse queixo, e diz pro recepcionista que a gente quer se hospedar aqui. Não importa o preço.

Eu caminhei até a porta giratória, bati educadamente no vidro, e um segurança carregando uma pistola na cintura abriu uma minúscula janelinha pela qual ele fingiu me escutar. Mal tive tempo de perguntar quanto custava a diária, ele já me olhou com uma cara contorcida pelo desprezo e me mandou embora com uma rudeza que me entristeceria caso eu estivesse sóbrio. Do outro lado da rua, o Rato estava sentado na sarjeta. O rosto dele era o de alguém assistindo, de camarote, àqueles programas japoneses de cobaias se submetendo a provas ridículas.

Voltando ao albergue em que estávamos hospedados, encontramos o Bola saindo do banheiro compartilhado. Ele não parecia feliz. A pia, o chão e o box estavam entupidos de cabelo feminino. E no nosso quarto, além de nós três, só havia mais três chinesas.

– Todo mundo com a bunda de fora – o Rato ordenou, ainda tomado pelo espírito de um técnico de futebol maluco ou coisa do gênero. – A gente vai entrar no quarto assim e nos vingar delas.

Só que as meninas já estavam dormindo, e a sacanagem não surtiu efeito. Então os dois roubaram minha cueca e meu cobertor. Sem forças para me levantar e lutar pelos meus pertences, só me restou o travesseiro. Cobri o pinto com ele e apaguei.

Quando acordei no dia seguinte, estava abraçado ao travesseiro. Minha bunda de fora apontava diretamente para uma das chinesas, que arrumava a sua mala. Como se nada tivesse acontecido, me vesti, acordei o Rato e o Bola e os levei até o Parque d'El Retiro, no coração de Madri, onde eu estava decidido a entrevistar a primeira de muitas crianças com as quais ainda toparia em minha viagem. O treinamento do meu professor bêbado tinha funcionado.

•••

Com a cabeça baixa e o cabelo ruivo balançando, Mário ajustava as fivelas de seus patins. As pernas curtas afundavam na grama alta do Parque d'El Retiro, e o suor que ainda escorria de sua testa indicava que ele parara de andar não fazia muito tempo. Quando seu pai, traduzindo meu portunhol quase incompreensível, perguntou-lhe se gostaria de ser entrevistado, recebeu como resposta um entusiasmado aceno positivo.

– Percebi que você gosta de andar de patins. O que mais você gosta de fazer? – eu comecei.

– Gosto de jogar futebol, de brincar com meu irmão menor e de vir para o parque depois da escola – Mário enumerou, tocando as pontas dos dedos.

– Por que este parque? Do que você gosta nele?

– Gosto da natureza. E de poder andar de patins sem ter que passar do lado dos carros.

– E na natureza, você não tem medo dos animais ou dos perigos dela?

– Não... eu até gosto de serpentes, mas só tenho medo de leões porque eles podem nos comer – o menino alertou. – Eu vi no vídeo do YouTube.

– Você gosta de ficar no computador? – eu provoquei, já imaginando a resposta.

– Eu só vejo alguns vídeos, mas prefiro vir para o parque para brincar com meu pai e meu irmão.

Aí Mário deu alguns passos ajoelhado, para evitar ter de se equilibrar sobre os patins, até um carrinho de bebê do lado do pai. Puxou de dentro dele uma cabecinha careca que caberia na palma da minha mão, beijou uma bochecha gelatinosa e virou com cuidado o rostinho com cara de joelho na minha direção, antes de deitá-lo de novo. Caminhou ajoelhado mais uma vez até a minha frente e se sentou de pernas cruzadas.

– Você pretende ter uma família um dia? – eu tinha certeza de que a resposta seria positiva.

– Não, prefiro ficar com a que já tenho – o garoto foi tão assertivo que por pouco não pareceu ter se ofendido com a pergunta.

– Nem mulher?

– Meu irmão já basta.

A inocência do pequeno Mário, de apenas quatro anos, primeiro me fez rir, mas depois me fez refletir. Construir uma família significa abdicar parcialmente da posição de "filho" para assumir o papel de "pai". Será que quando damos um neto para nossos pais, ao mesmo tempo estamos lhes "tirando" um filho? Anotei a questão na margem do meu caderninho e, quando eu e o pai do Mário paramos de rir, fiz a próxima pergunta.

– Então o que você quer ser quando crescer?

– Jogador de futebol, que nem o Iniesta... – ele esticou o indicador de uma mão, mais uma vez começando a enumerar opções. – Ou piloto de carro de corrida, que nem o Alonso... – esticou o dedo médio, e aí as pupilas azuladas, que já quase se escondiam atrás das pálpebras superiores, sofreram o baque da convicção e despencaram de volta aos centros dos olhinhos. – Não, não! Eu quero ir para os Estados Unidos, para ver a Apollo 1. Eu quero ser astronauta, para dirigir foguetes e ir pro espaço!

– Tem algum lugar no espaço pra onde você gostaria de ir?

– Para a Lua e para Marte. Principalmente para Marte, para conhecer os marcianitos – ele apertou uma das salientes bochechas com um dedo e depois o apontou para mim, como se estivesse me dando uma dica de viagem.

– E pra onde você não gostaria de ir? – se fosse pra ajudar a montar o meu roteiro, que ele me desse tanto recomendações positivas quanto negativas.

– Pra Júpiter – respondeu, alargando a moldura dos olhos, e logo se explicou. – Lá é muito grande e cheio de gigantes.

Eu meneei a cabeça para baixo e para cima, enquanto terminava de anotar as dicas.

– Aqui na Terra, você não tem vontade de viajar?

– Claro que tenho. Eu quero conhecer todos os países. E também quero andar de barco por todos os mares – sua voz fina era emagrecida da suspeita de que aqueles desejos talvez fossem tão distantes quanto a possibilidade de visitar outro planeta.

Ainda assim, Mário jogou os braços rechonchudos pra cima, numa lentidão teatral, como que tentando expressar a grandiosidade dos planos que tinha em mente. A sucessão de sonhos que aquele menino acabara de me revelar mostrava que ele (ainda) desconhecia limites. As mãozinhas inquietas não paravam de remexer na grama. Quando perguntei de onde ele sabia tanto sobre os planetas, respondeu-me que as paredes de seu quarto eram cheias de mapas que seu pai havia lhe dado de presente. Por um instante, veio-me à memória a imagem do mapa-múndi que meus pais um dia me deram, e que tanto nos fizera imaginar, Louiz. Pendurado na parede logo acima do meu travesseiro, estava sempre pronto para ser desbravado todas as noites, depois que eu fechava os olhos.

Quando perguntei pro Mário se poderia fotografá-lo, recebi um "sim" que carregava a mesma alegria despreocupada que acompanhara a enumeração de seus sonhos. Brincou um pouco com a máquina e sorriu animado para ela. Ainda tirou uma foto minha e uma do pai, cujo entusiasmo durante toda a entrevista deixava claro de onde vinha o do filho.

Depois da foto, envolvi o pescoço do garoto com meus braços e, durante o abraço, pedi para que me fizesse uma promessa. Ele se inclinou para trás, e o olhar arregalado, denso em curiosidade, repousou na minha face.

– Promete que não vai descansar até encontrar os marcianitos?– perguntei.

– Até os marcianitos! – respondeu ele, sem titubear, jogando os bracinhos pra cima como já fizera antes.

"Até os marcianitos", pensei comigo mesmo, dessa vez sem falar nada. "Até os marcianitos."

•••

Conheci Louiz quando, recém-chegado à escola nova, fiquei sozinho durante um intervalo de recreio. Eu já sabia o seu nome. Em toda aula de inglês ele recebia uma advertência por ter esquecido o livro. Em toda aula de inglês ele passava quinze minutos explicando para o professor como ele tinha perdido o tal do livro, e como seus pais ainda não haviam tido tempo de lhe comprar outro, já que eles tinham outros três filhos com os quais se preocupar, isso sem falar nas atividades da igreja, que tomavam um tempo danado da família. Em toda aula de inglês o professor retirava a advertência.

Com o rosto suado e a voz ofegante, ele abandonou a brincadeira à qual se dedicava e sentou do meu lado. Ao longe, berros pediam para que ele voltasse ao jogo. Louiz ignorou-os. Ele tinha o cabelo encoberto por um boné virado pra trás. Eu tinha uma franja cuidadosamente repartida ao meio e fixada com gel. Ele calçava tênis de skate e meias curtas. Eu calçava chuteiras de futsal e meias que passavam dos joelhos. Ele usava uma corrente prateada no pescoço e uma coleção de pulseiras coloridas. Eu usava um enorme relógio azul cujo visor levantava e revelava um compartimento cheio de chicletes. Ele conhecia todo mundo. Eu não conhecia ninguém. Eu tinha certeza de que ele seria meu amigo. Ele tinha certeza de que eu seria seu amigo.

Não me lembro ao certo se ele disse alguma coisa ou não. Mas lembro que, devagar, foi abrindo um sorriso que nunca parava de se alargar em direção às orelhas. Sorriso que continuou crescendo e engolfando todos que com ele conviviam, por muitos anos. Até desaparecer, de súbito, sem a mínima misericórdia para com aqueles que dele haviam se tornado dependentes.

Na primeira vez em que fui à casa de Louiz, passamos a tarde toda andando de skate, jogando bola e fazendo planos. Nós adorávamos fazer planos. Já sabíamos, no sábado, de que brincaríamos no fim de semana seguinte. Em algumas horas, ele me contou mais piadas do que eu ouvira na minha vida inteira. Eu achava graça de tudo o que ele fazia. Ele ria da minha risada. E assim nós seguíamos, num círculo vicioso e viciante de diversão ilimitada.

Antes de ir embora de sua casa, naquele dia, sentei-me na sua cama e arrumei metodicamente a minha mochila. O cenário ao redor evidenciava as diferenças entre nós: seu quarto tinha folhas de papel amassadas jogadas por todos os lados, cobertas desdobradas no chão e roupas penduradas onde quer que conseguissem se agarrar. Só a sua escrivaninha não era bagunçada. Sobre ela havia um único livro. Com a mochila nas costas, passei por ele, lançando-lhe um despretensioso olhar de canto de olho. Era o livro de inglês.

•••

Continuei subindo e descendo aqueles morros impiedosamente intermináveis. E áridos. Brasília estava no meio da estação seca, e a última gota de chuva caíra quatro meses atrás. O capim perdia a cor, como o cabelo de um senhor que é consumido pela velhice. A meia dúzia de árvores que aparecia aqui e ali contorcia seus galhos esqueléticos num último esforço desesperado em busca de vida. O cerrado morria ao redor, despindo, aos poucos, aquele terreno vasto e inóspito que eu jamais imaginaria existir tão perto da capital do país.

Os altos e baixos das colinas se davam sempre nos mesmos níveis. Não havia um pico que eu pudesse atingir para ter uma visão mais privilegiada dos entornos. O cenário, aliás, incomodava de tão uniforme. Para todos os lados, estendia-se o relevo homogeneamente irregular: os declives próximos se impondo como paredões ou precipícios, e os distantes se dobrando como as rugas de uma terra esculpida pelas intempéries.

Eu já não sabia mais em que direção ficava a estrada que servira de ponto de partida para aquela incursão. Tampouco imaginava a localização de Brasília. Tirando o deslizar do sol rumo ao crepúsculo – que me servia de bússola –, não havia ponto de referência algum pelo qual me orientar. Não havia alteração na vegetação, não havia um morro proeminente, não havia uma cerca, uma vaquinha, um sinal qualquer de atividade humana. Era como se ninguém tivesse, até então, ousado se meter naquele ambiente tão desprovido de vida.

Continuei caminhando sempre em direção ao sul, o sol se despedindo melancolicamente de mim, à esquerda do zênite. Minhas coxas acusavam o cansaço. Depois daquela corrida fulminante, eu já vinha andando havia no mínimo três horas.

Minha barriga também se pronunciava. Minha última refeição tinha sido a janta da noite anterior. Minha mochila não provinha muita esperança. Além de uma garrafinha de água, que me manteria longe da sede por mais algumas horas, e de um casaco, que seria praticamente inútil diante do frio que a noite traria, continha só um pacotinho de chicletes para que eu combatesse a fome.

---

2. PAÍSES BAIXOS >

E amigos "altos"

Você já ouviu falar no Vali, o amigo alemão que conheci quando morava na Austrália, e é uma pena que vocês nunca tenham se conhecido pessoalmente. O Vali é magro, loiro, um pouco corcunda, e dono de um rosto quase sempre mascarado pelo desânimo. Por trás da atitude ranzinza, contudo, esconde-se uma das pessoas mais apaixonadas pela vida que eu já conheci. E nesse sentido ele me faz lembrar o seu jeito, alguns anos atrás.

Talvez você se pergunte o que o Vali – e o que quer que eu tenha feito com ele – tem a ver com as minhas entrevistas com crianças e a busca pela juventude. Talvez você veja vaziez em alguns dos eventos disparatados que eu vou te contar aqui. De novo, te peço paciência, Louiz. Neste começo, a minha viagem ainda estava em sua infância – e há de se ter paciência com crianças. Depois, veio a adolescência dela; mais tarde, a maturidade; e eu te garanto que tudo vai fazer sentido. Faz parte do processo essa fase norteada por uma ânsia meio inconsequente pela experimentação do novo.

Pois o Vali recebeu eu, o Rato e o Bola em Düsseldorf, no oeste da Alemanha, com uma surpresa. Nós não nos víamos desde a última vez em que ele me visitara no Brasil, fazia mais de um ano, e sabe quando uma tia ou uma vó que você não vê há muito tempo faz o seu bolo preferido pra te dar boas-vindas? O Vali fez uma coisa parecida.

Entramos no apartamento vazio que sua família tinha cedido para nos hospedarmos, e ele nos levou direto para a cozinha. Sobre a mesa havia uma fôrma de alumínio quase do tamanho de um travesseiro. Dentro dela, um bolo enorme de chocolate e maconha.

Cada um comeu dois pedaços, e fomos jogar pôquer na sala de estar. Só notamos alguma coisa diferente mesmo quando o Vali deu o seu oitavo all-in[3] seguido, sem olhar as cartas que tinha na mão. O alemão estava eufórico. Ria sem fazer som algum, e socava o tampo da mesa sem parar. Era engraçado ver como a droga afetava cada um de modo diferente. O Bola roía as unhas de tão nervoso, não porque estivesse se sentindo mal, mas sim porque estava ficando puto com o fato de o Vali já ter dado oito all-ins e ninguém ter entrado em nenhum. O Rato agarrava chumaços do cabelo encaracolado e abria a boca parecendo não acreditar na situação. A incredulidade extasiada era a mesma que lhe tomaria se um dia ele tivesse a chance de fazer uma tabelinha com o Neymar, ou coisa assim. E eu, por fim, emprestava um pouco da sensação de cada um, como se a minha percepção fosse camaleônica. Quando olhava pro

3. Quando um jogador aposta tudo o que tem.

Rato, ficava deslumbrado com aquele diálogo de ações e reações que não precisava de palavra alguma; quando observava o Bola, ficava puto com a ousadia do Vali; e quando assistia ao riso do Vali, gargalhava junto, como que num brinde espasmódico à reunião de todos nós.

O Bola aceitou um all-in e perdeu. Depois o Rato aceitou outro e perdeu. E eu nem precisei aceitar um pra que todos desistíssemos do jogo – isso porque o alemão sequer tinha visto suas cartas antes de qualquer uma das apostas.

A essa altura, a larica tinha escavado nossos estômagos, e eu, o Bola e o Rato corremos para a cozinha. Vali puxou um banquinho, escalou um armário em um quarto e voltou com um teclado eletrônico. Como se não bastasse, ainda vestia uma boina preta que tinha achado num cabide pelo caminho. Se eu tivesse que apontar uma razão que me faz amar o Vali, acho que seria essa capacidade de ter ideias geniais quando menos se espera. Quero dizer, estávamos o Rato, o Bola e eu ali na cozinha, desesperados para saciar a mais básica das necessidades humanas, enquanto o Vali ignorava a fome e ia atrás de um teclado e uma boina pra continuar se divertindo, não satisfeito com a vitória humilhante no pôquer. Aquele alemão tinha um quê de sobre-humano.

Então nós três brasileiros nos pusemos a enfiar fatias de bolo de chocolate e maconha na cara, errando a boca e lambuzando as bochechas com uma frequência assustadora, ao passo que o Vali começava a tocar o teclado, seus músculos faciais subitamente petrificados pela concentração. Pelo que eu me lembrava, ele até que entendia de piano, mas, dessa vez, ele simplesmente alternava uma nota com outra, sempre no mesmo intervalo, catatonicamente. Nós nos entreolhamos, e o Vali entendeu aquilo como um elogio, o que o fez tocar ainda com mais força e ânimo, ainda que mantendo o ritmo e as notas originais. Aí o Bola foi dormir, e ficamos eu e o Rato cantando bem baixinho o refrão recém--inventado, pra não atrapalhar o músico:

– I can't / stop / to eat... – entoávamos numa sincronia quase robótica, as vozes despidas de qualquer variação tonal, enquanto alternávamos um passo pra direita e um pra esquerda, como se dançássemos um meio forró sem molejo algum. – Não posso / parar / de comer...

Ficamos mais ou menos uma hora e meia dançando no meio da cozinha, antes de acabarmos com todo o bolo, dois pacotes de bolacha que achamos numa gaveta, um saco de amendoins e a fatia de queijo solitária que se escondia na geladeira. Deitamos na cama gigantesca de um dos quartos, e o Vali, que já não falava nada fazia tempo, trocou o disco. Ele agora intercalava notas graves seguradas por longos períodos com combinações frenéticas de notas mais agudas. Eu e o Rato estávamos esparramados, de olhos fechados, naquele limbo entre o despertar e o dormir, e, durante meia hora, ele não parou de comentar letargicamente que o Vali era o melhor DJ do mundo.

Quando nosso DJ finalmente falou, parou também de tocar, e ambos despertamos de espanto. Ele disse que a gente ia pra Bélgica. E depois pra Holanda. E sugeriu que pegássemos um Mercedez-Benz velho do seu pai. O Vali retomou a música no mesmo instante em que eu encarei o Rato, atrás de uma reação, mas não nos restou opção a não ser compartilhar aquela alegria deslumbrada que o Yuri Gagarin deve ter sentido quando viu a Terra do espaço pela primeira vez. Ambos sorrimos um sorriso trêmulo, quase acompanhado de um choro emocionado, e em seguida caímos deitados de novo. A última coisa que eu pensei, antes de dormir, foi que aquele alemão tinha mesmo um quê de sobre-humano.

•••

Eu nunca entendi de carro, mas sabia que qualquer aficionado que batesse o olho naquele Mercedez se apaixonaria à primeira vista. Anos 1970, comprido, prateado, tinha o logotipo da marca fincado na frente do capô. E, mais importante, o porta-malas era espaçoso.

Importante porque, depois de perambularmos meio desanimados por Bruxelas, capital da Bélgica e da União Europeia, não encontramos um lugar para dormir. A cidade era cinzenta, atolada de prédios comerciais, e uma garoa teimosa nos acompanhava. Bruxelas era mais ou menos como São Paulo – se tirássemos o Tietê, as favelas, a violência urbana, os engarrafamentos e o lixo nas ruas[4].

Então, depois de tomarmos algumas cervejas com Sprite (os caras bebiam tanta cerveja naquela parte do mundo que acabavam inventando uns hábitos meio estranhos em torno dela) num barzinho, encostamos o Merça numa rua não muito movimentada e entramos os quatro nele. Abaixamos os bancos traseiros, jogamos as mochilas pra frente, abrimos os sacos de dormir que tínhamos, e começamos a jogar um tetris humano. Se já era difícil fazer caber nós quatro na traseira do carro, imagina só quão confortável foi passar a noite dentro dele.

4. Apesar disso, foi em Bruxelas que eu conheci o amor da minha vida. Ela é belga, loira, encorpada e deliciosa. Tem 8,5% de álcool e um elefante rosa no rótulo. Chama-se Delirium Tremens, é vendida no Brasil – apesar de cara –, e você tem de experimentá-la se um dia tiver a oportunidade – apesar de duvidar de que um dia essa oportunidade surja.

O Vali desistiu do jogo assim que o sol nasceu. Saiu do carro reclamando de dor e insistiu para que fôssemos embora. Aí dirigimos até a cidade de Brugge e ficamos felizes com o que encontramos.

A cidade mantinha as ruas de paralelepípedo e as construções, cheias de cantos rebuscados, no estilo medieval, mas a autenticidade disso era posta em prova quando se percebia que o número de turistas era maioria esmagadora diante do número de moradores locais. Ainda por cima, havia várias carruagens que corroboravam a suspeita de que aquela aura antiga era, em parte, artificialmente forjada. De qualquer jeito, o centrinho era lindo, cortado por canais (limpos) e todo costurado por pontes, de onde geralmente se tinha as melhores vistas dos cumes das torres mais altas ao redor.

Os belgas se diziam mestres na arte do *bon vivant*, e eu começava a entender por quê. O país tinha uma família real, o que já permeava de nobreza tudo o que era relativo ao governo. Havia palácios por todos os lados, e qualquer edifício do Estado que não fosse opulento como tal era no mínimo suntuoso. O ouro era a regra na ornamentação dessas construções, que permitiam que eu as adjetivasse de magníficas sem que estivesse cometendo um exagero. As cervejas belgas sempre estiveram entre as melhores do mundo, e os chocolates idem. A cultura dava muito importância à arte, os museus eram frequentes nas cidades, e o povo, apesar de trabalhador, sabia tirar um tempo para curtir a vida. Não era à toa que os parques nunca estavam vazios.

Inspirados por essa "sabedoria" belga, compramos pães e alguns frios e fomos até os moinhos que ficavam encravados em pequenas colinas na parte leste da cidade. Sentados na grama, estendemos os sacos de papelão e despejamos o que continham sobre eles. Os itens que compramos eram os mais baratos do mercado, mas, ao contrário do que pensávamos, estavam deliciosos.

Enquanto nos empanturrávamos de pão com queijo, salame e mostarda, assistimos à chegada de dois meninos na beira do gramado. Não longe de nós, os dois ruivos desmontaram de suas bicicletas, soltaram-nas no chão e, com o cuidado que não tiveram com seus meios de transporte, deitaram um enorme pedaço de pano na grama em frente. Acocorados, esticaram o tecido pra lá e pra cá, amarraram alguma coisa em uma de suas pontas e se ergueram, segurando o artefato, cada um de um lado dele.

A rabiola era comprida, o rolo de linha era gordo, e a cruz de madeira que sustentava o pano parecia dura como pedra: aquela era a pipa mais bem-feita que eu já tinha visto.

Um deles se posicionou metros à frente do outro, com a corda na mão. A pipa ficou com o de trás. Ao mesmo tempo, ambos saíram em disparada, o primeiro mais rápido que o segundo. A pipa ascendeu alguns centímetros, chacoalhou no ar e mergulhou com tudo em direção ao solo. Percebendo estar com o queixo caído, levantei-o e lambi a mostarda que escorria pelo canto da minha boca. Toda a expectativa que eu havia construído desmoronou. Os meninos trocaram de posição, empreenderam mais uma tentativa, e a pipa desta vez foi ainda mais severa. Nem se deu ao trabalho de iludir ninguém: rumou direto para baixo e se fincou na grama.

Conforme os insucessos foram se sucedendo, eu e o Rato começamos a desdenhar da habilidade dos garotos.

– Aposto que a gente fazia isso voar de primeira – ele resmungou.

O negócio era tão bem construído e a estrutura aparentava ser tão firme que, por mais que as pás dos moinhos ao fundo estivessem imóveis, nós tínhamos certeza de que a ausência de vento não nos impediria de içar a pipa aos céus em um instante.

Tendo terminado a comida, passamos de espectadores a protagonistas. Sacamos nossa bola e começamos uma brincadeira de tiro ao alvo usando algumas garrafas de água como destino dos chutes. Acertamos algumas vezes, e passamos a mirar numa lata de lixo. Mais acertos, e, quando nos demos conta, já estávamos mirando placas de trânsito a dezenas de metros de distância. Com a confiança em alta, percebemos o interesse dos dois meninos (que a essa altura já tinham desistido de seu passatempo) e os chamamos. Eles não eram tão ruins, mas, modéstia à parte, nós tínhamos os pés muito mais calibrados.

De rabo de olho, vi o Rato observando a pipa largada na grama ali perto. Ele se voltou para mim, e nós dois nos voltamos para o mais velho – e mais ruivo – dos irmãos. Nem precisamos apelar para palavras: um simples aceno de cabeça e uma levantada de sobrancelhas foram suficientes para que ele corresse até a pipa e a trouxesse.

Desleixadamente, segurei a pipa enquanto o Rato, alguns metros adiante, empunhou o rolo de corda. Um, dois, três, e começamos a correr... mas não por muito tempo. Ela chegou a nos iludir, como fizera com os irmãos na primeira tentativa deles, mas logo despencou, levando junto nossa autoconfiança. Trocamos de posição (de novo, como os meninos) e, desta vez, corremos feito loucos. Ficamos putos quando avistamos, ao longe, o par de ruivos gargalhando da nossa cara. Não necessariamente com eles, mas conosco, primeiro pela nossa incompetência e, segundo, pela expectativa que criamos, julgando aquilo como a coisa mais fácil do mundo.

Nossa empreitada derradeira foi engenhosa. Subimos em uma colina para correr com a pipa ladeira abaixo. Em vez de um só "puxador", usamos dois: dividimos a corda ao meio e, enquanto eu segurei uma ponta, o Rato segurou a outra, alguns passos para o lado. No cume do morro, o Bola, o mais teimoso entre nós, fez a contagem, e partimos sem nem olhar pra trás. Sentimos tensão na corda e, tomados pelo ânimo, aceleramos ainda mais. Terminamos a descida, chegamos ao plano, e não diminuímos o ritmo. A tensão cresceu, a curiosidade também, e, bem quando nos viramos para a pipa, ela se inclinou um pouco para a frente e iniciou uma queda abrupta que só teve fim no solo. Frustrados, refizemos nosso julgamento: levantar aquela porra sem vento era impressionantemente foda.

Retornamos para perto dos irmãos e eu notei que uma mulher mais velha estava com eles. Cumprimentou-nos, em inglês, e se apresentou como sendo a mãe. Não perdi a oportunidade de contar sobre meu projeto de entrevistar crianças do mundo todo, e ela se entusiasmou com a chance de mediar uma conversa entre um de seus filhos e eu. O mais velho, que tinha quinze anos e se chamava Dante, voluntariou-se.

Depois de se certificar de que eu tinha um lugar para ficar na cidade, Dante estendeu uma toalha na grama e falou para eu me sentar. Agradeci pela cordialidade e logo perguntei se a hospitalidade fazia parte da cultura belga ou se ele era uma exceção. A resposta foi afirmativa para a primeira opção, e eu busquei saber mais sobre os seus conterrâneos:

– Como você descreveria um belga típico? – comecei.

– Humm, não é tão difícil. Gosta de batatas fritas, chocolate e waffles, é bom em línguas, é muito trabalhador, mas também sabe tirar um tempo pra si mesmo – ele discorreu com naturalidade.

– E gosta de viajar?

– Sim. E eu adoro também. Já viajei pela Europa, mas tenho vontade de ir pros Estados Unidos. Escuto muito sobre lá.

– De quem?

– Ah, dos filmes, dos jogos que eu jogo, das propagandas...

– E qual a imagem que você tem dos americanos?

– Eles sempre acabam salvando o mundo! – o sorriso descortinou uma fileira de dentes metalizados. Um raio de sol que atravessou as folhagens da árvore sobre nós refletiu no seu aparelho e foi parar direto na minha cara. Resvalei para trás desviando do incômodo, mas retomei a postura quando pensei na possibilidade de ele atribuir minha reação ao que ele dissera há pouco. Antes que eu pudesse me explicar, entretanto, sua mãe interveio.

– Nem sempre – ela lhe lançou um olhar enviesado e carregado de reprovação. Diante do silêncio que se instaurou entre a expressão sisuda dela e a cabeça baixa dele, prossegui, dando-lhe a chance de se retratar com a mãe.

– Você acha que isso é verdade?

– Na verdade, eu acho que é um prejulgamento – Dante falou devagar e retribuiu o olhar torto da mãe. – Mas acho também que isso só vai mudar quando eu for pra lá e vir a coisa com meus próprios olhos. Quando você quiser me levar, mãe, eu tô dentro – e ainda aproveitou para cutucá-la.

As pálpebras semicerradas dela voltaram ao normal e uma dose de orgulho despontou em seus lábios levemente arqueados para cima. Ela esticou uma das bordas da toalha sob nós, menos porque estávamos desconfortáveis e mais como um pretexto para girar a cabeça e disfarçar o sorriso.

– Pra onde mais você tem vontade de viajar? – eu perguntei.

– Japão, Brasil, Argentina... quero viajar com amigos quando tiver sua idade, e quando for mais velho, viajar com minha família.

– Ah, você quer ter uma família... Tem algum sonho, vontade de fazer alguma coisa em especial no futuro?

– Tenho. Quero ser feliz e ter uma família.

A expressão de Dante se enrijeceu e a voz foi convicta. A princípio, desapontei-me com sua resposta. Esperava algo menos clichê. Logo percebi, entretanto, que a lição que sua mãe tentara lhe transmitir com a intervenção recente também me servia. Cegado pelo prejulgamento que fiz, fui incapaz de ver que por trás daquele sonho aparentemente simples havia muito mais do que eu esperava.

– Medos, você tem?

– Tenho... medo de me divorciar – Dante deixou o olhar afundar no solo, mimicando o movimento que sua pipa tanto fizera, pouco tempo atrás.

Diferentemente do que acontecia depois dos insucessos com o brinquedo, contudo, agora não era a frustração descontraída que nos envolvia. Era um desconforto pesado, quase lúgubre, que fazia escurecerem os rostos e os humores, ambos antes radiantes, de Dante e sua mãe. Mordi os lábios e pensei rápido em uma maneira de restabelecer o diálogo, evitando tocar em pontos delicados. Veio-me à cabeça a pergunta mais boba possível. Proferi-a impulsivamente. E aí me dei conta de que ela não era tão ingênua assim.

– Você... Você mora aqui em Brugge, certo?

– Moro uma semana aqui e uma semana numa vila no interior, a vinte quilômetros daqui. Meus pais são separados – o menino foi seco em sua resposta. E não ergueu o olhar.

Engoli em seco e notei que, cada vez mais, a quantidade de palavras que sua mãe traduzia para mim era menor que a quantidade de palavras que Dante falava. Ela respirou fundo e levou a mão ao ombro do filho. Ambos se entreolharam por um momento curto, mas intenso. Empertigaram-se, e eu tomei o gesto como um sinal de que devia prosseguir.

– E o que você acha de morar em dois lugares? Prefere algum?

– É ruim ter de me adaptar toda vez que mudo. Não ao lugar, mas às pessoas. Minha mãe é muito diferente do meu pai. Aqui eu jogo mais videogame, mas tenho menos amigos. No interior, jogo mais futebol e faço casa na árvore. Acho que prefiro o interior – a ponderação, fria, não deixara espaço para ressentimento na sua voz. Por mais que a resposta viesse a descontentar a mãe, eu sabia que ela não o olharia de revesgueio de novo.

– E o que mais você faz aqui? – indaguei.

– Desenho bastante... gosto de arte.

– Quem é seu artista favorito?

– Minha avó – se o tom da sua fala carregasse alguma rispidez, eu até acharia que ele estivesse tirando sarro de mim. Não era o caso.

– E o que você acha de pessoas mais velhas como a sua avó?

– Acho que são mais sábias que nós, mas o problema é que sabem disso e então acham que estão sempre certas. Às vezes somos nós que estamos certos, e elas não reconhecem isso. Quando eu envelhecer, vou tentar saber mais, mas continuar fazendo as coisas como se soubesse menos.

A mãe de Dante tentou disfarçar o sorriso que brincou em sua boca. Havia uma indireta no ar. Se ela percebeu ou se sorriu simplesmente por orgulho do filho, aí já eram outros quinhentos. Conversamos mais um pouco e acabamos mudando de posição. Quando me dei conta, era eu que respondia às perguntas do menino.

– Vocês não sentem saudade dos pais? – ele me perguntou. Seu fascínio pela questão familiar era evidente.

– Claro que sentimos. Mas seria pior se não sentíssemos, né? – respondi com bom humor.

– E pra onde vão depois daqui?

– Pra Alemanha, República Tcheca... sempre pra direita – tentei simplificar o meu plano.

– Por que sempre nessa direção? – ele metralhava uma questão atrás da outra.

Revirei os olhos para cima e para a direita. Lembro-me de um dia ter lido que é nesse sentido que as pessoas mexem os globos oculares quando estão imaginando algo. Buscando uma resposta satisfatória, não só para ele, mas para mim também, fiquei alheio ao que acontecia em volta. Quando retomei a percepção, vi o Rato, o Bola e o Vali chamando o Dante para brincar com a bola no meio do gramado. Seu irmão menor clamava por ajuda para consertar alguma coisa em sua bicicleta. E sua mãe oferecia-lhe algumas bananas, ali do lado. A curiosidade do garoto se dissolveu no mar de deveres que borbulhavam ao redor. Atordoado, ele optou pelo futebol com os brasileiros e o alemão. Tranquilo, eu os observava. Tranquilo, eu me observava.

Dante abdicou do jogo para ir, correndo, socorrer o irmão caçula. Enxerguei-me nele: o jovem não parava; queria fazer de tudo. Enxerguei, por fim, a resposta para a última pergunta que ele me fizera. Eu viajaria sempre naquela direção simplesmente porque não podia ser diferente. Na minha volta ao mundo, eu seguiria sempre em sentido anti-horário.

•••

Nenhum lugar no mundo jamais estimulou meus sentidos como Amsterdã. A começar pela audição: o holandês era cheio de consoantes "melosas" e duradouras (como o J e o S), o que fazia parecer com que os holandeses estivessem sempre mascando chicletes enquanto falavam. Depois vinha o olfato, que despertava quando se sentia o onipresente cheiro de maconha, vendida naturalmente e em suas mais diversas variedades, em quaisquer dos milhares de *coffee shops* que pareciam tomar todas as esquinas do centro da cidade. Em muitos deles, inclusive, podia-se fumar a *Cannabis*, mas não se podia fumar tabaco. Para os que tinham mais apetite, havia ainda os *space cakes*, bolinhos que levavam maconha na composição e cujo efeito, apesar de mais demorado, era muito mais intenso.

O Vali nunca chegou perto de ser maconheiro, muito menos eu, o Rato ou o Bola, mas quando vimos um *muffin* de baunilha e nozes etiquetado como *special*, nem precisamos conversar para decidir que sentaríamos em uma mesa e pediríamos um pra cada um. Os bolinhos vieram sorrindo desde a prateleira de trás da vitrine onde estavam até a mesa que escolhemos, num canto meio escuro do *coffee shop*.

Comemos, decoramos os nomes de todas as variedades de maconha do cardápio (a minha favorita era uma mais escura que se chamava Pelé) e fomos conhecer o Red Light District, bairro que era o epicentro da prostituição na cidade. Chegou a vez de a visão ser o sentido mais estimulado.

Você já deve ter ouvido falar do lugar, assim como eu já tinha ouvido, assim como meio mundo já ouviu histórias a respeito. Acontece que aquilo é mesmo um microcosmo à parte. Quero dizer, dá pra ver, em qualquer foto da internet, as janelas que se sucedem, dos dois lados de um canal principal, e que apresentam, como vitrines mesmo, as mulheres que dançam por trás delas. Mulheres que piscam os olhos, lambem os lábios, batem no vidro e até chegam a abrir a porta para chamar os potenciais clientes que demonstram um mínimo interesse nelas.

O que adicionou dramaticidade à experiência em primeira pessoa foram as entradas do bairro. A maioria dos acessos se dava por becos tão estreitos que só havia uma fileira de pessoas indo e uma fileira de pessoas voltando. Não havia luzes, mas mesmo na escuridão eu percebia a imundície das paredes cada vez que as tateava em busca de orientação. Lá adiante, as luzes vermelhas iam se agigantando aos poucos, conforme avançava o mar de cabeças ofegantes e determinadas. Quando terminava o beco, a intensidade da luz rubra era de incomodar a vista e fazer cair o queixo. A passagem era tão mágica que o Rato apelidou o bairro de Hogwarts. Entramos e saímos pelo mesmo beco umas três vezes seguidas, só pela sensação de sermos um Harry Potter transitando pelas estações de trens mágicas dos seus filmes.

Antes que repetíssemos o trajeto pela quarta vez, eu pedi para que os três esperassem um minuto. Quando se ingere a maconha em vez de fumá-la, o efeito tende a aparecer aos poucos, e o seu começo já não nos tinha passado despercebido uma vez, no apartamento do Vali.

O Rato entendeu o recado e confessou que estava com fome. Muita fome. O Vali demorou pra falar alguma coisa, e, quando o fez, o que saiu foi um convite para que fôssemos jantar. O Bola... não estava mais conosco. Foi só depois de uma varredura visual pelos arredores que o localizamos. O queixo caído até a altura dos joelhos, os ombros acorcundados para frente pelo fascínio, e o olhar vidrado numa vitrine. Enquanto nos aproximávamos, o Rato já começou a rir. Assim que chegamos ao lado do Bola, a mulher que lhe fisgara o interesse fechou a cortina de sua janela.

– Interesse não, mano – ele me corrigiu, defrontado com a cortina e esperançoso de que ela se abrisse de repente. – Eu tô é apaixonado mesmo.

– Não adianta ficar esperando, Bola. O programa dura vinte minutos – eu o consolei e tentei puxar seu braço, mas os pés do cara pareciam colados no chão.

– Além disso, a rotatividade é alta – o Vali meneou a cabeça na direção de uma fila de dois homens que esperavam do lado da porta do quarto da mulher.

– Eu espero. Não tem problema. Cês não têm ideia do tanto que a mulher era gostosa – Bola enunciou pausadamente, tentando enfatizar o seu deslumbre.

– Cês não têm ideia... – o Rato imitou sarcasticamente a fala lenta do amigo – é da fome que nóis tá sentindo – e arrancou o Bola da posição com facilidade. O Rato era forte. E eu até já te contei isso.

Logo passamos por um rodízio de comida brasileira, e uma garçonete já estava fechando as portas de entrada, mas, depois de vermos que ainda saía fumaça do bufê, nada nos impediria de jantar lá. Entramos no restaurante – não dando ouvidos às ordens gritadas pela garçonete – e tivemos de conversar muito com o dono para que ele nos ajudasse a matar nosso desejo. Diante da insistência teimosa de quatro homens famintos, ele concordou em nos dar vinte minutos para que comêssemos tudo que conseguíssemos do que restou do bufê. Afinal, só estaríamos poupando um pouco do trabalho de quem quer que fosse lavar aquelas louças.

O meu paladar se satisfez em segundos. A minha língua reencontrou-se com feijoada, moqueca de peixe, arroz, feijão-preto e aipim frito tão rapidamente, que mal teve tempo de saber o que era o quê. Aí veio mais um prato de salada, e depois mais um de batatas e uma pilha de bifes à milanesa, e eu não teria parado de comer tão cedo se a garçonete não tivesse levado embora os restos do bufê.

O Vali arrebatou de uma vez só três pratos de feijoada para que pudesse comê-los sem pressa. O Bola, coitado, parecia que tinha acabado de acordar de uns dois anos em hibernação. Ou talvez, desconsolado, estivesse só tentando esquecer o amor perdido no Red Light District: comeu cinco pratos cheios – um a cada quatro minutos! –, o que, se não é um recorde mundial, é no mínimo uma aberração da natureza. E do Rato, eu só via os cabelos, no topo de um rosto escondido por uma montanha de ossos de perna de frango. De vez em quando, uma mãozinha toda lambuzada de gordura depositava mais um ossinho no topo da pilha.

O dono do restaurante, eu percebi no fim da comilança, nos observava atônito de trás de um balcão. Aposto que tinha valido a pena chegar em casa vinte minutos mais tarde pra ter a oportunidade de presenciar aquela cena. Quando fomos embora, ele nos agradeceu pela ajuda na limpeza, e aquela foi uma maneira adequada de nomear o que tínhamos acabado de fazer. Não comemos; limpamos.

Levou dois dias para que todos nos recuperássemos direito. Tanto da indigestão quanto da exaustão. Acontece que Amsterdã era intensa demais. Acontece que esse começo de viagem foi supersaturado de estímulos. Acontece que, na companhia dos dois brasileiros e do alemão, era impossível dizer não.

A antepenúltima ideia brilhante do Vali foi me forçar a entrar com ele em uma igreja de cientologia, justo depois de uma visita a um *coffee shop*. O que eu sabia sobre a cientologia eram três fatos que tinha lido em manchetes de jornais: era uma religião fundada por um escritor de ficção científica; Tom Cruise a praticava; e seus seguidores achavam que a filha do Tom Cruise era a reencarnação do Criador.

Pois o que chamou a atenção do Vali naquele prédio baixo e branco, que parecia ser de escritórios, foi a placa que oferecia um teste de estresse grátis, colada na porta de vidro. Nós entramos e fomos cumprimentados por um jovem de óculos, cabelo espetado a gel, camisa branca pra dentro da calça e espinhas no rosto. Muitas espinhas. Tantas espinhas que tinha espinhas até dentro das espinhas.

Então o cara explicou sobre como um dos métodos-chave para se atingir uma vida mais feliz, segundo a sua religião, era a extração da carga emocional de experiências negativas do passado. E sobre como o teste de estresse que ele nos aplicaria serviria para localizar alguma dessas experiências, e nos estimularia a aprender mais sobre a cientologia e os seus tratamentos.

Pediu para que eu segurasse um bastão metálico em cada uma das mãos, ambos ligados por um fio a um medidor de corrente elétrica cuja agulha deveria movimentar-se em momentos nos quais eu ficasse tenso. Começou, aí, a buscar na minha memória algum problema mal resolvido.

– Quero que pense na sua família – ele falava um inglês hipnótico de tão redondo. – Na sua mãe, seu pai, sua infância.

A agulha do medidor de estresse não se mexeu.

– Em algum dia no qual você teve muito medo. Medo de morrer – se ele tivesse feito aquela pergunta alguns meses mais tarde, a agulha provavelmente sairia pulando do compartimento de vidro. – Ou em alguma pessoa que já te decepcionou. Já te trocou por outra, não sei. Você já teve uma namorada?

Foi aí que a agulhinha trepidou um centímetro pro lado e ele tomou aquilo como indicador de um profundo estresse emocional.

– Se você quiser – ele deslizou a cadeira de rodinhas em que estava sentado, revelando uma prateleira cheia de cópias de um livro com um vulcão em erupção na capa –, pode adquirir uma cópia da *Dianética*, o livro que é a base da cientologia, e que custa menos de quarenta dólares. E depois – ele moveu a cadeira ainda mais para o lado, saindo da frente de outra prateleira, essa com caixas de livros agrupados às dúzias, como aquelas coleções da Folha – ... pode adquirir as obras posteriores do nosso fundador para aprender mais.

– Só me explica, por favor, por que tem um vulcão na capa do livro mais importante da religião? – eu começava a ponderar a possibilidade de o tal fundador ter escrito um livro de ficção e um bando de malucos ter adotado a história como doutrina.

– A nossa mitologia conta que, há setenta e cinco milhões de anos, um ditador intergaláctico trouxe bilhões de seres à Terra, que na época se chamava Teegeeack – ele soletrou o nome num pedaço de papel. T-e-e-g-e-e-a-c-k. Aquilo não fora uma gaguejada –, e soltou esses seres em vulcões antes de explodir todos eles com bombas de hidrogênio. Aí as almas das vítimas, chamadas de Tetões, foram levadas pra uma espécie de cinema em 3D onde lhes implantaram várias ideias errôneas, como os conceitos de Deus e o Diabo, antes de entrarem em corpos físicos do que viriam a ser os *Homo sapiens*.

O jovem folgou um pouco o colarinho da camisa, tomado pela excitação.

– Muitas dessas coisas eu nem deveria estar te falando. Mas você vai aprender mais adiante. Se quiser, é claro.

Eu não queria aprender mais. Eu acho que nunca não quis aprender mais sobre uma coisa com tanta vontade. A agulha do medidor parecia congelada. Eu estava de boca aberta, e o cara com certeza achou que aquilo era um sinal de interesse. No silêncio que dominara aquele escritório envidraçado de frente pra uma rua cheia de *coffee shops*, contrastavam a postura irrequieta do jovem entusiasmado e a imobilidade estupefata minha e do Vali, as diferenças saltando aos olhos como num jogo dos sete erros vagabundo, para qualquer um que passasse pela calçada.

Eu gostava de Deus. Eu adorava aprender sobre religiões. Mas a cientologia, a partir daquele momento, estava riscada da minha lista. Eu só não tinha enfiado as barras metálicas do medidor de estresse no sovaco, ou saído correndo mostrando a bunda, ou feito alguma coisa tão bizarra quanto o discurso do cara, porque não sabia se a alucinação trazida pelo bolinho de maconha recém-comido distorcera o que ele falara. Mais tarde o Vali me confirmaria ter ouvido o mesmo que eu. Nós éramos Tetões. A Terra um dia se chamara Teegeeack. E tudo começou com vulcões, bombas de hidrogênio e cinemas em 3D.

– Se Deus existe, então, ele é um ditador intergaláctico. Eu gosto dessa imagem – o Vali comentou baixinho.

O cientólogo ouviu e o reprovou com um olhar semicerrado:

– O sarcasmo não é a melhor das emoções. Gera estresse, sabia?

Vali não respondeu. Só agarrou os bastões metálicos e desafiou o jovem a encontrar um pingo de estresse na sua memória. E não teve jeito.

Falou-se dos pais do alemão, de ex-namoradas, de medo da morte, de bullying na infância, de arrependimentos e de possíveis acidentes de carro. Quando o cientólogo perguntou pro Vali como ele se sentiria caso perdesse a mãe, eu tive de rir. Aquilo era mais sujo que chute no saco em luta de boxe. A agulha parecia pregada à sua posição, e só se mexia quando o jovem tentava calibrá-la desesperadamente para que ganhasse sensibilidade. Só que o arsenal de provocações já tinha se esgotado, e o Vali estava satisfeito com sua performance. Colocou os bastões de metal delicadamente sobre a mesa, agradeceu pela atenção e se mandou para a rua. Ainda boquiaberto, tanto com a bizarrice daquelas histórias quanto com a frieza do meu amigo, só me dei conta de que era hora de ir embora porque ouvi o Vali batendo na porta de vidro, da rua. Aquele alemão tinha um quê de sobre-humano, sério. Com as mãos apoiadas no vidro e o rosto apoiado nas mãos, sorria pra mim. Tinha tido mais uma ideia brilhante, a penúltima antes de nos separarmos.

Juntamo-nos ao Rato e ao Bola numa praça movimentada, na frente de uma estação de metrô. Estávamos os quatro dividindo o mesmo tipo de alucinação. Às vezes a maconha ingerida causava leseira, aguçamento de alguns sentidos ou sono. Dessa vez, tudo que ela gerara era uma alegria despreocupada e um sutil retardo na nossa percepção de passagem temporal.

O Bola posicionou-se com a câmera a alguns metros, à paisana, para nos filmar e fotografar. O Vali sentou-se com o violão. Do lado, o Rato tinha no pé a bola de futebol com a qual viajava. E eu carregava nas mãos as bolinhas de malabares laranja que sempre me acompanhavam.

Um tocava Jack Johnson, o outro fazia embaixadinhas e eu fazia malabarismo. As minhas bolinhas e a do Rato caíam a toda hora e tínhamos que buscá-las no meio da multidão que entrava ou saía do metrô. Poucos nos davam atenção, mas os que davam acabavam observando por algum tempo aquele trio de nítida inaptidão artística, e conspicuamente pouco se fodendo para isso. Se eu visse três caras como aqueles em São Paulo, juro que lhes daria uns trocados. Você tinha que ver o tamanho dos sorrisos estampados nas nossas caras. No mínimo, compartilhávamos um pouco de felicidade com quem quer que cruzasse o olhar com os nossos.

Pelo jeito, ninguém ali pensava como eu. O chapéu que deixamos diante de nós, e do qual esperávamos extrair algum dinheirinho ao fim da performance, estava vazio depois de meia hora. De um ponto de vista sóbrio, é provável que estivéssemos tentando nos passar por idiotas. Eu me atravessava na frente do Rato, e ele passava por trás de mim, e o Vali injetava umas pausas no meio das músicas pra conferir dramaticidade à encenação, mas a verdade é que nós só estávamos cambaleando uns ao redor dos outros e achando aquilo a dança mais genuína e expressiva do mundo.

O auge da atenção recebida foi a aproximação de um italiano barbudo, vestido de chapéu e terno. Cutucou meu ombro e eu me virei surpreso, pronto para ser elogiado. Ele me entregou sua máquina fotográfica, pediu para que eu tirasse algumas fotos dele, saiu antes que eu pudesse responder e foi posar ao pé de um poste de luz. Admirei tanto a cara de pau que produzi uma minissessão fotográfica dele fazendo caras e bocas.

Tomado pela euforia do momento, e sem pensar na ressaca que normalmente sucedia esses dias psicotrópicos, sugeri que ficássemos mais um tempo em Amsterdã. O Rato lembrou que já tínhamos saído do albergue, e que não havia onde dormir. Propus que transformássemos o

Mercedez em um quarto mais uma vez. Aí o Vali parou de tocar e negou enfaticamente. A lembrança da noite que passamos dentro do carro na Bélgica o atordoou tanto que ele ficou sério e sóbrio instantaneamente. Se o cientólogo soubesse desse episódio, ele teria obtido um recorde no seu medidor de estresse.

As aulas do Vali começavam em dois dias; o Rato e o Bola tinham que voltar para o Brasil, de Praga, em menos de uma semana; e nós ainda tínhamos que atravessar a Alemanha de oeste a leste para chegar à República Tcheca. Eram só quarenta dias de férias que meus amigos brasileiros tinham para viajar comigo.

Antes que eu pudesse me abater pela perspectiva de ficar sozinho, e pelo sumiço do tesão pela nossa performance pública, contudo, o Vali me consolou.

– Relaxa, Felipe – ele ergueu uma sobrancelha mais que a outra, construindo uma cena mentalmente. – Amanhã eu vou te levar pra fazer uma coisa legal. Eu conheço um clube de saltos ornamentais, em Düsseldorf, e uma vez, com meus amigos, eu invadi o lugar à noite.

•••

Fazia frio, e o sereno se traduzia em uma camada fina e teimosa de água no para-brisa e nas janelas, como se o Mercedez suasse de tensão com a gente. Tínhamos dividido um derradeiro *muffin* de chocolate e maconha, trazido de Amsterdã, última substância ilícita que eu ingeriria por um bom tempo. O Vali acelerava o carro com a ponta do pé, não só pra não fazer barulho, mas também porque o breu era um buraco negro no qual os faróis eram engolidos pela neblina logo alguns metros à frente do capô.

Deixamos o Merça no canto de um estacionamento absolutamente vazio e trotamos em direção a uma portaria. No meio do caminho, pedi um minuto porque precisava mijar.

– Você tá com medo, né? – o Vali perguntou, enquanto eu procurava o pinto que se escondia de um frio atípico para o verão alemão.

– Digamos que estou desconfortável – tentei desconversar.

– Tem que agir no sentido anti-horário, Felipe. Anti-horário – ele lembrou o que eu tinha lhes contado ao fim da conversa com o menino Dante, na Bélgica.

Passamos em frente à portaria fechada, onde uma placa enorme estabelecia o horário de funcionamento do clube como sendo entre oito da manhã e nove da noite – quando saímos do carro, eram duas e meia da madrugada –, e seguimos margeando a grade até bem longe da entrada. Todos ao mesmo tempo, escalamos os dois metros de arame e pulamos para o chão de grama, aterrissando num campo de futebol que atravessamos de ponta a ponta, caminhando devagar, rumo às piscinas que ficavam atrás do gol, do outro lado.

Com as mãos enterradas nos bolsos do casaco, o Vali se deleitava com o câmbio das minhas expressões. A rigidez ansiosa das minhas bochechas se dissolveu quando brotou um sorriso tão largo que as pontas pareciam se amarrar nas minhas orelhas. Atrás de um gol, uma piscina aquecida oferecia dois trampolins e duas plataformas de saltos ornamentais, de até cinco metros de altura.

Eu e o Bola jogamos as camisetas numa cerca de arbustos que rodeava a área, pulamos por cima dela, corremos escada acima até o topo da plataforma e, de lá, pulamos quase juntos. Mal se via a água, tamanha a escuridão, e a primeira impressão que se tinha era a de estar flutuando no espaço sideral. Só o impacto forte na superfície da piscina freava o devaneio e a velocidade que se alcançava. Com mais alguns saltos, aprendi a prever com exatidão o momento no qual atingiria a água, só pelo barulho do ar perfurado que parecia acelerar pelos meus ouvidos. Aí joguei a cueca e a bermuda lá pra baixo, e fiquei dando mortais, pelado, alimentando-me da adrenalina que advinha tanto dos pulos quanto da clandestinidade deles.

Durante um bom tempo, minhas únicas preocupações foram checar se o Bola não estava bem embaixo da plataforma, antes de um salto; e monitorar as consequências do impacto nas minhas bolas, que estavam livres e à vontade, já que a água era aquecida. Só foi adicionada outra preocupação à lista quando o Vali nos chamou, do chão, mandou que nos calássemos e apontou para um par de luzes circundando a grade que entornava o clube.

Eu e o Bola descemos as escadas da plataforma, ajoelhamo-nos atrás dos arbustos e vestimos as roupas que tínhamos deixado sobre eles. As luzes eram faróis de um carro que parara bem em frente à parte da grade que tínhamos pulado. As luzes se apagaram e foi na escuridão, sem ver direito os rostos uns dos outros, que ponderamos se devíamos atravessar o campo de futebol de novo para sair pelo mesmo lugar por onde tínhamos entrado ou se devíamos pular pelo muro da portaria principal mesmo, mais perto de nós, mas onde provavelmente havia câmeras. Ninguém quis tomar uma decisão, e todos começamos a tremer. Não só de frio. Pensávamos estar correndo mais perigo que salto alto em pé de gorda.

Foi só ao vermos os vultos de quatro homens se aproximando que nos levantamos. Num breu daqueles, poder discernir vultos significava que os caras já estavam alarmantemente perto da gente. Seus passos eram rápidos e as suas posturas, inquietas, desconfiadas. A maconha instaurou em todos nós a mesma paranoica certeza de que eles estavam ali para nos capturar, e prender, e torturar, mas, depois de um tempo, iria me parecer natural a possibilidade de que eles eram meros garotos inconsequentes querendo fazer a mesma coisa que nós tínhamos feito.

Disparamos rumo à entrada do clube e pulamos apressados um muro de concreto que eu julgaria intransponível, se sóbrio. Tentei nem olhar muito pro lado pra evitar avistar uma câmera, um segurança, ou qualquer coisa que pudesse tirar o meu foco da fuga. Atravessamos todo o estacionamento vazio e só paramos de correr ao pularmos, ainda molhados, pra dentro do Merça.

Do banco do passageiro eu murmurava ordens de pressa ao motorista. O Vali, sereno, virou a cabeça pra mim devagar, depois de fuxicar alguns botões do rádio do carro. No seu rosto não havia o alívio da fuga. O que transbordava dos seus olhos sorridentes e vermelhos era uma fome insaciável de inconsequência.

Ele dirigiu até perto de onde o outro carro havia estacionado. No volume máximo, os alto-falantes cantavam uma música que eu ainda não conhecia, mas que viria a ser o tema da minha viagem:

– One day, baby, we'll be old, oh, baby, we'll be old... and think of all the stories that we could have told... – a voz quase feminina do cantor israelense, tão trêmula quanto a bandeira esfarrapada de uma causa quase perdida, por pouco não me fez chorar. – Um dia, baby, seremos velhos, ó, baby, seremos velhos... e pensaremos em todas as histórias que poderíamos ter contado...

O Vali deu meia volta na frente do carro estacionado e, ostentando o sorriso de um psicopata, plantou com força um punho bem no logotipo do Mercedez que ficava no meio do volante. A buzina, que de tão velha ia perdendo força, como o uivo de um lobo, começou a tocar junto ao refrão da música. Eu estava assustado e sem reação. Aquele alemão tinha algum problema mental. Se os homens que havíamos visto fossem guardas, nós estaríamos fodidos. E se eles não fossem, estariam naquele momento temendo serem pegos por algum serial killer maluco que estacionara do lado do carro deles e buzinava às quatro da manhã, acompanhando uma música tocada no volume máximo, com a naturalidade de quem batuca na coxa o mesmo ritmo do barulhinho que faz o pisca-pisca ligado.

Sufocado pela mistura de tensão, adrenalina e alívio – que surgiu quando o Vali largou a buzina e começou a ir embora –, nem me assustei com a velocidade absurda com que o Mercedez cruzou as ruas desertas de Düsseldorf. Para o alemão, se a avenida tinha mais de uma faixa, já era uma autobahn[5].

Aí, no dia seguinte, despedimo-nos do Vali. Atravessamos a Alemanha de carona, parando por alguns dias em Berlim e Dresden, até chegarmos a Praga. Lá, o primeiro a voltar para o Brasil foi o Bola, no início de uma noite lúgubre, cuja lua cheia mal conseguia se mostrar atrás das nuvens que a escondiam. Durante a madrugada, depois, o Rato partiu. Deu-me um abraço curto, mas apertado, e me disse uma frase da qual nunca vou me esquecer:

– Aproveite e tente aprender um pouco do que você ainda não sabe.

Até hoje não sei quanto de ironia e quanto de seriedade ele quis demonstrar.

Voltei a dormir logo em seguida. Sonhei com minha cadela, Laika. Ao pé da minha cama, ela me dava a pata insistentemente. Movia a cabeça na direção do quarto dos meus pais, como que pedindo para que eu voltasse para casa. Tive tempo de acariciar suas orelhas e de beijar sua testa, antes de despertar com um nó na garganta. A ficha começara a cair. A partir daquele momento eu estava sozinho.

•••

Nós adorávamos planejar. Não me lembro da ocasião exata em que eu e o Louiz decidimos que faríamos uma viagem de volta ao mundo juntos, mas me lembro das incontáveis tardes que se sucederam, nas quais sentávamos um do lado do outro e ficávamos olhando por horas para aquele mapa-múndi pendurado na parede do meu quarto. Um de nós levantava, apontava para um país qualquer, e aí o outro desatava a descrever o lugar tal qual o imaginava.

Cravávamos alfinetes nos nossos destinos e os ligávamos com uma linha vermelha surrupiada da caixa de materiais de costura da minha mãe, esticada com cautela para que a representação do nosso

5. Rodovias sem limite de velocidade, onde os alemães demonstram todo o seu desapego à vida.

trajeto fosse tão firme quanto a nossa ambição. Tão palpável quanto o nosso sonho. No mapa, a volta ao mundo parecia simples. Nas nossas cabeças, começar a maior aventura de nossas vidas era só uma questão de tempo.

Enquanto não chegava a hora, nos contentávamos em realizar desejos menores. No início do ano, sentávamos diante de um papel e imaginávamos a semana perfeita. Num dia, iríamos ao parque de diversões. No outro, jogaríamos paintball. Depois, andaríamos de kart. E assim por diante, até atulhar de diversão aquela linha distante no calendário a qual chamávamos de "A Semana da Alegria". Então, usávamos alguma caixinha como cofre e recolhíamos obstinadamente quaisquer tipos de trocos e moedas, para que, na data marcada, ao fim do ano letivo, pudéssemos viver os nossos sete dias idílicos.

No papel em que tínhamos escrito as atividades que faríamos, havia também a nossa meta financeira, o valor médio mensal que precisávamos recolher e até planos alternativos para programas que pudessem ser cancelados por causa de chuva. Nós planejávamos como adultos. E vivíamos o sonho como crianças. Com a jornada de nossas vidas, alguns anos adiante, seria diferente. Louiz sonhara como uma criança. Quem dera mais tarde ele agisse do mesmo modo.

O pôr do sol me forçou a procurar um lugar para descansar. Não existindo reentrância alguma que pudesse me abrigar, decidi repousar em uma área descampada, na encosta não tão íngreme de uma colina.

Em circunstâncias diferentes, eu teria admirado o início do crepúsculo, e a dança das sombras surgindo dos vales e conquistando o topo de todos aqueles morros. Na minha situação, o desespero sufocava qualquer outro impulso. A noite nublada reduzia a visibilidade a meia dúzia de metros e, mesmo se eu estivesse cheio de energia, era impossível continuar caminhando sem tropeçar passo sim, passo não.

Deitei-me na terra do descampado e abri a mochila à procura de algo com que me aquecer. Peguei o celular e me dei conta de que nem tinha pensado em usá-lo para pedir socorro. Estava sem sinal. E com a bateria quase no fim. Pelo menos ainda me serviria de lanterna por alguns minutos.

Vesti mais uma camiseta que levava, além do casaco. Tomei metade da água da minha garrafinha – em um ou dois goles. Mastiguei apressado três chicletes de menta e os engoli, na tentativa de arrefecer a fome. Não funcionou, e eu decidi que ficar mascando um talvez fosse mais eficiente.

Encolhi-me, abraçado à mochila, e cobri o rosto com o capuz. Fiquei esperando as estrelas despontarem na negritude do céu, mas, encobertas por nuvens, elas não deram as caras. Atentei para quaisquer barulhos que eu pudesse ouvir, mas não notei nada além do zumbido de alguns insetos. Eu estava sozinho, afinal. Completamente sozinho.

O vento frio, que começou a soprar assim que o sol se pôs, foi ganhando intensidade até a meia-noite. Não que ele tenha enfraquecido depois. É que, nessa hora, a bateria do meu celular acabou, foram-se meu relógio e minha lanterna, e eu perdi a noção do tempo.

As rajadas geladas brincavam de fazer o meu casaco de peneira. Também se embrenhavam pelos furos da minha calça fina – abertos pelo impacto da queda de antes – e tratavam de esfriar todo e cada pedacinho das minhas pernas. Meus tornozelos, em especial, sofriam mais que o resto do corpo. Ficavam expostos pela fresta entre o fim das meias curtas e o fim da barra das calças, enforcados por algemas imaginárias de gelo.

Eu tremia incontrolado, e me revirava na terra, sempre tomando o cuidado de não expor o rosto coberto pelo capuz. Eu ainda tinha mais frio que medo, e, além de querer proteger a face, não desejava ver nada além da escuridão das minhas pálpebras fechadas. Nela, pelo menos, eu podia imaginar o Louiz, e o momento do nosso encontro, e um dia ensolarado e quente. Minha mente ainda estava sã. E eu ainda tinha controle sobre o que alucinava. Só precisava manter a consciência até que o dia raiasse. E segurar a fome. E o frio.

Rangendo os dentes, escondido na segurança do meu capuz, eu sonhava acordado em poder girar o planeta com uma mão, para fazer o sol levantar logo lá do outro lado. Dominado pela impotência, eu seguia tremendo, cada vez mais e mais, languidamente.

---

3. EUROPA ORIENTAL >

Tudo que sobe desce

Além da colina onde ficava o famoso castelo de Praga, havia outra, pouco menor, mas igualmente imponente, que se erguia de frente para a parte antiga da cidade. Relativamente afastada do fervor turístico da cidade, era a ponta de um parque cheio de instalações esportivas frequentadas pelos locais.

De longas distâncias, era possível ver, no seu cume, uma espécie de pêndulo. Quando se chegava perto, notava-se que o pêndulo era, na verdade, um metrônomo (o que em nada afetava o seu poder hipnotizador), balançando e marcando um ritmo cuja velocidade já havia sido há muito ultrapassada pela vida frenética daqueles que viviam na cidade grande. O metrônomo ia e vinha, tesourando o tempo que se interpunha entre o agora e o daqui a pouco, e os turistas que se aventuravam a subir a comprida escadaria que desembocava nele pareciam ignorar sua lição: tiravam uma foto e, depressa, rumavam para a próxima atração na sua lista.

Foi só na segunda vez em que eu subi até o metrônomo que me permiti um pouco mais de calma na visita. Sentei-me na bancada ao seu lado, de frente para ele, de costas para Praga, e me pus a escrever. Escrever sem pressa, sobre as ideias que brotavam na cabeça, sem a ambição de gerar sentido e certo de que o tempo se encarregaria de fazer isso por mim.

Estando sozinho, era como se o tempo caminhasse na mesma velocidade que eu. O caramujo, a tartaruga... Eu começava a perceber que, se todo animal que carregava a casa nas costas andava devagar, comigo não seria diferente.

O fio que trazia energia para o metrônomo exibia as recordações do tempo que ambos já tinham passado (e feito passar) juntos: dezenas de pares de tênis estavam pendurados nele pelos cadarços, lânguidos, cansados. Desde quando, e por que estavam ali, eu não sabia. Mas seria no meu terceiro encontro com o metrônomo que eu iria descobrir.

Depois de subir as escadarias, decidi dessa vez sentar-me de costas para ele, de frente para a pista de skate que ele varria constantemente com sua sombra esguia. Era nela que um menino magrinho e de calças caídas tentava deslizar sobre um corrimão, caía, tentava de novo, caía mais uma vez, e assim por diante. A cada nova empreitada, ele ajeitava o boné vermelho, da mesma cor do metrônomo, e respirava fundo. Foi só quando finalmente cumpriu seu objetivo, que me dispus a conhecê-lo.

Lukas tinha treze anos e já era patrocinado. Depois de me apresentar, perguntei sobre a origem dos calçados pendentes no fio do metrônomo, e aí ele abriu um sorriso e meneou a cabeça positivamente, como se já tivesse antevisto a questão.

– Ninguém sabe direito. Alguns dizem que os skatistas fazem apostas e os perdedores têm que jogar os calçados lá pra cima, alguns dizem que é coisa de drogados... Eles estão lá há tanto tempo que não dá mais pra dizer de onde vieram.

– E o metrônomo, influencia de algum jeito enquanto você anda? – questionei, curioso.

– Não. Mal olho pra ele... – respondeu Lukas, indiferente.

– Qual é a maior qualidade que um skatista deve ter?

– Motivação – o menino foi rápido no gatilho. – Você tem que saber que vai cair e que vai ter que se levantar.

– E você já teve alguma queda feia?

– Já quebrei o calcanhar uma vez – e, em resposta à careta de dor que eu fiz, ele contorceu os braços e moveu as pernas, num gesto que reproduzia o seu acidente.

– Foi muito ruim?

– Não tanto. Mas tive que ficar três semanas sem andar de skate.

– O que você fez nessas três semanas? O que gosta de fazer além de andar de skate?

– Não gosto de nada mais, só gosto de andar de skate.

– E por que gosta tanto disso?

– Porque... – Lukas gargalhou e encolheu os ombros. – Pra ficar com meus amigos, porque me dá liberdade... – mais risos vieram à tona e ele finalmente chegou à raiz da questão. – Porque é divertido, ué! Por que você viaja?

Por mais que eu estivesse aprendendo a conduzir as entrevistas com crianças, bastava que elas me fizessem uma pergunta para que eu ficasse desconcertado. Pego desprevenido, nada pude fazer além de retrucar as gargalhadas de Lukas na mesma moeda. Enquanto ríamos juntos, pensei no que ele me perguntara. Por que eu viajava? Podia dizer que viajar era caçar diferenças; podia dizer que viajar era conhecer pessoas, mais do que lugares; podia tentar fazer caber toda a razão do mundo dentro de um aforismo, mas, no fundo, Lukas e sua irracionalidade é que estavam certos: eu viajava porque era divertido, porra!

– Você tem algum sonho, Lukas?

– Humm, fácil: quero ser um profissional na América.

– E se você não conseguir ser profissional, o que gostaria de ser?

– Aí eu ia trabalhar numa loja de skate.

– Mesmo que isso não te desse muito dinheiro?

– Sem problema, desde que eu tivesse fazendo o que gosto – ele respondia cada vez mais despreocupado, e a ansiedade transbordava dos olhos quando observava os skatistas que se divertiam na pista ao nosso redor. Eu não tinha muito mais tempo até perder de vez a sua atenção.

– Como um skatista, Lukas, você tentaria mudar alguma coisa nas pessoas, na sociedade? – eu adotei um tom sério e ele cruzou as pernas como gente grande.

– Eu queria trazer mais respeito pro lugar de onde venho, meus amigos, pro esporte... Acabar com esse preconceito de que skatista é tudo drogado, por exemplo.

Se ele acabara de me ensinar a não me levar tanto a sério, mostrava-me agora preocupações um pouco mais maduras. Admirado com a desenvoltura do garoto, resolvi aproveitar a ocasião.

– Se você pudesse dar um conselho para a sua geração, como um todo, qual seria ele?

– Não gosto dessas crianças que ficam sempre em casa... – o imediatismo da resposta revelava a importância que ele dava ao que dizia. – Saia do computador, vá pra rua, aprenda a correr atrás... Acho que é isso que eu diria. Não dá pra ficar perdendo tempo.

Quando Lukas encerrou sua frase, parou de balançar o skate pra lá e pra cá, sob os pés, e pisou em uma de suas pontas, erguendo a outra. Agarrou essa ponta com a mão, levantou a cintura das calças e sorriu em despedida. Notei pela primeira vez que seus dentes da frente, um pouco separados, lembravam os de minha irmã. Lembrei de casa, e sucumbi por alguns momentos à saudade que já começava a me corroer por dentro.

– Se tem uma coisa de que você precisa pra ser bom no skate é de tempo – ele interveio nos meus devaneios. E, dessa vez, eu não tinha lhe perguntado nada. Sem mais delongas, levantou-se e começou a praticar outra manobra no corrimão. Assim como o metrônomo, ele não podia parar de andar.

•••

Ter sido deixado pelo Rato e pelo Bola me mostrou que a solidão era uma mera questão de opção. Nas minhas andanças desacompanhado, eu vinha apreendendo a mecânica das amizades utilitaristas.

Nós todos falávamos a mesma língua, e eu não me refiro ao inglês. Nas relações entre viajantes, era a sinceridade que dava o tom ao diálogo. Em dez minutos, eu já sabia da vida inteira de uma pessoa, e estava sentado a palmos de distância dela, na mesa de um bar. Uma discussão filosófica podia ser engatada durante o tempo em que se leva para escovar os dentes, e uma amizade podia servir só para que o silêncio não fosse onipresente em toda a viagem de trem que vinha pela frente.

Nós sabíamos que não passaríamos a ser irmãos dali em diante. Que provavelmente nunca mais nos veríamos, depois das horas, ou no máximo dias em que oferecêssemos uns aos outros tudo que tínhamos de mais precioso: a nossa companhia.

Era engraçado como viajar sozinho ensinava, de fato, a fazer um melhor amigo por dia. Não havia segundas intenções (exceto quando se tratava do sexo oposto). Era tudo muito claro. Eu estava sozinho, tinha algumas histórias pra contar, e um par de ouvidos em pleno funcionamento. Essa era a descrição do produto "eu" no mercado das relações na estrada. E ela geralmente era suficiente para que eu fosse "comprado". Não com dinheiro, é óbvio. Mas com um simples e sonoro:

– E aí, de onde você é?

O começo era sempre igual. Interessante mesmo era o que vinha depois. Eu costumava dizer que viajar era conhecer pessoas, mais do que lugares, e a cada novo melhor amigo que eu fazia, sentia-me mais convencido de que estava certo. Antropólogos, estudantes, vagabundos, médicos, garçons, físicos, atletas... no fundo, no fundo, eram todos professores.

Nas despedidas, não tinha tempo ruim.

– Boa viagem, cara. Nos vemos por aí.

E era nessa última frase que residia a única mentira no âmbito das amizades utilitaristas.

O problema é que eu era um aficionado pela metade vazia do copo. Em vez de me contentar com os amigos que fazia, sentia-me submisso ao fato de que, mais cedo ou mais tarde, acabaríamos nos separando. As despedidas, desse modo, representavam um enorme alívio: apagavam a anormalidade efêmera da companhia e restabeleciam a condição duradoura e inquestionável da solidão.

Eu a enxergava como parceira e não como inimiga. Cultivava e a protegia de viajantes novos que seguiriam o mesmo trajeto que eu; em troca, ela servia como horta para que florescessem a minha escrita e o meu bem-estar.

Não me julgue como um completo sociopata, Louiz. Eu ainda não tinha chegado a esse ponto. Eu evitava aqueles que se aproximavam com o pretexto de que vinham trilhando a mesma rota no mapa e que guardavam para eles o poder da despedida. Quero dizer, quando você aceita a companhia de alguém que vai para o mesmo lugar, fica impossível mandar o cara embora, por mais que os dois estejam indo para a mesma cidade, só porque você quer ficar sozinho de novo. Cabe ao cara dizer que vai tomar um rumo, e dar fim à relação relâmpago. E era isso que me incomodava: do poder da despedida eu não abria mão.

Eu amava conhecer habitantes de lugarejos pequenos, onde o número reduzido de pessoas fazia com que cada relação fosse tratada como uma pérola. E eu amava poder ir embora e abraçar de novo a solidão sempre que quisesse.

"Tempo livre não é um vácuo a ser preenchido. É o que permite que a sua mente se rearranje criativamente. É o espaço vazio no quebra-cabeça de 4x4 quadrados deslizantes, sem o qual seria impossível mover as outras peças de modo a formar uma imagem, a gerar sentido."

O texto acima, escrito por Harry Lewis, fazia parte de uma carta intitulada "Desacelere", que era enviada todo ano aos novos alunos em Harvard. Eu o li dentro de um ônibus, prestes a chegar a Hollókö, uma vila no norte da Hungria, e ele caiu como uma luva.

Não havia muito em Hollókö, turisticamente falando. Havia espaço, contudo – a vila era rodeada por um bosque infindável –, e tempo, tanto tempo que rotina alguma era capaz de aprisioná-lo: quando eu desembarquei do ônibus, todos os habitantes que me viram começaram a caminhar devagar, guiados pela curiosidade, em minha direção, alheios aos seus deveres e certos de que poderiam terminá-los mais tarde.

A cena me satisfez. Depois de algumas semanas agitadas, eu vinha em busca de um lugar no qual pudesse desacelerar. "Rearranjar-me criativamente", nas palavras de Harry Lewis. Logo mais, na Romênia, o ambiente mudaria completamente, afinal. Para pior. E depois, na Bulgária, para muito pior.

– Eu te levo, eu te levo! – foram as primeiras palavras que eu escutei na vila, logo depois de perguntar a uma senhora que regava um jardim se ela sabia de algum lugar para dormir, ali pelos arredores.

– Pouco inglês eu falo. Inglês fala filho meu – ela emendou, enquanto fechava atrás de si a porta do ateliê no qual aparentemente trabalhava.

Conduziu-me ladeira acima e cumprimentou toda alma viva que passou por nós, literalmente. Ofereceu-me bolachas de leite, e eu nem pensei em recusar. Notando meu estranhamento quanto ao fato de ela ter dado "oi" até mesmo para um cachorro, explicou:

– Cachorro é meu – e engatou um sorriso singelo.

Szia, ela me ensinou, significava "Olá" em húngaro, e foi assim que o seu filho mais velho me recebeu na casa onde morava com a mãe, o pai, os dois irmãos e a avó. O quarto onde eu me hospedei era simples, mas aconchegante. Um sofá-cama em forma de L ficava ao pé de uma parede decorada com tapeçarias locais e prateleiras com fotos de família. A pessoa mais frequente nessas fotografias tinha o cabelo encaracolado e um par de olhos grandes e redondos no topo de bochechas rechonchudas. Seu nome era Hunor, eu descobri, enquanto a mãe dele servia uma xícara de café para mim, em uma mesa de madeira no quintal da casa.

– Tipicamente um nome húngaro – ela acrescentou, lutando para encaixar as palavras em inglês. Ajeitou a franja do cabelo e eu notei que seus cachos eram idênticos aos do pequeno Hunor.

À nossa volta, uma comprida parreira se estendia pelo jardim, oferecendo sombra para flores das mais diversas cores e formatos. Mais ao fundo, uma pequena plantação de tomates dividia espaço com um cultivo de batatas. Segundo Hunor, elas eram deliciosas.

O menino tinha 6 anos e cursava o jardim de infância. Gostava de viver em Hollókö, mas preferia cidades grandes.

– Eu gosto de Budapeste porque lá posso tomar chocolate quente – ele admitiu, soltando um riso agudo no final.

– Aqui em Hollókö, do que você mais gosta? – perguntei.

– Gosto das lojas perto da igreja. Gosto de fazer compras – Hunor desviou o olhar, meio culpado.

– Então você gosta de gastar dinheiro? – provoquei.

– Yes! – ele respondeu entusiasmado, não sei se devido ao conteúdo da resposta ou devido ao fato de estar praticando o seu inglês.

– E quem você acha que trata melhor com dinheiro: jovens como você ou pessoas mais velhas?

– Os mais velhos ligam mais para o dinheiro, eles cuidam melhor, afinal, eles não compram nada – Hunor encolheu os ombros e abaixou o volume da voz. Seus olhos cederam à gravidade. Quando se ergueram novamente, estavam ainda mais largos. O negro profundo das suas pupilas emanava uma simplicidade que por pouco não era manchada de dor. Em vez disso, embebia-se em determinação. Hunor ficou olhando para mim durante uma eternidade, sem piscar uma vez sequer.

Sua mãe logo começou a explicar um pouco da vida na vila, o que contextualizou as respostas do garoto:

– Há 400 habitantes por aqui. No máximo! Nós nunca pensamos em nos mudar porque nos sentimos ligados ao lugar, sabe? Mas é complicado, já que vivemos do turismo. Eu costuro num misto de ateliê, exposição e loja, e o meu marido faz um pouco de tudo.

Ela se levantou e buscou um trabalho ao qual vinha se dedicando: uma imensa toalha de mesa que retratava uma paisagem bucólica, permeada de cavalos e vacas.

– Dá pra sobreviver tranquilamente do turismo? Porque hoje, mesmo levando em conta que estamos no verão, não vi muitos turistas por aí... – eu caprichei no eufemismo: não tinha visto um turista sequer num raio de dez quilômetros.

– É, tem dias em que vendo bastante, mas tem dias em que não vendo nada – ela respondeu sem deixar que a queixa desse o tom da sua fala.

– E depois do verão? No inverno, por exemplo, o que vocês fazem? – continuei tentando entender.

– Nada. Depois acaba. Por isso que precisamos guardar bastante agora – ela deixou bem claro, enquanto enfiava uma linha na agulha que segurava diante dos olhos e começava a tecer.

Concedi uma pausa a mim mesmo antes de continuar a conversa com Hunor. A vida difícil dos que moravam em Hollókö era uma das faces da simplicidade da vila. A outra era o seu charme. A cidade existia desde o século XIII e, relativamente isolada nas montanhas, nunca foi maior do que quando a visitei. As sessenta e cinco casas que constituíam o centro da vila ostentavam um branco impecável em suas paredes, e eram sustentadas por vigas de madeira. As janelas e os vasos de flores nos seus curtos parapeitos eram inseparáveis. Havia uma rua de paralelepípedos que serpenteava um pouco até se bifurcar perante a igreja. O jardim florido que precedia o crucifixo era a bonança antes da tempestade. À direita, a rua ia aos poucos dando lugar ao capim, numa descida irrefreável em direção à mata e ao esquecimento reservado aos que nela se embrenhassem. À esquerda, uma subida íngreme levava até o castelo que repousava no topo da colina: a glória espelhada no passado. No coração da bifurcação, no X (ou seria o Y?) da questão, a igreja mantinha suas portas fechadas. Se era um sinal de falta de fé ou um mero produto do acaso, só a História seria capaz de dizer.

– Você pode me contar um pouco da história da vila? – pedi a Hunor.

– Claro! – ele nem hesitou e já desandou a falar. – Um guerreiro do mal roubou uma menina daqui, mas ele não sabia que a avó dela era bruxa. Ele a escondeu numa fortaleza, mas a bruxa, avó da menina, era amiga do diabo. Então, o diabo fez com que os seus filhos se transformassem em corvos, que recuperaram a menina e destruíram a fortaleza. Aí os corvos pegaram as pedras que sobraram da fortaleza e construíram o castelo para proteger a nossa vila. "Holló" significa "corvo" e "kö" significa "pedra". É daí que vem o nome Hollókö.

Impressionado com a fluência do menino, perguntei como ele aprendera tudo aquilo.

– Minha avó que me conta histórias – ele levantou orgulhosamente as bochechas gordas e avermelhadas.

– Legal ter falado da sua avó – eu aproveitei a deixa. – Você convive melhor com pessoas mais velhas ou mais novas? O que você acha que cada uma tem de bom?

– Os mais novos são mais engraçados – ele retificou sua ideia com uma gargalhada abrupta. – Mas os mais velhos podem cantar músicas antigas e nos contar histórias, e eu gosto dos mais velhos por causa disso.

– E o que você quer ser quando for mais velho? Tem algum sonho?

– Quero ser paleontologista – ele concluiu a palavra sem gaguejar uma única vez. – Eu gosto de dinossauros.

– Eu apoio totalmente! E, além disso, você tem mais algum plano pro futuro?

– Eu quero ter uma família, pra poder contar a minha história pra ela – Hunor disse com uma simplicidade e uma determinação que me comoveram. Mirou os seus olhos enormes em mim e se viu obrigado a fechá-los quando sua mãe lhe tascou um beijo na bochecha, entre uma agulhada e outra no pano.

Por trás da mãe e do filho surgiu um homem baixo, careca e sorridente, que eu não duvidaria ter recém-fugido de uma história em quadrinhos. Ele era o pai da família.

– Drinque de boas-vindas! – anunciou, ao mesmo tempo em que apoiava na mesa uma bandeja com dois copos cheios de um líquido transparente.

A Pálinka era a aguardente à base de fruta típica do país.

– Egénsègedre! – o careca me saudou com o brinde húngaro, o mais legal que eu já tinha ouvido até então.

Viramos juntos, e o gosto sutil foi se desdobrando e se exibindo até se esgotar. O pai apontou para a parreira no quintal, e, em seguida, para um pé de ameixa que se escondia num canto. A Pálinka que nós bebemos, de uma mistura de frutas, era feita por ali mesmo.

Ele recolheu os copos e a bandeja e retornou para dentro da casa num caminhar ritmado e meio corcunda. Eu mal o conhecia e já o considerava uma figura. A mãe, diante de mim, começou a fazer perguntas a respeito de minha viagem, sem parar de costurar.

– Tenho conversado com as crianças que o destino coloca no meu caminho, numa tentativa de redefinir e resgatar a juventude que o tempo vinha tentando tirar de mim – eu expliquei, num discurso mais que decorado.

– E quantos anos você tem? – ela escaneou o meu corpo com o olhar e me desarmou de qualquer resposta ensaiada.

– Dezenove.

– É jovem – ela comentou –, bastante jovem.

– Esse é o ponto – um sorriso acompanhou minha resposta, dessa vez espontânea.

Certificou-se de que eu vinha falando constantemente com meus pais, e só então ficou aliviada. Um pasto verde ganhou vida no tecido em suas mãos, através da sua linha. Ela conectava o ponto anterior ao próximo, sucessiva e ininterruptamente.

– E nas suas entrevistas, nas suas andanças... – ela continuou questionando – Quem acha que é mais orientado para o passado e quem é mais orientado para o futuro, entre os europeus do Leste e os do Oeste?

– Boa pergunta – eu mordi o lábio inferior enquanto mastiguei minhas experiências recentes em busca de uma resposta. Não me apressei, e o "espaço vazio" do texto de Harry Lewis entrou em ação, criando a "imagem" que eu procurava. – Acho que no Leste Europeu, até agora, tenho percebido mais uma preocupação em relação ao futuro em detrimento do passado. Deve ter a ver com o "renascimento" pós-comunismo, essa coisa de tudo ter mudado do dia pra noite e de ter havido a necessidade de se começar tudo de novo.

Ela pareceu satisfeita com o que eu disse, e matutou silenciosamente a respeito. O foco do meu pensamento passou a residir no pequeno Hunor e na sua paixão não só por História, mas também pelas histórias. Admirar o passado é reconhecer tudo o que fizeram os que vieram antes de nós. É saber que somos só mais um pequeno ponto a ser costurado nesse imenso tecido em que vivemos (se a palavra "nós" tem dois significados, talvez seja mais do que uma coincidência). É respeitar os mais velhos – os baús nos quais são guardadas as memórias que nos antecedem. Melhor ainda se, ademais, for possível manter o bom humor tipicamente juvenil. Quando o pai do menino reapareceu, trazendo a bandeja com mais dois copos de Pálinka e metralhando palavras em húngaro diretamente para mim, Hunor não perdoou:

– Acho que já tá na hora do papai parar com a bebida... – ele conteve os cantos da boca, impedindo que eles se esticassem muito, enquanto sua mãe, seu pai e eu caíamos na risada. Minha visão foi ao encontro da sua, mais uma vez, e aquele par de olhos que já tanto tinham expressado agora pareciam vazios. Mas não era um vazio qualquer. Era um vazio que não fazia questão alguma de ser preenchido.

•••

Vindo da Hungria, a minha entrada na Romênia foi chocante. De cara, percebi um ar mais poluído que em qualquer outro país europeu no qual já estivera. A quantidade de mendigos nas ruas era grande, e a insistência deles era um recorde. Mas foram os banheiros das estações de trem que me carimbaram a memória. Meros buracos no chão de cabines minúsculas, carregavam uma mensagem clara, mesmo que não ostentassem dizer algum: bem-vindo à Europa Oriental.

Na minha primeira viagem de trem em terras romenas, um velho bêbado sentou-se ao meu lado e passou quatro horas falando comigo sem notar que eu não o compreendia. Tentei todo tipo de gesto para explicitar o meu desentendimento, mas ele não calava a boca e não parava de me puxar o braço. Na tentativa de evitá-lo, fui para o corredor, do lado de fora das cabines do trem, mas a fumaça me machucou os pulmões instantaneamente. Uma fileira de fumantes exercendo o seu vício me obrigou a correr até a única janela aberta no vagão, através da qual eu tentei respirar um pouco de ar puro. A paz não durou muito. Frequentemente era empurrado para o lado por pessoas que iam jogar suas latas de cerveja vazias para fora.

Desembarquei em Sighişoara, onde o ar era seco e o sol castigava a pele. A camada espessa de fumaça que recobria a cidade medieval era alimentada a todo momento: os cigarros eram as chaminés que lhe davam vida. Havia lixo por todo lugar. E, por todo lugar, havia crianças remexendo no lixo. Com as frestas entre os dedos do pé pretas, sujas de descaso, enfiavam o braço no fundo dos sacos negros. Os músculos de suas faces permaneciam imóveis. Não havia um pingo de esperança em suas expressões. Nem nos cestos de lixo que ficavam pra trás.

A lenda do Conde Drácula assustava os turistas: Vlad, o Empalador, inspiração para a história de Bram Stoker, nascera lá. Mas aquelas crianças não ligavam para o passado. Já lhes bastava o medo que tinham do amanhã.

Enxugavam o suor da testa com a mão recém-saída do lixo, e partiam para a próxima lata. A sobrevivência dependia do que estava ali, apodrecendo dentro dela.

Três crianças, em especial, chamaram minha atenção. Sentado na calçada de uma ladeira de paralelepípedos, tomando uma garrafa de água, assistia a elas, pedindo esmola para todos os que subiam a rua em direção à torre do relógio, no centro da cidade velha. Os olhos caídos e o andar tristonho contrastavam com as fachadas coloridas, porém mal preservadas, das casas que emolduravam a cena. De repente, as três se viraram para mim.

Caminhando devagar, vieram em minha direção. O romeno soava como uma mistura de italiano, francês e alemão, e por isso eu até entendia uma ou outra palavra. Além do mais, o sinal que o mais velho – um menino – fez, esfregando o polegar no indicador, não deixou dúvida. Ele queria dinheiro. Eu balancei a cabeça negativamente, e senti a pena tomando conta de mim. Surpreendendo-me, ele não insistiu. Apontou para a garrafa na minha mão, clamando por um gole de água. Eu estiquei o braço, ele agarrou a garrafa e bebeu ferozmente. Voltou-se para o irmão mais novo e lhe entregou o recipiente. Alguns goles depois, o irmão entregou-o para a mãe, do outro lado da rua. Em um piscar de olhos, a minha água tinha acabado.

Sorri para o menino mais novo, que estava dando chutes no ar, no meio da rua, como se a água tivesse sobre ele um efeito revigorante. Em resposta, ele executou rápidos movimentos com os braços e as pernas, agora diante de mim. Saquei a câmera fotográfica e tirei uma foto, para a sua alegria. Ele correu para perto de mim e apontou para a máquina, querendo ver a foto. Mostrei-lhe, e uma boca cheia de dentes se abriu num rosto até então tomado pela desesperança. Ele voltou para sua posição e plantou uma bananeira. O irmão mais velho, curioso quanto à origem de tamanho entusiasmo, postou-se ao lado e começou a fazer flexões de braço. Tirei mais fotos e ambos correram para enxergarem a si mesmos através da tela da máquina.

Eu guardei a câmera, decidido a provocar aqueles dois meninos. Fiz um sinal para que prestassem atenção em mim e, frente a eles, dei um mortal para trás. O mais velho, depois de alguns segundos boquiaberto, clicou os dedos perto de seus olhos, sinalizando que queria a máquina para me fotografar. Não resisti à sua empolgação, dei-lhe a máquina e repeti o salto mortal. Ele me mostrou o resultado, contente, e começou a tirar retratos da sua família.

Enquanto eu observava a diversão nutrida pelas poses da mãe e pelas lentes manuseadas pelos dois irmãos, uma jovem loira apareceu falando inglês:

– Obrigado por... por nos divertir – ela se inclinou em direção à outra amiga, justificando o plural que usara.

Eu nunca a tinha visto antes. Muito menos falado com ela. E ela deve ter lido esses pensamentos na confusão do meu rosto.

– É que não é todo dia que a gente vê cenas como essas que você acabou de protagonizar aqui. A gente riu à beça.

Aí a compreensão estufou minha boca e eu tive de abri-la, num suspiro de entendimento. Nisso, um passante entregou uma caixa de pizza para a família com a qual eu vinha brincando. Todos esqueceram a máquina fotográfica e se puseram a comer na sarjeta.

– Olha! – a menina loira cochichou. – Essa imagem daria uma bela foto.

Eu peguei a câmera do pescoço de um dos meninos e segui a recomendação da moça. Ela era romena, e eu não podia desperdiçar o potencial de tradução de uma pessoa que falava tanto inglês quanto a língua local. Contei a ela sobre as minhas entrevistas e perguntei se ela não podia traduzir algumas perguntas e respostas entre mim e o menino mais novo. Sua aceitação foi imediata e empolgada.

– Qual é seu nome, quantos anos tem e onde mora? – eu me dirigi ao garoto enquanto ele tentava enfiar um pedaço inteiro de pizza na boca.

– Meu nome é Octavian, tenho oito anos e meio, e moro na cidade vizinha a essa.

– Oito anos e três meses – o irmão mais velho se apressou em corrigir, entre uma lambida e outra nos dedos.

– E o que você faz na sua cidade? Estuda? – eu prossegui.

– Não – o pequeno catou uma pedra do chão e rolou-a entre os dedos, antes de voltar a falar. – Meu irmão mais velho era o único de nós na escola, mas ele foi expulso porque sempre brigava.

Os sorrisos desapareceram dos rostos da família, da mesma forma abrupta com que o movimento de uma nuvem bloqueia toda a luz do sol, deixando o dia parcialmente nublado. Parcialmente nublado: é assim que ficou o clima entre os irmãos. O silêncio foi a trela que me deu a chance de mudar de assunto, e era isso que me parecia o mais prudente a ser feito.

– Você tem algum sonho, Octavian?

– Meu sonho é trabalhar – ele continuou com a cabeça baixa, sem olhar para mim.

– Com o quê?

– Fazer sapatos, talvez – ele respondeu rapidamente. Quando notou a interrogação estampada na minha face, apontou para seus pés, ao redor dos quais as carcaças velhas de um par de tênis se despedaçavam. O que um dia fora um cadarço servia agora para prender as duas metades rasgadas de uma sola, como uma linha de costura. Ele não precisava se explicar. Acho que eu já tinha entendido.

– E ídolo, você tem algum?

– Não – havia uma alta dose de rispidez na sua voz.

– Medos?

– De nada. Qualquer coisa, eu sei bater nas pessoas.

Foi então que Octavian jogou a pedrinha que tinha nas mãos na irmã mais nova, como represália por ela ter largado no chão um pedaço de pizza. O irmão mais velho se revoltou e partiu para cima de Octavian, fazendo com que os dois se embolassem no chão e com que eu não fosse mais capaz de distinguir o que era brincadeira do que era sério. A mãe tentou separá-los, brava, mas eles logo voltaram a se agarrar e agir como gato e rato. Quando a confusão arrefeceu, eu ainda consegui fazer uma última pergunta.

– O que você mais gosta de fazer?

– De lutar – um sorriso contido, nada infantil, tentou despontar nos lábios dele. – Quero aprender caratê – falou com uma seriedade que chegou a me assustar. Não era o tom da sua voz nem o olhar cínico. Talvez fossem os braços cruzados de maneira exageradamente adulta que me causaram um frio na espinha. – Lutar é a coisa que eu faço melhor – ele completou.

Da pizza só restou a caixa, e a mãe ergueu a sua prole pelos braços. Um por um, eles me apertaram a mão e curvaram o corpo. Com a pequena filha no colo, a mãe liderava a família, que já não caminhava mais junta. Os irmãos desviaram da rota, para pedir esmola àqueles que estavam ao redor.

Distante, Octavian voltou-se para mim de súbito, como se tivesse esquecido de me comunicar alguma coisa. A minha derradeira visão dele se sucedeu: abriu os braços na altura dos ombros e forçou os bíceps, exibindo o muque. Os dentes cerrados e a boca tensionada voltaram ao normal, quando ele soltou os braços e deixou escapar um suspiro. Andou alguns passos de costas, observando a minha reação, mas logo correu para junto da mãe. "Acho que captei a mensagem, garoto", eu pensei comigo mesmo. Pra eles, a luta continuava.

Para mim, por outro lado, era o tesão que se seguia. Não me entenda mal: a Romênia era, de fato, o primeiro país de Terceiro Mundo que eu conhecia na viagem. Mas quão ruim era a pobreza, se eu arranjava sempre um albergue limpinho pra dormir? Quão ruim era a discriminação, se a minha cor atiçava curiosidade em vez de preconceito? Quão ruim era a miséria, se ela só se manifestava pra mim no custo de vida baixo e na avidez das crianças em ter contato com um jovem que vinha do outro lado do mundo? O fascínio só se transformaria em incômodo quando eu fosse tocado de verdade por aquela realidade. O "exótico" só se transformaria em "injusto" quando eu parasse de ser observador e passasse a ser vítima.

Enquanto isso, portanto, eu continuava explorando, extasiado, a virgindade de um país ainda não descoberto pelo turismo de massa. Por mais que a igreja fortificada que vigiava a vila de Biertan fosse uma das mais visitadas da Romênia, não havia ninguém lá quando eu apareci. Mal preservada, carregava nas quinas de suas paredes as feridas que o tempo lhe ocasionara. Com as casas ao redor não era diferente. Do topo das (sete!) torres da igreja, os telhados ocres e forrados com telhas tão pequenas que pareciam azulejos conferiam ao lugar uma aura medieval. Era ao nível chão, entretanto, que a aura caía por terra e a realidade vinha à tona.

Depois dos restaurantes coloridos e com indicações em inglês nas cercanias da igreja, o asfalto começava a rachar e o barro emergia das suas frestas. Bastavam algumas centenas de metros para que eu estivesse caminhando em um solo enlameado e escorregadio. A chuva acabara de dar uma trégua, e a população aos poucos começava a sair para a rua. Dei bom-dia para um senhor que segurava um cigarro sob o bigode, enquanto arrancava ervas daninhas do seu quintal. Desviei de algumas galinhas que perambulavam diante de mim, carimbando a lama com suas pegadas, e de repente me vi rodeado de plantações de trigo.

A cidade de Biertan tinha somente mil e duzentos habitantes, e, se eu ainda não tinha saído dela, já estava pelo menos na periferia. Através do trigo, não muito longe de mim, enxerguei um galpão velho ao lado do qual havia dois ou três tratores estacionados, carregados de sementes. Um punhado de casas parcamente construídas se amontoavam ao lado dos tratores. Erguidas à base de tijolos, madeiras e canos velhos (pelo jeito, tudo o que era encontrado pela frente), constituíam uma favela que era humilde também em seu tamanho.

– Ei! – um grito infantil chegou até meus ouvidos.

– Tuc! – uma fruta voando em alta velocidade chegou até meus ouvidos também.

Por reflexo, cobri o rosto com os antebraços e me virei para a direção de onde veio a voz. Uma menina e um menino repetiram o grito juntos, e, usando catapultas enjambradas com galhos de árvores, arremessaram mais frutas em minha direção. Se Biertan herdara alguma coisa de sua época medieval, deve ter sido aquele exército de arqueiros que então me atacava.

Eu abanei para as crianças e me enfiei no meio da plantação, afastando os ramos com os braços, até chegar perto deles.

– Hello! – cumprimentei-os, certo de que o sorriso que exibia comunicava mais do que qualquer palavra em inglês.

Eles abaixaram as armas, soltaram a munição no chão e se aproximaram, com a desconfiança de um visitante que chega perto de um animal desconhecido no zoológico. A ofensiva não foi capaz de me espantar. Eu já sabia que não era pelo verbo que conseguiríamos nos entender, então busquei na mochila a câmera fotográfica e tirei uma foto deles. Mais uma vez a estratégia funcionou, e sorrisos pipocaram em suas caras. A menina me pediu para fotografar ela sozinha.

– Solo, solo! – gritava enquanto empurrava seu companheiro, e não me restou opção se não obedecê-la.

Depois foi a vez do menino, e eu só consegui interromper os pedidos que se seguiram quando peguei as minhas bolinhas de malabares. De cócoras, na altura deles, fiz alguns malabarismos e lhes entreguei as bolinhas para que tentassem. Fizeram-no, um de cada vez, e, mesmo não chegando nem perto de conseguir, divertiram-se à beça. Só quando as duas bolinhas já tinham rolado para o meio das folhagens é que a garota voltou a me pedir para fotografar. O menino não estava mais ali, e eu vasculhei a área em volta à sua procura. Foi aí que o avistei, correndo, da favela para perto de mim, com mais umas quinze crianças atrás.

– Fodeu – eu falei baixinho, sabendo que ninguém entenderia.

O frenesi coletivo me exauriu em poucos minutos. Retratei cada uma das crianças, nas mais diversas poses, sozinhas, com amigos, com a igreja ao fundo, com a favela ao fundo... Uma menina com uma camiseta do High School Musical cravou o dedo no peito e pronunciou seu nome. Em seguida, apontou para mim e arregalou os olhos, à espera de uma resposta.

– Felipe – eu disse. – Eu-sou-Felipe. Do-Brasil – só depois percebi que espaçar as palavras não adiantava nada quando as palavras em si não faziam sentido para quem as ouvia.

– Felipe!

– Felipe!

– Felipo!

– Pelipe!

Meu nome sofreu inúmeras mutações dentro das bocas da meninada, e eu girei como um pião na tentativa de atender a todos os seus pedidos. Quando se cansaram de ser fotografados, tiveram a ideia que eu mais temia: queriam fotografar com suas próprias mãos. Eu pensei em negar, receoso quanto à máquina fotográfica, mas as suas sobrancelhas arqueadas, com as pontas internas apontando para o céu, deixaram-me sem escolha.

Depois de supervisionar as primeiras fotos tiradas pelas crianças, comecei a me despreocupar. O grupo não parava de crescer: mais gente vinha correndo da favela-formigueiro, e uma garota adolescente me cutucava o ombro. Apertou um botão no celular de última geração, e o que se seguiu me deixou abismado. Primeiro foi a camiseta do High School Musical, depois seu smartphone ultramoderno, mas os sinais de globalização não pararam por aí. Os alto-falantes potentes daquele aparelho emitiram sons que me eram familiares, mas eu esperei alguns instantes para confirmar minha suspeita.

– "Sábado, na balada..." – a música começou, e mesmo assim eu custei a acreditar.

De repente, numa vila rural no meio da Romênia, um monte de crianças estava dançando "Ai se eu te pego" em volta de mim! Obrigado, Michel Teló. Se a música era boa ou ruim, não cabia a mim julgar. Mas ela já tinha servido de pretexto para eu conhecer e conversar com um bocado de gente na minha viagem.

O número de pimpolhos, divididos entre a dança e a fotografia, já devia estar na casa dos trinta, e um burburinho se espalhou em torno da máquina fotográfica, até crescer e se transformar numa quase briga. Do meio da confusão, uma mulher mais velha emergiu, com a máquina em mãos. Ela a trouxe até mim, esbravejando em romeno. Pediu desculpas e murmurou:

– No más, no más fotos...

As crianças se acalmaram e eu pensei comigo: "Só mesmo uma mãe para conseguir acabar com a farra..." Mas pera aí. Notei que algo extraordinário acabara de acontecer. E não fora o controle da mãe sobre a multidão de pequeninos. Encarei a mulher, espantado, e perguntei:

– Hablas espanhol?

– Si, si. Vemos muchas telenovelas mexicanas acá – ela confessou, enquanto o meu queixo desabava. Haja globalização!

Ela se ofereceu para traduzir algumas perguntas depois que contei a ela sobre as minhas entrevistas, e uma menina morena e de olhos verdes se voluntariou para respondê-las. Alguns minutos atrás, ela tinha sido a mais eufórica na dança ao som do sertanejo brasileiro.

– Meu nome é Roxana, eu tenho doze anos, e vou à escola aqui mesmo – ela respondeu, ao passo que piscava os olhos devagar, como uma verdadeira dama.

– Você gosta de dançar? – eu perguntei, já sabendo a resposta.

– Adoro – ela não conteve o riso. – Gosto de reggaeton, hip-hop, manele...

– E é vaidosa? – fiz-me de desentendido.

– Sim, sim – ela passou a mão nos cabelos compridos. – Beleza é muito importante, né?

– Qual beleza é mais importante, a interior ou exterior?

– Ah, a interior, claro – ela injetou seriedade na voz e eu me senti como se estivesse entrevistando uma candidata a Miss-alguma-coisa.

– Então se um homem feio, mas gente boa, quiser casar com você, tá tudo certo?

– Então... – ela cobriu o rosto com as mãos, envergonhada com as risadas de todos ao redor. – Eu disse que beleza interior é mais importante, mas não disse que não ligava para a aparência!

Suas amigas forjaram algumas poses atrás dela, tirando sarro. Foram coagidas a parar depois de um olhar ameaçador que Roxana dirigiu a elas. Tudo não passava de uma grande brincadeira.

– Você pretende se casar um dia?

– Claro – ela meneou a cabeça positivamente.

– E o que espera fazer no futuro?

– Eu quero ser advogada. Eu gostaria de realizar alguma coisa grande, mas... ainda não sei bem o quê.

– Fazer justiça já é grande o suficiente – tentei estimulá-la. – A Romênia é um país justo?

– Bem... não muito. Mas poderia ser pior, quem sabe...

– Você pretende continuar morando aqui ou tem o desejo de se mudar, um dia?

– Ah, aqui é muito pequeno. Acho que, pra crescer na vida, tenho que sair.

– E já viajou para fora de Biertan?

– Sim, sim – ela foi enfática. – Já fui pra Sibiu, pra Brasov, pra Medias... – contou as cidades nos dedos. Por mais que parecesse bastante, ela nunca saíra do estado no qual vivia, dei-me conta. Com a sua idade, eu já tinha visitado meia dúzia de estados no Brasil, já tinha ido ao Uruguai e feito até uma viagem para os Estados Unidos. Respirei fundo, como que tentando afogar a culpa em oxigênio.

Roxana apontou para a máquina no meu pescoço, ansiosa. Como todas as crianças em volta, ela queria continuar brincando com a câmera.

– Uma última pergunta – eu lhe pedi. – Se o gênio da lâmpada aparecesse pra você, e te concedesse três desejos, o que você pediria?

– Ai, eu pediria... – ela penteou a franja com os dedos e olhou para o céu nublado, meio que em busca de inspiração. – Muito dinheiro... Que minha mamãe e papai sejam muito felizes... E que meus irmãos tenham saúde.

– Então o dinheiro vem antes da saúde dos irmãos? – ela deixou a bola quicando na área, e eu tive que chutar.

– Você não disse que os desejos deveriam estar em ordem de importância – ela espalmou para escanteio com estilo.

Curvei-me à sua frente, agradecendo. Na mochila, peguei uma das moedas de um real que levava e, desviando das pequenas mãos que balançavam no ar tentando alcançá-la, entreguei-a para Roxana.

– É do Brasil – eu lhe disse. – Você não vai conseguir comprar nada com ela. Mas é justamente pra lembrar sempre que o dinheiro não é a coisa mais importante.

Sua face foi tomada por um sorriso sincero e, sem dizer uma palavra sequer, ela me abraçou com força. Abanei para todos e caminhei na direção oposta, distanciando-me deles. Não se passou mais do que um minuto, até que Roxana berrasse o meu nome e corresse até mim. Atrás dela, umas cinco crianças fizeram o mesmo. Seus olhos verdes estavam molhados, vi assim que ela chegou mais perto. Abraçou-me de novo, com as crianças que a tinham acompanhado. A culpa que eu sentira outrora foi se diluindo aos poucos. Pela primeira vez, senti que aquela jornada solitária (egoísta?) talvez estivesse fazendo a diferença na vida de quem eu encontrava pelo caminho.

Uma fina garoa deu as caras, e não havia nenhum ônibus para deixar a cidade até tarde da noite. Sem opção, fiquei à beira da estrada pedindo carona e pedindo pra São Pedro segurar o temporal até que eu conseguisse entrar em algum carro. Ambas as súplicas foram atendidas: assim que um senhor me convidou a bordo, a chuva se intensificou. Lembrei-me de Goethe (e de Paulo Coelho, que escreveu algo similar): "Quando uma criatura humana desperta para um grande sonho e sobre ele lança toda a força de sua alma, todo o universo conspira a seu favor".

O senhor falava italiano e sabia alguma coisa de espanhol. Conversamos sobre Nicolae Ceausescu, ditador que governou a Romênia por mais de vinte anos, até ser assassinado no fim dos anos 1980.

– No começo, seu governo era ótimo – o homem recordou. – Apesar de ser comunista, era independente em relação à União Soviética e levou nosso país ao êxito econômico. Foi só mais pra frente que, inspirado no modelo chinês e no norte-coreano, tentou implantar uma espécie de idolatria à sua figura. A repressão existia, mas, em termos de qualidade de vida, tirando isso, tudo andava bem.

– Se você pudesse escolher – atrevi-me a perguntar –, preferiria viver naqueles tempos ou nos tempos atuais?

Ele coçou a ponta do nariz, e aí inflou e esvaziou o peito devagar. Sem tirar os olhos da estrada, respondeu, num italiano temperado com palavras em francês:

– Sabe... tem uma frase da qual gosto muito: "Com ditadura, não há liberdade; com liberdade, não há igualdade" – e depois ficou em silêncio.

Eu também não falei nada. Como uma bolinha de borracha arremessada com força contra o chão de uma sala pequena, aquele dizer ficou durante a noite toda pulando na minha cabeça.

•••

Deixei a Romênia com um profundo sentimento de gratidão. Não conheci as bucólicas vilas de Maramures, ao norte, nem os monastérios pintados de Bucovina, no nordeste, que eram lugares belíssimos pelo que eu ouvira falar. Entretanto, no curto tempo em que viajei pelo país, diverti uma criança de rua dando mortais diante da lente de sua (minha, na verdade) câmera, dancei "Ai se eu te pego" (cantado em romeno) com dezenas de crianças dentro da favela em que moravam e passei alguns dias na casa de uma família cigana.

Esse último episódio, aliás, foi curioso. Quando eu pesquisava sobre o tal do manele que a pequena Roxana me contou ser um de seus ritmos preferidos, descobri que se tratava de um estilo intimamente relacionado à cultura cigana. A única coisa que eu sabia sobre os ciganos era que o melhor era manter distância:

– Os ciganos roubam crianças – os mais velhos me diziam durante minha infância. – Eles fazem bruxaria – a lista de atributos aumentava.

A perseguição aos ciganos é antiga, e faz com que muitos não se declarem como tais, o que torna impossível determinar com certeza o tamanho dessa etnia. Através de comparações entre o romani (a língua cigana) e as línguas da Índia, foi possível determinar o noroeste indiano como sendo o ponto de origem dos ciganos. Entre 500 d.C. e 1000 d.C., iniciaram uma migração que, para parte deles, ainda não chegou a um fim: o nomadismo ainda é relativamente comum. Muitos roma (o nome politicamente correto para designá-los) foram capturados na Índia, vendidos para os persas e revendidos como escravos para os principados cristãos ortodoxos da Transilvânia e da Moldávia, áreas hoje englobadas pelo território da Romênia. É por isso que fontes não oficiais indicam esse país como sendo a casa da maior concentração roma do planeta: estima-se que até 2 milhões deles vivam na Romênia.

História nunca foi minha matéria preferida, mas eu lembro que você amava as aulas daquele careca doidão na escola, então resolvi enfiar algumas datas e nomes nesse parágrafo aí de cima. Aprendi os dados no livro de um jornalista americano que escrevia sobre minorias étnicas na região dos Bálcãs. Depois de uma incursão ao universo cigano, o cara cedeu ao fascínio e começou a estudar a cultura mais a fundo. Casou com uma bela cigana na Transilvânia, foi quase assassinado a facadas por dois ciganos bêbados na Moldávia, e aí Chuck, o tal jornalista, iniciou um projeto que permitia a hospedagem de viajantes em residências ciganas na Romênia. A ideia, que tomara forma havia mais ou menos três anos, visava à geração de uma espécie de "turismo cigano" e, mais além, buscava trazer um fim aos preconceitos que vinham assolando esse povo ao longo das gerações.

Aí lá fui eu, ignorando as experiências bizarras pelas quais o próprio dono do projeto já tinha passado com o povo com que trabalhava, e fiquei por alguns dias em uma casa cigana no meio do nada. Não vou me enrolar muito na história porque topei a empreitada na expectativa de passar por cima de alguns preconceitos que eu tinha com os ciganos, e, no fim das contas, eles mais se confirmaram que se despedaçaram.

Foi legal assistir a uma demonstração de dança cigana e ver um menino de doze anos batendo os pés nas mãos, nas canelas e na nuca, numa coreografia que deixou até o meu cérebro tonto. Foi interessante ser assediado por uma das dançarinas (de treze anos) e ouvir um pedido para que eu a pedisse em casamento. Mas foi desconfortável passear por uma vila de fazedores de cestas de vime e aprender sobre a imobilidade social do sistema de castas deles, que lembra o indiano no quesito rigidez. E foi escroto – na falta de uma palavra mais adequada – presenciar uma briga de família que quase botou a funerária local pra trabalhar no meio da noite.

Eram mesmo apegados à família aqueles ciganos com os quais eu fiquei. E falavam alto. Com uma rudeza que parecia que, em vez de pronunciarem as palavras, as estavam jogando num penhasco. Quanto às palavras... Bom, eu sempre adorei e respeitei línguas, e por isso vou me abster de comentar o fato de que, em romani, não existia nem "obrigado" e nem "por favor": substituíam-se as gentilezas por algo como um "vai com Deus".

Eis que, no fim de uma janta, uma mulher recém-separada começou a discutir com seu ex-cunhado. Eu não entendia a língua deles, e é claro que nem teria percebido o desentendimento se eles fossem discretos, mas, meu irmão... Se os caras já falavam alto normalmente, imagine só como era quando estavam brigando.

A mulher foi descendo o punho na mesa com força, enquanto uma irmã dela tentava acalmar seus ânimos e a sua mãe soluçava num sofá prestes a ter um ataque de nervos. Os pratos de porcelana pintados com arabescos – lindos, por sinal – saltavam assustados cada vez que a mesa recebia um soco, e até toda a louça rebuscada e os tapetes ornamentados que adornavam as paredes trepidavam com os acessos de raiva da protagonista da confusão. Eu nem me lembro da cor das paredes: eram tão cheias de decoração que mal apareciam em sua forma nua. Eram vaidosos, também, aqueles ciganos. Ou ostentosos, caso você queira enxergar a coisa mais pejorativamente.

Quando o ex-marido da mulher apareceu, a briga já tinha se movido pro quintal. A protagonista do evento entrara em casa de novo e fora substituída pela irmã, que tentava agarrar a barba grossa do homem enquanto ele a mantinha distante com a mão fechada em torno do seu pescoço. Era um tal de tapa pra lá, vestido floral se esvoaçando pra cá; mãe desmaiando pra lá e mão arrancando lenço pra cá, que a confusão só não descambou para uma luta generalizada porque a ex-mulher do ex-marido ressurgiu de dentro de casa, caminhando serenamente e empunhando algo que brilhava mesmo sob a ínfima luz da lua minguante.

Quando eu vi que ela tinha uma faca, andei de cócoras até atrás de um carro ali do lado, onde fiquei ajoelhado, espiando a partir do que eu achava ser uma posição segura. A essa altura, ninguém mais devia se lembrar do brasileiro que estava por lá.

Só que, se a coitada da mulher esperava pegar o homem desprevenido, ela não contava com a astúcia dele. Ainda mais calmo que ela, sacou um revólver que tinha enfiado no cinto, nas costas, e deu um tiro pra cima antes de apontá-lo para o rosto da ex-mulher. Ela soltou a faca no chão, recuou alguns passos, e um lençol de tranquilidade cobriu a cidade inteira.

O barbudo virou de costas para a família da mulher e veio caminhando, o revólver ainda empunhado, na minha direção. É óbvio que, dentre os três carros ali estacionados, eu tinha escolhido me esconder justo atrás do dele.

Entrou no carro sem me ver, e talvez fosse até melhor que tivesse me visto porque, antes de sair, ele deu uma "rezinha" que me arremessou uns bons três metros pra trás.

Como o clima tinha ficado mais desconfortável que quando se entope privada na casa da namorada, eu acordei de madrugada, não me despedi de ninguém, e fui, de carona, rumo ao sul.

Entrei na Bulgária me perguntando se continuaria sendo surpreendido, e se encontraria ainda mais hospitalidade conforme descesse pela região dos Bálcãs. A resposta não tardou a vir: era não. Pelo menos à primeira vista.

Perguntando numa estação pelo ônibus que precisava pegar, recebi incontáveis negativas. O primeiro motorista balançou a cabeça de um lado para o outro, o segundo fez o mesmo, esboçando um sorriso cujo significado eu não entendi, e o terceiro repetiu o movimento. Estranho, já que eu tinha lido que o tal do ônibus passava frequentemente por aquele ponto. O quarto motorista que eu abordei foi a gota d'água. Ele meneou a cabeça lateralmente, assim como os outros haviam feito, mas, diante da decepção que se alastrava pelos meus olhos arregalados, puxou-me para dentro do seu ônibus. Assustado, eu tentei me comunicar em inglês, mas não funcionou. Quando eu já tinha certeza de que estava sendo sequestrado, um jovem percebeu o meu desespero e agiu em meu socorro.

– De onde você é? – ele perguntou, em inglês.

– Do Brasil – eu murmurei, com medo de que ele fizesse parte do plano maligno armado contra mim.

– Brasil! – ele gritou e se virou para comentar, em búlgaro, alguma coisa com o motorista e os passageiros em volta. Um burburinho se espalhou pelos assentos e eu só distinguia uma palavra.

– Brasil blá-blá-blá Brasil blá-blá Brasil...

– Eu vi que você estava confuso – o jovem continuou. – Aqui na Bulgária, as pessoas mexem a cabeça de um lado para o outro para dizer "sim", e de cima pra baixo para dizer "não". É o contrário do resto do mundo.

Boquiaberto, não consegui emitir qualquer opinião. Se tinha uma coisa que eu achava que era universal, era a convenção acerca da porra dos acenos de cabeça! Perante o meu silêncio, ele continuou:

– É estranho, mas logo você se acostuma. Sabe onde vai ficar aqui em Veliko Tarnovo?

– Sim – eu acenei positivamente com a cabeça (do jeito que sempre fiz, ainda não assimilando a diferença). – Na estação de trem.

– Não. Você não vai ficar na estação de trem – ele proibiu, e eu voltei a achar que estava sendo raptado. – Já não tem mais trem a essa hora – o jovem explicou.

– Ah, não tem problema. O lugar onde vou ficar é perto da estação.

– Perto da estação...? – suas sobrancelhas se ondularam. – Nada é perto da estação, cara. Em que lugar exatamente você vai ficar?

– No albergue Hostel Mostel[6].

O jovem franziu o cenho demonstrando não conhecer o tal albergue e um senhor ao nosso lado percebeu a dúvida. Ele tratou logo de perguntar ao vizinho, que também parecia não saber as direções que eu precisava seguir. Em alguns segundos, o ônibus inteiro estava se mobilizando para me ajudar. No meio da movimentação toda, um senhor massageava as têmporas tranquilamente, de olhos fechados, antes de cutucar o jovem que estava me ajudando e falar alguma coisa no seu ouvido.

6. Fiz questão de deixar aí o nome do albergue porque é o melhor em que já fiquei. A Bulgária tem uma grande população católica, Louiz, e se um dia você tiver que ir pra lá, dê um jeito de ficar nesse lugar.

– Problema resolvido! – o jovem exclamou, fazendo com que um suspiro coletivo ecoasse pelas paredes do automóvel. – Esse senhor sabe o endereço do albergue.

E o que se seguiu parecia coisa de filme: numa sincronia de fazer inveja ao exército de alienígenas verdes com três olhos dos filmes do Toy Story, quase todos os passageiros balançaram a cabeça horizontalmente, e eu não consegui evitar o riso. Disfarçando a sua causa, agradeci a todos, curvando o corpo e inclinando a cabeça para baixo, torcendo para que esse sinal não tivesse outra conotação por lá.

À luz do dia, Veliko Tarnovo revelava todo o seu esplendor. A começar pela sua localização. Espraiava-se não só para cima e para baixo, mas também para os lados, tonteando os olhares de quem tentava apreciá-la e compreendê-la de uma só vez (qualquer semelhança com o efeito do aceno de cabeça búlgaro não deve ser mera coincidência). A cidade ocupava várias encostas, graças à geografia meândrica que a suportava: um sem-número de escarpas se elevava a partir do rio Yantra, que seguia um curso sinuoso lá embaixo. Debruçadas em direção ao rio, a impressão era a de que nenhuma casa abrira mão de ter a sua vista para o vale.

A maioria das construções ainda preservava elementos da arquitetura balcânica tradicional. O primeiro andar era geralmente feito de pedra, ao passo que, daí pra cima, as paredes eram feitas de madeira coberta com cimento, quase sempre pintado de branco. A explicação era simples: de modo a resistir ao acúmulo de neve que o inverno trazia, a parte das paredes que ficava mais próxima do solo usava um material mais resistente e era construída mais laboriosamente, enquanto a mistura de madeira e cimento, que, apesar de mais frágil, era mais barata, era usada depois disso.

A impressão que eu tinha era a de que cada casa era uma pequena pirâmide invertida, já que cada piso avançava um pouco mais do que o seu inferior em direção à rua. A cidade, como um todo, espelhava essa imagem: o rio minguado, quase seco, que passava pelo fundo do vale, testemunhava a ascensão voraz do conjunto de construções, que só era freada perto do cume das escarpas.

À noite, embrenhei-me em uma rua preenchida com ateliês, galerias e lojas de souvenir em ambos os lados, na qual um festival circense estava para acontecer.

A primeira performance a que assisti foi a de um palhaço. De esculturas com balões a malabares, passando por caretas e mágicas, ele fazia de tudo para entreter as crianças que o observavam atentamente. Passei depois por um equilibrista, que atravessava uma rua de monociclo, sobre uma fina corda, a alguns metros do chão. O povo aplaudia entusiasmado a cada graça que ele fazia lá do alto. A vizinhança toda, debruçada nos parapeitos das suas janelas, assistia ao show, e inclusive fazia parte dele: o artista de repente pulou da corda para uma sacada, onde sentou e conversou com uma moradora, para depois retornar ao seu "palco".

Mais adiante, fui compelido a parar de vez. Um quarteto de jovens fazia um som diferente de tudo que eu já (ou)vira na vida. Um tocava o Tapan: uma espécie de tambor pendurado no pescoço, com uma baqueta fina que produzia um som chiado, a bater de um lado, e um pedaço de madeira que fazia um barulho mais marcante, do outro. O segundo tocava o Didgeridoo, um longo tronco oco, de alguns dedos de diâmetro, que convertia uma combinação de sopros e movimentos labiais em vibrações graves e profundas, com um forte potencial transcendental. Para os aborígenes, nativos da Austrália (terra de onde vem o Didgeridoo), o instrumento evoca o som da própria Terra. Por fim, havia ainda dois jovens tocando cada um a sua Gaida: um instrumento que eu confesso nunca ter visto igual. Típico dos Bálcãs, era feito de um saco de couro de ovelha virado do avesso, ao qual se acoplava um bocal (que servia para encher o saco de ar), em uma extremidade, e dois tubos de madeira, na outra. Um dos tubos de madeira era oco e emitia uma nota harmônica constante, enquanto o outro possuía buracos que podiam ser tampados e destampados a qualquer momento, como uma flauta. O mais curioso era o modo como a Gaida era tocada: o bocal só servia para inflar o saco de couro, que era apertado pelos braços do músico contra o seu peito, de acordo com a quantidade de ar que ele desejava expelir.

No começo, a impressão que eu tive era a de que os artistas estavam em completo desacordo. O tambor marcava um ritmo que não era respeitado pelas Gaidas e suas melodias psicodélicas, ao passo que o Didgeridoo servia apenas de plano de fundo para a confusão. Aos poucos, entretanto, a melodia foi encaixando nos meus ouvidos.

Sob um céu estrelado, sentado ao lado de um estudante tatuado e de rabo de cavalo, de uma menina com mechas azuis e uma saia verde comprida, e de um casal de idosos com *dreadlocks*, assisti perplexo à paixão com que o quarteto tocava os instrumentos. O Didgeridoo passou mesmo a ser o murmúrio constante do solo; a batida grave do Tapan começou a soar como um ritmo ditado pelos deuses, enquanto seu som chiado evocava as mutações da natureza; e, por fim, as Gaidas e suas miríades de notas agudas, em eterna variância, representavam a busca incansável e a vida inconstante de nós, humanos – habitantes dessa grande e elíptica Torre de Babel.

Sob a parca e difusa luz do holofote solitário que dava conta de iluminar a cena, um casal de braços dados começou a dançar espontaneamente perante os músicos. Uma senhora juntou-se a eles, e a sincronia entre os seus passos laterais e chutes curtos no ar era impecável. Em questão de segundos, eu só conseguia ver os músicos através das pernas irrequietas de uma fileira de cerca de uma dezena de búlgaros, dançando de braços dados, ao som da vida. Não me importei. Inclusive, cerrei as pálpebras. Inundado pela melodia e abraçado pela escuridão, consegui sentir a força de cada batida do meu coração. Eu estava nadando em tesão. A mágica do instante me embriagava. Eu nunca tinha experimentado um êxtase tão pleno. Mesmo se um oráculo me dissesse eu não acreditaria que, dali a uma semana, eu seria forçado a voltar para casa.

•••

A caixinha que servia de cofre para a nossa semana dos sonhos no fim de cada ano – "A Semana da Alegria" – foi reutilizada no "Projeto Volta ao Mundo". Com uma meta mais ambiciosa, era preciso ter mais disciplina. Mas Louiz era muito avoado.

Ele não conseguia segurar seus trocos. Em suas mãos, moedas, como muitas de suas outras posses materiais, não duravam. Elas geralmente eram gastas com um salgado na cantina pra algum amigo faminto que tinha se esquecido de levar dinheiro pro colégio.

Esse desapego e essa caridade natural ("O cara tava morrendo de fome, cê queria que eu fizesse o quê?!", ele respondia, quando eu cobrava mais austeridade financeira) contribuíam para que todos o amassem. E não só os amigos.

Ele era provavelmente o pior aluno da sala. E certamente o mais querido pelos professores.

Nunca esqueço o dia em que conseguiu convencer a turma toda a virar as cadeiras de costas para a lousa e fingir estar dormindo quando o próximo professor entrasse na sala. A escola era seu playground. Entupia as fechaduras das portas das classes com clipes de arame, deixando todo mundo trancado pra fora; estourava bombas ensurdecedoras nas festas juninas; desenhava com caneta nas nucas dos colegas da frente; enfiava um lápis no nariz pra conseguir espirrar em quem quer que estivesse ao seu lado. Ele era mais do que hiperativo.

Na sala da diretoria, depois de algumas broncas, lançava um olhar semelhante ao do Gato de Botas no filme do Shrek, abria aquele seu sorriso gigantesco e era perdoado. Eu também sempre acabava perdoando-o pela falta de compromisso com o cofrinho do "Projeto Volta ao Mundo". Mas não sem antes lhe dar um conselho.

– Cadê a responsabilidade? Vê se cresce, Louiz!

Demorei pra perceber que aquele não era o conselho certo.

Podiam ter se passado cinco horas ou cinco minutos. A eternidade, para mim, não tinha medida. Minha percepção se apegava a duas coisas: a negritude da noite, que continuava inabalada, e ao tremor do meu corpo, que perdia intensidade. Quem dera fosse porque eu conseguia me aquecer. Muito pelo contrário. Meu organismo, faminto por calorias, cedia devagar à baixa temperatura.

Coloquei mais alguns chicletes na boca, e a batida constante do queixo, movida pelo frio, encarregou-se de mastigá-los.

A noite toda eu passei espremido em volta de mim mesmo, naquele pedacinho de terra. Cheguei a rolar para os lados algumas vezes, na esperança de gerar calor, mas isso só servia para que eu expusesse mais partes do corpo ao ataque do vento. Esfreguei as mãos no abdômen, e rocei as pernas uma contra a outra, o que só me fez desperdiçar energia. Qualquer movimento era retrucado por uma lufada de vento cruel e aguda, capaz de silenciar até o mais alto dos meus gemidos de dor. Aí a rajada perdia o ímpeto e se mantinha fraca, até que eu tentasse desafiar a supremacia do frio mais uma vez. Era como se o tempo me fizesse de marionete.

Desencavei finalmente a cabeça do capuz, quando o frio já passara a ser intolerável. Não é que ele me infligia alguma dor ou ardência: simplesmente chegara a um ponto em que eu preferia morrer a ter de continuar a aturá-lo. A situação chegava a lembrar a que dera início àquilo: agora era o vento que tentava me estuprar, e, não tendo muito a perder, eu precisava de qualquer jeito sair dali.

Antes eu tinha achado que ficar na encosta de um morro me protegeria do frio. Agora eu estava certo de que o vale sinuoso que se ramificava entre os morros canalizava o vento e piorava a minha situação. Levantei-me, pus a mochila nas costas e subi trotando o aclive no qual estava. Com os músculos esfriados, as costas e as nádegas rumavam para o topo do pódio da minha atenção. A única coisa capaz de colocar em segundo plano as condições climáticas era a ardência lancinante nos pedaços de pele rasgada.

O topo de qualquer morro, de dia, oferecia aquela visão uniforme e desalentadora do cerrado, mas, de noite, por mais que fosse contraintuitivo, ele me forneceu alguma orientação. Um halo de luz avermelhada emanava do horizonte. Era impossível distinguir qualquer fonte individual, até por causa das nuvens, mas a iluminação só podia vir de Brasília. O resto do céu continuava preto. Mas não tinha mais como eu continuar encolhido e sendo carcomido pelo frio.

Respirando dentro da gola da camiseta, para tentar manter pelo menos o peito aquecido pelo bafo, eu recomecei a caminhar, em direção àquele rubro difuso que pintava timidamente a linha onde o céu e a Terra deviam se juntar. Não me importei com os tropeços dados a todo momento, nem com algumas quedas no escuro. O frio, a fome e o cansaço tinham chegado a um ponto a partir do qual eu passara a achar que, se eu porventura parasse, eu não teria mais força para continuar.

---

4. BRASIL >

A minha casa é o fundo do poço

No meio de uma tarde de trabalho, minha mãe foi interrompida por um telefonema internacional. A voz soluçante do outro lado da linha a fez pular da cadeira. Sua secretária, muito prestativa, lhe concedeu o táxi que estava à espera de alguns gringos na porta da empresa, enquanto chamava um substituto. Ainda por cima, respondeu afirmativamente à súplica da minha mãe: ela tinha um contato na Bulgária que podia oferecer ajuda. O ex-namorado da secretária sempre falava de um amigo que tivera um caso com uma búlgara, e ela prometeu que daria um jeito de falar com essa pessoa.

A caminho do aeroporto, minha mãe recebeu mais uma chamada. Dessa vez era a secretária, entusiasmada. O taxista substituto que veio para pegar os gringos fora simpático; ela contou o que estava acontecendo, e ambos conversaram bastante. Os dois já tinham morado na mesma cidade e possuíam alguns amigos em comum. Papo vai, papo vem, ele disse que se chamava Alex e que, dentre as curiosidades que permeavam a sua história de vida estava um caso rápido que tivera com uma búlgara. A ficha caíra: Alex era o amigo do ex-namorado da secretária, e ela acabara de conseguir o número de telefone de alguém na Bulgária. A búlgara ex-namorada de Alex se chamava Constantine, e foi só por causa da mediação dela que minha mãe descobriu o nome do hospital onde eu acabei internado, e os detalhes acerca da minha situação.

No dia anterior eu tinha comido como um porco: oito pães com geleia, duas cumbucas de cereal com leite, duas xícaras de café com leite mais dois pratos de pepino, tomate e queijo branco no café da manhã; uma sopa, um pedaço de bolo e uma salada no almoço; e dois pratos de massa na janta. Ficar num albergue que oferecia duas refeições grátis por dia era a chance de forrar o estômago para algumas semanas de dieta econômica. Mal sabia eu que, dois dias depois desse banquete, meia fatia de pão com patê já me deixaria estufado.

Acordei na madrugada com a barriga latejando, e fiquei me virando na cama até o sol raiar. Tentando ignorar a dor, decidi manter o plano que tinha para o dia, e, depois de me levantar, peguei um ônibus até o monastério de Rila, perto da capital Sófia. Naquela viagem eu sofri mais que um morto deve sofrer na barca de Caronte. Eu tinha certeza de que a paisagem lá fora era de encher os olhos, mas só conseguia me concentrar em retorcer meus músculos abdominais de modo a achar uma posição que aliviasse a intensidade dos espasmos que me acometiam. Depois de duas horas intermináveis, e tomado por uma angústia crescente, cheguei ao monastério mais famoso da Bulgária.

Ele era lindo, não havia como negar. A começar pelos arredores: uma cadeia de montanhas inóspitas cujos cumes só recebiam as nuvens como visitantes ocasionais. Ao pé delas, pilastras listradas de branco e preto sustentavam arcos que se multiplicavam alguns andares acima, formando um cinturão que abrigava as celas onde residiam os monges. Dentro desse perímetro ficava a igreja propriamente dita, cujas paredes internas (e parte das externas também) eram completamente ilustradas com passagens bíblicas e temas religiosos. Os afrescos eram ricos em vermelho, azul-violeta e dourado, numa combinação saturada que fascinava a vista e acalmava o espírito. Mas não a minha barriga.

Trôpego, eu me arrastei até um banheiro, onde adentrei uma cabine e me acocorei sobre o buraco no chão ladrilhado. Mesmo com as mãos apoiadas nas paredes estreitas, não resisti por muito tempo à compressão excruciante que a posição causava à minha barriga. Um homem que tinha ido mijar deu de cara com um zumbi rastejando pra fora do banheiro, e resolveu carregar-me até a mureta que dava a volta na igreja, onde eu me deitei, indiferente quanto à falta de educação ou respeito que aquele gesto pudesse representar.

Respirando pouco pra tentar sufocar a dor cada vez mais lancinante, invejei a paz da qual desfrutavam os que passavam por mim. O silêncio idílico daquele Éden religioso só era entrecortado pelos cliques deslumbrados das máquinas fotográficas dos visitantes. De vez em quando, um ou outro monge coberto do pescoço aos pés com uma longa bata marrom passava caminhando, o terço enrolado na mão e o olhar de reprimenda apontado para o moleque se remexendo como uma lombriga ali na entrada da igreja.

Depois de anos de flerte com o ateísmo, era como se Deus descobrisse a minha traição e resolvesse brincar de vodu comigo. Em uma igreja – uma de suas casas –, ainda por cima: quem diz que o destino é brincalhão nunca viu o sarcasmo com que esse Cara opera.

Andando acorcundado, a dois por hora, fui comprar uma medalhinha de Nossa Senhora para dar de presente à minha mãe, e uma sensação ridícula me tomou assim que o fiz. Eu agia como o cafajeste que dava um buquê de rosas à mulher logo depois que ela descobrira que ele tinha uma amante. A diferença era que, no meu caso, a relação abalada era a minha fé, e a entidade revoltada era o Papai do Céu.

A volta à cidade pareceu ainda mais demorada que a ida. Pelo menos, a última fileira de bancos estava vazia e eu tive mais liberdade de movimento. Deitei-me de vários jeitos diferentes, mas os espasmos agora tinham se convertido em agulhadas abaixo das costelas, na altura da cintura. Qualquer músculo que eu contraísse estimulava a dor, mas ficar parado era agonizante demais. Tentei pensar em outra coisa, mas não havia jeito. Comecei a delirar e sonhar com o laxante que eu tomaria, assim que voltasse ao albergue, e que me livraria de todo aquele martírio. Visualizei-me sentado numa privada, embriagado pelo alívio depois de mandar todos os demônios para o esgoto. Doce ilusão. Por entre os bancos, vi o motorista, lá na frente, encarando-me pelo retrovisor. Ele que me perdoasse. Era difícil agir de outra maneira quando parecia que tinha uma centopeia gigante passeando pelo intestino.

Finalmente cheguei a Sófia. Mal comecei a caminhar e tropecei num trilho de trem, o que espalhou a dor por todo o meu tronco. Meu desejo era ficar ali, estatelado, até que meus músculos parassem de mandar choques ao meu sistema nervoso. Mas um senhor me levantou desesperado, pelas costas da camiseta, e me empurrou com força para a frente, enquanto uma buzina tilintante invadia meus tímpanos.

Um trem passou voando entre nós. O som agudo foi esmaecendo, réquiem falho de uma morte por atropelamento que, de tão esdrúxula, talvez nem ganhasse destaque nos jornais locais. Tinha Alguém de brincadeira comigo. Eu engoli em seco e esperei para agradecer ao velho. Quando o último vagão chispou da minha frente, deixou pra trás um pouco da sua fumaça e um vazio do outro lado da linha: o senhor não estava mais lá.

Cambaleando e sentindo as pontadas se intensificando a cada passo que dava, fui primeiro a um centro médico. A comunicação foi difícil, mas, na base do gesto, entendi que deveria ser submetido a alguns exames. Coletaram meu sangue e urina, apalparam-me o corpo e aí tentaram me torturar. Um por um, os médicos apertavam com força o foco de minha dor, no quadrante inferior direito do abdominal, e depois aliviavam de súbito a pressão, o que fazia o incômodo estilingar de volta com o dobro da intensidade. Aquela porra só podia ser um complô. Eu tinha conseguido fugir da Sua casa, mas Ele tinha ajudantes no mundo terreno pra continuar fazendo o vodu comigo.

Na hora do diagnóstico, uma moça se apresentou como falante de inglês e traduziu a notícia que os médicos tinham a me dar. Eu estava com o apêndice em estágio avançado de inflamação e precisava operar.

– Eles disseram que você vai morrer se não fizer a cirurgia em até vinte e quatro horas. Relaxa, vai dar tudo certo – ela assegurou, não percebendo a incongruência entre a primeira frase e a segunda. – Boa sorte.

Chorando como um bebê, liguei para minha mãe e contei pra ela o que acontecera. E – pior – o que estava prestes a acontecer. Sem bateria no celular e quase sem consciência, nem me dei conta de que ela não teria como saber em que hospital eu estava, a não ser que ela conhecesse algum búlgaro que pudesse ajudá-la, ou que aprendesse a língua local em algum curso relâmpago.

Fui posto em uma cadeira de rodas e levado para um *bunker* acinzentado construído pra cima do solo – que eles chamavam de hospital. Peregrinei de sala em sala durante quatro ou cinco horas sem entender absolutamente nada do que estava acontecendo. E nem do que estava escrito, em cirílico, nas placas capengas que se penduravam em portas e esquinas de corredores. Pelas mãos de diversos médicos, o vodu na minha barriga continuava. Parecia que todo doutor queria tirar uma casquinha.

A dor já era insuportável e eu me encolhia na cadeira de rodas sobre a qual tinha sido despejado, como que na tentativa de reduzir o meu corpo à menor envergadura possível. Mais um pouco e eu estaria abraçando os meus próprios joelhos, em posição fetal, buscando o conforto utópico de um útero materno.

Fui finalmente colocado em uma maca e, em meio às agulhas (agora de verdade!) que me fincaram na pele e à máscara que seguraram colada ao meu rosto, minha visão começou a ficar borrada. O médico que me empurrava rápido agora estava mais lento. O teto para o qual eu olhava escorria lá em cima. Nele havia mais lâmpadas queimadas que acesas. A dor foi suplantada pela letargia. Eu vi uma mancha de sangue na gola do avental amassado de um médico. Eu não lembro o que ocorreu a seguir.

"Ai se eu te pego" me despertou do sono, mas isso não era o bastante para que eu discernisse se estava no céu ou no inferno. A música foi interrompida por um "Alô" e eu me dei conta de que nenhuma das duas opções era a certa: eu ainda estava vivo.

A sala "branca" tinha paredes da cor de um sorriso amarelo. As quinas sujas faziam as vezes dos dentes com cárie. Eu tinha dois vizinhos de leito. Um deles sairia dali em uma semana. O outro, jamais: tinha um câncer em estado terminal, e sua filha me contaria mais tarde que ele não tinha mais que três meses de vida. Por mais que ele não parecesse a companhia ideal para se ter em um hospital, eu gostei dele de imediato.

Ou ele sabia que eu não era da Bulgária ou estava cansado demais para falar: cumprimentou-me somente com um piscar de olhos, assim que acordei. Sem dizer nada, tirou uma imagem de Nossa Senhora do bolso da frente do pijama e a entregou em minhas mãos. Beijei a imagem – quase igual à que eu tinha comprado para minha mãe – para não fazer desfeita, e agradeci ao homem, que sorriu discretamente em resposta.

Menos de vinte e quatro horas depois da cirurgia, minha mãe chegou do Brasil. Nosso reencontro não aconteceu na mais favorável das situações, mas, quando ela abriu a porta daquele quarto e colocou a cabeça pela fresta, foi como se trouxesse consigo um dilúvio de alívio. Com ela, mesmo naquele hospital soviético, lotado, fétido e de fazer inveja, no mau sentido, a muitas unidades do SUS brasileiro, eu pude até me sentir em casa.

A cirurgia não fora das mais complicadas, e a recuperação ocorreria através de uma rotina cuja monotonia beirava o insuportável. Principalmente levando-se em conta o movimento constante no qual eu estivera nos últimos meses.

O antibiótico que eu tomava na veia, a minha urina e o chá que me davam no café da manhã tinham todos o mesmo cheiro e a mesma aparência. Passei três dias sem banho, sem escovar os dentes e sem comer nada. Sentia meu mau cheiro impregnando o ar e tomando conta do quarto, e comecei a achar difícil conviver comigo mesmo naquele estado. Quando pude, finalmente, ir fazer xixi, quase me arrependi. Meu mijo esverdeado tinha o mesmo cheiro dos antibióticos que eu vinha tomando, só que multiplicado por dez. Quando fui vomitar de nojo, a dor distendeu o meu abdominal e quase explodiram os pontos que tinham costurado em mim. Meu nariz tentou improvisar uma câimbra pra evitar aquele fedor. E, ao tentar lavar as mãos, percebi que no banheiro não havia sabão. Porra, era tranquilo não ter sabonete no banheiro do albergue, mas não ter como se limpar no hospital significava que a coisa estava preta.

Meus músculos abdominais não tinham força alguma. Eu não conseguia levantar da cama sozinho ou andar sem ajuda. Pior ainda: não podia rir.

Banhei-me de lágrimas algumas vezes. Um mês sem fazer esportes foi o que um médico me prescreveu, e, portanto, eu teria de voltar para o Brasil para me recuperar. Trinta dias sem chutar uma bola, sem mover um pedal, sem dar uma braçada na água: a perspectiva era assustadora.

Da noite para o dia deixei de viver o meu sonho para mergulhar de cabeça num pesadelo.

Eu enrolava os pelos da perna para formar pequenos *dreadlocks*, era apelidado de Felipe Massa pelos doutores, e passava a maior parte da estadia no quarto sem fazer absolutamente nada. Às vezes, minha mãe chorava comigo do lado da cama. O pior é que, mais que tristeza, eu acho que ela sentia pena.

Entre uma janela que enquadrava uma parede cinzenta sob um céu nublado e um teto cujas lâmpadas não paravam de piscar, ficava difícil decidir para onde olhar. Eu já sabia de cor as horas em que recebia novos remédios com cheiro de jaca podre, e já era capaz de reproduzir mentalmente com perfeição o padrão sem graça costurado nas minhas calças de pijama. Bati algumas vezes o meu recorde de quantas vezes conseguia fechar e abrir os olhos entre uma piscada e outra da lâmpada que lutava para se manter acesa sobre meu corpo imóvel, e, de repente, percebi que o intervalo entre um "tic" e um "tac" dos ponteiros que me vigiavam, no topo da parede em frente, ia ficando cada vez mais longo.

Era estranho como aquela viagem vinha adquirindo a forma de um cabo de guerra contra o tempo. E como grande parte da minha vida, inclusive, tinha funcionado dessa maneira. Uma das mais antigas memórias que eu tinha era a de ser deixado na creche bem no início da manhã, pela minha mãe, que tinha de chegar cedo ao trabalho. Para me manter ocupado enquanto as aulas não começavam, a Véia, cozinheira da creche, ensinava-me a separar grãos de feijão das pedrinhas que se intrometiam entre eles. Passávamos horas diante daquele balcão – que tinha quase a minha altura! – juntos, numa espécie de terapia que aliviava o peso diário do tempo que eu precisava esperar passar. Como recompensa pela ajuda, a Véia permitiria que eu repetisse a sobremesa depois do almoço, sempre discretamente, para que nosso acordo nunca fosse descoberto.

Mais tarde, minha mãe me ensinaria a adiantar o relógio de pulso para que eu nunca chegasse tarde a compromissos. Anos depois, eu me surpreenderia ao notar o relógio de seu carro nitidamente atrasado.

– Cansei de me preocupar em estar atrasada – ela responderia ao meu espanto. – Assim eu fico mais tranquila.

Depois, logo antes de começar a viajar, estive envolvido em uma série de trabalhos com o meu pai, intitulada "O Rastejo do Tempo". Em cada quadro, usávamos minhocas mergulhadas em tinta para compor um jogo de linhas sinuosas, que convergiam e divergiam sem pressa, na superfície da tela, deixando pra trás somente o rastro colorido do caminho percorrido. No fundo, não éramos nós os artistas que criávamos aquelas pinturas. E tampouco eram as minhocas.

De volta ao quarto do hospital, encontrei ânimo para ler um pouco. Até mesmo aprendi algumas letras do alfabeto cirílico, pelas traduções das tabelas nutricionais dos rótulos das garrafas de água na minha mesa de cabeceira. Instintivamente, mirei o relógio na parede, e, para a minha surpresa, o ponteiro dos minutos estava a léguas de onde estivera havia pouco. Foi aí que uma imagem simples emergiu das profundezas da minha consciência: um carro sem freio nem acelerador. Não se pode aumentar ou diminuir sua velocidade. Estamos eternamente escravizados ao seu ritmo. Mas, com o queixo fincado no peito, preocupados com nossos pés e seus pedais ausentes, esquecemo-nos de erguer a cabeça e ver nossas mãos. Esquecemo-nos de que, por mais que não possamos fazer o carro-tempo ir mais rápido ou devagar, ainda podemos dirigi-lo. Ainda estamos no volante. E somos nós que decidimos aonde ele vai nos levar.

Já podendo andar sozinho, ainda que mancando e ofegante, recebi alta. No dia seguinte, estava a caminho de casa. A tristeza e a desesperança se revezavam numa investida que pretendia ocupar o vácuo que tomara conta de mim.

O pior era que, por mais que o vodu tivesse acabado, o sarcasmo Dele continuava me pinicando a paciência. Ele me afrontava através das palavras – a minha casa! –, como que numa reprimenda por eu ter pensado bobagens a Seu respeito no monastério de Rila – uma de Suas casas. O nome da capital búlgara na qual eu saíra quase ileso de uma estadia num hospital soviético que não tinha nem sabonete, Sófia, significava "sabedoria", em grego. Além disso, o lema da cidade, estampado orgulhosamente em toda brochura turística local, soava como uma aposta ou uma provocação quanto à reação que eu teria frente àquela merda toda. Adeus. Sófia: a cidade que "cresce, mas nunca envelhece".

•••

Eu nunca pensei que voltar pra casa pudesse ser tão deprimente. Já no avião, eu me sentia um babaca em ver minha mãe tendo que carregar meu mochilão nas costas porque eu mal tinha força pra levantar uma sacola plástica. Só o que eu tinha comigo era, no bolso, um pequeno díptico de madeira que ela me trouxera, com uma imagem de Nossa Senhora de um lado e de Jesus no outro. Fora impossível recusar o presente, é óbvio. Minha mãe levara-o para mim com os olhos marejados, embriagada de uma gratidão cega a um Alguém que para ela tinha me salvado, ao passo que, a meu ver, tinha quase me matado.

Às vezes eu achava que religião era uma mera questão de escolha, sabe? Quero dizer: a vida te apresenta a carapuça do diabo e a carapuça de Deus, aí você vai lá e veste as duas em quem bem entender. O bom e o mau; o certo e o errado: eles têm que estar em lados opostos, mas você que escolhe onde cada um vai cair. E se escolher "direito", ainda ganha de brinde um livro sagrado e uma miríade de regras que tem que seguir pra não ir pro inferno.

Eu devo ter escolhido errado, porque a enxurrada que a minha mãe chorou nos primeiros dias que eu passei em casa me machuchou mais que o mais dantesco dos fogos eternos.

Já passava das duas da madrugada, certa noite, e eu ainda escutava os prantos que vinham do quarto dos meus pais. Eu não conseguia dormir. Havia pouco, o que começara com um beijo de boa noite degringolara para uma discussão entre mim e minha mãe.

– Não é que eu queira destruir seus planos – ela disse, com os olhos inchados. – Só quero que você tire um ou outro lugar do seu roteiro.

– A questão não é tirar um ou outro lugar, mãe. O problema é que eu sei que começa assim, depois você quer que eu mude de curso outra vez, depois começa a me pressionar pra eu voltar pra casa... – eu ergui a voz sem querer.

– Você nem cogita a possibilidade de ficar só seis meses fora? De voltar antes? – ela fez a ordem soar como uma súplica, e a súplica, como uma pergunta.

– Viu só? A merda é eu saber que vocês não tão curtindo comigo. Se for pra ser desse jeito, eu cogito nem voltar a viajar – um nó me amarrou a garganta.

– Peraí, Felipe, não generaliza – meu pai se intrometeu pela primeira vez. – Eu morro de saudade sua, e vivo querendo falar contigo, mas curto a viagem como se fosse minha. Não se dirija a nós dois porque eu não me encaixo nisso.

Minha mãe, aí, desatou a chorar ainda mais. Eu sabia que meu pai era o cara que mais me apoiava. O emocional da minha mãe estava frágil como porcelana, ela vinha chorando dia sim, dia não, e eu queria evitar falar essas coisas diretamente pra ela. Não tinha nada a ver com a cirurgia pela qual passei na Bulgária nem pelo susto ("do caralho", nas palavras dela) que eles dois tinham passado, segundo minha mãe.

– Acontece que eu nunca quis que você fosse pra Índia, pra Indonésia... Só acho que você devia passar mais tempo na Europa, talvez ir mais pro norte.

– E eu nunca quis que a minha mãe virasse uma inimiga do meu sonho – respondi impulsivamente, pra me arrepender logo em seguida.

A cama balançou com o choro ofegante que se instaurou. Toda vez que minha mãe soluçava, eu sentia uma facada no peito, parecida com a que senti naquele fatídico dia em Sófia. Mordi o lábio inferior e tentei me segurar. Mas não teve jeito. Bastou olhar de relance para a expressão sofrida da mulher que me deu à luz para que lágrimas atrás de lágrimas fugissem ao meu controle e se aventurassem pela minha face.

Eu não tinha mentido quando disse que cogitava nem voltar a viajar sabendo da desaprovação materna. Aquele clima pesado esmagava o meu desejo. Não conseguia me enxergar alegre do outro lado do mundo, sabendo que tudo o que minha mãe queria era que eu voltasse pra casa. Tinha sido ela quem me ensinara a gostar de viajar. Era ela – uma geminiana – que, segundo a astrologia, tinha o sonho de "abraçar o mundo". Mas também fora ela que me dera a lição que eu mais apreciava: o equilíbrio tem que nortear a vida.

– Que que custa... ceder... um pouco? – ela pontuava a fala com soluços.

Não respondi. Desafiar a minha mãe já estava me machucando demais. Naquele tempo que vinha passando em casa, tinha me recuperado bem fisicamente. E tinha me corroído por dentro. Sentia-me apodrecido, desfalecido. Eu via a criança dentro de mim, no futuro, juntando os cacos daquele projeto que nunca se realizara. Via seu rosto enrugado, mas conformado com a figura incompleta e incolor que os fragmentos de passado formavam quando justapostos. Tinha asco daquela imagem. Não era o que queria para mim.

Voltei a ouvir o choro que vinha do quarto dos meus pais. A culpa me rasgava o coração. Eu tinha medo. E não tinha sono. Tampouco tinha certeza do que queria para mim. Só o que me motivava a não desistir da viagem era a repugnância que eu sentia pela ideia de abdicar de um sonho, como você fizera outrora, Louiz.

•••

Decidi visitar meus amigos da faculdade em São Paulo, na tentativa de escapar da aura melancólica que tomara conta da minha casa em Campinas.

Lá, já no estacionamento de um mercado, eu e meu amigo Gabito nos entreolhamos. Passamos um engradado de cervejas pela caixa registradora, mas esquecemos de avisar a moça que havia mais três na parte de baixo do carrinho de compras. Não foi por mal, mas o descuido nos fez economizar mais de cinquenta reais. Em comum acordo, visualizamos duas opções. Ou voltávamos e pagávamos pelas cervejas que, querendo ou não, surrupiamos, ou pegávamos o dinheiro que tinha sobrado e gastávamos tudo em balões, para criar um ambiente onírico na festa que estávamos fazendo no apartamento de outro amigo nosso. Votei na opção que me pareceu mais correta, e o Gabito assentiu. Em menos de meia hora, o chão do apê estaria coberto por uma camada colorida de centenas de balões.

Dançamos todos como crianças, imersos naquele mundo de borracha sempre em movimento. Superamos o som da música com nossas vozes; a escuridão, com nossos sorrisos; a mesmice, com nossa vitalidade. Havia só uma lâmpada no ambiente – vermelha e precariamente presa ao teto – iluminando as danças devagar, mas vibrantes, que nadavam naquela geleia de luz escarlate. Aquela cena foi bonita, cara. A vergonha não existia. Éramos só o que fazíamos, éramos só a vida que produzíamos no único instante que existia: o agora.

Depois de um selinho quádruplo, sugerido por algum descompensado – e aceito por outros três –, fiquei com a Bia[7]. Você não conhece a Bia, e não vão ser duas ou três linhas de descrição que vão te fazer conhecê-la. Só pra que você saiba do que se trata, pense na menina mais parceira e gente boa que você já encontrou: ela é ainda mais. Pense na menina mais inteligente com quem você já conversou: ela é mais. E pense na menina mais linda que você já sonhou em ver: ela é muito mais.

Eu penteava seus longos cabelos lisos com os dedos, numa tentativa meio inconsciente de desembaraçar a teia de sentimentos que se alastrava por dentro de mim. No meio da sala, era o vigor que se alastrava por todos, contagiados pela fome de vida que um expressava em sua dança solitária, e que outro mostrava em seu canto gutural e sincero.

Eu e a Bia ficamos colados a noite toda. O olhar dela era infinito. Desbravei as paisagens que ele me permitia vislumbrar, explorei cada nuance do mundo que ele descortinava quando encontrava a minha vista. Eu poderia passar a vida inteira habitando aquele universo paralelo,

7. Nome fictício.

aquela miríade de possibilidades oferecidas por seu par de olhos grandes, negros e ternos.

Fomos juntos para um quarto nos fundos, onde nossa intimidade se materializou como desejo carnal. Nossas peles se aqueceram em contato. A noite antes fria agora flamejava. Labaredas de seu perfume inundavam meu cérebro, alimentavam meu tesão e faziam meu coração bater na velocidade da luz. Suas unhas arranhavam minhas costas e seus dedos compridos me puxavam até que meu peito comprimisse o dela. Eu não conseguiria encher mais nem uma bexiguinha, dada a falta de fôlego.

Sem desgrudar a boca da minha, ela correu as duas mãos pelo meu cabelo, dando a volta no pescoço, passando pelo peito, descendo até o abdômen. Daí em diante, por mais que eu não enxergasse nada através da escuridão, eu me encontrei de novo naquele mundo impossível que existia dentro de seu olhar. Ela soltava suspiros aveludados na minha orelha. O tempo fluía mais devagar, e minha pulsação fazia vibrar meu corpo inteiro. Se um terremoto acontecesse naquele momento, eu nem perceberia. Para mim, o quarto todo estava tremendo, a casa toda estava em movimento, o mundo lá fora era irrelevante e só o que importava era a mulher maravilhosa que estava debaixo de mim.

Até que, ofegantes, só com nossas roupas íntimas, deitados, eu sobre ela, na cama, paramos por um instante. Nossos olhares se cruzaram mais uma vez. Deslizei a mão por sua perna longa, tão infinita quanto o mundo que havia por trás de suas pálpebras. Ela sorriu as fileiras de dentes mais impecáveis que a seleção natural já desenhou, e disse que ia ver se a Déia[8] ainda estava na sala.

Déia era a única pessoa acordada nas ruínas da festa que fizemos. Ela assistia à tevê, entediada, cercada de balões murchos e de uma música tímida que teimava em continuar tocando. Havia vários corpos horizontais, mumificados em seus cobertores, dormindo onde quer que lhes tenha parecido conveniente. Era a Déia que levaria a Bia embora. E, quando viu a situação da amiga, a Bia me falou que precisava ir. Ela não queria isso. Seu olhar mágico não era só vasto em espaço, mas também em honestidade: incapaz de esconder o que se passava no mundo interior que resguardava.

– Tudo bem – eu menti.

E eu menti sabendo que estava mentindo. Porque eu sabia que não estava tudo bem. Eu sabia que os nossos caminhos, que teimavam em

8. Nome fictício.

se encontrar e insistiam em nos surpreender toda vez que o faziam, estavam prestes a divergir de novo. Eu sabia que não veria a Bia de novo, ao menos por um bom tempo, porque tinha de voltar para Campinas, e porque ela tinha de voltar à rotina dela. Eu sabia que aquela mulher, alvo de minha paixão enlouquecida desde que eu a conhecera, escapava do meu alcance indefinidamente. Eu sabia que o meu sonho, em todas as suas manifestações, escorria pelos meus dedos. Eu sabia que a minha mãe provavelmente aproveitava a minha visita a São Paulo para chorar o máximo que pudesse, e depois segurar a barra quando eu reaparecesse. Eu sabia que, ainda começando a me recuperar da cirurgia na Bulgária, não devia nem ter saído da cama, muito menos de casa.

A Bia tinha dito que eu tinha mudado com a viagem. Que estava menos orgulhoso. E eu encontrei consolo no fato de que ela talvez estivesse traduzindo a língua sorrateira pela qual o destino se comunicava comigo.

Voltei pra casa um par de dias mais tarde. Durante todo o trajeto entre São Paulo e Campinas, de ônibus, escutei a música que o alemão Vali tinha me apresentado, e que vinha me acompanhando desde o começo da minha viagem: One day, baby, we'll be old, oh, baby, we'll be old... and think of all the stories that we could have told...

A paisagem dentro de mim era a de uma floresta recém-derrubada, incendiada e depois cimentada. O suspiro mudo que saiu da minha boca em algumas tentativas inúteis de cantar a letra da música era o rabo do vácuo que parecia ter substituído todos os meus órgãos internos. Era a primeira vez que eu experimentava aquela sensação inominável, contudo longe de ser a pior que eu já sentira: tinha um quê de libertadora.

Deve ser esse desapego à vida que um suicida sente durante os seus últimos momentos, prestes a se desprender de vez do último elo que o acorrenta à existência terrena.

De pálpebras semicerradas, balancei a cabeça de um lado para o outro, em silêncio. Sozinho. Certo de que aquela era a minha sina. E de que não tinha como a minha situação psicológica ficar ainda pior durante aquela pausa forçada no Brasil. Ledo engano.

•••

Fiquei gripado um dia antes da festa de quinze anos da minha irmã. Desfrutei da companhia de todos os amigos que foram até Campinas para o evento, é verdade, mas não dei a devida atenção aos familiares que fizeram o mesmo. Especialmente à minha avó paterna. Ela estava cheia de perguntas sobre a minha viagem, cheia de abraços pra me dar, e eu me esquivava constantemente rumo às rodas de ex-colegas de escola e aos copos de champanhe que não paravam de ser refilados pelos garçons.

Depois de ter trocado a minha avó pelos meus amigos, e o champanhe pelo uísque, acabei trocando meus amigos pela minha ex-namorada. Meu relacionamento com ela nunca teve um verdadeiro ponto final. Ela me chamou pra conversar e eu aceitei sem nem pensar duas vezes. Ela era vaidosa, contrária a esportes e ciumenta. A personalidade dela era como a minha, só que ao avesso.

A conversa rastejou por horas. A conversa não levou a lugar algum. Trocamos farpas e nos desentendemos na maior parte do tempo. Ela chorava copiosamente e eu a encarava com um rosto tão expressivo como o de um personagem daqueles desenhos japoneses em que o diálogo corre, mas a única mudança na imagem é o movimento da boca do falante. Quem eu achava que era? Um homem de gelo? A porra do Homem de Ferro?

Cada um foi embora para um lado: ela provavelmente correu para os braços de seu namorado atual, enquanto eu entrei no salão para descobrir que quase todos os meus amigos já tinham ido embora. Era tarde da noite. Só me restava ir atrás dos poucos copos que ainda sobravam nas mesas. E eu nem fiz questão de ver o que tinha dentro deles.

Acordei com a cabeça em chamas. Cada pensamento novo que surgia era um pouco de lenha alimentando a dor que me afligia, e, por isso, mantive-me propositalmente lesado. De repente, estava na sala de jantar de casa. Dei de cara com minha avó e, por algum assunto irrelevante do qual nem me recordo, discutimos. Enxerguei a cena em terceira pessoa, e vi como nossas reações eram assimétricas: ela berrava e ficava com a cara roxa, suas rugas cravando-se a fundo na expressão doída, as sobrancelhas caricatamente arqueadas para cima, implorando por um perdão que jamais chegaria. Eu adotava a velha e boa cara de folha em branco.

Estava no sofá com meu pai quando o telefone tocou. Não sei como fui parar ali. Ele atendeu e, sem falar nada, perdeu o controle dos finos lábios, tremulantes de desespero.

– A vó – ele tampou o bocal do telefone com uma mão e balbuciou para mim. –... se suicidou.

A dor de cabeça choveu para o resto do meu corpo, paralisando cada um de meus membros. Em seguida, retornou com tudo, e se alojou bem no meio da minha testa. Ergui-me do sofá com um pulo. Abri os olhos e vi que, na verdade, ergui-me da cama. Levei um tempo para entender que tudo o que se sucedera à festa não passara de um sonho. Exceto pela dor. Parecia que tinha um bebê no oitavo mês de gestação crescendo dentro do meu crânio.

Cambaleei pela casa atrás de um copo de água. A gripe, combinada com a ressaca, ganhava poder de fogo. A dor me consumia dos dedões dos pés até os dentes. Esses, aliás, preocupavam-me em especial. Um pré-molar carente inventara de me chamar a atenção e agora latejava persistentemente. Passei pelos meus pais e forjei o sorriso mais natural do mundo. Tudo o que eu precisava era encarnar a porra do Homem de Ferro. Tudo estava bem, e eu estava pronto pra voltar a viajar.

O fingimento foi bem-sucedido durante algumas horas. À noite, porém, uma breve olhada no espelho me puxou de volta pro fundo do poço. Uma bochecha estava nitidamente maior que a outra. Minha gengiva estava inflamada do lado esquerdo. O pré-molar que a habitava implorava pra sair de casa. Irônico, o safado.

Meu pai me levou ao dentista, e nós não falamos nada para minha mãe. Ela continuava chegando em casa todo fim de tarde com os olhos marejados.

– Estive pensando no Felipe, no carro... – era, invariavelmente, sua resposta à recepção preocupada de meu pai.

O dentista não era tão sensível quanto minha mãe. Seu diagnóstico foi preciso e lacônico.

– O dente tem cárie, a gengiva está inflamada e ele precisa ser extraído.

O pior detalhe ele guardou por alguns momentos, como um escritor profissional que quer gerar suspense.

– Aliás, esse dente é de leite. E você não tem o permanente.

Ele sabia que eu estava prestes a sair do Brasil. Que não daria tempo de colocar um implante. Que eu teria de continuar a volta ao mundo desfalcado de um lateral esquerdo[9]. E, numa situação em que tudo o que eu precisava era de algumas palavras consoladoras, ele ficou quieto. Esticou os lábios sem separá-los, e eu percebi quão cruel aparentava ser um sorriso que não mostrava os dentes. Acenou com a cabeça em direção a um alicate de ferro sobre o tampo de sua mesa. Esfregou as mãos, ansioso. Filho da puta.

•••

Sem o apêndice, e também sem um dente, fui para o apê que o Rato tinha na praia, com uma cambada de amigos. Depois de a saúde

9. A palavra "banguela" era deprimente demais para ser usada.

ter passado a perna em mim algumas vezes, era a vez de São Pedro incomodar. Choveu durante todos os quatro dias do feriado.

De qualquer maneira, a viagem serviu como comprovação de que eu estava apto a continuar com minhas andanças. Senti-me forte novamente. Alguns litros de cerveja, rum e uísque foram incapazes de me derrubar. E não foram só as bebidas que usamos para nos testar. As meninas castigadas que nós arrastamos para o apê eram a prova viva disso. Meus amigos, as testemunhas. Todos nós rimos da minha falta de seletividade[10].

Só a minha consciência que não viu graça nenhuma na situação. Uma metade de mim não parava de gargalhar, é verdade. Mas a outra sabia quanto era fugaz e superficial aquela diversão regada a bebidas quaisquer e garotas idem.

O melhor da viagem para a praia foi, no último dia, ter ouvido um CD recém-gravado por um de meus melhores amigos. Sua voz era foda, e seu sonho era viver de música, mas, por algum motivo, faltava-lhe força de vontade. Gritando para superar o volume dos alto-falantes, avisei que roubaria o CD para levar algumas músicas comigo na viagem.

– E segue seu sonho, irmão – foi o meu último conselho para ele.

– E se for mostrar as músicas pra alguém, só mostre as boas – foi o último conselho dele para mim. Por trás da sua piscada de olho bem--humorada, e da sua frase despretensiosa e juvenil, residia um valioso pingo de sabedoria, do qual ele provavelmente nem se deu conta. E ao qual instantaneamente me apeguei. O qual, no dia seguinte – o dia da partida – eu tentaria compartilhar com minha mãe.

•••

Mochila refeita, cabeça refeita (eu pensava), fui para Guarulhos com meus pais. Minha mãe usava os inseparáveis óculos escuros. Se antes era só a vaidade, agora havia também o desejo de esconder seus olhos claros e frágeis. Do banco de trás do carro eu via quanto ela se esforçava para conter as lágrimas.

Andamos de mãos dadas no aeroporto. Recordei-me dos tempos em que eu tinha vergonha de ficar de mãos dadas com meus pais em público. Ri sozinho. O mundo dá voltas.

Abracei meu pai e depois minha mãe, em frente ao portão de embarque. Resisti bem, emocionalmente. Minha mãe também não chorou tanto quanto eu esperava. Passei pelo raio X e, já num labirinto de filas

10. Aprendi com você.

e seguranças, voltei-me e os enxerguei, por uma fresta entre as paredes que ladeavam o salão. Minha mãe ainda estava lá, abraçada ao meu pai, com o rosto virado em minha direção e os olhos fechados, protuberantes em uma face pintada de vermelho pelo choro descontrolado. Mesmo de longe, eu podia ver como suas pernas estavam bambas. Sem chão.

Minha garganta inflou como nunca antes fizera. Era como se houvesse uma laranja entalada no meu pescoço. Mas respirei fundo e continuei caminhando, determinadamente. Assim que pude, mandei uma mensagem para minha mãe:

"Esses dias, olharam pra cicatriz na minha barriga e disseram que ela lembrava uma boca triste. Curioso, olhei pra baixo. Mas tudo que vi foi uma marca com o formato de um sorriso. É claro: a diferença estava no ponto de vista. Vivam o sonho comigo. Amo vocês."

•••

Na minha casa, passávamos tardes e tardes pulando na cama elástica. Na casa dele, aproveitávamos as ladeiras para andar de skate. Isso quando tio Ney, seu pai, não chamava a vizinhança toda e fazia um churrasco. Aí a diversão era dar golinhos de cerveja pro seu irmão de um ano e pouco numa mamadeira e depois ver o Louiz amassando as latinhas no meio das costas, com sua omoplata.

Quando estávamos com mais gente, sucumbíamos aos mais comuns pegas-pegas e futebol. Louiz nunca jogou videogame, contudo. Alguma coisa nele o impelia pra rua.

É preciso dizer: ele passava dias sem tomar banho. Lembro-me também de ele prometer ficar meses sem escovar os dentes caso acertasse uma manobra no skate. Alguns diziam que ele era sujo. Não o conheciam direito. Ele era a pessoa mais pura que eu já tinha encontrado na vida.

2

Não tenho nada a oferecer a ninguém,
a não ser a minha própria confusão.

Jack Kerouac

Quando o firmamento começou a clarear, eu percebi o estado em que me encontrava. Minhas roupas e minha pele estavam amarronzadas como o capim morto ao redor. Minha caminhada já se tornara cambaleante. Eu fedia a uma mistura de suor e algum outro odor animalesco. A cada inspiração, eu sentia um gosto amargo de poeira – além de o ar raspar a minha goela com a violência de um lenço de seda que se arrasta contra uma lâmina de barbear. A cada piscada de olhos, eu sentia minhas pálpebras ressecadas lixarem minhas íris. E a cada passo, não importando se fosse morro acima ou abaixo, eu tinha a impressão de estar escalando um pouquinho da curvatura da Terra.

O vento noturno saíra de cena. E a secura opressiva era o seu legado.

Com o amanhecer, apagou-se a auréola luminosa que emanava da cidade e eu voltei a ficar sem ver sinal algum de civilização. O cenário era exatamente igual ao que rodeava o ponto no qual eu começara a caminhar, no dia anterior. Eu teria chorado se houvesse qualquer pingo de umidade sobrando no meu organismo. O resto da garrafinha de água eu tinha terminado de noite.

Passei a andar cabisbaixo. Tanto por causa do desalento quanto para economizar a energia necessária para manter o pescoço ereto. Meus passos, aliás, eram minimalistas. Eu já mal levantava os pés do chão, e volta e meia me pegava arrastando os tênis imundos na terra e na grama.

Minha mente, tentando se esquivar da dureza da situação, regrediu e começou a vagar por algumas lembranças recentes e desconexas. Quando me dei conta disso, estava pensando num haicai que tinha escrito em algum lugar da Ásia:

Pólen longínquo,
Que abelha persegue sozinha.
Mel só se faz na colmeia.

---

5. EUROPA ORIENTAL E TURQUIA >

A solidão é não ter uma coberta cheia de percevejos

O medo do acaso embarcou comigo naquele voo de volta à Europa. À ex-Iugoslávia, mais precisamente. Meu *momentum* pessoal mudara depois do incidente na Bulgária, mas, mais importante ainda, mudara também a parte do mapa que eu percorria. A pobreza da Romênia tinha me chocado, mas ela ficava no chinelo quando comparada ao que se via na Bósnia ou na Albânia, por exemplo.

Ficara pra trás a Europa dos livros de história, dos castelos, da pompa e das guerras de séculos atrás. As guerras, agora, tinham acabado havia menos de duas décadas. Os cenários, ainda em reconstrução, espelhavam a minha condição interna. É claro que o êxtase infantil pelo novo ainda me preenchia, mas parte dele fora enegrecida pela nuvem de incerteza gerada pela apendicite. Minha vulnerabilidade – e o perigo intrínseco à minha solidão – tinha sido escancarada. Agora, com a saúde e a família fragilizadas, eu tinha mais do que somente o meu bem-estar pelo que zelar.

Comecei a listar eventos que só contaria para meus pais quando regressasse definitivamente pra casa. Por telefone, eu sempre estaria ótimo, tudo andaria bem, os lugares pelos quais eu passasse seriam maravilhosos e eu nunca estaria incomodado com a ausência de companhia. Ao longo do meu percurso pela Ásia – eu ainda nem tinha como saber –, a lista aumentaria exponencialmente. Eu a iniciei, por exemplo, omitindo a primeira entrevista que fiz na minha volta à estrada.

A madrugada substituía a noite enquanto eu subia correndo um lance de escadas, e alargava a passada sempre que um degrau estava faltando. Não liguei para a ausência de corrimãos ou paredes capazes de prevenir uma queda que, àquela altura, já seria fatal. Só desacelerei quando, lá pelo décimo andar, a quantidade de buracos e cacos de vidro no chão era tão grande que precisei de mais do que a luz da lua para me orientar. Alguma das mulheres que vinham junto sacou um celular do bolso, ligou a lanterna, tomou a dianteira, e o problema estava resolvido. Tudo o que nós queríamos era chegar ao topo das ruínas do prédio e apreciar a vista da cidade.

A nossa motivação provinha da Rakija, um destilado popular na Bósnia, geralmente feito em casa a partir de frutas. Sua gradação alcoólica era tão elevada quanto a altitude na qual nos encontrávamos. Eu estava acompanhado de alguns australianos e umas meninas da Itália. Uma delas, alta, loira e prestes a se mudar para o Brasil, estava me dando mole. Ou estava realmente interessada em praticar o seu português. A noite parecia promissora.

Uma onda de suspiros correu, da frente da fila para o final dela: tínhamos chegado. Não havia mais teto algum sobre nós, o que tornava desnecessária a lanterna do celular. Além da lua, a luz que emanava dos minaretes das oito mesquitas da cidade (a altura me permitia contá-las com precisão) nos atingia em cheio, clareando o ambiente.

O grupo se dissipou, já que, impressionados com a vista, rumamos cada um para um canto do enorme retângulo de concreto sob nossos pés – cobertura daquele prédio abandonado pelo homem e arruinado pelo tempo. Um pedaço de parede resistia, solitário, como que cautelosamente preservado pela história, e foi em direção a ele que eu fui. A uns dois metros do chão, um rombo na estrutura de ferro e cimento servia de janela. Embaixo dele, uma pilha de blocos de pedra convidativamente se apresentava como degrau. Subi nela, alinhei a cabeça com o buraco na parede e olhei pra baixo. Tudo o que vi foi uma multidão de lápides brancas simetricamente dispostas, dentro de um cemitério muçulmano. Engoli em seco e dei um passo pra trás, descendo da pilha de pedras. Escorreguei então no que parecia um tapete de bolas de gude, mas evitei a queda e dei um jeito de restabelecer o equilíbrio. Para perdê-lo de novo logo em seguida.

Agachado, encarei um amontoado de cápsulas de balas, algumas ainda nem enferrujadas de tão recentes. Sujas, caoticamente desordenadas, antíteses da cena serena que o rombo na parede emoldurava. De súbito, compreendi que o lugar onde estava não era um mirante, mas sim uma trincheira. O vento gelado que eu ignorara até então me arrepiou, e levou consigo toda a coragem que a bebedeira tinha trazido. Pra mim, a noite chegava ao fim.

Não fosse pela altura, o prédio não se destacaria tanto entre seus vizinhos. Estava, sim, em ruínas, sem paredes e com os pisos cobertos de entulho. Mas, ao passar diante dele durante o dia, vi que a fachada era só mais uma que ostentava uma coleção de marcas de tiros. Caminhando em frente a um edifício ali do lado, inclusive, acenei com a cabeça para cumprimentar uma dona de casa que abria as persianas de seu quarto pela primeira vez na manhã. Do padrão listrado, um dia pintado em volta de sua janela, só restavam fragmentos desconexos, interrompidos pelos desenhos macabros formados pelos furos de bala.

A destruição repetitivamente dava as caras, em toda quadra, em toda construção. Até que, de súbito, a rua de asfalto se tornava uma viela de paralelepípedos redondos, e as paredes destroçadas viravam limpas camadas de cimento pintado de branco. Adentrei o bairro velho de Mostar. E avistei a ponte antiga que simbolizava a cidade.

Ela se sustentava ali desde o período da ocupação otomana, sobre o Neretva, um dos rios mais rápidos da Europa. Sua água esverdeada era levada por uma correnteza furiosa, tão veloz quando o curso que a história vinha seguindo por ali.

A ponte fora destruída completamente durante a guerra que devastou a Bósnia entre 1992 e 1995, deixando mais de 35 mil crianças órfãs e uma população alegre e hospitaleira profundamente ferida. Com o Acordo de Dayton, as divergências entre os grupos étnicos que ocupavam o território da Bósnia foram apaziguadas. Agora, o país se dividia em três áreas politicamente independentes, assim como em três maiorias étnicas: os bósnios muçulmanos, os sérvios ortodoxos e os croatas católicos.

Mostar fora a cidade mais severamente afetada pela guerra. No contraste entre o bairro velho totalmente restaurado em 2004, e o resto da cidade, ainda visivelmente destruído, percebia-se o esforço dos bósnios em correr rumo ao futuro, deixando a correnteza levar o passado consigo. Não por acaso, a ponte velha era um símbolo de ressurgência.

Miram era um dos moradores da casa em que eu estava hospedado. Quando adolescente – contou-me com os olhos marejados – jogava futebol com seus amigos, na rua, quando ouviu uma explosão. Uma granada fora detonada perto dele. Sua perna, cortada por estilhaços, sangrava. Um de seus amigos havia morrido.

Miram era só mais um personagem dentre tantos causos remanescentes de uma guerra que ainda não entrara em definitivo para a História, porque ainda não saíra em definitivo do presente. Os sinais estavam por todos os lados. Além das já mencionadas marcas de destruição, havia, na periferia de muitas cidades, placas proibindo a circulação fora de estradas ou trilhas, por causa das minas terrestres ainda em funcionamento. Na própria gente de Mostar, percebi um buraco populacional: uma maioria de idosos e jovens frente a uma quantidade proporcionalmente pequena de adultos. Na Matemática, encontrei uma explicação plausível. Aqueles que teriam entre trinta e sessenta anos eram os que tinham entre dez e quarenta na época do conflito. Foram os heróis anônimos que se sacrificaram por sua pátria.

Em visita a um orfanato local, procurei por equivalentes humanos à ponte velha: crianças, símbolos universais do renascimento. Depois de alguns insucessos na tentativa de falar inglês com adultos, foi, mais uma vez, um jovem que me socorreu.

Haris tinha dezessete anos e falava italiano. Como eu era fluente em portunhol, e como portunhol era quase italiano, conseguimos nos entender. Ele nem se lembrava de quando chegara ao orfanato.

– Meu pai morreu durante a guerra e minha mãe vive na Itália – contou com naturalidade.

Quando falei que era do Brasil, seu entusiasmo veio à tona.

– Brasil! É fácil ser jogador de futebol por lá?

– Olha... tem muita gente que tenta, então tem que ser bom pra conseguir. Mas, se der certo, aí tá com a vida feita – tentei ser sincero sem ser pessimista.

– Eu quero tentar – ele confessou.

– Quando for pra lá, pode ficar na minha casa – dei-lhe meu número de telefone e seus olhos, brilhando, exalaram esperança.

Enquanto andava com Haris pelo pátio do orfanato, quase trombei com uma menina vestindo calças e moletom rosa. Com uma vassoura do dobro do seu tamanho, ela recolhia as folhas que o outono derrubara no chão, sem parar por um instante sequer, como se o lugar nunca estivesse limpo o suficiente. Percebendo estar no meu caminho, ela me olhou assustada. Mas não se desculpou. Em vez disso, vendo que eu era um desconhecido, estendeu a mão em cumprimento, faceira.

Seu nome era Nermina, e ela tinha onze anos de idade. Não desistiu de tentar se comunicar comigo, mesmo depois de notar que eu não falava a sua língua. Apontava para lá e para cá, tentando se fazer entender, e só se aquietou quando eu peguei minhas bolinhas e comecei a fazer malabares na frente dela. Quando parei, ela clamou por mais, gesticulando com as mãos. Eu pus a língua pra fora, sinalizando cansaço.

– Como é a vida aqui no orfanato? – perguntei.

– Nós estudamos, tomamos conta das coisas, limpamos... – ela listou, contando nos dedos as atividades.

– E você conhece todo mundo que vive aqui?

– Sim, todos somos irmãos – ela disse, enquanto um menino um pouco mais velho encostou ao seu lado e apoiou o cotovelo em seu ombro.

A conversa era truncada. Eu tinha de repetir cada pergunta uma meia dúzia de vezes para Haris, que, depois de finalmente compreendê-la, a transmitisse para Nermina. Busquei na mochila a câmera fotográfica e pedi permissão para fotografar a menina. Ela não só aceitou como deu alguns pulinhos entusiasmados.

Os sorrisos que ela exibiu para a câmera foram tão empolgados que fizeram sumir seus olhos por trás das bochechas que subiram quase até a testa. Ela manteve sempre os braços esticados em minha direção. Nas mãos, somente os indicadores e médios erguidos. Em sinal de vitória. Em sinal de paz.

Quando a menina pegou a alça da câmera e a passou em volta da cabeça raspada, Haris avançou, retomou a máquina das mãos pequeninas e ansiosas de Nermina, e me advertiu.

– Peligroso – ele recolocou a câmera em meu colo.

Depois de baixar a cabeça por um momento, ela se empertigou. Na sua expressão confusa, enxerguei tanto um resquício de dor quanto uma vontade imensa de superá-la. Nos seus lábios indecisos, voltou a surgir um sorriso, afinal. Tímido, mas persistente. Eu não sabia por que Haris tivera medo de deixar a câmera com ela. E não fiz questão de saber. Desconhecia os motivos que tinham trazido Nermina até o orfanato. E, num misto de bom senso e falta de coragem, não me atrevi a tentar descobrir.

– Você gosta de Mostar? – eu questionei.

– Gosto... é bonito... o rio... – ela soltou algumas palavras languidamente, como que libertando, um por um, balões de ar ao vento.

– Já nadou no rio? – curvei-me para deixar meu rosto no nível do seu. Cabisbaixa, ela correu o dedo pelo cabo da sua vassoura, criando desenhos imaginários.

– Não! É perigoso, ele te leva – ela não olhou diretamente para mim.

– Você quer viver aqui quando crescer? Tem algum plano para o futuro?

– Quero ser dona de casa – agora, sim, ela me encarou, olho no olho. Colocou a vassoura entre nós e a balançou no ar, para depois desatar a rir. – Ter uma vida tranquila. E viver aqui... não sei. Eu gostaria de viver perto do oceano, quem sabe.

Acariciei seu cabelo ralo com os dedos. Depois, puxei o corpo, pequeno demais para a idade que tinha, e o envolvi num abraço. Fechei os olhos e, do fundo do coração, desejei que o sinal da paz e os sorrisos que ela tanto mostrara pra mim a acompanhassem pela vida toda. Nermina: órfã de pais, mas não de esperança. Ela sabia que, por mais que demore, um dia todos os rios param de correr quando se encontram e repousam, finalmente juntos, no mar.

•••

Mais do que um contato antecipado com uma realidade dura e pobre que em breve passaria a ser a norma nos meus destinos, a Bósnia serviu como um contato prévio com o islamismo. A religião, da qual eu não sabia absolutamente nada, fascinara-me desde o início, e não foi pela imponência dos minaretes, pelo mistério dos véus ou pela rigidez litúrgica dos fiéis. Foi pela poesia dos versos recitados em árabe.

Os poucos pedaços do Corão que eu aprendi lá incitaram-me a mergulhar mais a fundo naquele universo, e não só nele. Eu tinha a Ásia pela frente: a terra não só dos muçulmanos, mas também dos hindus e dos budistas; não só do árabe, mas também do tibetano e do tailandês. Num caldeirão onde se misturavam as línguas e as religiões mais antigas do mundo, falaria mais alto o meu ímpeto de aprender do que a minha teimosia cética quase ateísta. Eu tinha o dever de vivenciar aquelas crenças e escrever a respeito, no mínimo pra tentar te mostrar quão bitolada tinha sido a sua opção tão cheia de certeza. Urgia em mim a necessidade de questionar.

Eu estava convencido de que a apendicite tinha sido um sinal de que um trecho importante da minha viagem tinha chegado ao fim. Um trecho no qual tinha imperado o êxtase pueril pela experimentação. Eu tinha agido, com os amigos que me acompanharam, como a criança que põe tudo na boca, ansiosa para descobrir os sabores do mundo. Os sabores das substâncias psicotrópicas, da transgressão de limites, da farra, da zombaria, da graça, das novidades saídas das bocas de tantas crianças com as quais eu queria reaprender a ser moleque. Talvez a apendicite tenha sido até uma consequência dessa sobrecarga física e de estresse. Eu senti que precisava fazer perguntas não só à garotada que encontrava, mas a mim mesmo também. E foi o islamismo que me abriu os olhos para essa necessidade: por que eu não amolecia minha cabeça dura e dava uma chance para aquela religião nova?

Talvez o impulso tivesse sido só uma manifestação da minha birra com a sua escolha, e não pense que essa possibilidade me escapou. Em vez de pular logo de cabeça naquele novo mundo, matutei bastante a respeito. Tanto que, antes de entrar na Turquia, passei alguns dias bem introspectivos em Meteora, no norte da Grécia: um reduto histórico do catolicismo ortodoxo.

Era impossível enjaular em prosa a majestosidade de Meteora. À caçada pelos rastros que aquela beleza imprimia em mim eu dava o nome de poesia. Peguei-me um punhado de vezes sentado à beira de precipícios, os punhos firmes agarrados ao caderninho cujas páginas eram revolvidas pelo vento, que fazia tremular a minha mão: bandeira esfarrapada de uma causa impossível. Vento vilão, aquele, que tentava a caneta e que tentava se espremer entre minhas sentenças à força, repelindo-me do meu dever. Inútil insistência, a dele. Guardião de mim mesmo, eu seguia plantando palavras no solo infértil, porém imóvel da minha poesia. Cadavérica, mas inabalável.

Eu sei, contudo, que você nunca foi chegado à poesia. Cabe a mim remeter a algumas imagens familiares, para que ao menos você saiba do que se trata Meteora.

Imagine meia dúzia de Pedras da Gávea (mais finas e esguias que a carioca) justapostas. Troque o punhado de parapentes no topo de cada uma por um monastério ortodoxo construído antes mesmo de o Brasil ser descoberto. Preencha as paredes e os tetos desses monastérios com uma história em quadrinhos gigante pintada a partir das escrituras sagradas da religião. Por último, esqueça o preço de algumas centenas de reais que dá mais medo do que o salto de parapente em si. Para visitar um desses monastérios, pagava-se meros dois euros.

Era entre as cidades gregas de Kastraki e Kalambaka que se erguia o tal conjunto de pináculos rochosos, numa paisagem pouco acidentada geograficamente. As pedras compridas e acinzentadas se elevavam a partir do solo como dedos de um gigante mitológico soterrado, que levantava os braços em busca de salvação. Pois se a salvação não viera para o gigante, que viesse para os mortais. Havia cerca de setecentos anos, monges ortodoxos começaram a buscar refúgio e espiritualidade no cume de algumas daquelas rochas. Construíram monastérios que pareciam suspensos no ar – daí o nome Meteora, "no meio do ar" – onde, distantes dos materialismos da vida mundana, encontraram sua paz.

"No meio do ar" era uma imagem adequada para descrever o que senti quando avistei o local a partir do nível do solo. O queixo caiu, o olhar congelou e o chão foi perdido. "No meio do ar" era uma imagem adequada para descrever o que senti quando experimentei de corpo e alma a calmaria que reinava dentro de qualquer um dos monastérios: a serenidade era quase capaz de me fazer levitar.

Alojei-me num trailer abandonado em Kastraki, com alguns armários e duas camas grandes. Na cabeceira da cama que ficou vazia havia algumas palavras talhadas na madeira. Com uma faca, fiz um adendo à coleção: "Louiz esteve aqui". Aquela memória forjada foi a única companhia que tive durante a minha estadia.

No trailer havia uma só lâmpada. Não havia tomadas. O único ruído audível era o das pegadas dos gatos sobre as folhas secas lá fora.

Em Meteora, eu tentei fazer como os monges que trouxeram fama ao lugar. Cultivei o silêncio. Não fugi da solidão. Toda manhã, visitava alguns monastérios, sempre a pé. Evitei ônibus ou caronas. Andando na mata, à sombra de pedras gigantes, pouco me importava com alguns quilômetros. Nas igrejas dos monastérios, sentei e fiquei viajando pela iconografia colorida que recobria cada centímetro de concreto. Os ortodoxos viam aquelas imagens como pontos de encontro entre Deus e o homem. Olhei pelas janelas, pelas planícies que se estendiam lá embaixo, até as silhuetas de algumas montanhas no horizonte. E voltei para as pinturas litúrgicas ao meu redor. Imagens que serviam como pontos de encontro entre Deus e o homem.

Toda tarde eu preparava uma abundante salada com alface, tomate, maçã, atum e nozes. Comia tudo sem pressa, dentro do trailer, com as janelas abertas de frente para os monastérios que me vigiavam lá de cima. Via o sol derramar seu suco alaranjado pelas fissuras entre as pedras. Eu o via se escondendo antes que a lua aparecesse e saísse à sua caça, seguindo o caminho que ele traçara para, por fim, afundar-se no mesmo ponto por onde ele fugira, enquanto o astro rei ressurgia do outro lado da abóbada celeste. Eterno pega-pega.

Escutei Renato Russo, Bob Dylan e Eddie Vedder. Li bastante. Escrevi também. No fim da perna europeia da minha viagem, era difícil resistir à tentação de olhar para trás. Para aquele começo agitado, acompanhado de dois dos meus melhores amigos; a conversa com Pedro, aquele velho barbudo que "de escolha própria, escolheu a solidão"; algumas loucuras inconsequentes na Alemanha e arredores; o conselho do skatista de Praga, que disse que tempo era preciso (e a ambiguidade é proposital); as vilas na Europa Central com suas histórias fascinantes e cenários encantadores; o acidente que quase pôs tudo a perder numa Bulgária de fé arraigada, e o mergulho ao fundo do poço emocional que veio em seguida; um recomeço de viagem - dessa vez sozinho - pelos Bálcãs, onde a esperança renascia a cada dia nos sonhos das novas gerações; até uma noite fria num trailer escuro, agarrado à caneta e ao papel, dialogando comigo mesmo já que a minha única companhia tinha a forma intangível de alguns riscos melancolicamente esculpidos na madeira da cabeceira de uma cama vazia.

Naquela cama vazia, irmão, eu conseguia conjurar a sua imagem, o corpo inquieto, sempre preâmbulo de um ato inesperado. E o sorriso inabalável, convite irrecusável à vida. Irônico que justo aos pés de uma série de monastérios eu tenha tanto me recordado de você. Tive saudade da sua imprevisibilidade, tive raiva do seu abandono, tive orgulho do seu caráter, tive vontade de te puxar pelo braço, de onde quer que você estivesse, e te enfiar na mochila pra que estivesse sempre comigo. Tive fé no seu rumo e no meu, mas tive pena do nosso.

Eu não sabia se era eu que perseguia a solidão ou se era ela que me perseguia. Eterno pega-pega.

•••

Um botão de jasmim, amplificado pelo vidro convexo que o envolvia, desabrochava lentamente, dentro de uma taça com água quente. Alheio ao caos do bazar de especiarias de Istambul, eu assistia, maravilhado, ao metamorfosear daquela esfera inofensiva em uma coroa de pétalas pontiagudas. Desembolsei algumas moedas e levei alguns botões comigo.

Tendo conseguido sair do bazar – não sem antes ziguezaguear pelos seus corredores de modo a passar em frente de toda santa barraquinha –, deparei-me com um vendedor de kestames. Num carrinho como os de cachorro-quente, ele esquentava o que, na aparência, era um cruzamento entre a noz e a pipoca; no gosto, era um cruzamento entre a batata e o cacau; e na textura, era um cruzamento entre a batata... e outra batata. A iguaria era um fruto que, quando exposto ao calor, ganhava volume e rompia a casca ao redor. Por alguns merréis, arrebanhei alguns.

Istambul era um lugar em incessante desabroche. Entre uma miríade de estímulos que se ofereciam a todo momento, por todos os lados, eu percorria as ruas daquela cidade pulsante, pulsando eu também. Nunca tive um olfato apurado. Mas, como criança irrefreável em uma enorme loja de brinquedos, deixei-me levar pelos aromas que pareciam fazer fila para virem de encontro ao meu nariz: o cítrico das banquinhas de temperos, o písceo da beira do rio, o chulé das mesquitas (onde era proibido entrar de sapatos)...

Nunca fui de fazer compras, tratar vitrines como obras de arte ou me entreter perante as prateleiras. Mas quando deixei o bairro velho e infestado de mesquitas e vendedores de carpetes, cruzei a ponte de Gálata, e adentrei a principal avenida do pedaço mais moderno da cidade, fui forçado a desacelerar, em choque. De olhos arregalados e com a boca aberta, lutei para organizar a chuva de informações à qual fui exposto. Se aquele momento fosse a cena de um filme, seria preciso cortar a música e girar a câmera a trezentos e sessenta graus, em *slow motion*. Uma infinidade de letreiros com luzes fluorescentes, de um jeito que eu achava que só existia no Japão, piscavam freneticamente propagandeando cafés lotados de jovens fumando narguilés em mesas baixas e sofás rasteiros, de um jeito que eu achava que só existia no Oriente Médio, legendados por uma profusão de idiomas que ia do inglês ao mandarim, passando pelo português, de um jeito que eu achava que só existia nos dicionários.

Aí acabava o *slow motion*. Reinseria-se a trilha sonora. E eu saía de um estado letárgico de fascínio.

Entrei em todas as livrarias que encontrei. Era inevitável: uma mais linda que a outra. Havia mezaninos com vidraças à prova de som que se debruçavam sobre a avenida; salas de leitura com vitrolas gigantescas tocando sinfonias melancólicas; banquinhos frágeis e velhinhos mais ainda, esticando-se em cima deles, pois sabiam que era no fundo da estante mais alta que se encontrava aquele exemplar único sobre arte islâmica de mil oitocentos e lá vai pedrada. Suado por um esforço quase heroico, depois de conhecer meia dúzia de pequenos oásis literários, comemorei ter comprado somente dois livros. Aí, com a guarda baixa, fui pego desprevenido. A oferta efervescente daquela cidade nunca se dava por satisfeita.

Numa viela onde coexistiam baladas, lojas de vinis e prédios de aposentados, descobri uma sala na qual uma britânica de meia-idade mantinha um negócio de troca de livros. "Negócio", na verdade, é jeito de falar. Não havia lucro (material) nenhum envolvido. Enquanto me entupia de bolachas e chá de maçã, ela pediu para que eu levasse quantos livros quisesse, já que o seu espaço estava quase lotado. Saí de lá com mais cinco volumes debaixo do braço. E com os neurônios clamando por um pouco de descanso.

Eu nunca gostei de doces. Minha mãe sempre trabalhou para uma empresa de chocolates. Sempre houve glicose em abundância em casa. E o excesso de oferta sempre me gerou repulsa. Mas em Istambul era diferente.

Experimentei o Lokum e a Baklava, o primeiro uma geleia com pedaços de pistache envolta em uma massa gelatinosa, e o segundo, um folhado molhadinho de nozes com cobertura de pistache em pó. Não gostei de nenhum. Sem problemas. Parti para os salgados. Comecei pelo Gozleme, um crepe fino recheado com queijo de cabra, e depois avancei para o sanduíche de peixe pescado e grelhado na hora. Atrás de um sanduba um pouco mais exótico, apelei para o Kokorec, feito de intestino de ovelha grelhado como um kebab, só que na horizontal. Acompanhamento: suco de picles. Avaliação: intragável. Aí veio um pudim de peito de frango que surpreendentemente era doce, e, mais surpreendentemente ainda, era delicioso. E, quando eu já estava farto de calorias e ciente de que tinha comido ao menos um pedacinho de todos os hóspedes da Arca de Noé, fui atraído pelo movimentar constante dos braços de um homem sobre uma enorme bandeja prateada cheia de bolinhas pretas.

Ele percebeu a minha curiosidade e, com uma mão só, abriu uma de suas conchas negras ao meio. Enfiou uma das metades por baixo do conteúdo sustentado pela outra, fazendo delas prato e colher. Eu trouxe pra perto de mim o mexilhão recheado com arroz, canela e limão, e suguei aquele pedaço de paraíso com os beiços. Antes de fechar os olhos, vi o homem ainda movendo os braços pra lá e pra cá, recheando, uma por uma, as suas preciosidades. Era Shiva, o deus de quatro braços, que, segundo os hindus, controla o fluxo do tempo com sua dança. Não vendo mais os braços ágeis, e muito menos o passar dos segundos, senti que o mundo inteiro cabia dentro da minha boca.

Istambul reavivou em mim o tesão por metrópoles. Multifacetada que era, impediu-me de escolher uma só entrevista para retratá-la. Tive de picotar trechos de várias.

Para Ahmet, garoto que participava de uma excursão escolar no centro velho da cidade, Istambul podia ser descrita como: "Muito além do que você pode sonhar". Ele me ofereceu bolachas e ameaçou ficar triste caso eu recusasse. Arqueou os beiços de vez, então, quando mencionei a saída do meio-campo brasileiro Alex do seu time, o Fenerbahçe.

– Falando nisso, você tem de ir ao jogo hoje à noite! – ele ordenou, logo esquecendo o desapontamento pela ida do meia ao Coritiba.

Missão dada, missão cumprida. Depois de quinze minutos a bordo de um barquinho com chá turco à vontade, cruzei o Estreito de Bósforo e pisei pela primeira vez na Ásia. Segui o fluxo de camisas listradas em azul e amarelo até chegar aos entornos do estádio, onde perguntei para dois rapazes por direções para comprar um ingresso. Em vez de me responderem, eles tiraram dos bolsos um ingresso cada um, passaram o braço em volta do meu pescoço e me guiaram em direção a um dos portões. A ilegalidade tinindo em seus sorrisos. O cheiro de jeitinho brasileiro tomando o ar.

Após alguns instantes eu já estava relativamente sozinho de novo. Relativamente porque era impossível me sentir desacompanhado diante de dezenas de milhares de turcos pulando, arremessando papel picado para o alto e cantando em uníssono.

Na entrada do estádio, um único guardinha tentava controlar o fluxo incontido de torcedores ansiosos com o começo iminente da partida. As catracas baixas não eram páreo para os que se aventuravam a pular por cima delas. Eu não planejava fazer isso. Mesmo. Mas no meio daquele mar de gente, pouco importava o modo com que eu entrasse no estádio, desde que eu abrisse caminho pra quem estivesse atrás. Já perdido dos meus amigos relâmpago, um segundo de relutância perante a catraca foi suficiente para que um par de mãos suadas se enfiassem debaixo dos meus sovacos e literalmente me jogassem pra cima e pra frente.

Não me preocupei com a reação do guardinha. A música ensurdecedora entoada por um coro apaixonado manteve a minha atenção ocupada. Com o mundo inteiro cabendo dentro dos meus ouvidos, deixei de ouvir a minha respiração e de sentir os meus batimentos cardíacos. Acho que o mesmo aconteceu com toda a torcida. Como se todos vivessem num mesmo ritmo, respirassem e pulsassem juntos, habitassem o mesmo corpo, ao menos durante noventa minutos. Eram muitas vozes. Muitas faixas. Muita cor.

Na definição de um garoto que pescava na ponte de Gálata quando o abordei, o superlativo também foi recorrente.

– Istambul é muito bonita, tem muitas atrações, muita história...

– Muitos peixes! – eu intervim, apontando para o baldinho cheio de sardinhas ao seu lado.

– E que continue assim! – ele respondeu.

Quem dera.

•••

Às vezes eu pensava que, como um escritor, deveria ser um devoto. Não de alguma religião específica. Mas, sim, no mínimo, um devoto da fé.

Dentre os três livros mais vendidos da história, dois são de cunho religioso: a Bíblia e o Corão. Quanto ao último, por sinal, eu aprendi a guardar uma admiração especial.

Segundo os muçulmanos, Alá sempre selecionou os milagres de seus profetas para que eles fossem relativos às áreas nas quais os seus povos eram excepcionais. Sendo assim, o povo era levado a comparar os milagres com os feitos humanos, e a acreditar na magnitude do divino.

Como os contemporâneos de Moisés eram excelentes mágicos, seus maiores milagres foram relativos à superação dos truques dos ilusionistas (transformar um galho em uma cobra e dividir o mar, por exemplo). Como os contemporâneos de Jesus eram grandes conhecedores da medicina, seus maiores milagres foram ligados à cura de doenças incuráveis. Os árabes contemporâneos de Maomé, por fim, eram brilhantes poetas. Entre as tribos beduínas, inclusive, as capacidades de memorização e composição literária eram critérios para a definição de líderes. O maior milagre de Maomé, portanto, foi justamente o Corão.

Acredita-se que o texto sagrado foi revelado ao profeta pelo Arcanjo Gabriel, ao longo de vinte e três anos. Maomé inclusive desafiou seu povo a "compor uma obra párea para o Corão e assim provar que ele era um mentiroso". Com o tempo, o desafio foi reduzido a "compor uma frase comparável a um verso do Corão". Mesmo assim, não foi vencido. O islamismo é a única dentre as grandes religiões do mundo na qual a maior prova de existência divina é um livro.

•••

A Hagia Sophia (Santa Sabedoria), que já foi o maior espaço fechado do mundo, era originalmente uma igreja. Aí os otomanos conquistaram Constantinopla, construíram alguns minaretes em volta da ex-catedral, cobriram os mosaicos bizantinos (a adoração de ícones é proibida no Islã), pintaram padrões arabescos nas cúpulas e o edifício virou uma mesquita. Depois, os turcos descobriram os mosaicos bizantinos, passaram a cobrar pela entrada, e o lugar se tornou um museu. Por debaixo dos pilares rígidos das religiões há um solo muito mais inconsistente e abstrato. É incrível como as coisas mudam rápido no terreno movediço da fé.

Uma turca chamada Seda, mais pra adulta do que pra jovem, me deu uma definição curiosa de Istambul: "Tanto um pedaço do céu quanto um pedaço do inferno. É preciso sentir o ritmo". Ela partiu, então, atarefada com a organização de um evento no qual vinha trabalhando.

Com três meninos numa vizinhança pobre, brinquei de bobinho na rua. À irmã de um deles, que nos observava da sarjeta, repeti a pergunta que vinha fazendo. Em poucas palavras, e uma voz fina, ela definiu a cidade como um "jardim do paraíso". Sua mãe, com uma burca negra que só deixava à mostra uma pequena porção do rosto através de uma fresta triangular, foi bem mais niilista.

– Um jardim que só compreende quem cheira as latas de lixo, além das flores – ela desabafou sem nem olhar para mim.

– Uau! Você é uma poetisa! – reagi entusiasmado.

A senhora encolheu os ombros, como se não tivesse entendido. Mas quem não entendera fora eu.

Toda efervescência tem um fim. Tudo que é volátil é efêmero.

Quando interrompi o bobinho para questionar os meninos, eles zombaram de mim. O máximo que consegui extrair deles foi o nome e a idade de um, escritos no meu caderninho. Quando fui ler o que obtive, desapontei-me: "Ronaldo", ele escrevera. Idade: "30 anos". E toda piada tem seu fundo de verdade.

O garoto foi só o primeiro a não colaborar comigo. Quando segui para Fatih, bairro que carregava a fama de ser um dos mais conservadores da cidade, empilhei insucessos. Recebi meia dúzia de negativas em minhas abordagens a crianças e, a partir daí, comecei a ser metralhado de olhares de desaprovação nas ruas. Mães girando para proteger com seus próprios corpos as suas filhas da minha visão tornaram-se comuns. Um ou outro dono de mercadinho fechava a porta quando via que eu rumava em direção a seu estabelecimento. E, pior, a suspeita contagiou os menores, que faziam questão agora de andar do lado oposto da rua, de parar de chutar a bola perto de mim com medo de que ela caísse em meus pés e de evitar um contato visual que sempre fora natural e regado de curiosidade. Assim como o céu cinzento, a minha fé na inocência da infância se anuviou.

Num boteco cujas portas ainda não tinham se fechado para mim, pedi uma iguaria local que ainda não tinha provado: o ayran. Um líquido branco com espuma no topo, que parecia ser um leite quentinho, doce e gostoso[11]. O primeiro gole devastou minhas expectativas. Aquilo era um iogurte, e não era doce. Não era azedo nem salgado, mas uma combinação dos dois, elevada a enésima potência. Era horrível.

Marcos riu da minha cara de nojo. O modo como eu o conheci não foi tão significante quanto o que veio depois. Atrás dele, de algumas mesas e de uma enorme vidraça, uma multidão se movimentava pela principal avenida do bairro, onde terraços dos dois lados da rua explodiam em música eletrônica. Meu olhar acompanhou um grupo de amigos: dois homens e duas mulheres, impecavelmente vestidos, cada um ao seu estilo, provavelmente prestes a entrarem em alguma festa. E eu e Marcos ali, jogados em uns tapetes árabes, entupindo os pulmões com fumo de maçã. Com a mangueira do narguilé na mão, notei acender-se a faísca de uma dúvida na minha cabeça.

Se eu pudesse escolher qualquer lugar no mundo para estar, naquele momento, esse lugar seria ali? Será que eu estava aproveitando ao máximo os instantes que se empilhavam e formavam aquele que era pra ser o ano

11. Se essa descrição não te fez pensar em bobagem, você realmente não é mais o mesmo.

da minha vida? Ou será que eu não devia parar de me questionar tanto e deixar a vid... – a voz de Marcos me despertou do devaneio.

– É bizarro a gente pensar que é de cento e poucos anos pra cá que paramos de deixar que a religião e a posição social determinassem nossos valores pra vermos que podemos pegar um traço daqui, outro dali, e construirmos um Eu próprio – ele exibiu toda a articulação de um estudante de Ciências Sociais.

– Bem-vindo à pós-modernidade. Um tempo onde se pode fumar um narguilé num boteco de cento e não sei quantos anos enquanto se entra no Facebook pelo celular – minha resposta avoada até que fazia sentido.

– Pós-modernidade. É bem isso. É nos abismos entre causas e consequências que essa era revela... a alma dela. Você já leu Sartre? – o cara se empolgou.

– Já, o que é que tem?

– O existencialismo que ele propõe tem tudo a ver com isso. Começa pelo nome. Existencialismo. Só existe... o que existe. Não existe potencial ou promessa. Um grande autor não é aquele que tem talento para escrever uma obra-prima. É aquele que já escreveu uma.

– E o que é que isso tem a ver com esse narguilé, e essa cidade, além do fato de que você tá conversando com um grande escritor que ainda não escreveu merda nenhuma?

– Tem a ver com o advento moderno do "poder construir o próprio eu". Antes, se você nascia de uma família de artesãos, seria artesão pra sempre. Se nascia numa família islâmica, seria islâmico pra sempre. Hoje é diferente. Você fala que crê em Alá e já pode sair frequentando mesquita como se fosse da casa. Só que quando você é o responsável pelo seu próprio rumo, você incorpora a total responsabilidade pelo seu destino. E isso gera angústia.

– Você já viu Homem-Aranha? – eu puxei a conversa para níveis mais mundanos.

– Já, o que é que tem?

– Tio Ben Parker já dizia, de um jeito muito mais simples do que Sartre, que "com grandes poderes vêm grandes responsabilidades".

Silêncio. Ou ele me considerou um babaca ou ele me considerou um gênio.

– Você tá angustiado por quê? – perguntei.

– Cara, eu não sei como você tá fazendo essa viagem. Em cinco dias em Istambul eu já me senti completamente sozinho.

– E não foi maravilhoso?

– No início, sim. A liberdade e a vontade de engolir tudo com os olhos. Mas, depois de um tempo, vi que, se não tinha alguém pra dividir o que eu sentia... não tinha propósito algum. Qual é o seu propósito?

– Me manter jovem – fui direto ao ponto numa resposta mais do que ensaiada.

– Mas você tem dezenove anos, cara.

– Eu sei... E tem uma coisa meio estranha... Meio que o propósito ser justamente... a busca de um propósito – eu tentei desfazer o nó no fio do meu raciocínio.

O vapor do narguilé atravessou minhas narinas e se alojou na minha mente. Alguns conceitos que eu achava ter sob controle agora corriam como bestas desordenadas, cavalos recém-escapados de suas rédeas outrora curtas. Senti-me como deve se sentir uma palavra quando é repetida muitas vezes seguidas: sem sentido. Há perguntas que só surtem efeito quando vêm de fora pra dentro.

Na rua, lá fora, trovejava. Mas não chovia. Ali dentro também trovejava sem chover.

Eu estava buscando algo? Comecei a divagar sozinho, de novo, o que provava que o silêncio era o hábitat natural daquela prática. Ou estava fugindo de algo?

Minha consciência se povoou de imagens. Amigos meus abrindo negócios, concluindo estudos, fazendo dinheiro... e eu ali. Fazendo perguntas. Sentindo-me como um passageiro em seu assento, prestes a sair da estação, olhando pela janela, certo de que algo se move, mas incapaz de dizer se é o seu ônibus ou se é o ônibus ao lado que está andando.

No dia seguinte, os trovões cessaram e a chuva caiu torrencialmente. Abdiquei da posição impotente de observador através da janela, coloquei um short e, descalço mesmo, saí pra rua. Corri como não corria faz tempo. Não foi um trote. Foi um tiro rápido e energético, num ritmo que eu sabia não ser capaz de manter por muito tempo. Corri no limite da minha força. Não me incomodei com o chão irregular de paralelepípedos. Cada passada me fazia avançar três ou quatro metros. Não liguei para os pescadores agasalhados encostados na grade ao lado da ponte, girando suas cabeças, assustados, quando eu passava por eles. Perdoei-os. Sabia que devia estar parecendo um maluco. Vi-me dentro de um filme. Visualizei a cena toda: a câmera ao nível do chão, na minha frente, filmando o meu rosto erguido e acompanhando minha velocidade. Os pingos de água borrando a imagem. Não havia propósito algum naquele ato disparatado e impulsivo. Não senti prazer nenhum nele, aliás. No máximo, um pouco de alívio. E alguma esperança – mas nenhuma certeza – de, pelo menos, estar correndo na direção certa.

•••

Ainda desorientado e à mercê da ressaca causada pelo excesso de estímulos de Istambul, abri um mapa e sobre ele ponderei as minhas possibilidades. Resolvi procurar o lugar mais próximo que no mínimo soasse como um norte. Que me oferecesse algum conforto, nem que fosse através de uma lembrança do passado. Impulsivamente, decidi cruzar a Turquia de oeste a leste, numa viagem de vinte horas de ônibus. Por sua causa, Louiz.

Eu e você vivíamos disparando perguntas um pro outro. Apegávamo-nos, é claro, aos assuntos sobre os quais sabíamos bastante e sabíamos que o outro era um zero à esquerda. No meu caso, geralmente Matemática. No seu, religião.

– Quem foi o pai da geometria analítica? – eu desafiava.

– Quem foi o pai da fé? – você contra-atacava.

René Descartes era a resposta para a primeira pergunta. Abraão era a resposta para a segunda.

Eu nunca repeti uma só questão. Você insistia naquela, eu nunca soube por quê. Eu já tinha entendido que Abraão era o pai da fé. Era você que ainda não tinha entendido que eu não era um filho dela.

Eu não me importava, contudo, em ouvir vezes e mais vezes a explicação que sempre vinha atrelada à resposta. Era precisa e convincente, mas humana e inspiradora.

"A mulher de Abraão tinha setenta e cinco anos – setenta e cinco, Felipe! – e sempre tinha sido estéril. Mas Deus prometeu que daria um filho pra Abraão, e deu. Mais tarde, quando o Senhor ordenou que esse filho fosse sacrificado, Abraão obedeceu. Uma vida inteira esperando por um filho e ele se dispôs a oferecer o menino em nome da sua crença!

Quando estava prestes a matar o próprio filho, Abraão foi interrompido pelo Senhor, que ficou satisfeito com uma prova de fé tão grande. Sacrificar o próprio filho, Felipe. Só Deus fez isso por nós.

Abraão foi ordenado a deixar Harran, a cidade onde morava, e seguir em busca de Canaã, sua terra prometida. Deus prometeu que ele teria tantos descendentes quanto o céu tem estrelas. E tá na Bílbia: todo mundo que acredita num Deus único é um desses descendentes. As três maiores religiões do mundo, o judaísmo, o cristianismo e o islamismo, têm a mesma semente, Felipe. Abraão é essa semente."

Nenhum livro de Matemática jamais me deu uma resposta tão bela.

Eu tinha de conhecer a cidade onde esse cara tinha morado. Eu fui a Harran por sua causa, Louiz.

Como no resto do tempo em que passei no sudeste da Turquia, não trombei com mais nenhum outro turista. Aquela porção do país se assemelhava muito mais à imagem que eu tinha do Oriente Médio, com suas planícies vastas e áridas, cores desérticas e casas feitas de barro. A burca lá passava de usual a mandatória para as mulheres, que geralmente vestiam um modelo roxo escuro com detalhes florais em branco. Muitos homens, inclusive, usavam também os seus turbantes, quase sempre quadriculados em vermelho e branco (sim, pareciam toalhas de piquenique enroladas na cabeça). Os turcos eram minoria diante de uma população que mesclava árabes, sírios e curdos, naquela que era a porção mais setentrional da Mesopotâmia.

Perambulando pelas ruas enlameadas nas quais um dia o pai da fé carimbou suas pegadas, comecei a ser seguido por algumas crianças. Elas primeiro me ofereceram bolachas, depois me examinaram de cima a baixo e, quando eu disse que era do Brasil, reagiram como se tivessem encontrado uma figurinha brilhante num pacotinho. Puxando-me pelo braço, uma delas me guiou obstinada na direção contrária à do centro da cidade.

Minha curiosidade em relação às casas tradicionalmente sírias que pipocavam aqui e ali, feitas com uma mistura de pedras, barro e esterco e erguidas em formato de cone, não pôde ser satisfeita. Fazer o que, se a curiosidade daquela criança que me puxava era maior que a minha.

O menino só desacelerava quando contornava uma poça de lama e apontava o caminho certo para mim. Virando a cabeça, eu via as casas marrons tradicionais, agrupadas em forma de colmeia, sumindo no horizonte.

Ele parou diante de um senhor barrigudo que trajava uma bata bege comprida e um dos turbantes que pareciam toalhas de piquenique. O menino berrou algumas palavras para o pai, que foi contagiado pelo seu entusiasmo e me convidou para tomar um chá em sua casa.

A sala não tinha móvel nenhum e era uma das mais confortáveis nas quais já pisei. Como o islamismo vinha me ensinando, a beleza estava justamente no minimalismo.

Sentei-me em uma almofada encostada na parede, perto dos outros homens que estavam largados no carpete cheio de padrões geométricos rubros. Uma mulher adentrou o ambiente e estendeu no chão uma toalha estampada com um monte daqueles olhos turcos azuis e brancos, que me encaravam somando-se aos de todos ao redor: metralhando perguntas pra mim e suspirando de frustração quando notavam o abismo que existia entre o árabe deles e o meu inglês. Acontece que havia uma ponte, por mais estreita e instável, que cruzava esse abismo.

Huseyin, um dos dez filhos do patriarca que me chamara pra "um chá", tinha um dicionário turco-português no seu celular. A gama de palavras era limitada, o que foi um estímulo à nossa criatividade. As traduções eram hilárias, o que foi um estímulo ao nosso bom humor.

– Simplesmente; sem adendos, coma. Futuro: conversamos; debatemos. – Huseyin disse assim que a matriarca trouxe algumas cumbucas cheias de arroz com pedaços de peito de frango, uma caixa que devia ter uns dez quilos de pão pita e um pote de vegetais.

Quando eu estiquei a mão em direção aos vegetais, ele interveio:

– Atenção; hesite! Pimenta.

Depois de evitar a pimenta, comi ora com as mãos, ora com algumas colheres comunitárias que eram passadas pra lá e pra cá. Mal o fervor com que atacávamos o banquete arrefeceu, a matriarca já voltou à sala e serviu chá em copos com forma de tulipa pra todo mundo. Ofereceram-me açúcar, e eu recusei. Ofereceram-me um cigarro, e eu recusei também.

– Salubre, você! – Huseyin disparou através do seu telefone e eu gargalhei sozinho, criptografando aquilo como uma menção a minhas opções saudáveis. – Brasil, Turquia: liso; avião? – ele perguntou, mostrando que, em turco, a palavra para avião, assim como no inglês, também é um adjetivo que designa a ausência de relevo[12]. Eu estava gostando daquela brincadeira.

– Brasil, Portugal: avião. Portugal, Turquia: terra – eu respondi.

Ele imitou pernas caminhando com os dedos e eu me apressei em negar.

– Caminhando, não! Ônibus... – eu comecei, pronto pra listar os meios de transporte que me haviam feito cruzar o Velho Continente, mas desisti quando vi que não ia ser nada fácil – ônibus.

– E aqui, dormência; sonolência onde?

– Estou hospedado num hotel em Urfa, a cinquenta quilômetros daqui – disfarcei a risada com uma tosse. Eu queria uma versão daquele dicionário pra mim.

12. "Plane", em inglês; "uçak", em turco.

– Nesta noite, dormência; sonolência aqui! – ele apontou para o chão sobre o qual estávamos sentados, com a mesma firmeza com que seu pai me chamara para dentro de sua casa um pouco antes. Os olhos dos seus irmãos se voltaram para mim, arregalados pela expectativa.

– Muito obrigado, mas eu não posso. Minhas bagagens estão todas no hotel – eu neguei mais uma de suas ofertas, só que dessa ele não estava disposto a abrir mão.

– A gente fornece roupas; aparência. Sem concernência; apreensão; preocupação – toda vez que ele se expressava, o meu vocabulário se inflava.

– Mas eu tenho que pegar um ônibus amanhã cedo em Urfa.

– Tem ônibus de Harran pra Urfa primariamente; antes.

Eu entendi aquilo como uma garantia de que conseguiria voltar pro meu hotel na manhã seguinte e então aceitei sua oferta. Seus irmãos saíram do estado de apreensão inconsciente em que estavam, relaxaram as posturas e comemoraram aliviados, do jeito que a minha família fazia quando um velhinho carismático acertava a resposta de uma pergunta difícil no Show do Milhão do Silvio Santos.

Huseyin me levou pra conhecer a cidade e eu finalmente pude ver de perto as casas de barro que antes tinham me chamado a atenção. Segundo ele, os domos cônicos e altos enxotavam o ar quente pra cima e deixavam a temperatura interior agradável durante o verão que se estendia além dos três meses que o calendário lhe impunha e castigava a região durante quase o ano todo.

Ele cumprimentava toda santa pessoa que cruzava o nosso caminho e, em seguida, virava pra mim e falava, com um sorriso orgulhoso estampado na cara:

– Meu primo.

Levou-me até um mercadinho que pertencia a (mais) um primo seu e pescou nas prateleiras latas de suco e bolachas, algumas pra nós, algumas pra sua casa.

– Quantos primos você tem? – eu perguntei com clareza, apesar da ironia.

– Ok – ele respondeu assertivamente. Quando o dicionário não dava conta do recado, esse era o nível de entendimento da nossa conversa.

Jantamos almôndegas com molho de iogurte envoltas em pão pita e enxaguadas com intermináveis doses de chá. A sala estava mais cheia que no almoço, com vários primos e irmãos sentados e deitados em almofadas por todos os lados. Nossa conversa evoluiu a ponto de Huseyin conseguir me explicar as regras básicas de um jogo que usava peças numeradas de um a treze, divididas em quatro cores (em outras palavras, um baralho com pecinhas em vez de cartas). O jogo se chamava Okey, e sua mecânica era tão boba quanto o seu nome. Mesmo assim, cometi alguns deslizes nas primeiras rodadas, cada um sendo a fagulha causadora de uma explosão de risadas entre os familiares que jogavam e os que assistiam à partida. Para alguém que entrasse na sala de repente, a cena devia parecer com o que se vê naqueles parquinhos de shoppings onde as mães deixam seus filhos pequenos enquanto vão fazer compras: uma multidão de crianças esparramadas em carpetes e almofadas se divertindo descontroladamente em torno de uma brincadeira simples cujas peças mais importantes não eram as que portavam números, mas, sim, as que portavam nomes.

Quando eu ganhei uma rodada pela primeira vez, foi a minha hora de explodir em riso. Huseyin cravou os dedos na tela do seu celular e me apareceu com a seguinte pérola:

– Como se sente? Delicioso; encantador; agradável? – eu nunca vou saber se ele estava me cumprimentando pela vitória ou se estava tirando sarro.

A família não só me "forneceu roupas; aparência", como o fez em grande estilo. O meu pijama era um traje igual ao que o patriarca vestia quando o vi pela primeira vez: uma bata bege comprida que derramava seu tecido grosso até os tornozelos. Antes de dormir, agradeci em silêncio pela insistência da criança que me levara até lá. Sem ela, nada disso teria acontecido.

Quando deixei a casa, antes mesmo de o sol nascer, Huseyin fez questão de levantar e se despedir de mim. Eu lhe ofereci algum dinheiro como forma de materializar o meu sentimento quanto a sua hospitalidade. Ele ignorou sem hesitar e reagiu me dando um forte abraço e um beijo em cada bochecha, como era de praxe entre os turcos. Peguei o seu celular e tentei lhe dizer: "eu nem sei como expressar a minha gratidão". Mas o dicionário também não foi capaz de traduzi-la.

•••

Eu gostaria de ter passado mais tempo na casa de Huseyin, mas a Síria vivia um período politicamente turbulento, e Harran ficava perto demais da fronteira. Na noite que antecedeu minha partida, aliás, uma bomba caiu a trinta quilômetros dali.

Foi incrível – ainda que ínfimo – o tempo que eu passei com aquela família árabe. E não teria sido menos fascinante se a família fosse judia, polinésia ou siberiana. Acontece que, no inverno turco, qualquer tipo de companhia era valiosa. As chuvas diárias espantavam os turistas, e eu não trombei com nenhum outro viajante nas quase quatro semanas que passei no país. O frio encurralava as pessoas em casa, e conhecer gente na rua era também extremamente improvável. A solidão era mandatória. Restava-me escolher entre me revoltar ou me embrenhar nela. E a minha opção ficou evidenciada no lugar que escolhi como próximo destino: a vila abandonada de Kayakoy.

Lá, a população, tradicionalmente grega e ortodoxa, foi forçada a abandonar o local depois de um acordo de "substituição populacional" entre os governos turco e grego, como resultado da guerra entre os dois países. Um milhão de cristãos ortodoxos da região da Anatólia, porção meridional da Turquia na qual se localizava Kayakoy, foram "trocados" por quinhentos mil muçulmanos da Grécia. Nessa vila, em especial, a infraestrutura não foi reaproveitada, apesar do vale fértil que a afrontava e da proximidade do oceano. O resultado era uma cidade fantasma digna de imaginação de criança.

De uma cabine que era a construção mais bem preservada das redondezas, uma mulher adulta abriu a janela e, com uma velhinha ao seu lado, gritou para mim, visitante desavisado que já ia se embrenhando naquele potencial campo de paintball gigante esperando para ser descoberto por um investidor megalomaníaco.

Era preciso pagar para entrar. Dois euros. E assim que enfiei a mão dentro do bolso da calça, um silêncio longo o suficiente para que eu começasse a divagar se estabeleceu.

Eu pagaria dois euros por uma dose de adrenalina – ponderei enquanto remexia a mão no bolso. Por que não deixar de pagar dois euros por essa mesma dose de adrenalina?

Eu devia estar sentindo saudade das minhas corridas no Brasil, porque, assim que aquela ideia me ocorreu, disparei colina acima. Pulando entre ruínas de salas de estar e passando por dentro de ex-janelas, não me contentei em sentir como se estivesse num filme. Virei a cabeça e julguei que a mulher estava a no mínimo vinte metros de mim, ainda por cima lutando para saltar sobre pequenas muretas. Já que estava com a câmera na mão, liguei-a e, com o braço esticado na frente do rosto, apontei a lente para mim. Depois, revendo o vídeo, vi como meu sorriso era extasiado. Ah, a efemeridade de tudo que é efervescente.

Despistei a mulher rapidinho. A velhinha, aliás, eu nem sei se chegou a sair da cabine. Depois de passar por algumas ovelhas – que reagiram a mim tão ativamente quanto a velhinha – e por ruínas do que um dia foi uma praça central, senti pingos beliscando a minha pele. Continuei correndo, torcendo para que fosse o mijo de algum pássaro. Só que o volume de pingos cresceu. Eu corri ainda mais rápido. Não era mais da mulher que eu estava fugindo. Um trovão se fez ouvir, como um predador rugindo e mostrando que, quando quisesse atacar, eu não teria vez. Aí vieram os primeiros cubinhos de gelo e, quando a chuva de granizo tomou força, fui forçado a entrar em uma pequena capela.

As paredes descascadas, com resquícios do azul-violeta e vermelho tipicamente ortodoxo, que um dia enfeitou o local, tinham seu charme. Além do mais, a probabilidade de que não houvesse ninguém num raio de alguns quilômetros ao meu redor (exceto pelo par mulher/velhinha) me trazia certo conforto. Cogitei passar a noite lá. Minha exigência era cada vez mais rala. Se estava chovendo, um teto era suficiente. Se o tempo estava bom, um chão bastava.

Contudo, ainda havia muito dia pela frente. E, sentado em um degrau de concreto sujo, acompanhado por algumas aranhas imóveis em suas teias, fiquei aguardando a fúria de São Pedro passar. Eu odiava chuva. Se tinha uma coisa que acabava com o meu humor enquanto eu estava viajando, era a chuva. E notar o começo do ritual que circundava a porra da chuva sempre foi um martírio para mim. Desde a coceira na minha cicatriz na barriga, que eu sempre fiz questão de ignorar, até a dança dos limpadores de para-brisa dos carros, passando pela estática no ar e pelo quase imperceptível arrepio dos cabelos, a chuva era na verdade a catástrofe final de uma cadeia de eventos que se sucediam lenta, fatalmente.

Peguei-me pensando na morte. Não no fim da vida propriamente dita, mas no final dela. No período que precede a passagem desta pra uma melhor. Na possibilidade aterrorizante de se olhar pra trás, ver que não se fez muito do que se queria fazer, e aí olhar pra frente e ver que não vai dar pra recuperar a chance perdida. A palavra "chance" flutuou na minha mente e foi se expandindo, como um daqueles bonequinhos esponjosos que incham na água até ficar do tamanho de uma mão espalmada. A vida é uma chance.

Eu não sei como cheguei a esse pensamento. Foi como uma daquelas conversas que vão se desenrolando sem freio até que um dos falantes para e pergunta pro outro:

– Peraí. Por que a gente começou a falar disso mesmo?

Só que nesse caso eu era ambos os falantes.

Pensei nas minhas avós. Na existência longa que já deixaram para trás. Nos filhos, nos netos, bisnetos! Na incrível quantidade de vida que uma só pessoa é capaz de produzir. Corrigi-me em seguida. Que duas pessoas são capazes de produzir.

Fechei os olhos e, revivendo a função daquela capela abandonada, rezei quase instintivamente pela minha avó materna. Católica da cabeça aos pés, ainda entusiasmada com a vida, oitenta e nove primaveras no currículo. Rezei também pela minha avó paterna. Descrente, um bocado deprimida. Outra diferença entre elas: a primeira vivia com o meu avô havia mais de sessenta anos, dona de bodas para as quais nem tinham inventado um nome ainda. A segunda, viúva, vivia sozinha.

Acabei deixando a capela da vila abandonada e, naquela noite - gélida, por sinal -, eu dormi em algum lugar não muito limpo. As cobertas estavam infestadas de percevejos. Coberto, eu ficava quente, mas me coçando sem parar. Descoberto, a coceira passava, mas eu ficava à mercê do frio.

E era exatamente assim que eu enxergava os relacionamentos.

•••

O frio que desertava as ruas das cidades turcas me forçou a entrar em escolas em busca de crianças com as quais conversar. Diante dos terraços de águas termais de Pamukkale, entrevistei um garoto que sonhava em ser poeta e que, inclusive, deu-me alguns versos de presente. Empolgado pela inspiração bucólica que o menino afirmara ter influenciado sua escrita, resolvi passar a noite escondido no topo da colina a partir da qual desciam os terraços de rocha calcária.

Lá em cima, as ruínas da cidade helênica de Hierápolis recebiam visitantes durante o dia e fechavam no fim da tarde. Escondi-me em uma tumba identificada pelo número 61, e pelo nome de um dos homens que abrigara: Flávio. O nome de meu pai. A tumba, mais antiga que Cristo, se situava num largo buraco redondo escavado no solo, e sua parede era circular. O teto, no mesmo nível do chão, era coberto de grama e tinha uma forma sutilmente cônica. De longe, toda a construção podia se passar por um mero morrinho. A entrada era uma abertura estreita pela qual mal passava meu mochilão. Os sarcófagos, lá dentro, eram quatro: dois no solo e dois mais elevados. Era quase como um dormitório de albergue com dois beliches lado a lado.

As acomodações "ao ar livre" da Capadócia eram ainda mais convidativas: eram famosas as cavernas escavadas nos pináculos amarronzados que compunham a geografia local, e havia até um ou outro ermitão que tinha montado casa em um desses buracos. Mas o frio – pior que eu pegara até então – me empurrou pra dentro de um albergue quentinho e aconchegante, só não tão estimulante quanto o ambiente que encontrei na escola que ali decidi visitar.

Uma turma respondia extasiada à enquete que a professora conduzia para determinar o que seriam quando crescessem aquelas trinta ou quarenta crianças, e por isso eu não ouvi quando a menina diante de mim me contou que sonhava em ser cantora. Fui obrigado a fazer uma leitura labial. Com o nome dela, a mesma coisa. Nesse caso, foi até bom que a gritaria se sobrepusesse a qualquer voz individual. Assim fui forçado a notar quão melódica era a movimentação facial que culminava com a pronúncia de "Aliyah".

O L fazia sua língua deslizar suavemente do meio do céu da boca até os dentes da frente, e a última sílaba deitava a língua no seu berço circundado pela arcada dentária inferior, enquanto via passar por cima de si um AH que soava como o suspiro de alguém que acabou de compreender alguma explicação complicada. Carregado por uma voz gentil como aquela, não causaria estranheza a infiltração do nome em algum verso do musical Corão. A semelhança entre Aliyah e Allah certamente ajudaria.

Seu inglês era redondo e lento, como o que eu ouvia nos CDs educativos distribuídos pela escola no passado. Ela se mudara da África do Sul para Goreme, no centro da Capadócia, quando tinha somente seis anos.

– No início eu chorava, não tinha amigos... Foi a música que me deu força pra ficar aqui – recordou-se.

– Por isso que você quer ser cantora? – eu perguntei.

– Sim. Quero fazer pros outros o que a música fez por mim.

– Você vê a música como um jeito de apoiar as pessoas, então?

– Sim. A música me fez acreditar em mim mesma.

Não era de se surpreender que a arte encontrasse em Aliyah um solo fértil para florescer. As paisagens da região transpiravam e inspiravam poesia. As cores dos pináculos transitavam entre o branco e o vermelho, passando pelo bege, amarelo, laranja e rosa, e as texturas eram ora sutis tais quais as ondulações do lençol de uma cama desarrumada, ora ríspidas como as do cabelo espetado de um super sayajin do Dragon Ball Z. Assim que se apresentou a mim pela primeira vez, o visual fez com que uma âncora fosse lançada a partir do meu queixo. Ele ficou caído por dias.

– Quanto a não ter tido amigos quando chegou à Turquia, você via a solidão como uma coisa ruim? – eu já previa receber da menina uma contraparte ao conceito que eu tinha sobre a ausência de companhia.

– Sim. É ruim não ter quem te guie – ela foi assertiva e lacônica.

– E depois, com amigos, você se sentiu "guiada" de certa forma?

– Com certeza! Tem muitos lugares aqui nas montanhas que eu nunca teria conhecido se meus colegas não tivessem me levado. Lugares com neve, vales compridos, cada pico com cada vista linda... – o laconismo evaporou quando boas lembranças vieram à tona.

Ao contrário de Aliyah, eu explorei a Capadócia sozinho. Logo depois de conversar com ela, segui para a cidade subterrânea de Derinkuyu. Flocos pequenos e lentos de neve caíam, que no chão pareciam porções de açúcar salpicado.

Depois de me espremer por escadas estreitas e sob tetos que deixariam até anões em posição desconfortável, cheguei a uma profundidade de mais de cinquenta metros abaixo da superfície. Não me bateu uma claustrofobia interior, mas sim física. De tanto andar acocorado, tinha horas em que tudo o que eu queria era um lugarzinho pra ficar de pé. O curioso é que foi justamente esse o desejo que motivou a construção das cidades subterrâneas da Capadócia. Nesse caso, não no sentido físico, mas sim no sentido interior. Durante invasões e ataques estrangeiros, era debaixo do solo que as comunidades cristãs mantinham a sua fé.

As escavações eram possíveis porque a rocha vulcânica que compõe o planalto denominado Capadócia (o nome se refere a uma noção geográfica e histórica, mas não política) é pouco resistente. Sendo assim, acima da superfície, centenas de igrejas foram esculpidas em pedras dos mais exóticos formatos. Não raro eu entrava em uma caverna em busca de sombra, no meio de uma trilha, e me deparava com um afresco gigantesco pintado no teto. Era impossível não permanecer em um estado constante de deslumbre. Era impossível não me sentir em um estado constante de rejuvenescimento.

– Uma só frase? Hum... Pra mim, juventude é aproveitar as oportunidades que se tem antes que venham os filhos, a família e as responsabilidades. Escola, amigos, diversão... Ops, aí já é a segunda frase! – Aliyah definiu e corrigiu a si mesma, bem-humorada.

Sua professora de Matemática, que me colocou pra dentro de uma de suas aulas, reiteraria o que a menina dissera, mesmo sem ter ouvido.

– Você costuma caminhar pelos vales aqui em volta da cidade? – eu a indaguei.

– Olha, eu diria que os turistas que vêm acabam conhecendo mais do que eu. Não tenho tempo! Tenho marido, filhos, uma casa pra cuidar... – ela se explicou. – Você gostou de andar por eles?

– Claro. As paisagens mais lindas que eu vi na Turquia.

– E qual foi o seu lugar favorito no país? – aí a professora me colocou na posição de respondente.

– Acho que o sudeste. Por ser mais autêntico.

– Pra você ver: eu nunca fui pra lá!

Foi difícil manter a conversa. Uma dúzia de meninas, que deveriam estar fazendo seus deveres de Matemática, se debruçou na mesa da professora e confessou a Aliyah certa inveja por não saber falar inglês. Através da amiga bilíngue, mandaram me dizer que eu era bonito. Perguntaram se eu tinha namorada. Mas foi quando eu disse que tinha ido a um jogo do Fenerbahçe que elas quase tiveram um treco. Aí algumas até me obrigaram a posar diante da lousa para uma foto de recordação. Isso sem falar na dezena de vezes que eu tive de escrever o meu e-mail em folhas de caderno rosa: assim que uma garota conseguia o endereço, dobrava o papel, enfiava no bolso e se recusava a compartilhar o troféu com as amigas.

O sinal da escola (que era a mesma música que o caminhão de gás toca no Brasil) soou e, antes que Aliyah fosse embora, fiz uma última pergunta.

– Do que mais gosta nas culturas turca e sul-africana?

– Da história. De poder ver os lugares inacreditáveis onde as pessoas já moraram: as cavernas aqui na Turquia, o deserto na África – suas pupilas se voltaram para o céu, habitação das memórias que com mais carinho guardamos.

– Um lar é um lar – eu sussurrei baixinho, pra mim mesmo, enquanto a menina já saía pela porta da sala, levada pela correnteza de colegas na mesma direção. – Com uma família, mora-se em qualquer lugar – achei graça da rima impensada e um dos cantos dos meus lábios se ergueu, junto com meus olhos, que se voltaram também para o céu.

Ouvi muitos associarem visualmente a Capadócia aos cenários de Star Wars, à história dos Flintstones, à paisagem da Lua, e por aí vai... A imagem que ficou na minha cabeça, contudo, não foi nenhuma dessas. Voltando de uma trilha que durara o dia inteiro, parei na beira de um platô e olhei para as luzes piscando lá embaixo, se esgueirando pra fora de buracos nas pedras, só um pouco menos profundos e escuros do que o céu noturno que se agigantava sobre elas. Eu vi um presépio.

Sempre achei presépios bonitinhos, mas nada além desse adjetivo vazio e diminutivo. Gostava do fato de que, a cada ano, podia brincar com as peças e compor a cena de um modo diferente, mas nunca liguei para a história que elas representavam. Três presentes dos reis magos? Só lembro que eram itens antiquados e inúteis. Seguir uma estrela num deserto? Ninguém jamais seria bobo o suficiente para fazer aquilo.

E lá estava eu, na borda daquele platô, apoiado num galho que vinha me servindo de cajado pelos últimos dias. Dias nos quais eu caminhei exaustivamente, atravessei vales pela travessia, e não pelo que me aguardava ao fim deles, e subi paredões de pedra pelo puro prazer do contato com a rocha que se esfacelava em um pó colorido e tingia meus dedos. Não só na Capadócia, mas em toda santa trilha que eu fazia na viagem, caminhava com o espírito de um peregrino: guiado por uma estrela invisível num deserto de solidão.

Talvez a relação que eu construí entre a Capadócia e um presépio tenha sido tendenciosa. Eu estive lá na semana anterior ao Natal. Talvez a importância da família, que eu extraí da conversa com Aliyah, também tenha sido parcial. Meus pais e minha irmã tinham acabado de me confirmar que embarcariam pra Índia no mesmo voo que eu. Eu não passaria o fim do ano sozinho. Os três presentes de Natal que os reis magos tinham pra mim se chamavam Flávio, Silvia e Daniela.

Só faltou combinar a celebração do nascimento de Cristo com os indianos. Na terra do hinduísmo, o caos que nos recebeu não tinha nada a ver com os preparativos que antecedem o fim do ano: lembravam, no máximo, um ritual de acolhida ao fim do mundo.

•••

Quando começamos a ir a festas de quinze anos, descobrimos um novo universo de possibilidades. E um entrave considerável: Louiz tinha de ir à igreja todo sábado. Ele fazia de tudo para evitar aquele martírio. Inventava a desculpa de que estava estudando pra uma prova importante, jurava que era aniversário da sua melhor amiga (essa, inclusive, funcionou nas primeiras vezes em que foi aplicada; a anterior, nunca) e, em último caso, desligava o celular, caso estivesse com um (ele perdia em média um ou dois por mês, sem exagero) e simplesmente rezava para que sua mãe não o encontrasse. Eu imagino quão confuso Deus se sentia quando dava de cara com uma oração daquelas. Um garoto pedindo ajuda pra fugir da igreja. Não é de se surpreender que a mãe do Louiz sempre acabava encontrando-o.

Nós ainda tínhamos as sextas-feiras. E como as aproveitamos. Louiz era convidado para quase todas as festas. Eu não. Mas isso não era motivo de tristeza. Pelo contrário. Ele ignorava o convite dele. O meu convite era muito mais tentador.

Habituamo-nos a entrar em festas pelas portas ou janelas da cozinha, nos fundos. Sempre dava certo. Assistíamos a filmes de assaltos a banco e neles buscávamos inspiração. Tem uma noite que nunca sai da minha cabeça.

Nós estávamos em uma meia dúzia de amigos, já mais pra lá do que pra cá depois de algumas horas no bar. Hoje eu me pergunto como os garçons vendiam bebida pra gente naquela época. Nós visivelmente não chegávamos nem perto da maioridade, o mais barbudo tendo um bigodinho ralo cultivado a custo de meses sem ver uma lâmina.

A festa era no segundo andar do casarão de um clube do qual eu e Louiz não éramos sócios. Passamos pela portaria escondidos no porta-malas do carro de um amigo. Pulamos o muro que circundava o casarão e, cuidando para não chamar a atenção dos dois guardas que faziam a ronda no local, esgueiramo-nos até uma escada em construção que se erguia do solo até um metro abaixo de um parapeito que, mais adiante, ligava-se a uma sacada pela qual se podia entrar na festa.

Da meia dúzia de garotos, cinco subiram até o parapeito se apoiando em quem estava embaixo e o último foi puxado pra cima. Meu Deus, o parapeito era estreito. Sua largura era menor que o comprimento de um pé. E uma queda ali, por mais que não fosse fatal, tinha potencial para quebrar alguns ossos. Mas seguimos, braços abertos colados na parede, seis moleques bêbados na calada da noite, inconsequentemente invadindo uma inocente festinha de quinze anos.

Quando chegamos à sacada, olhamos todos para trás. Na metade do caminho, estava o maior dos nossos amigos. Maior tanto em altura quanto em largura. O apelido dele, até hoje, é Fofolete.

Todos nós tememos pela vida do Fofolete. Ao mesmo tempo, todos nós quase enfartamos de tanto rir com a cena. A passos curtíssimos, aquela "criança" de quase cem quilos avançava, olhando para o vácuo de quatro metros que a separava do chão, murmurando consigo mesma.

Mais tarde, já dentro da festa, e ainda mais bêbado, lembro-me de ter perguntado ao Fofolete o que ele tanto falava consigo mesmo, enquanto atravessava o parapeito. Lembro-me de ele ter me respondido, entre um gole e outro de algum coquetel inidentificável, que estava rezando. E depois, não me lembro de mais nada.

Cansei de enfiar a língua pra dentro do gargalo da minha garrafinha vazia. Lambi as bordas internas de plástico até que não restasse mais nenhum rastro da água que ali antes houvera. Eu tinha certeza de que o frio da noite recém-superada fora a sensação mais horrível da minha vida, mas a sede que começava a me atormentar não estava fora desse páreo.

O verde era uma raridade na aridez da vegetação rala que morria em todas as direções para as quais eu olhava. A terra que o vento noturno levantara agora se assentava e sepultava de marrom toda a grama cuja vida fora tragada pela esterilidade do ambiente.

A atmosfera parecia ter se tornado um minúsculo saco de pó envolto na minha cabeça. Não havia de onde tirar umidade. Toda inspiração era rebatida pela minha laringe receosa, que desferia um soco, em forma de tosse, na minha goela ressecada.

Minhas narinas doíam cada vez que eu respirava, e minha garganta parecia prestes a descamar. Passar a língua no céu da boca me dava mais aflição que arranhar as unhas, de cima pra baixo, na superfície de um quadro-negro feito de lixa. A sede, a exaustão física, a solidão e insanidade alucinatória incipiente, juntas, não incomodavam tanto quanto a necessidade primordial de beber alguma coisa.

Eu passara a caminhar de olhos fechados, porque a escuridão não incomodava tanto quanto o marrom acinzentado que me oprimia por todos os lados. Eu enxergava flashes coloridos. Ouvia às vezes o barulho de uma queda d'água. Eu sentia cheiro de melancia. Jurava ter sido molhado por um pingo de chuva que tocara minha nuca. Aí abria os olhos, num susto de esperança, e não via nada além de um céu azul-claro sobre um cenário hostil com o qual era difícil de me acostumar.

Se a abundância é divina, a escassez é demoníaca. Se o mar é um reflexo do céu, o deserto é um reflexo do inferno. O capeta é impersonificável. O capeta é a ausência.

---

6. ÍNDIA >
A acolhida do hinduísmo

As lendas que me atraíram à Índia eram parecidas com as que um dia seduziram Colombo: os temperos, as cores, os cheiros, as riquezas, os sorrisos, as paisagens, as roupas e as tradições eram só parte de um quebra-cabeça exótico que eu jurava ter infinitas peças. Como Colombo, não demorou muito para que eu descobrisse ter chegado ao lugar errado.

Delhi recebeu minha família e eu com um tapete cinzento. Da chegada ao aeroporto até o hotel, a visão era engolida a no máximo cinco metros de distância por uma neblina engrossada por pó e fumaça. Nenhum de nós se preocupou muito, contudo. Eu mordia as bochechas gordas da minha irmã sem parar, todos ficávamos de mãos dadas, e até brincamos de stop no caminho. Meu pai contava estar curioso para conhecer de perto o hinduísmo, minha irmã ansiosa para aprender mais sobre a Ásia, e minha mãe louca para descobrir bazares supercoloridos e baratos.

Era só Ram, o condutor que dirigiria o carro alugado durante a estadia da minha família no país, que expressava algum tipo de receio. Suando dentro de sua jaqueta branca – que não seria trocada pelos próximos dez dias –, ele desviava de motocicletas kamikaze que brotavam daquela nuvem infinita ao redor com a naturalidade de quem foge de disparos no Space Invader. Ele tinha um Sentido Aranha mais forte do que o do próprio Homem-Aranha. E foi dessa capacidade premonitória que nasceu sua preocupação. Aquele era o primeiro dia de uma neblina que assolaria o centro-norte do subcontinente por quase uma semana. Trafegar, confessou-nos ele, ficaria ainda mais difícil.

Para Ram, eu não sei, mas, para nós, talvez a neblina e a baixa visibilidade até tenham sido positivas. O que vimos naqueles primeiros dias foi suficiente. Suficiente para que eu tivesse a certeza absoluta, por exemplo, de que Delhi era a cidade mais escrota de todo o mundo.

Eu sei que conheço só uma porção ínfima deste planeta gigante, mas acontece que, mesmo atormentado pelo mais assustador dos pesadelos, eu jamais conseguiria conceber um cenário cuja podridão o fizesse ao menos chegar aos pés da capital indiana. Delhi tinha cento e cinquenta mil moradores de rua, Louiz. Era como se, dentro daquele Leviatã de concreto, houvesse uma cidade de médio porte, confinada às sarjetas imundas e habitada somente por gente faminta.

Mesmo você, com seu histórico de desapego a questões higiênicas, não sobreviveria a um dia sequer em um daqueles corredores de barracas de lona que se enfileiravam geralmente espremidos entre uma avenida e um córrego. Das barracas desciam escadarias (as famosas ghats) até a beira daquilo que um dia pôde ser chamado de água. Nos degraus, famílias inteiras lavavam seus trapos e tomavam banho a baldadas. O líquido que os limpava era um lodo negro mais viscoso que petróleo, mais denso que chumbo, e mais feio que um pênis do avesso. Só era possível discernir o que ficava na superfície: pacotes de salgadinho e embalagens plásticas aos montes flutuavam avizinhados de cocôs de formas variadas, e de vez em quando aparecia um membro de um corpo humano ou animal mutilado. E os moradores de rua ainda bebiam aquele líquido e o usavam para cozinhar.

Ao contrário daqueles cento e cinquenta mil mendigos, eu tinha dinheiro para comprar água engarrafada. E eu tinha sido alertado por amigos para os perigos da água encanada na Índia. Tomá-la, ainda que em um hotel cinco estrelas, segundo eles, era tão fatal quanto engolir uma bomba-relógio. Daí a minha surpresa, quando percebi que até mesmo os indianos mais abastados costumavam beber dos poços comunais que pipocavam nas esquinas e cuspiam jatos quando alguém operava a manivela.

Diante de um desses, fui abordado por um local. De início, pensei que a boca aberta dele era uma forma de zombar do meu espanto frente à muvuca[13] descomunal feita pelo aglomerado de gente que lutava por alguns pingos de água podre daquele poço. Então percebi que seu espanto era genuíno: ele olhava para a minha garrafa de água como quem presenciava um milagre. Antes que eu pudesse pensar em lhe oferecer a iguaria, ele deu um tapinha na garrafa com a mão, num pedido acompanhado de algumas palavras em híndi[14].

Depois de um gole longo e de uma lambida nos lábios grossos, o rapaz me devolveu uma cara decepcionada e algumas palavras em inglês carregadas de um sotaque caricato:

– Mas não tem gosto de nada! – ele exclamou, antes de se juntar à multidão que competia pela água do poço.

Eu cuspi o pouco de água que tinha na boca, tão explosiva foi minha risada. Fora emblemática aquela reação, entretanto. Mais tarde eu começaria a perceber que fazia parte da psique indiana aquela predileção pelo gosto, pelo tempero. A tudo lá se devia adicionar um sabor, mesmo que originalmente a coisa em questão devesse ser insípida.

13. Acho que não vi nenhuma fila em todo o tempo que passei na Índia. Fazer uma fila de indianos deve ser tão difícil quanto construir um castelo de cartas no meio de uma avalanche.

14. Aposto que você também pensava que, na Índia, todo mundo falava inglês. Doce ilusão. Um décimo da população o conhece. O resto se divide entre o híndi e os mais de cem dialetos regionais.

Eu encontrei meus pais ali perto do poço, as mãos agarradas nas roupas uns dos outros. A parada no poço de água fora na verdade um desvio no trajeto que eu fizera até um templo jainista onde pretendia dar uma mijada. O jainismo era uma religião que proibia a utilização de qualquer recurso de origem animal, e os fiéis mais radicais até usavam um pano branco cobrindo a boca para evitar que eles engolissem algum inseto sem querer. Então eu entrei no templo, driblei algumas tigelas de leite em torno das quais ratos eram alimentados, escorreguei em algumas poças de cocôs de pombo – que também eram superbem tratados naquela miniatura da Arca de Noé –, e, não tendo achado o banheiro, resolvi sair de lá antes que me batesse também uma vontade de vomitar.

Meu pai me agarrou pela camiseta e começou a abrir caminho na multidão, tentando descobrir o caminho até o lugar onde Ram, nosso motorista, estava estacionado com o carro. Nós estávamos cruzando o maior bazar da cidade, às vésperas do Natal, e eu cheguei a me sentir culpado por ter sugerido que fizéssemos aquilo. Se eu estivesse sozinho, tirando o desconforto, não haveria problema. Mas confesso que fiquei com medo de que algo acontecesse à minha irmã ou minha mãe. O lugar não aparentava ser perigoso em termos de crime, e eu duvido que tentassem nos roubar algo mais do que uma carteira ou um celular. O problema é que a quantidade de gente era tão impensavelmente enorme e amontoada que, caso algum de nós se perdesse, nos encontrarmos de novo seria tão difícil quanto resgatar uma moeda caída no vão do elevador do prédio.

Meu pai continuou abrindo caminho naquele cardume de gente com braçadas meio desesperadas, não se importando com a atenção que aquilo atraía. Não tinha como olharem mais pra gente. Minha mãe e minha irmã eram as únicas pessoas loiras naquele bazar apinhado de peles escuras e cabelos pretos. Nós quatro, preparados que éramos, tínhamos combinado de sair com as roupas mais discretas que possuíamos. Só nos esquecemos de que os indianos vestiam as roupas mais coloridas e estroboscópicas do mundo, o que fazia saltar aos olhos as nossas calças pretas e camisetas beges. Estaríamos mais bem camuflados se tivéssemos saído trajando fantasias de carnaval.

Como se não bastasse, os olhares não eram passivos. Vendedores de todos os naipes, farejando divisas estrangeiras, atacavam-nos com empurrões e ofertas decoradas em inglês. Parecia que ganhávamos um desconto de cinquenta por cento simplesmente por ignorar uma oferta, e de setenta e cinco por cento por negar uma explicitamente. Alguns saíam de perto quando eu erguia a mão espalmada e ameaçava um tapa. Outros nos seguiram até chegarmos ao oásis que era o carro do motorista Ram.

Ram ficou triste quando relatamos a experiência. Ele tinha certeza de que nós adoraríamos o primeiro contato com o seu povo. Por alguns minutos ele ficou absolutamente quieto, como que ofendido, e depois renasceu sua alegria quando prometeu que nos levaria à Tumba de Humayun, o lugar mais lindo da sua cidade.

Os indianos tinham uma noção de sensibilidade muito diferente da nossa, eu viria a perceber mais tarde. Eles eram mais sensíveis, no sentido literal da palavra, e não no sentido que nós brasileiros costumamos atribuí-la: de ser mais suscetível somente a emoções negativas. O humor deles era muito volátil. Eles se sentiam insultados pelo mais inofensivo dos comentários, assim como logo o esqueciam e/ou ficavam exaltados por um dizer que talvez nem tivesse a pretensão de soar como um elogio.

Ram nos deixou na entrada da tal Tumba de Humayun, uma construção vermelha e imponente cuja arquitetura lembrava a do Taj Mahal, e nos dirigiu um sorriso ansioso antes que saíssemos do carro. Para a sua satisfação, o lugar agradou. Se, na rua, o calor úmido misturado ao cheiro onipresente de lixo queimado era infernal como o bafo de Hades, dentro dos limites do parque havia sombras e um pouco de distância das poluições odorífera e sonora.

O problema era o incômodo que a simetria daquela tumba gigante suscitava em mim, assim como o fariam depois a simetria do Taj Mahal e a de todos os templos com os quais eu ainda toparia no subcontinente. Todas essas construções esteticamente perfeitas escancaravam a assimetria desenhada pela realidade indiana que me recebeu.

Como eu era capaz de aceitar a servidão dos funcionários engomadinhos dos hotéis chiques em que me hospedei com minha família, quando, só em Delhi, havia cento e cinquenta mil mendigos? Poderia me sentir envolto numa paz regida pela geometria impecável dos locais de culto, mesmo que ali em volta se desenrolasse o trânsito mais caótico e barulhento que eu já vira? E o que pensar do contraste entre o cinza do imóvel coberto de poeira e o colorido das testas, unhas, raízes de cabelo e até solas de pé pintadas da população?

Passando por entre a vida miserável da maioria, o motorista nos levava até lindos monumentos, dirigindo o nosso safári de luxo sempre com janelas fechadas e ar-condicionado ligado. Coexistiam em mim, intranquilos, o conforto e a culpa, intrinsicamente costurados. Ou ficavam ambos, ou iam embora os dois.

Ram contava dezenas de lendas belas que pareciam ter sido cimentadas com as paredes dos fortes e palácios que visitávamos. Como no caso das treliças delicadas nas paredes das habitações reais – que serviam para que os nobres assistissem à vida mortal lá fora sem serem vistos por ela –, eu espiava amedrontado uma realidade pela qual ainda não estava disposto a ser abraçado. Como no caso das piscinas dos palácios, onde mil concubinas costumavam ficar tentando chamar a atenção do rei para passar uma noite com ele, a história se repetia: a superpopulação, a opressão da individualidade e a busca por reconhecimento continuavam moldando a sociedade indiana. Só mudara o rei. Antes sempre vestido de dourado, e com trajes grandes e pomposos, agora passara a ser verde, e a caber numa carteira de bolso. Gandhi era o nome que Ram usava para se referir ao dinheiro. Era um Gandhi sorridente que estampava toda rúpia indiana. E era pouco mais de um centavo de dólar que valia uma rúpia indiana.

– Por que o Gandhi está sempre sorrindo? – Ram perguntou certa vez, num dos seus espasmos de bom humor. – Porque aqui as mulheres guardam dinheiro no sutiã.

Ele quase se sufocou com o riso, aí se recompôs e desenterrou mais uma anedota de seu repertório de piadas.

– Na Índia, Felipe, todo mundo é médico; toda hora é hora de chá; e todo canto é banheiro – ele listava, orgulhoso, e eu não sabia do quê.

A última dessas suas notações era a mais chocante. Mijava-se e podia-se cagar, de fato, em qualquer lugar onde a concentração de pessoas fosse esparsa o suficiente para que o cara pudesse ficar de cócoras. A sujeira era tão disseminada que eu tinha a impressão de que todo o lixo do mundo acabava sendo despejado na Índia. Mais da metade dos cachorros que eu via era cega, mais da metade das vacas, manca, e uma porção considerável da população apresentava sinais de vitiligo, lepra ou aleijamento.

O lótus era um dos símbolos mais importantes do hinduísmo, pelo significado que tinha o seu crescimento: as raízes se fincam na lama, o caule emerge pela água e a flor, considerada a mais linda de todas, desabrocha em cima, na superfície. O ditado que eu mais ouvi dos indianos foi: "Como uma flor de lótus num poço sujo, esteja nessa realidade mundana, mas não se atenha a ela".

Eu demorei a começar a apreender o significado daquilo, e nunca terminei de fazê-lo. Eu e minha família deixamos Delhi, contudo, desprendendo-nos daquela opressora realidade mundana. E, na cidade de Jaipur, fomos direto para o hotel mais luxuoso que eu já tinha visto na minha vida.

•••

Até o Ram, que dirigia carros de turistas fazia um bom tempo, ficou impressionado quando o par de homens de túnicas pretas, turbantes rosa e bigodes encerados à la Dalí abriu um portão de ouro pelo qual daria pra passar umas três manadas de elefantes. Outro par de homens, trajando o mesmo uniforme, mais sapatos cuja ponta se erguia uns quinze centímetros do chão, começou a tocar uma corneta dourada cada um, assim que adentramos a propriedade por uma avenida ladeada de chafarizes compridos que só terminava lá na frente, diante de um palácio rosado.

Todas as portas do carro – menos a do motorista – foram abertas ao mesmo tempo pelos serviçais que se postavam na entrada do hotel. Nós descemos e seguimos em direção ao som produzido pela flauta de um encantador de serpentes e o tambor do tamanho de uma tampa de bueiro de um percussionista. Entre os músicos, que não pararam de tocar ao menos até que estivéssemos longe o suficiente para não mais escutá-los, ficava a porta de vidro, já devidamente aberta por mais um par de funcionários quando nos aproximamos dela.

Enquanto deslumbrávamo-nos com o primeiro vislumbre do convite à luxúria que era o hall de entrada, duas indianas gostosas vestiram um colar de jasmins recém-colhidos em cada um de nós. Um guru todo vestido de branco, que as acompanhava, aproximou-se com uma bandeja em mãos. Murmurou alguns dizeres em híndi, mergulhou o dedo num potinho de tinta bordô e salpicou uma pinta entre nossas sobrancelhas. Sobre ela, em seguida, colou alguns poucos grãos de arroz. Abençoara-nos e, sem querer, mostrou uma notinha de mil rúpias escapando debaixo do pontinho de arroz que equilibrava em sua bandeja. Devo ter sido o único entre meus familiares a perceber, e me fiz de desentendido.

Mal tivemos tempo de conhecer o quarto onde nos hospedamos. No caminho até ele, parávamos a todo momento, encostados no parapeito do mezanino, para admirar a aura pomposa que as dezenas de lustres de cristal conferiam às enormes poltronas de veludo rubro meticulosamente dispostas no salão de entrada. Quando entramos na habitação, então, deparamo-nos com uma quantidade de sofás, espelhos, estátuas e quadros provavelmente maior do que a que tínhamos na nossa casa. Da janela, à qual eu demorei quase um minuto de caminhada pra chegar, vinha uma música bem mais vibrante que a que os músicos tinham tocado em nossa recepção. Uma festa começava lá embaixo, no portão de entrada da propriedade, e eu convenci todos de que podíamos conhecer o quarto depois. Valia a pena descer para testemunhar aquele pequeno carnaval.

Um elefante puxava o bonde, seguido de dois camelos e quatro cavalos, todos adornados com mantos escarlates cheios de pedras semipreciosas. Montando-os, estavam homens que vestiam ternos brancos com botões de ouro. Uma trupe de mais ou menos cinquenta percussionistas, flautistas, trompetistas e trombonistas os acompanhava, orquestrando a música que tanto me chamara atenção.

Entre os músicos e os animais, a família dos noivos dançava em círculo, com as mãos para o alto e requebrando a cintura num projeto de funk. Aquela cerimônia, nos contaria depois a noiva, era uma celebração de vinte e cinco anos de casamento. Imagine como não tinha sido o casamento propriamente dito.

Eu e minha família seguíamos o movimento lento e constante, à guisa de um bloco de carnaval, e eu olhava para meus pais, atônito, mandando-os prestarem atenção na canção. Custaram a perceber que o que tocavam aquelas dezenas de músicos era a *Aquarela do Brasil*.

Os fogos de artifício das bodas começaram a explodir justo quando meu pai e minha mãe notaram a coincidência. Duraram uns quinze minutos – muito mais do que vários shows pirotécnicos de réveillon aos quais eu já fui –, e todos os fogos, sem exceção, eram rosa.

Aquarela do Brasil era a música mais popular em casamentos na Índia, e todo indiano sabia cantarolar a música, a noiva nos garantiria mais tarde. Enquanto isso, eu e minha irmã dançávamos em paralelo à celebração, deslumbrados com a coincidência, e com aqueles camelos e o elefante, e os chuviscos de luz dos fogos de artifício, e o desperdício de água conduzido pelas dezenas de chafarizes que se alinhavam entre o portão da propriedade e a porta do hotel. Até que a noiva nos chamou pra dançar com eles.

Infiltramo-nos animados entre os músicos. Trompetes graves tocaram mirando nossas orelhas. Caixas frenéticas, que deixavam muita bateria de escola de samba no chinelo, exibiram-se na nossa frente. Parentes dos noivos nos pegaram pela mão e rodopiaram extasiados. Condutores dos camelos e dos cavalos nos convidaram a fotografar com seus animais.

E todos aqueles botões de ouro reluzindo, e os turbantes rosa enrolados em pilhas que chegavam a um metro de altura, e as luzes dos chafarizes sendo tiradas para dançar pelos jatos de água que de vez em quando irrompiam em suas frentes, acompanhavam o ânimo e o volume crescente da *Aquarela do Brasil*: a trilha sonora perfeita para uma festa que, de tão efervescente, não resistiria por muito mais tempo.

Bastou os noivos e os convidados seguirem para o jantar que os músicos e os condutores de animais começaram a se aproximar de nós. Aquilo foi o mais perto de uma fila que eu já vi na Índia. Por mais que o hotel fosse cinco estrelas, a diária não era cara se comparada aos preços praticados no Brasil. Minha família estava longe de ser milionária como a que patrocinava aquela festa. Mas os serviçais não cogitavam aquela possibilidade.

Um a um, começaram a nos pedir dinheiro. Mil rúpias, era o clamor de um trompetista. Quinhentas, era o que pedia o domador do cavalo. Até nas gorjetas os indianos eram aficionados a descontos. Cercados, dissemos não e não e não, e, conforme as quantias pedidas diminuíam, aumentava o desconforto. Não porque aqueles caras fossem fazer alguma coisa, mas porque ali, mesmo dentro de um dos hotéis mais chiques do país, eram os próprios funcionários que imploravam por milhares, centenas ou dezenas de rúpias; imploravam por uma doação, por atenção, um olhar, tempo, ou espaço; imploravam por implorar, esvaziando o sentido de um clamor repetido à exaustão, ao exagero, à supersaturação. Eu ainda não tinha me dado conta, mas a Índia me levaria, com ela, ao limite.

•••

Ram era um belo de um recorte da sociedade indiana. Além de incorporar a história do garoto que deixara a vila rural e miserável para morar na urbana e miserável Delhi, atrás de emprego, ele contava histórias valiosas e protagonizava outras um tanto ilustrativas. Como na vez em que resolveu fugir da polícia.

Na véspera do Natal, nós estávamos em um engarrafamento que deixaria até a Marginal Tietê assustada.

– Mas os hindus não acreditam em Cristo, né, Ram? – eu perguntei a ele, do banco do passageiro. No banco de trás do carro, o resto da família dormia.

– Em Cristo, não. Em presentes, sim – ele vinha com mais uma de suas graças. – Todo mundo quer passar o Natal no shopping, Felipe.

Eu não esperava que o país fosse um tão conspícuo reduto de materialismo.

Para distrair-se do trânsito truncado, ele sacou o celular do bolso da frente da jaqueta que um dia fora branca, e que no momento transitava entre o amarelo e o marrom, e se pôs a falar com alguém. Com o celular segurado à orelha, ele expelia um cheiro quase tóxico dos sovacos, mesmo que usasse ainda, por baixo da jaqueta, uma ou duas camisas. Sorte dos meus pais e da minha irmã que estavam dormindo. Tenho quase certeza de que Ram não tomou um banho sequer durante todo o tempo que passou conosco.

Foi só quando um guarda viu a infração de Ram – e viu os turistas ocidentais que ele carregava, e a potencial mina de dinheiro que ele podia extorquir daquele carro – que nosso motorista despertou da letargia causada pelo trânsito. Desligou o celular, soltou-o no colo e, em resposta à ordem de parada que o policial sinalizara com a mão, passou por cima de um canteiro e saiu costurando os carros na mão oposta, onde o tráfego, ainda que intenso, era navegável.

Crendo ter completado a fuga, Ram sublinhou o rosto quadrado com uma risada safada, limpou um pingo de suor da testa negra e pegou o celular no colo. Ligou imediatamente para o amigo com quem vinha falando, para vangloriar-se a respeito da fuga. Eu fiquei sem saber se ria ou chorava.

Na esquina seguinte, o mesmo policial apareceu de moto, capturou nosso motorista e o levou para uma delegacia enjambrada. Depois de meia hora de negociação, e de algumas intervenções desesperadas minhas para que não prendessem o Ram, ele acabou liberado. Moral da história: faça o que for preciso para tirar vantagem. Se tudo der errado, então, apele para o suborno.

Foi o Ram, também, que me contou a história de Hanuman, o deus hindu da coragem.

Ainda criança, Hanuman, que era meio homem e meio macaco, recebeu de Brahma[15] os poderes de pôr medo nos seus inimigos, tirar o medo de seus amigos, mudar a sua forma física e viajar para onde quisesse. O poder de voar ele já tinha herdado de seu pai, o deus do vento.

15. Na Índia, em vez de cerveja, Brahma é o deus da criação.

Sua inconsequência causou muitos problemas. Tinha uma fome que sua mãe não conseguia satisfazer. Impediu que o deus do eclipse alcançasse o sol, pois perseguia o astro maior com afinco incomparável, querendo comê-lo, achando que esse era uma manga.

Aterrorizava os santos da floresta vizinha. Puxava suas barbas, bebia água de oferendas e criava redemoinhos com o sopro. Os deuses precisavam conter Hanuman, mas sabiam que ele era só uma criança, por mais invencível que fosse. Infligiram-lhe, então, um feitiço não letal: Hanuman se esqueceria de seus poderes, e só os teria de volta quando lembrado por um outro alguém.

Esse foi um dos mitos religiosos mais bonitos que eu já ouvi, e eu cogitei deixá-lo flutuando aí sem mais explicações, mas fiquei com medo de que você não captasse a analogia. Só que não haveria graça se eu explicasse toda a relação, então que te sirvam essas duas dicas: imagine-se como alguém que perdeu certos poderes. E me imagine como alguém que tenta ser lembrado deles pelas crianças que encontra por aí, para depois tentar fazer você se lembrar deles.

Eu juro que teria dado uma chance pro hinduísmo se ele fizesse sentido pra mim como o fez a história de Hanuman. Pena que não foi bem assim. Como a Índia que lhe dera origem, o hinduísmo era demasiado *kitsch*[16], Louiz.

Não se podia fumar, mas todo mundo mascava tabaco. Era proibido trepar antes do casamento, mas valia cagar na sarjeta. As vacas eram sagradas, e sempre o primeiro pão feito na manhã tinha que ser dado a uma vaca de rua, mas não tinha problema chutá-las para que liberassem caminho, assim que se saía de casa. Isso sem falar nos chifres das pobres vacas: a maioria era pintada de alguma cor berrante, na manifestação de alguma superstição ou resquício de algum dos trocentos festivais que se espremiam no calendário indiano. Como é possível lembrar o significado de uma celebração religiosa quando há mais de quarenta num ano? Como se pode recordar o propósito de cada deus, quando o panteão do hinduísmo possui trezentos e trinta milhões deles?

A Índia era simplesmente... demais. Gente demais, sujeira demais, cores demais, deuses demais, religiões demais: no ano em que eu estive lá,

16. Algo que já se repetiu tanto que teve o sentido esvaziado. O termo surgiu no contexto da popularização da televisão e da disseminação de ícones que logo eram adotados pelas massas. Cópias de obras de arte são *kitsch*. Miniaturas de pontos turísticos, vendidas como souvenirs, são *kitsch*. O *kitsch* é geralmente visto como brega, de mau gosto, e inferior em estética e sentido à realidade que representa.

o país tinha um presidente hindu, um vice-presidente muçulmano e um primeiro-ministro sikh[17]. Qualquer identidade individual era esmagada pela miríade de repetições promovidas pelo coletivismo forçado.

Além disso, muitos dos traços mais proeminentes, ao olhar de um visitante, da cultura indiana, eram justificáveis financeiramente: o vegetarianismo era mais barato que o não vegetarianismo; o sári, com todo seu charme, não deixava de ser um único e simples pedaço de tecido, portanto mais barato que uma muda de roupas. Quando aplicada ao hinduísmo, essa fixação (necessidade, em muitos casos) pela economia dava luz a esse aspecto kitsch: muitos templos, de tão minúsculos, mal acolhiam um visitante acocorado; muitas estátuas, quando descascavam, eram "renovadas" com a aplicação de olhos formados por recortes adesivados; e em muitas paredes e ícones, o papel-alumínio era usado numa tentativa de evocar a prata.

Talvez meu desgosto incipiente pelo hinduísmo fosse produto da diferença gritante entre a rigidez fervorosa do islamismo, do qual eu vinha, na Turquia, e o "jeitinho brasileiro" com que os indianos lidavam com suas tradições. Ou talvez ele fosse a manifestação mental do meu nojo físico, mesmo.

Os homens mais sagrados para os hindus eram os sadhus: adultos que tinham abandonado todas suas posses materiais, exceto as túnicas que vestiam para o resto da vida (os mais radicais abandonavam também as túnicas e viviam peladões), e se dedicavam somente à meditação. E a fumar maconha, no caso de alguns, já que a lei permitia que os sadhus, e somente eles, o fizessem. E a pedir esmola, no caso de muitos, que aí já eram considerados falsos sadhus pela população. Esse era o problema: havia tantos "homens sagrados", que até mesmo esse conceito, belo na teoria, tinha virado kitsch na prática. Eu nunca sabia se aquele cara barbudo e cheio de *dreadlocks* na minha frente era um ser a caminho da iluminação ou só um mendigo disfarçado. Eu não sabia o que era cópia e o que era real. Eu não sabia no que valia a pena acreditar.

Um dos dois sadhus com quem falei na Índia sentou do meu lado, em uma daquelas escadarias (ghats), onde eu observava, incrédulo, alguns cadáveres de bebês[18] que flutuavam rio abaixo. Ele vestia uma túnica vermelha pra dentro da qual escorria toda a cabeleira grudada num

17. Uma das seis religiões com mais de 4 milhões de adeptos na Índia. O Brasil só tem o cristianismo.

18. O costume hindu prevê a cremação dos mortos, a não ser no caso dos bebês ou *sadhus*, que devem ser enterrados ou jogados em um rio.

amontoado desforme pela sujeira acumulada. Como que adivinhando o meu pensamento – não que fosse difícil, dada a minha cara de espanto –, comentou, em inglês:

– Não é o rio que está sujo. É a sua mente – e em seguida emendou outro provérbio, sendo que este eu já conhecia: – Como uma flor de lótus num poço sujo, esteja nessa realidade mundana, mas não se atenha a ela.

Eu assenti com a cabeça, mas não puxei conversa com ele. Meio deprê, só dei mais uma olhada para a imundície que engolia os corpos de bebês rio abaixo, e para uma velhinha, cujas tetas tinham a espessura de três ou quatro folhas de papel, banhando-se naquela água. Os caras levavam mesmo a sério aquela história do lótus e do poço sujo.

O outro sadhu eu encontrei quando ainda estava com minha família. Num bazar onde minha mãe procurava por lenços, esse um pouco mais tranquilo que o que tínhamos ido em Delhi, eu observava a multidão de um canto, abraçado à minha irmã.

Parei de morder a bochecha dela só para lhe apontar uma coisa. Um velhinho com um pano laranja gigantesco enrolado no corpo passava pela rua diante de nós. Mesmo com o forte de Jodhpur no alto do morro, as casas todas pintadas de azul-índigo ao nosso redor e o movimento do bazar competindo pela minha atenção, foi o velhinho que me raptou o olhar.

Pés descalços e um cajado na mão, ele andou devagar até o fim da rua. Prestes a desaparecer pela esquina, deu meia-volta sem sequer ter parado e regressou em nossa direção até estacionar bem na minha frente. Prendi a respiração. De perto, seus óculos pequenos e redondos, como os de John Lennon – e Gandhi –, sua barba grisalha derramada sobre o peito e os espirais florais brancos e simétricos pintados nas suas bochechas evocavam um misto de respeito e curiosidade.

Ele estendeu a mão. Eu o cumprimentei. Inclinou a cabeça para baixo, ergueu a palma direita diante da minha testa, e se foi sem falar nada.

– Era a mão direita mesmo? – Ram, o motorista, iria se certificar mais tarde.

– Sim! – eu respondi ansioso.

– Esse é um gesto que os sadhus usam para dar suas bênçãos.

Aquele foi o primeiro e o último sadhu que já me abençoou. Mas, levando-se em conta os motivos que me levaram a sair da Índia mais tarde, eu acho que ele não fez força o suficiente.

•••

Achei que nunca entraria em um hotel mais chique que aquele no qual presenciara a recelebração do casamento dos milionários indianos, o que logo se provou um engano. Na virada do ano, hospedamo-nos em um que imitava uma fortaleza, encravado em uma planície arenosa na borda do deserto do Rajastão.

Havia muralhas de três ou quatro metros de altura dando a volta em todo o terreno, e, depois delas, em vez de fossos, jardins coloridos impecavelmente cuidados. Talvez isso não fosse impressionante em um hotel fazenda, mas aquele ali ficava num deserto.

O pé-direito de todo o interior era altíssimo, os empregados, mais serviçais impossível, e os pátios, vários. No maior deles, preparou-se um bufê gigante de comida indiana e internacional, para a comemoração da chegada do ano novo. Usain Bolt levaria uns vinte segundos pra correr do início até o fim daquela mesa cheia de bandejas, divididas em comidas apimentadas, comidas vegetarianas e comidas para meros mortais que não gostavam de comidas indianas.

Diante das mesas que se espalhavam pelo pátio ficava um palco no qual músicos e dançarinos locais se apresentavam, com um lago cheio de carpas e as muralhas iluminadas que circundavam o hotel ao fundo. No que era para ser o melhor número da noite, um travesti seminu que equilibrava jarras na cabeça enquanto rebolava se passou por uma gostosa: acho que isso sumariza quão kitsch foi a cerimônia toda.

– Eu queria pedir que todos nós tenhamos um ano novo brilhante – minha mãe fechou os olhos e pegou na minha mão e na mão da minha irmã, num gesto seguido pelo meu pai, começando espontaneamente uma reza que, por mais tradicional, nunca fora natural para mim.

– Que a gente passe bastante tempo juntos – minha irmã fez seu pedido.

– E que o Felipe volte logo – minha mãe completou o seu.

– Que o Felipe volte bem – meu pai se fez ouvir.

– Bem e logo – minha mãe enfatizou seu ponto.

– Logo, não. Bem. Que ele volte quando a hora de voltar chegar – meu pai, ainda de olhos fechados, tentou esclarecer o pedido coletivo, pra que Deus não se confundisse na hora de realizá-lo – e que tudo fique bem com ele até lá.

Eu nunca pensei que a nossa reza de fim de ano se transformasse numa discussão entre pai e mãe. Por entre as pálpebras cerradas da minha mãe, fugia espremida uma lágrima. Uma gorda lua cheia se fazia de brinco naquele céu onde mal apareciam estrelas.

– Saúde, pra todos nós – eu resumi a oração. – Amém.

Olhei pra mulher que me ensinou quase tudo o que sei e dei nela o abraço mais forte do mundo.

A banda do hotel tocava Hey teacher, leave the kids alone!.

Na manhã seguinte, ela, meu pai e minha irmã me deixaram sozinho. Mantive a compostura até a despedida. Depois, sentei no chão e chorei por alguns minutos, ininterruptamente, assim como faz um bebê recém-nascido.

Eu trocara um hotel cinco estrelas instalado dentro de uma fortaleza por uma cama dura em um quarto compartilhado. Ram tinha me levado até a minha nova hospedagem, de onde sairia, levando meus pais, direto para Delhi. Durante todo o trajeto, o motorista ficaria consolando a minha mãe, cujo choro não mais conseguia se esconder por trás dos óculos escuros. Ele tinha me dado o seu telefone, um abraço, e a garantia de que viria me salvar, não importando onde eu estivesse, caso qualquer coisa acontecesse. Por pouco, Ram não chorou também. Eram sensíveis, mesmo, os indianos.

Peguei uma bicicleta que não tinha nem marcha nem freio nem piedade pela minha bunda, e me pus a pedalar até as maiores dunas da região. Às vezes eu subestimava distâncias. Não sei onde estava com a cabeça quando julguei ser prudente uma jornada de noventa quilômetros de ida e volta numa bike cujo aluguel custara um real por dia.

A estrada era tão esburacada que às vezes só havia uma faixa de vinte centímetros de asfalto no meio de todas as crateras. Tinha buracos até mesmo dentro dos buracos, e o pneu da frente furou em um vilarejo a meia dúzia de quilômetros das dunas. Bastou que eu parasse na beira da estrada pra que uma dezena de crianças se aglomerasse ao meu redor.

As menores pediam dinheiro. As mais velhas apalpavam a câmara de borracha em busca do furo, sem que eu nem tivesse pedido ajuda. Em um piscar de olhos, eu estava no meio de uma roda que parecia infinita em pimpolhos, metade me pedindo dinheiro, chocolate, canetas e o que mais lhes viesse à cabeça, e metade trabalhando em torno de bombas de ar em socorro ao meu pneu. Eu sentia dedinhos erguidos me tocando por todos os lados e temia que aqueles meninos e meninas começassem a subir em mim. Eu era muito maior que eles, é claro. Mas até aí Gulliver também era muito maior que os diminutos habitantes de Liliput.

Consegui deixar o lugar quando duas coisas foram constatadas: o conserto da minha bicicleta não seria tão simples, e extrair algumas rúpias de mim seria ainda mais complicado.

Tive de cancelar a visita às dunas e dar meia-volta. Tentei pedalar mesmo com o pneu murcho, mas o aro foi ficando ovalado como se fosse feito de massinha de modelar. Em poucos metros, cada rotação completa da roda já me fazia saltitar no banco umas duas ou três vezes. Antes que eu desistisse, acho que o círculo se metamorfoseou em todo tipo conhecido de forma geométrica: foi um hexágono, um pentágono, um quadrado, um triângulo e, nesse ponto, eu desci da bicicleta com medo dos próximos termos daquela sequência.

Caminhei sob um sol que reinava solitário. A única nuvem que apareceu durante a tarde toda se aproximou rapidamente do astro rei mas, ao chegar perto dele, começou a se afastar devagar, como faz o braço de uma criança que vai excitada ao encontro do pote de sorvete no freezer, mas recua de fininho quando ela lembra que dentro dele a mãe guarda feijão.

Cada vez que eu passava por um vilarejo, dezenas de crianças com rastros de ranho petrificados ao redor da boca corriam até a beira da estrada e estendiam os braços clamando por alguma coisa. Eu me sentia terrivelmente desconfortável em passar reto e em presenciar aquela manifestação de miséria, mas eu achava que me sentiria tão desconfortável quanto caso desse a elas alguns trocados e achasse que aquilo ajudaria a resolver o problema.

Em um vilarejo de choupanas com paredes de barro e tetos de palha, contudo, duas crianças me abanaram pela pura curiosidade de ver a minha reação. Depois de algum tempo na Índia você consegue discernir curiosidade de interesse com a mesma agilidade que um vendedor indiano corta o preço de seu produto pela metade – alguns milissegundos. Havia um singelo templo hindu perto delas, e, exausto e com resmungos suficientes para atordoar os ouvidos de boa parte dos 330 milhões de deuses do hinduísmo, eu entrei nele.

Um senhor barbudo me chamou até o altar, onde murmurou algumas palavras em híndi e, com o dedo molhado em tinta vermelha, fez a marca do terceiro olho, a tika, na minha testa. Ele me deu uma pedra brilhante e pediu uma doação. Porra, tem alguma coisa mais kitsch do que pedir um pagamento por uma bênção? Até o catolicismo já tinha deixado de vender indulgências havia séculos. Eu disse que não tinha nenhuma rúpia – e era verdade, se não eu já teria pego um riquixá de volta pra cidade –, e aí o seu filho apareceu e me forneceu uma explicação.

– Não tem problema. Você pode dar qualquer coisa. O templo é a casa de Deus, e dele você não sai de mãos vazias. Mas como todo visitante, também é esperado que se deixe alguma oferenda – ele falou pausadamente com as mãos juntas na altura do peito.

Eu dei para o senhor um marshmallow que tinha na mochila e ele pareceu satisfeito. O que importava não era o que eu estava oferecendo. O que importava é que eu estava oferecendo alguma coisa, segundo ele. O que eu não sabia é que, nas minhas oferendas seguintes – estas feitas a um menino –, o que eu receberia em troca seria maior e mais intangível do que aquela pedra pequena e maciça.

Meus resmungos tiveram vida curta. Foi um garoto chamado Surendae Singh que deu fim a eles.

Surendae Singh tinha dez anos, dois irmãos, uma irmã e nenhum futuro.

– No futuro, você pretende ir pra cidade, quer ficar aqui no vilarejo, quer... – eu perguntava quando fui interrompido no meio da frase pelo amigo que mediava a conversa.

– No futuro – ele pôs um fim ríspido às possibilidades que eu elucubrava. Não entendi se a resposta era literal ou se significava que o garoto não queria falar sobre o que vinha pela frente. De qualquer jeito, nenhuma das opções me agradava.

– Você pretende ter uma família? – eu abordei o mesmo tema sobre outra ótica.

– Não – a resposta foi tão simples quanto a anterior.

Sentindo-me contaminado pelo desconforto em relação ao amanhã, trouxe minhas perguntas para o presente. O que se seguiu foi uma sequência rápida e enxuta de perguntas e respostas, essas, assim como a roda da minha bicicleta horas antes, fazendo-me trepidar cada vez mais conforme se simplificavam.

– Um medo?

– Cobras.

– Uma coisa que mudaria nas crianças de todo o mundo?

– Faria todas saberem escrever, ler e terem um lugar decente pra morar – ele desprezou o "uma" da minha questão.

– Qual é a melhor parte do ano por aqui? – perguntei certo de que, acostumado à aridez do deserto, ele mencionaria a época das monções.

– Todas as partes nas quais eu estou comendo – ele respondeu num tom ascendente como se aquilo fosse a coisa mais óbvia do mundo.

– Tem um sonho?

– Sim... ter cem cabras.

– Além de cabras, se pudesse pedir uma coisa para o gênio da lâmpada, qual seria o pedido?

– Farinha – o substantivo veio desacompanhado de qualquer propósito, quantidade, ou contexto que servisse de explicação. Surendae Singh ficou me olhando curioso pela próxima pergunta, com a mesma inocência com a qual me abanara quando eu ainda estava na estrada. Ficamos nos encarando em silêncio por um bom tempo. Eu não tinha mais nenhuma questão em mente. Enquanto ele esperava por uma pergunta, eu esperava para que tomasse forma o sentimento que vagava dentro de mim. Nenhuma das esperas funcionou.

Peguei a bicicleta e continuei andando em direção à cidade. O sol continuou fritando a minha pele. Na sua estrada particular, lá do alto, ele acompanhava os meus passos. Comecei a sentir fome, sede e sono. Não resmunguei mais nenhuma vez. Pelo menos a minha mochila estava mais leve. Eu dera todos os marshmallows que ainda tinha para Surendae Singh. Dentre aquilo que eu carregava, eles eram o que mais se parecia com farinha.

•••

Fora óbvia a associação feita pelo menino pobre da vila no deserto entre a farinha e a alimentação. A pedra fundamental da dieta indiana era o chapati, um pão redondo e achatado até ficar fino, cortado na forma de fatias de pizza e depois frito, cujo ingrediente principal era justamente a farinha de trigo integral.

O chapati era consumido no café da manhã, no almoço, nos lanches e na janta, mais ou menos como se faz com as tortillas na porção norte da América Central. Eu me apeguei aos chapatis com tanto afinco quanto todos os indianos por duas razões. Primeiro, porque o camelo mais gente fina (e único) em que eu já montei, no deserto, chamava-se Chapati. Segundo, porque quase todo o resto da culinária indiana não gostava do meu estômago e vice-versa.

Foi só depois que meus pais me deixaram, e que eu deixei a bolha de luxo em que ficávamos e os restaurantes de hotel nos quais comíamos, que eu tive um gostinho da comida indiana de verdade. Eu experimentei todos os curries, lassis (bebidas à base de iogurte) e doces que encontrei, em bancas de rua e restaurantes baratos. Não houve uma refeição sequer, sendo ela saborosa ou não, que não me mandou direto pro banheiro algumas horas depois.

Minha pedida favorita – de fato, uma das poucas que me permitiam fugir da onipresença da pimenta – era o thali, um prato típico que consistia numa bandeja com chapatis e uma diversidade de molhos regionais. Ainda por cima, dependendo da região, vinham como acompanhamento bolinhos de carne de soja, enroladinhos fritos de vegetais e até doces caramelizados. Tudo com direito a refil. À vontade. O thali estava para os indianos assim como o rodízio de churrascaria para os brasileiros.

Certa vez, em um restaurante executivo de uma cidadezinha qualquer, pedi o thali de Gujarat, estado que ficava logo além da fronteira sul do Rajastão. Pelo equivalente a um dólar, eu comeria quanto quisesse.

O garçom largou uma bandeja redonda de alumínio na minha mesa e, sem nem esperar ela parar de rodopiar, colocou quatro potinhos em cima dela. O metal era tão riscado que, pelo reflexo do meu rosto, parecia que eu tinha sido atacado por um bando de tigres. O mesmo garçom retornou com quatro jarras fumegantes e despejou os curries que elas continham nos meus potinhos. Tirou uma colher de um bolso da calça jeans rasgada e a colocou na minha frente. Do outro bolso, tirou algumas folhas de jornal. Dobrou-as em formas triangulares e as colocou no porta-guardanapos. Em seguida, completou a minha bandeja com arroz (frio), chapatis e amontoados de vegetais.

Dos quatro molhos, dava pra comer dois. Os outros, de tão apimentados, faziam cada uma de minhas papilas gustativas parecerem cabeças de fósforo em plena chama. Recheados com arroz e mergulhados no curry de batatas, os chapatis ficavam bons (seria um desrespeito a tudo de bom que eu já experimentei falar que eles ficavam deliciosos).

Outros garçons apareciam volta e meia para refilar meus curries ou trazer mais chapatis e vegetais. Só parei de me alimentar quando, no fundo do restaurante, apareceu o cozinheiro. Vestindo uma regata branca enfiada pra dentro da calça e esticada por uma barriga protuberante, ele enxugou o suor da testa com uma toalha e a jogou em cima do ombro. Seus pelos do peito lutavam para fugir pela gola da regata. Ele varreu as mesas com o olhar, deu uma coçada no saco, enrolou uma das pontas do bigode (com a mesma mão que coçou o saco) e voltou pra cozinha. Se o lugar parecia o refeitório de uma prisão, o cozinheiro encarnava direitinho a imagem do carcerário.

Por sorte, paguei a refeição com uma nota alta e saí do lugar com trocados no bolso. Quando cheguei ao meu hotel, já estava me convulsionando involuntariamente. Eu sabia que aquela comida ia assaltar o meu estômago, mas não esperava que fosse um sequestro relâmpago. Os trocados somavam o preço exato de um rolo de papel higiênico na recepção do hotel. E, se no hotel o papel higiênico era cobrado à parte, meu irmão, imagine a qualidade do banheiro.

Não havia privada. Só um furo no chão e marcas que indicavam a posição certa dos pés para que o usuário alinhasse o ânus com o buraco. Foi só eu ficar de cócoras que o jato de merda se propulsionou como um foguete. Eu me enxerguei como uma bisnaga de ketchup cheia até o limite que, a mais sutil das pressões, já expele com força o seu conteúdo.

Depois da primeira leva, passou-se um tempo até que saísse mais coisa de dentro de mim. E depois da segunda leva, passou-se ainda mais tempo até que eu voltasse a cagar. Os intervalos eram longos o suficiente para que eu achasse que todo o rodízio já tinha ido embora, mas curtos o suficiente para que eu não tivesse tempo de sair do banheiro. Era só eu pensar em levantar que mais curries sinalizavam a sua vontade em conhecer o esgoto.

A dor de barriga ficava cada vez mais intensa. Enquanto digeria toda aquela refeição, o meu estômago me torturava pra tentar me ensinar a nunca cometer o mesmo erro de novo. Quanto mais comida ele via pela frente, mais bravo ficava, e mais ríspida se tornava a sua bronca. Não é suficiente dizer que eu sentia como se estivesse carregando um bebê que me chutava por dentro. A não ser que o bebê fosse um campeão precoce de kickboxing. Era como se a minha barriga estivesse sendo estuprada.

Por fim, abdiquei da esperança de conseguir sair em definitivo do banheiro. No intervalo entre uma constipação e outra, peguei um casaco e o vesti pra me proteger do frio da noite que chegava. Como se não bastasse a dor de barriga, agora era a lombar que incomodava de tanto eu ficar acocorado. Sentei-me com a bunda bem em cima do buraco e encostei as costas na parede gelada de azulejos. Eu estava exausto. Minhas pálpebras pesaram, eu fechei os olhos e dormi ali mesmo. Só fui usar o papel higiênico na manhã seguinte.

Acontece que eu achava horrível tudo o que comia afora os thalis, e, se eu fosse passar mal de qualquer jeito, que ao menos eu passasse mal tendo me alimentado com o que era de minha predileção. Acabei adotando o hábito de sempre comer a sobremesa em alguma banquinha de rua, depois de um thali. A mais porca que eu encontrasse, de preferência. Assim, toda vez que batia a caganeira no fim do dia, eu podia culpar o doce em vez do meu prato indiano predileto, e continuar comendo-o sem ressalvas.

A culinária indiana me decepcionou, mas ao menos eu já esperava que ela fosse regada a pimenta, que ela fosse bruta com estômagos ocidentais, e que logo eu fosse capaz de dizer se a amaria ou se a odiaria. Com as paisagens da Índia, contudo, eu tinha expectativas maiores. Reconheço que a porção central do país, pela qual eu circulei, deve ser completamente diferente do norte montanhoso, das selvas e praias do sul, e do leste inexplorado. Mesmo assim, viajei distâncias enormes, e em nenhuma vez me deparei com algum cenário cuja beleza natural fizesse meu encantamento ser maior que o nojo em relação à onipresença do lixo.

Ainda no Rajastão, conheci duas brasileiras às quais me apeguei não só pela saudade do português, mas também pela saudade da progesterona. Elas se pareciam com os turistas japoneses que os ônibus de turismo descarregavam em grandes cidade indianas. Primeiro, porque tinham olhos puxados. Segundo, porque andavam cada uma com uma máquina fotográfica gigante pendurada no pescoço. Terceiro, porque usavam calças boca de sino com estampas psicodélicas, lenços enrolados em todas as partes do corpo e quilos de colares e pulseiras – isto é, elas achavam que eram hippies.

A voz de ambas era irritantemente aguda e o sotaque paulistano agredia meus ouvidos. Falavam tão rápido que tropeçavam nas próprias palavras. Fugindo da tortura que era me expor àquela chuva de frases, eu me imaginava colocando potinhos debaixo das bocas delas. Assim que suas falas enchessem o potinho, eu o substituiria por um novo, tamparia o velho e iria empilhando aquela baboseira num canto. Era o meu plano pra não precisar ouvir tudo aquilo outra vez.

Elas falavam de suas jornadas espirituais, dos encontros casuais que as deixavam boquiabertas e de todo o apego material que tinham deixado para trás (sempre mexendo num colar aqui e ajeitando um lenço ali). Elas amavam viajar, eram descontentes com alguns aspectos da cultura brasileira e buscavam algo que ainda não sabiam definir. Como se não bastasse, elas eram apaixonadas pela Índia.

Acompanharam-me num passeio de bicicleta pelos vilarejos rurais nos arredores da cidade de Bundi, cujo destino era uma cachoeira distante. Dei o melhor de mim para não reclamar da demora de meia hora que foi necessária para que escolhessem as bicicletas mais confortáveis do pobre indiano que não sabia o que havia de errado com o seu arsenal de magrelas.

Ao menos fizeram com que eu fosse super bem-vindo em todo o povoado pelo qual passamos. Homens me cumprimentavam com o mesmo respeito que os personagens do American Pie cumprimentam o Stifler.

Brincamos de ciranda com crianças num vilarejo e arriscamos arremessos numa partida de críquete em outro. Pedalamos até cansar. Cansamos também de tirar fotos. Amigos indianos, a toda hora, abraçavam-se na beira da estrada e pediam para ser fotografados.

Passamos debaixo de palmeiras que se arqueavam sobre a estrada e por entre rebanhos de cabras guiados por pastores de turbantes. O ruído incessante do trânsito finalmente deu lugar ao silêncio bucólico do cotidiano rural. Não lembro se eu já mencionei isso, mas buzinar era um hobby na Índia. Em vez de frases, as traseiras de quase todo caminhão estampavam uma ordem: "Buzine, por favor". Era pelas buzinas que os motoristas se posicionavam em relação aos carros ao redor. Fazer uma ultrapassagem sem buzinar era quase um pecado capital.

Não sei se foi devido ao efeito alucinógeno causado pelo calor, mas as meninas conjecturaram entre si e decidiram que, na falta de roupas de banho, nadariam peladas na cachoeira para a qual rumávamos. Só de ouvir aquilo, meu pau já se prontificou como um cuco ao bater meio-dia. Elas não eram nada atraentes, mas meu pingolho não via uma xebelga já fazia tempo. Como um predador depois de uma longa hibernação, foi desperto pela mera capacidade de farejar a presa. As três coisas de que eu mais tinha saudade durante a viagem eram minha família, futebol e sexo. Não necessariamente nessa ordem.

Os últimos quilômetros do percurso foram os mais demorados. Eu não via a hora de me deparar com uma queda-d'água volumosa e límpida, no meio de uma selva verdejante e de uma paz que a Índia ainda não tinha me oferecido. Eu imaginava aqueles quatro peitos de fora e um Felipe extasiado saltando das pedras para a água, e da água para os corpos nus.

Mas, quando chegamos, o bucolismo foi esmagado pela bigorna do capitalismo. Tivemos de pagar para estacionar nossas bicicletas. Passamos por um corredor polonês de lojinhas cujos vendedores nos atacavam sem dó. Quando nos livramos deles, foi a vez dos macacos tentarem extrair o que conseguissem das nossas mãos.

Tinha um templo ao lado da cachoeira. Ao pé dele, mais gente do que eu vira no dia inteiro até então. Eu conseguia contar os pingos que formavam a queda-d'água, mais fraca que o chuveiro do meu quarto de hotel (sendo que o chuveiro já era uma piada). Na poça que ela formava, centenas de famílias lavavam suas roupas sem se importar com os pedaços de lixo que grudavam no tecido de vez em quando.

Foi só nos aproximarmos da água que viramos o centro das atenções. Indianos faziam fila para que tirássemos fotos deles e deles conosco. De turistas, passamos a atrações turísticas.

Olhei pra cima e me dei conta de que o lugar seria bonito não fosse pela quantidade absurda de lixo e gente. Havia encostas altas ao redor da cachoeira e uma mata, sufocada pela poluição, que acompanhava o curso do rio. Lembrei-me das minhas expectativas idílicas e ri de mim mesmo. A única coisa que elas tinham em comum com a realidade era a presença de corpos nus. Acontece que, em vez de duas mulheres, era um bando de machos que se exibia sem pudor. Banhavam-se no poço sujo e lamacento, olhando para as minhas companheiras e depois para mim, com uma inveja injustificada.

•••

A "cidade mais romântica da Índia" só serviu para esfacelar ainda mais a imagem nada romântica que eu tinha do país. Udaipur era famosa por seus lagos, e a cena com a qual eu esperava ser recebido era a de uma família de patinhos nadando relaxada rumo ao horizonte. No maior lago da cidade, entretanto, eu vi só um pato corajoso o suficiente para se molhar. A água era tão poluída que, em vez de nadar, o pobre bichinho caminhava sobre os dejetos.

Embrenhei-me no bazar local. Uma rua comprida ostentava, dos dois lados, seguidas lojas de roupas e joias nas quais o chão era sempre coberto de colchões. Negócios eram fechados entre vendedores e clientes sentados de pernas cruzadas, maridos esperavam as provas das esposas deitados e filhos cochilavam enquanto suas mães pechinchavam até a morte o preço dos adornos que queriam.

No fim do bazar, uma extensa feira de vegetais dominava um cruzamento. A movimentação era tanta que o trânsito de automóveis praticamente inexistia. Só uma ou outra moto era intrépida o suficiente – como o patinho, no lago – para se aventurar por lá. Bom estudante de marketing que eu era, sentei numa sarjeta com a intenção de observar o comércio e resolver um enigma. Que motivo levava um comprador a escolher uma entre as dezenas de mulheres que vendiam todas a mesma coisa: cenouras, alfaces e pimentas?

Meu estudo não foi bem-sucedido. Como em qualquer outro lugar da Índia, estava escrito na minha cara que eu era um turista. E também na minha camiseta, nas minhas calças e no meu tênis. Por mais que eu tivesse aprendido a lição naquele primeiro bazar que visitei com meus pais, em Delhi, eu já tinha desistido de tentar me camuflar entre os locais. Os indianos em Udaipur calçavam chinelos sob pés imundos, vestiam calças empoeiradas e camisas listradas com botões abertos na altura do peito. Ainda usavam toneladas de gel nos cabelos e nos bigodes bem cultivados. As indianas com seus sáris vibrantes faziam com que eu me sentisse diante de uma aurora boreal humana formada pelo fluir das cores e dos tecidos. Quietinho, vestindo cores neutras e com um olhar recluso, eu era tão notável quanto um homem correndo só de sunga no meio da Avenida Paulista.

Todos os que me viam, depois de um longo exame visual, cumprimentavam-me com um sorriso e um aceno de cabeça. Muitos pediam para me fotografar. Alguns pegavam o meu Facebook. E, alguns dias depois, como já era de praxe, eu via na tela do meu computador uma foto minha, acompanhada de alguma legenda em híndi, e seguida de comentários terminados com pontos de exclamação. Por mais que eu não compreendesse a língua, eu sabia que a foto de um branco, no meio de um daqueles bazares, surpreendia tanto quanto a aparição de um OVNI.

O assédio me impediu de desvelar as estratégias de marketing das vendedoras de legumes, mas me trouxe Anjali.

Ela era tímida. E não precisava dizer muito. A vaguidão dos seus olhos negros transitava entre a despreocupação, o clamor e a desesperança. A pele era até mais escura que o normal entre seus conterrâneos. E os dedinhos que se agarraram a minha mão, enrugados.

Trotando, levou-me até a sua casa, que ficava bem de frente para a feira. Atravessou o buraco na parede pintada de um azul descascado e estendeu o braço adiante, apresentando-me a residência com o orgulho de quem mostra uma obra-prima recém-terminada. Vi um fogão velho, uma mãe lavando roupas na pia ao lado e, lá no fundo, forçando a vista, alguns colchões espremidos contra a parede suja. A largura da casa, em qualquer ponto de seu comprimento, era exatamente igual à minha envergadura.

– Qual é o seu sonho, Anjali? – eu perguntei, depois de termos passado um tempo discutindo trivialidades sentados em frente à porta da casa.

Silenciosa, ela franziu o cenho, em dúvida. Cresceu o olhar pra cima de mim e me puxou pra dentro do vácuo que eles continham.

– Seu sonho... – eu tentava pescar a resposta que não vinha. – O que quer... fazer? – enrolei-me enquanto tentava ser mais claro.

– Ué – a testa dela se desenrugou. – Quero defender a minha família e a nossa feira.

Foi a minha vez de ficar em silêncio. Nos poucos palmos que nos separavam, ecoava o barulho constante das compras e vendas ali na frente, e ecoava o abismo que nos distanciava um do outro.

– Você sabe o que quer ser quando crescer?

– Sim. Professora.

– Uau! Então você gosta de estudar? – tentei construir uma ponte entre nossos mundos longínquos.

– Ué. Sem escola, não se chega a lugar nenhum.

Sua mãe saiu de dentro da casa e foi escovar os dentes com a água de uma bacia que estava no asfalto. A vizinha, que veio logo em seguida, foi menos exigente. Molhou a escova na água que corria em uma canaleta entre a sarjeta e a rua e mandou ver. Depois, cuspiu no chão e, com as mãos em forma de concha, pegou um pouco da mesma água da canaleta para bochechar. Eu chamaria aquilo de esgoto caso não tivesse visto aquela cena.

– Se você encontrasse uma criança que nunca viu antes e pudesse dar um conselho pra ela, Anjali, que conselho você daria? – na hora, eu não notei quão egoísta era aquela pergunta.

– Ué. Eu diria pra ela estudar. Estudar é o único jeito de ter um futuro melhor.

Na manhã seguinte, acordei cedo e voltei à casa de Anjali. Assim que ela me viu, apareceu correndo através da porta, com um sorriso cujos dentes eram tão brancos quanto eram negras as suas pupilas. Atrás dela vieram o seu irmão mais velho e a caçula, com os quais eu também tinha feito amizade na véspera. Os três me cumprimentaram extasiados como se recebessem a visita de um amigo que não viam há anos.

Ao mais velho, dei de presente uma camiseta branca. Para a caçula, dois pacotes de chocolates. Para Anjali, uma caixa de lápis de cor que eu tinha acabado de comprar. Só que, em um piscar de olhos, vi-me rodeado de dezenas de crianças, sem saber de onde e quando elas tinham aparecido. Eu era um cubo de açúcar recém-caído no meio de um formigueiro. Mãozinhas se abriam espalmadas, agarravam-me as mangas e puxavam as barras das minhas calças. Eu ouvi pedidos de dinheiro, pedidos de comida e pedidos mudos de rostinhos cicatrizados pela negação.

Anjali tentou dissipar a multidão de pequeninos. Contudo, seus assovios e empurrões não faziam efeito. De certo modo, eu compartilhava da sua impotência. Além dos presentes que tinha dado a ela, seu irmão e sua irmã, sacara da mochila mais uma camiseta e um par de meias, que pus em mãozinhas cujas faces eu jamais seria capaz de reconhecer, tamanha era a intensidade da convulsão de todos aqueles tentáculos ao redor. No desespero, peguei ainda minha garrafa de água e, mal a tendo tirado da mochila, vi ser agarrada por alguns dedos ferozes como garras, ainda que finos como palitos.

O murmúrio constante das crianças que me rodeavam era lânguido, quase embriagado de desesperança. Ao redor – eu via, já que tinha no mínimo o dobro da altura de todos eles – a feira continuava acolhendo vendedores e compradores, todos completamente alheios àquela muvuca pueril que se formava diante da casa azulada de Anjali.

A falta de reação dos adultos refletia a falta de importância daquelas dezenas de súplicas que, ainda que me machucassem a alma, eram irrisórias em uma nação de mais de um bilhão de habitantes. Minha mochila já estava vazia. Meu olhar também. Meu peito, ainda mais. Não importava quanto ou a quem eu doasse, a mochila logo se esvaziaria de novo, e a miríade de mãos clamorosas não pararia de crescer ao redor.

Entre mim e Anjali, agora, já se interpunham algumas fileiras de crianças. A distância entre nós me fazia lembrar da que nos separava enquanto conversávamos, no dia anterior. Da que separava meu mundo do dela. Do abismo que teimava em manter fora de alcance algumas das mudanças que eu vinha tentando realizar.

A passos esforçados, de costas, fui me desvencilhando do amontoado de pimpolhos. Já longe, abanei para Anjali. Com os olhos arregalados em um círculo perfeito, ela agarrava o seu presente com força e o apertava contra o peito. Seus dedos negros e enrugados, nada infantis, destacavam-se contra a embalagem colorida da caixa de lápis. Seu vestido parecia o de uma boneca. Tinha detalhes dourados, e era verde da gola aos pés.

Eu fui bobo em julgar aquele verde como sendo um sinal de esperança. Naquela nação caleidoscópica, mesmo as cores pareciam ter se repetido e se desgastado, e ter sido copiadas, até que o tempo as despisse de significado. No país mais colorido do mundo, até as cores haviam cruzado a fronteira do kitsch. Rostos eram máscaras. Roupas eram cascas. Peles eram ocas. Era como se a nação fosse uma boneca russa, cujas pinturas mudassem conforme o brinquedo fosse sendo aberto, mas cujos interiores permanecessem sempre igualmente vazios.

Aludia-se a lendas, crenças e tradições que havia muito tinham deixado o reino do real. A Índia vivia aprisionada dentro da fantasia morta que criara para representar a si mesma. No império da miséria, o kitsch era o espelho adornado que refletia uma realidade intolerável na sua forma crua. O kitsch era extremo. Era o kitsch à exaustão. Ao limite. Tendo me carregado pela mão, a Índia finalmente estava pronta para me arremessar contra o limite.

•••

O Kumbh Mela está para o ser humano mais ou menos como a migração de Serengeti está para os animais.

O maior encontro religioso do mundo tem proporções assustadoras, especialmente para aqueles que nunca antes ouviram falar nele (eu incluso). Cem milhões de pessoas se deslocaram para a cidade de Allahabad, na edição de 2013, e quase metade desse povo se banhou na confluência de três rios sagrados para o hinduísmo, em um único dia, guiada pela crença de que o ritual seria capaz de libertar o fiel de um mau karma, aproximando-o da liberação do ciclo de vida e morte, chamado de samsara pelos hindus.

A história que os textos sagrados contam pode ser resumida em uma sentença. Durante uma batalha entre deuses e demônios por um pote que continha o néctar da imortalidade, quatro gotas foram derramadas, nos quatro locais onde o evento acontece, de quatro em quatro anos, sendo Allahabad (a sede, de doze em doze anos) o mais sagrado deles. A história que a crença na lenda produz – igualmente grandiosa – pode ser mais compreensível para você através de uma comparação: é como se todos os torcedores do Flamengo e do Corinthians, juntos e num mesmo dia, resolvessem mergulhar no Tietê.

Eu me via, em sonhos, no meio daquela multidão unida pelo mesmo propósito. Se tudo desse certo, quem sabe a experiência até não redimisse todas as minhas más impressões do hinduísmo. Cercado de sadhus e de uma energia única, eu faria parte de um espetáculo capaz de provar o poder avassalador da fé humana; quem sabe até eu não reencontrasse o sadhu que me abençoara naquele bazar em Jodhpur, quando eu estava com minha irmã! Isso seria um capítulo especial na minha história, e eu mal podia esperar para escrevê-lo.

Eu estava a quatrocentos quilômetros da cidade onde o encontro aconteceria, e faltavam ainda três dias para o começo do festival, quando tentei embarcar em um trem para lá pela primeira vez. Os vagões se aproximaram nada convidativos, como tubarões lotados de rêmoras que se apegavam a eles pelos lados de fora: passageiros deitados no teto e abraçados às portas tornavam impossível a admissão de mais parasitas ao grupo. Era impossível embarcar.

Para o trem seguinte, reservei um lugar na segunda classe, cujo preço impedia uma grande quantidade de indianos de viajarem nela – assim como uma grande quantidade de indianos havia me impedido de viajar na terceira classe mais cedo. Quando os vagões chegaram, eu – e os poucos seguranças que passeavam pela plataforma – observei passivamente à indistinção entre a segunda e a terceira classe. Em ambas, não cabia mais nem uma mosca, tivesse ela feito ou não uma reserva.

Comprei então um bilhete para a primeira classe no trem noturno, hospedei-me numa pocilga durante o dia e voltei ao entardecer para a estação.

Antes de entrar nela, já fui atordoado pelo cheiro insuportavelmente azedo de lixo queimado que vinha de lá de dentro. Era comum ver indianos acendendo fogueiras com quaisquer pedaços de plástico que encontrassem na rua, para se protegerem do frio noturno. Em torno da chama, acocoravam-se dois ou três amigos, esfregando as mãos e teimando em não se sentar. Se um dia você for pra Índia, Louiz, você vai me entender. Nunca vi um povo tão avesso a encostar a bunda no chão ou na cadeira, e tão apaixonado por ficar de cócoras.

Acontece que a quantidade de fogueiras de lixo sendo mantidas dentro daquela estação, naquele começo de noite, transformava o lugar num microcosmo do inferno. Somando-se ao cheiro azedo, havia ainda o adocicado dos milhares de incensos e oferendas hindus sendo acesas. O fedor amoníaco que resultava era inebriante. O pior é que, quando eu tentava respirar pela boca, sentia gosto de morte. Eu vou me lembrar pra sempre daquilo como sendo o perfume da Índia.

Dessa vez, na estação, não havia lugar para sentar – no chão. Sadhus seminus entoavam mantras e tocavam instrumentos de percussão, enquanto dançavam espremidos em roda, pisoteando os pés dos corpos que se amontoavam ao redor. Famílias inteiras dormiam encolhidas no concreto e seus corpos eram circunscritos por cuspes ansiosos de homens que esperavam pelo trem. Havia filas de pessoas no meio dos trilhos, na expectativa de entrar pelo trem pelo outro lado – que, apesar de teoricamente ilegal, era tão atulhado quanto. E no meio de tudo isso, eu empunhava meu bilhete de primeira classe, seguro de que embarcaria no meu vagão-dormitório.

O trem chegou e, a não ser pela falta de luz natural, a cena foi quase igual às que eu tinha presenciado horas antes. O vagão no qual eu tinha um assento reservado passou devagar o suficiente para que eu

Acolhendo a órfã Nermina - Bósnia

Minha casa durante a estadia no norte da Grécia

A expressão angelical de uma pequena cigana - Romênia

O sorriso incansável de Mário - Espanha

O velho Pedro durante uma conversa - Portugal

A severidade na face do menino Surendae em sua vila no deserto - Índia

Três irmãos se preparam para a jornada diária rumo à escola, alguns quilômetros montanha abaixo - Nepal

Em algumas zonas áridas, a secura contamina até o olhar - Índia

Mãos juntas e corpo curvado: o Namastê, cumprimento típico do Himalaia, é inconfundível - Nepal

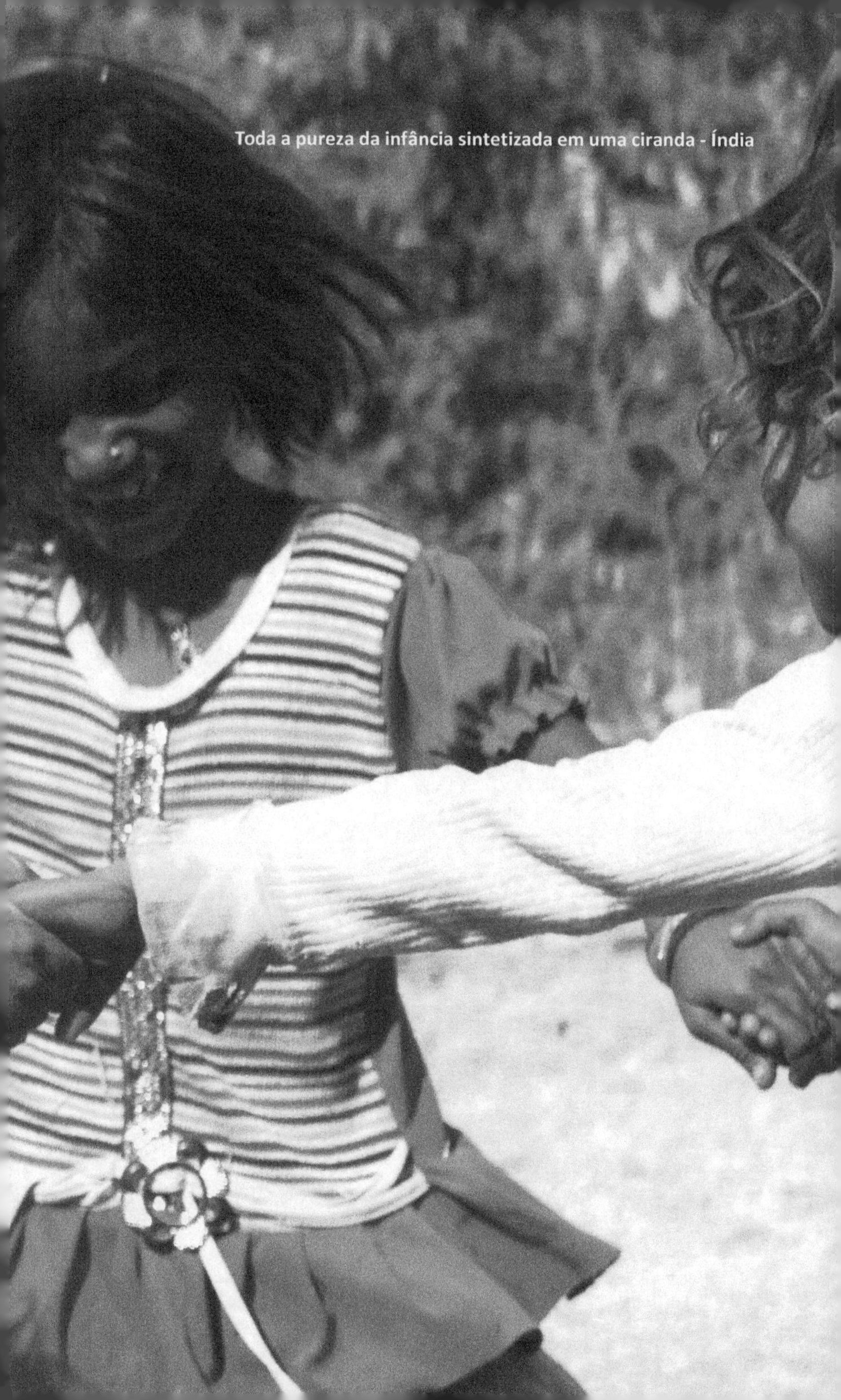
Toda a pureza da infância sintetizada em uma ciranda - Índia

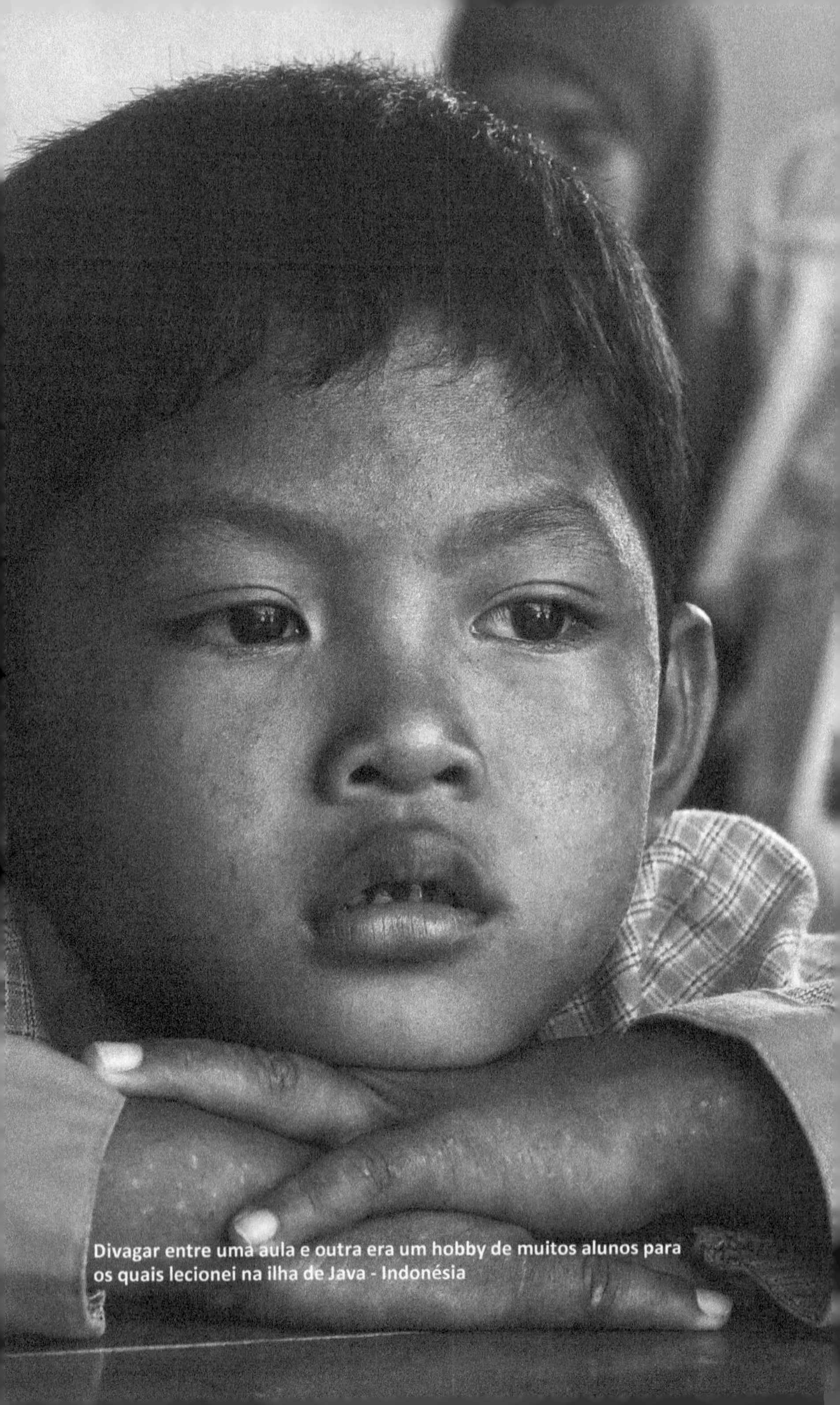

Divagar entre uma aula e outra era um hobby de muitos alunos para os quais lecionei na ilha de Java - Indonésia

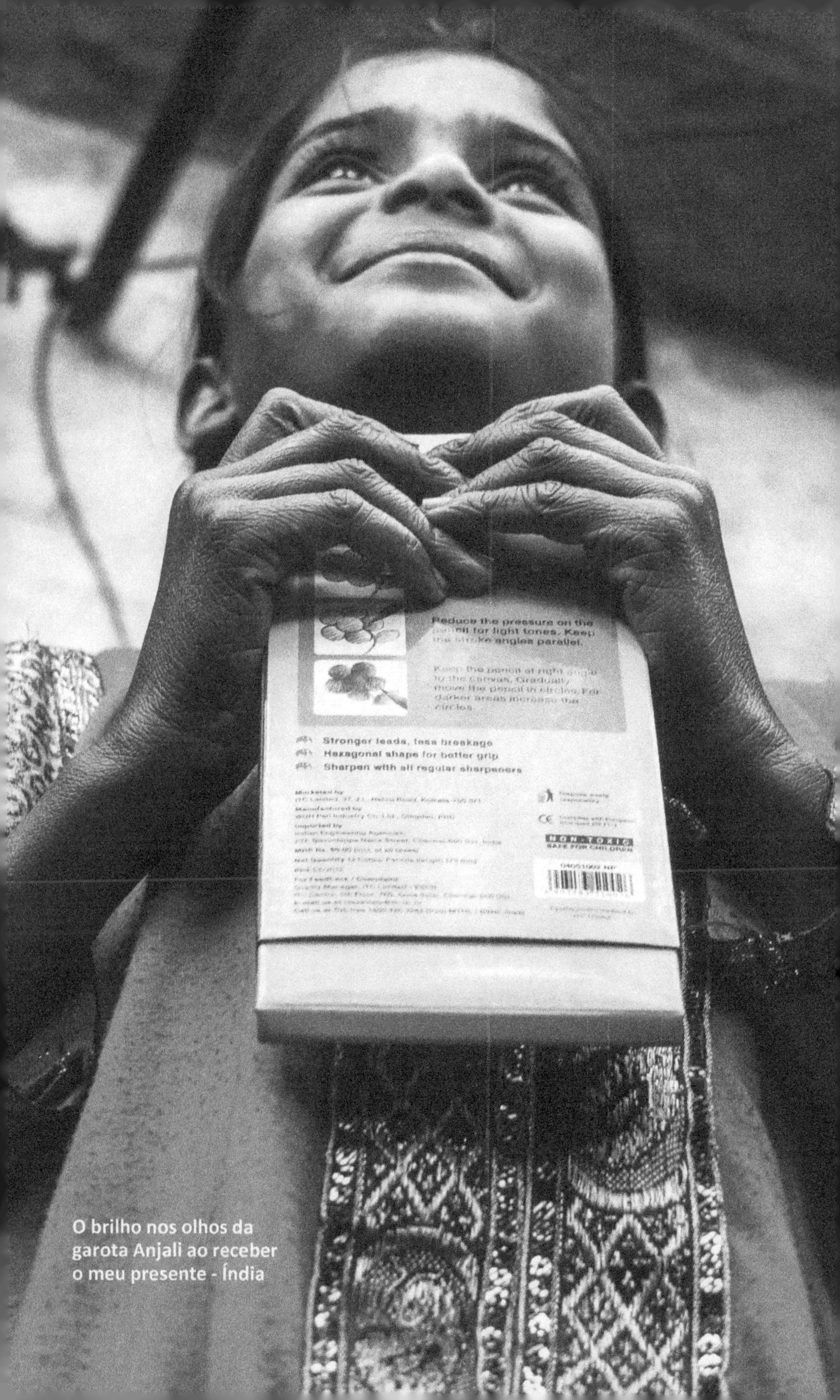

O brilho nos olhos da garota Anjali ao receber o meu presente - Índia

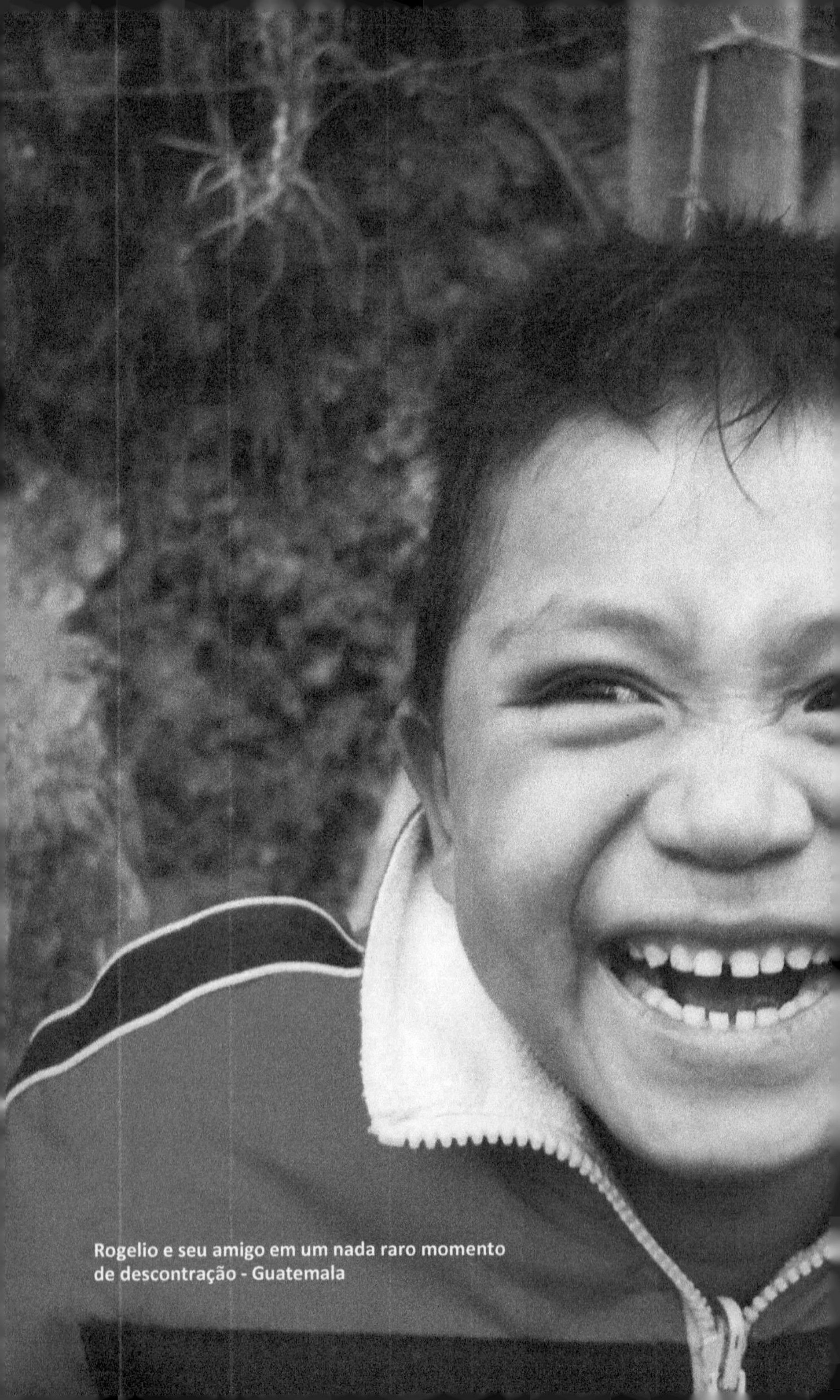

Rogelio e seu amigo em um nada raro momento
de descontração - Guatemala

Nada mais fácil que arrancar um sorriso de algumas crianças que vivem nas montanhas nepalesas

Uma cena comum às margens das trilhas no Himalaia - Nepal

O olhar vazio do menino Hunor - Hungria

Brincando com um nativo de um arquipélago caribenho - Honduras

A recepção nada convencional dos meninos da vila de Kampong Khleang - Camboja

1 HIJI ONE VAN
CHU
2 DUA TWO
3 TILU THREE
4 OPAT FOUR FOR
5 LIMA FIVE FAIN
6 GENEP SIX = SIX
7 TUJUH SEVEN = SEVEN
8 DALAPAN EIGHT EIGT
9 SALAPAN NINE NAIN
10 SAPULUH TEN = TEN

Dando aula em uma escola primária, de bermuda
e descalço - Indonésia

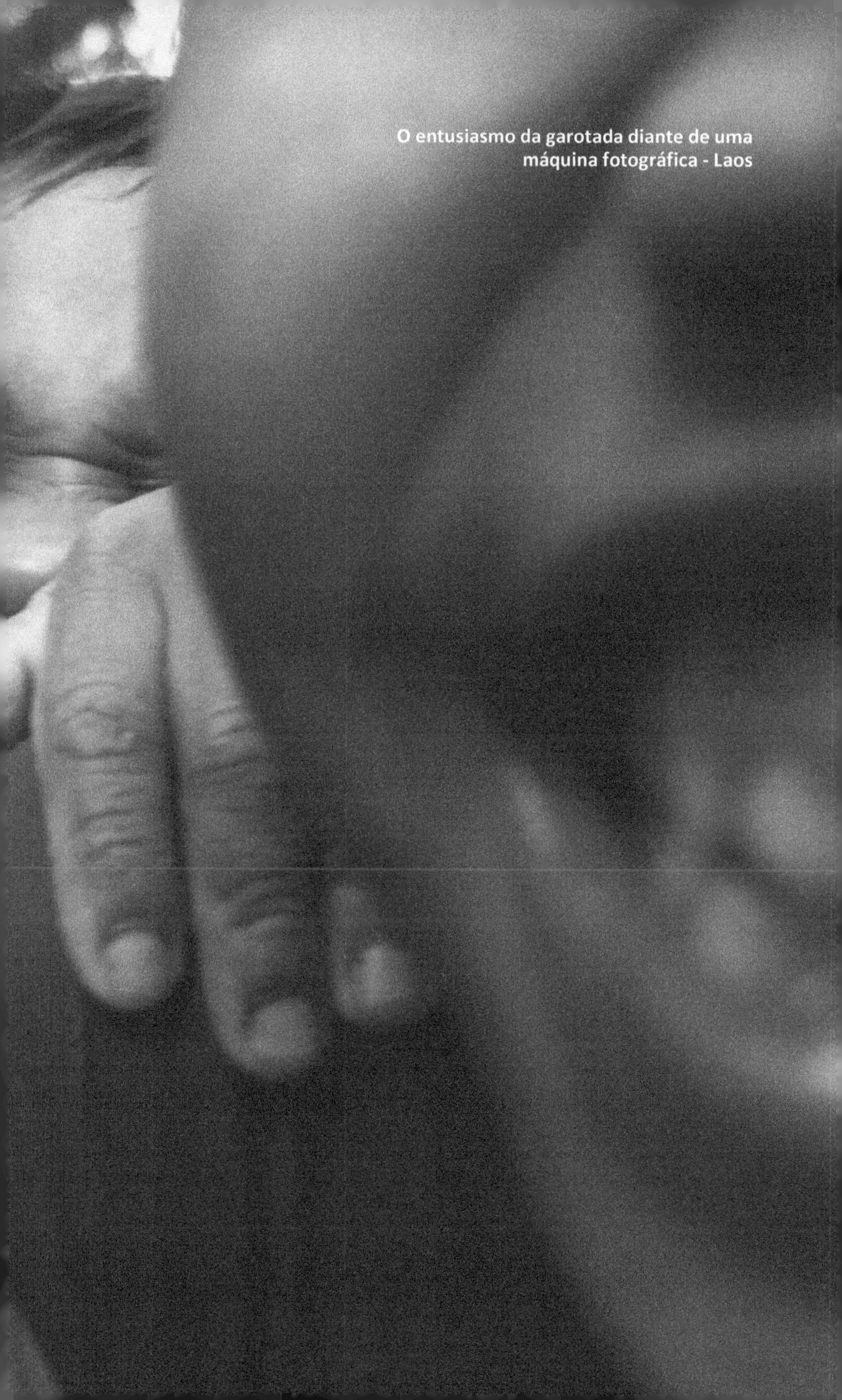

O entusiasmo da garotada diante de uma máquina fotográfica - Laos

Cenas bucólicas como essa são comuns em alguns cantos da Europa Oriental - Montenegro

Posando junto ao mestre no monastério em que me hospedei - Laos

pudesse enxergar a cama na qual tinha pagado para viajar. Contei oito pessoas sentadas nela. Uma delas, uma senhora apertada contra a janela, contorceu-se violentamente antes de vomitar no próprio colo.

Um menino se aproximou de mim com uma sacola de pano amarelada pendurada no ombro e puxou papo. Atordoado pela música dos sadhus, pelos gritos desesperados de passageiros que saíam dos vagões carregados depois de passarem mal e pelo ranger dos freios, não consegui ouvir quando me disse seu nome. E não sei se um dia vou deixar de me culpar por isso. Era no mínimo meu dever manter viva a sua memória.

– Eles estão todos indo para o Kumbh Mela – o garoto verbalizou o óbvio, enquanto me puxava rumo a uma porta que, por mais que estivesse só a alguns metros de distância, era inalcançável, tão densa era a multidão que nos separava dela.

Indianos se agarravam onde podiam. Qualquer reentrância na lateral do trem era um potencial assento. Passageiros empurravam outros passageiros pra dentro dos vagões como se amassa roupas para que caibam dentro de uma mala cheia. Jovens tomavam distância e corriam de encontro aos montes que se aglomeravam nas entradas do trem, como bolas de boliche lançadas com toda força rumo a um strike. Eu estava no meio de uma manada enfurecida que fazia de tudo para caber dentro de uma lata de sardinha. Foi nesse momento, aliás, que a analogia entre o Kumbh Mela e Serengeti me veio à cabeça.

Mantive-me praticamente imóvel, o torso ondulando conforme as trombadas que recebia. O garoto me puxou com força quando, por uma brecha, pôde chegar até um corrimão que se protuberava pra fora de uma porta. O trem já recomeçava a andar. Recusei a sua ajuda. E nunca parei de me perguntar o que teria acontecido caso eu a tivesse aceitado. Ele apoiou as pontas dos dois pés em alguns centímetros de chão, na parte da porta, agarrou o corrimão do lado de fora do vagão, e deixou o outro braço balançar conforme pulsava a multidão que se ajeitava ali dentro. Aí encolheu os ombros, ajeitou a alça da sacola no ombro e, já a alguns metros distante de mim, o trem tomando velocidade, bradou orgulhoso:

– Isso é a Índia! – ele abriu o braço com o qual não se dependurava no corrimão.

Seu rosto moreno irradiava felicidade. Desceria na próxima parada, como há pouco tinha me contado. Continuei olhando pra ele, que continuou olhando pra mim. What's Up, de Linda Perry, era tocada pelos alto-falantes da estação. Aquela era a primeira música não bollywoodiana que tocava na noite. A primeira música em inglês. A primeira que eu compreendia.

A marmita que eu tinha comprado para comer deitado no meu assento de primeira classe no trem esfriava no saco plástico em uma das minhas mãos.

Perto do fim da estação, a porta na qual se pendurava o garoto foi palco de uma ebulição. Os alto-falantes entoavam o refrão de What's Up. A voz estridente como uma corda de aço que tinha acabado de arrebentar, de Linda Perry, inundando a estação com o seu refrão: I said hey, what's going on?!

Ao que parecia, um senhor era atirado pra fora do vagão por estar passando mal. Enquanto alguns tentavam transpor a multidão dentro do trem para pô-lo pra fora, outros que não haviam conseguido embarcar tentavam o caminho contrário. No meio da confusão, a sacola do garoto que falara comigo se prendeu em alguma coisa. Não querendo desgrudar-se dela, ele sofreu um tranco forte e caiu no vão estreito entre o vagão em movimento e a plataforma. Aconteceu muito rápido, e a única imagem que ficou gravada na minha memória foi a de seu braço estendido em direção ao céu, afundando rápido numa vala da qual nunca mais sairia.

Eu provavelmente fui o único a notar o ocorrido. Seu urro assustado, apesar de alto, foi de súbito mutilado. Além do mais, não era páreo para os cantos enérgicos das rodas de sadhus que dançavam e fumavam maconha, nem para o refrão catártico saído dos alto-falantes: I said hey... What's going on?!. Ao meu redor, nada mudara. Todos continuavam arriscando a vida para tentar embarcar no trem irrefreável que rumava para o maior encontro religioso do mundo.

•••

Um milhão de mortes são uma estatística; uma morte é uma tragédia. Joseph Stalin um dia disse isso.

Eu tinha lido que o Kumbh Mela era perigoso e que pessoas haviam morrido lá nos últimos anos. Mas foi só depois de ver a merda acontecer que eu caí na real.

Peguei o primeiro trem para Dehli e, de lá, o primeiro voo para Kathmandu, a capital do vizinho Nepal.

Saí da Índia mais leve. Emagreci alguns quilos por ter mergulhado num vegetarianismo forçado. Minha bagagem também encolheu.

Quando pediam, doava todos os lápis e canetas que tinha; quando pediam, doava camisetas e meias; quando pediam, doava comida e doces. Quando minha mochila estava vazia, pediam-me para doar a mochila. Eu senti na pele o que significa "dar a mão e pedirem o braço".

Saí da Índia mais pesado. Com dor de barriga por mais uma de tantas indigestões, com dor de cabeça pelo diálogo ininterrupto das buzinas, com dor na consciência pela realidade afiada que penetrou os meus olhos virgens.

Descrente – sem saber exatamente em quê –, cheguei ao Nepal precisando descansar. A primeira coisa que fiz foi partir para um trekking[19] de onze dias pela Cordilheira do Himalaia.

•••

Eu tinha uma escultura em miniatura de um dragão oriental cinza e de olhos vermelhos. Ela me traria boas energias, mas para isso tinha de ficar no canto leste do meu quarto, e não podia ser movida. Era o que dizia o manual de instruções que a loja esotérica mandara com o dragão. Eu me apegava a instruções. Louiz, não: a primeira coisa que fazia, sempre que chegava à minha casa, era pegar o artefato para fazer malabares, na minha frente, só de sacanagem.

Um ímpeto transgressivo permeava quase todas as suas ações. Não que ele fosse um vândalo desvairado, longe disso. Só precisava manter-se quebrando, pouco a pouco, as normas que lhe eram ditadas, por menores que fossem. Como as instruções da minha escultura de dragão, por exemplo. Era como se ele não se sentisse vivo o suficiente quando estivesse envolto por regras.

Na casa dele, acordava-me às vezes às três da manhã, com alguns cutucões e aquele sorriso gigantesco que não arrefecia mesmo depois de uma noite maldormida. Roubava algumas cervejas da geladeira do pai, fazia um pacote de pipoca e levava tudo para o telhado, onde sentávamos e ficávamos conversando madrugada adentro, sobre o "Projeto Volta ao Mundo" que se aproximava. Não importava se o roteiro que discutíamos não fizesse nenhum sentido geográfico; ou se

19. Nome que os gringos dão a caminhadas de aventura na natureza. Substitua-o por "rolê" e obtenha o mesmo efeito.

fizesse frio ali, a céu aberto; ou se alguém porventura nos descobrisse no telhado. O que importava é que estávamos despertos, quando era para estarmos dormindo.

Uma vez, chegou a me fazer beber vodca às seis da manhã, antes de sairmos de casa, para que víssemos se era mais fácil aguentar as aulas quando bêbados. Tínhamos treze anos. E não gostávamos de vodca. O essencial era que a escola – mais um de tantos arcabouços de normas – tomasse uma chacoalhada metafórica. A transgressão era mais que o combustível dele. Era sua direção.

Começara cedo demais a rebeldia de Louiz. Talvez por isso fosse cansar rápido de lutar com as correntes sociais que o perseguiam. Talvez por isso fosse sucumbir logo ao tempo.

Eu nem sorri quando avistei a primeira cerca de arame farpado. Meus músculos zigomáticos, inchados pela exaustão, tinham se esquecido de sua função. Só acelerei a passada, pulei por cima dela e continuei, quase trotando, até topar com a próxima. O sol já estava alto, e não fazia mais nem um pouco de frio.

Comecei a notar trilhas ziguezagueando pelos cumes dos morros, mas me mantive no mesmo rumo. Talvez fossem só caminhos de animais selvagens. Talvez fossem só produto de alguma alucinação. Pulei mais algumas cercas, cruzei um ou outro caminho aberto em meio ao capim, ouvi o primeiro mugido e então enxerguei meia dúzia de vacas.

Eu tinha feito muitas trilhas durante minha viagem, e eu sabia identificar e me orientar através de sinais que indicavam a presença humana. Acontece que eu me acostumara a fugir deles, em busca de isolamento, e agora eu fazia exatamente o contrário.

Minha caminhada tinha sido acelerada por uma esperança ainda contida, e eu só comecei a trotar de verdade quando vi uma estradinha de terra a menos de um quilômetro adiante. Pulei mais uma cerca de arame e, pelo meio da estrada, onde não existia a possibilidade de eu não ser visto por algum passante, diminuí o ritmo e continuei a caminhar.

Trotar havia sido um erro, eu logo percebi. Além das pernas, a cabeça também passara a pesar, e a estrada se bifurcava, à frente, em variantes desfocadas de si mesma. Eu pendulava, acometido por uma tontura impiedosa que anuviava quase todos os meus pensamentos, exceto a certeza de que, naquela estrada, era uma questão de tempo até que eu arranjasse um jeito de voltar para a cidade.

A comunicação entre meu organismo ressecado e minha mente ressentida começava a falhar. Uma perna tropeçava na outra, alguns músculos da coxa se contraíam sem ser requisitados, e meu tórax tremia involuntariamente. Minha respiração havia se tornado tão profunda e ríspida que era como se eu estivesse sempre prestes a afundar em um longo mergulho. E era justamente isso que eu precisava evitar. Toda a minha energia restante se focava em me manter desperto e lúcido até que alguma forma de ajuda aparecesse.

7. NEPAL >

Congelando o assombro na Cordilheira do Himalaia

Conheci uma garota de dez anos num campo de refugiados tibetanos, um dia antes de começar o meu trekking. Influenciado pela simpatia dela, escolhi uma rota que percorria montanhas no norte do Nepal por um caminho sempre próximo à fronteira com o Tibete.

A língua falada na área era o tibetano, o calendário usado era o tibetano, os costumes e roupas eram tibetanos, e mesmo assim o Tibete, sempre a no máximo algumas dezenas de quilômetros, estava a uma distância insuperável para mim.

– Desde 1959, ninguém pode entrar ou sair do Tibete – Tenzin Woesar, a garota do campo de refugiados, contara-me. – Se a China pega alguém tentando fugir... põe na cadeira elétrica.

– E se pega alguém tentando entrar? – perguntei por pura curiosidade, já que não tinha a mínima intenção de me arriscar.

– Nunca conheci alguém que tivesse tentado.

As vestes lá eram coloridas, mas os tons supersaturados da Índia davam lugar a uma paleta terrosa na qual abundavam o cor de vinho, o verde-musgo e o marrom. Eu ouvi certa vez que o Nepal era "a Índia a 10%", e a definição me pareceu adequada. Havia muitas semelhanças entre os vizinhos, mas a nação caçula, além de menor, era menos caótica, menos populacionalmente variada, menos rica, menos barulhenta, menos poluída e menos geograficamente diversa. Era menos "demais". Era um alívio.

As mulheres tibetanas tinham cabelos longuíssimos – a maioria nunca o cortava! – geralmente enrolados em tranças infinitas. Os brincos dourados, grandes, quadrados, com pedras brilhantes nos vértices, tinham um barbante vermelho que dava a volta na orelha. Os homens usavam largos mantos de lã, pequenos chapéus cilíndricos e facões enfiados no cinto de pano.

Custei a me acostumar a andar uma média de pouco mais de dez quilômetros por dia, sempre subindo ou descendo montanhas. Os trechos planos de trilha não duravam mais do que alguns minutos. Custei também a me acostumar às crianças que, no fim de uma manhã exaustiva, recebiam-me em suas vilas com um par de mãos juntas na altura do peito e um eufórico Namastê!. Eu sempre reagia com surpresa e tentava devolver uma resposta entusiasmada.

Entre os adultos, contudo, havia uma suspeita para com estranhos. O povo de Tamang, a região fronteiriça pela qual eu caminhei, não era muito chegado a fotos. A indiferença com que os mais velhos lidavam com a presença de visitantes se transformava em negação quando eu manifestava a vontade de fotografá-los. O meu palpite era o de que isso tinha a ver com a herança budista, que pregava o respeito como um de seus principais fundamentos. Eles me respeitavam e esperavam o mesmo em troca. Mas por que, então, a receptividade era tão mais acalorada em outras regiões do mundo com a mesma maioria religiosa? O meu palpite era o de que, somada à herança budista, havia de se considerar a herança tibetana. Numa região onde a interação com estrangeiros vinha sendo conflituosa e violenta havia mais de meio século, era compreensível que tenha sido incorporada a noção de que a melhor maneira de interagir com "forasteiros" era justamente a não interação.

Tão fascinantes quanto as montanhas que compunham o cenário eram os olhares impressionantes que eu recebia a toda hora. Entre o respeito e o descaso, o orgulho e a indiferença, a mais pura das inocências e a mais anciã das sabedorias, expressavam a esperança arrefecida de um povo que vivia em comunidades à beira de desfiladeiros, com a ameaça constante de que a sua cultura despencasse morro abaixo. Tinha tanto poder e tanta presença aquele olhar, que ganhou de mim um nome. Passei a pensá-lo como o "olhar tibetano".

– Eu não tenho mais esperança – Tenzin Woesar assumira com um tom morno na voz, sentada em uma das velhas cadeiras de madeira do centro de refugiados em Kathmandu. Sua amiga, ao lado, assentia com a cabeça. – Ainda mais com a China ficando cada vez mais poderosa. Você sabia que noventa e seis irmãos já botaram fogo no próprio corpo, lá no Tibete? – ela apontara para um pôster na parede da sala onde os retratos dos quase cem mártires que já se autoimolaram encorajavam seus "irmãos" a manter a causa tibetana tão acesa quanto as chamas que lhes consumiram os corpos.

Os olhos de Tenzin, porém, nos cumes de um par de bochechas montanhosas tipicamente tibetanas, reluziam brilhos tímidos, mas impossíveis de ignorar. Como faíscas das brasas de uma fogueira que teimava em não se apagar por completo, ganhavam vida quando ela contava as histórias mágicas que ouvira da avó, que fugira da sua terra natal havia algumas décadas.

– Uma vez um lama meditou por anos – ela se esforçava para usar as mesmas palavras da história original – até que não conseguia mais descruzar as pernas. Quando os chineses chegaram atacando o lugar onde ele estava, adivinha o que aconteceu.

– O que é um lama? – eu adiei o clímax, para a sua frustração.

– Um mestre budista! – ela respondeu rápido e ficou esperando pelo meu palpite.

– Não sei. Conta!

– Ele simplesmente... sumiu.

Incapaz de decidir se acreditava ou não na história, contentei-me em assumir que, na receita que gerava os olhares enigmáticos dos tibetanos, havia uma pitada de misticismo.

No fim de uma ascensão íngreme e que dava a impressão de nunca ter fim, lá pelo terceiro dia de caminhada, cheguei a um vilarejo onde águas termais faziam a alegria do pequeno povoado. Os resorts de águas quentes do Brasil, luxuosos, mas tão charmosos quanto um ensaio nu do Vampeta para a G Magazine, tinham distorcido a minha percepção. Foi nesse lugar que, pela primeira vez, notei o valor real de uma nascente de águas termais.

Três piscinas eram alimentadas pela fonte. A da esquerda era cheia de adultos; a do meio, de crianças; e a da direita, de mulheres lavando roupas. Pulei na do meio.

A água fervente arrombava os meus poros e compensava os três dias anteriores que eu passara sem banho. Vinte e uma (sim, eu contei) crianças me rodeavam. Corriam para longe e voltavam com saquinhos plásticos cheios de neve. Usavam-nos como munição e guerreavam num sistema todos-contra-todos em que ninguém saía perdendo. Não eram nem suspicazes nem preocupados quanto à minha presença. Eram completamente indiferentes. Todos pelados, gargalhavam sem parar enquanto a água que movimentavam respingava em mim e cravejava a minha pele de um tesão incontido pela novidade.

Sobre nós balançavam várias cordas decoradas de ponta a ponta com bandeiras de reza budistas. As bandeiras coloridas se esfarrapavam com o vento, que, em teoria, levaria consigo as preces nelas impressas. Mesmo gelado, ele falhava em me infligir qualquer frio. Talvez como recompensa por eu não o encher ainda mais de trabalho: naqueles instantes de plenitude eu não tinha nada a pedir.

•••

Algumas horas descendo uma encosta íngreme me levaram à vila de Thuman. Tendo que controlar a minha velocidade a todo momento para não sair rolando morro abaixo, fiquei com as coxas mais queimadas que os freios do Rubinho na época em que ele deixava o

Schumacher passar. Do alto, achei lindo o mosaico azul e preto que as telhas mescladas das casas formavam, mas logo mais ficaria sabendo que a excentricidade não era proposital – e muito menos linda, na visão dos moradores.

Thuman parecia ter andares. A encosta na qual a vila se espraiava era tão íngreme que as casas tinham de se alinhar em diversos níveis. Era também curva como a parte interna de um funil, o que fazia o som reverberar de um modo que, de qualquer lugar, meus ouvidos despertavam para tudo o que acontecia à minha volta: a senhora de longas tranças que sacolejava dentro de um cesto no qual moía grãos; o homem que moldava com palha mais cestos para o mesmo fim; o velhinho corcunda que varria com uma vassoura de mão a entrada do monastério; o casal de irmãos que voltava da mata com quilos de lenha amarrados às costas; a mulher que levava para a vizinha uma xícara de chá fumegante e a criança que parava de lavar pratos na beira do córrego pra espantar uma vaca teimosa que se metia onde não devia.

Em meio àquela orquestra, fui fisgado pelos meus instrumentos favoritos e me dirigi a eles. O pátio de uma escola era de onde emanava o som irresistível de risadas de crianças. Depois das férias, o primeiro dia de aula era do lado de fora das salas, com todos os alunos misturados, sentados na grama.

– Normalmente, nós temos só cinco professores para oito classes. E agora, no começo das aulas, enquanto alguns ainda não chegaram, são só dois. O jeito é juntar todo mundo aqui no pátio – o diretor me contou.

A garotada não parecia ligar. No intervalo, todos brincavam de Laaku Dhal, um jogo parecido com a nossa "queimada", no qual só é preciso que se tenha uma bola e dois times. A deles, aliás, murchara até que sua forma ficasse irreconhecível.

– Pelo menos assim é difícil de a gente isolá-la montanha abaixo – Yanjom, uma aluna de doze anos, apresentou-me ao lado cheio do copo.

Quando lhe perguntei o motivo por trás da composição em azul e preto que se formava nos telhados da vila, ela deixou escapar um riso curto e debochado. Achou graça da beleza que eu vira naquilo. Fora a minha vez de ver o lado cheio do copo. Meio a contragosto, sem se virar completamente para mim, e me olhando com as pálpebras levemente contraídas, respondeu:

– O azul é das telhas de alumínio. O preto é das pedras. Quem sabe um dia, quando a gente tiver bastante dinheiro, os telhados sejam completamente azuis.

– E um dia, quando você tiver muito dinheiro – perguntei –, vai morar aqui em Thuman?

– Quero morar na cidade grande – ela demorou a superar o silêncio. – Vou ser pilota de avião – as pálpebras desceram ainda mais um pouquinho, até o limite superior das pupilas, como cortinas protegendo as janelas atrás de si. As sobrancelhas ondularam-se quase imperceptivelmente em direção ao centro da testa, e lá estava ele: o "olhar tibetano".

– É esse o seu sonho, Yanjom? – eu perguntei e ela assentiu devagar com a cabeça. – Pilotar aviões? – busquei uma confirmação que veio na forma de um único e curto mergulho do queixo em direção ao peito. – E por quê?

– Pra conhecer lugares interessantes – o laconismo dela era persistente. Como uma tartaruga, quanto mais era cutucada, mais ela se retraía pra dentro da casca.

– E pra você, o que faz um lugar ser interessante?

– Ter facilidades. Não ser remoto – dessa vez ela foi assertiva e definitiva como um ponto final.

Os cadernos das crianças, dentro das classes, ficavam pendurados em cordões transversais com cada ponta pendurada em um canto das paredes, de modo que todos pudessem vê-los e usá-los ao mesmo tempo. Ao fim do dia letivo, todas voltavam para seus lares por uma trilha rústica que se estendia por minutos para alguns, e por horas para outros. Na frente de suas casas, enlaçavam as pernas e brincavam de elástico, ao lado das mães que, sentadas em roda, giravam repetitivamente peões enrolados nos fios que pretendiam reforçar antes de começarem a bordar os chapéus cilíndricos e baixos com motivos florais que adornavam as cabeças de todas as mulheres crescidas. Emoldurando a cena, lá estavam os motivos florais mais uma vez. Entalhados em uma madeira escura, decoravam as paredes das sacadas das casas, numa tradição tibetana que, na definição pouco prolixa de Yanjom, "serve pra trazer boa sorte".

Cada passo que eu dava em Thuman era lento o suficiente para que eu girasse a cabeça em cento e oitenta graus e absorvesse tudo o que se passava em volta. Curtas distâncias me tomavam longos minutos. Encantado com um mundo que até então me fora inédito, ponderava sobre o isolamento que permitira o desenvolvimento e a manutenção da cultura tibetana numa terra espremida, por mais que grande (o Tibete é mais ou menos do tamanho da Turquia!), entre dois gigantes (a Índia e a China) e um nanico (o Nepal). Isso que, politicamente falando, eu nem estava dentro do Tibete propriamente dito.

Tênue e frágil como a tensão superficial da água era a linha entre a metade cheia e a metade vazia do copo. Fazia-me recordar a reclamação que eu ouvira recentemente de um viajante. Que o governo nepalês estaria "estragando" algumas trilhas ao construir estradas entre vilas isoladas nas montanhas. Talvez não fosse isso o que pensasse Yanjom caso vivesse em uma dessas vilas beneficiadas, quero dizer, "estragadas" pelas estradas. Certamente não era o que pensava o jovem fazendeiro que eu havia encontrado mais cedo, carregando um botijão de gás sobre a cabeça e dois amarrados às costas, montanha acima, numa jornada de doze horas a partir do mercado mais próximo, para que a sua casa pudesse ter água quente durante o auge do inverno.

Escorrendo da testa, as gotas de suor do menino passeavam pelas suas sobrancelhas onduladas como se descendo tobogãs. O "olhar tibetano" que ele me apontava, cada vez mais familiar, eu começava a perceber que já conhecia de algum lugar, por mais que não conseguisse me lembrar de onde.

•••

Quando eu estava rodeado de montanhas, a luz do dia ia embora cedo. Não é que o sol já havia se posto, mas, tendo se movido de modo a fazer com que uma cadeia se interpusesse entre mim e ele, não mais me iluminava diretamente. O longo crepúsculo que se estendia pelo resto da tarde era resultado da luz refletida pelas enormes montanhas à minha frente.

Eu conseguia supor a altura do sol pela sombra que a montanha na qual eu estava projetava nas montanhas adiante. Quanto mais a sombra se elevava – mais o sol descia lá atrás –, mais vibrante era a luz que a montanha diante de mim refletia. Quanto menor a área iluminada, maior o esplendor da cor. A encosta nevada passava do branco para o salmão, para o rosa, para o carmesim, até que, quando só o cume se mantinha tocado pela luz, era como se fosse a ponta de uma vela acesa por Deus. No mais vermelho dos vermelhos, era a cereja do bolo, era a manga que Hanuman – o deus-macaco do hinduísmo – perseguia: era como se fosse o próprio sol.

O meu trekking culminava com um pico que eu pretendia escalar após uma noite cujos trinta graus negativos me serviram de preparação.

Eu seria impreciso se dissesse que senti como se estivesse dormindo dentro de uma geladeira. Foi muito pior. Nem mesmo freezers chegam a essa temperatura (geralmente atingem no máximo menos vinte e cinco).

A vila onde eu dormi já era mais alta do que o maior pico do Brasil, o da Neblina, que não chega aos três quilômetros de altura. A partir dela, algumas horas de escalaminhada me levariam ao cume que, do alto dos seus quatro mil e setecentos metros, parecia cutucar um céu sem nuvens e de um azul tão escuro quanto o do logotipo do Facebook.

O sol era tão forte e a branquidão dos morros nevados tão onipresente que, se eu tirasse os óculos escuros, era como se alguém pressionasse uma folha sulfite amassada contra o meu rosto. Nos meus calcanhares, bolhas cresceram e viraram cortes do tamanho de bocas, que sorriam até para as laterais dos pés quando a traseira áspera dos meus tênis fazia--lhes cócegas. Babando sangue, usavam como guardanapos as minhas últimas meias secas.

Exausto pelo esforço, eu parava para retomar o fôlego por alguns segundos e, num sprint, tentava emendar uma meia dúzia de passadas, mas meu impulso era engolido pelas mesmas mandíbulas que devoravam o oxigênio no ar. Bandeiras de reza rubras chacoalhavam envoltas em um mastro, lá no alto da montanha, assertivas como cartões vermelhos e irresistíveis como convites de festa: desde sempre eu tive essa relação dicotômica com montanhas. É preciso respeitá-las, mas, quando se conquista um cume, é como se a própria montanha passasse a te respeitar.

Cada passo na neve fofa exigia um esforço equivalente a cinco na encosta barrosa; cada passo na encosta barrosa equivalia a cinco no pé da montanha; e cada passo no pé da montanha correspondia a cinco no nível do mar. Alcancei o topo não mais sentindo os dedos dos pés, e sentindo cada coxa como se fosse uma chapa quente, rígida e fervente.

O pico era alto, mas batia na cintura da cadeia que o circundava. Visto do alto, o vale que acolhia a vila, lá embaixo, era tão profundo e estreito que parecia que Deus tinha passado uma faca nos morros em volta. Senti como se estivesse num altar no meio de um estádio de futebol com um fosso gigante e as arquibancadas lotadas – de gigantes de neve que torciam imóveis e quietos, exercendo uma pressão maior do que a que faz qualquer torcida, por mais eufórica que seja.

Tentei gritar, mas os meus pulmões encolhidos ao tamanho de ovos de codorna emitiram no máximo um grunhido que logo desabou no precipício que era o ar rarefeito. Tentei chorar, mas cada lágrima recém--brotada congelava em uma estalactite minúscula e se quebrava quando eu piscava os olhos para ter certeza de que não estava sonhando.

Ajoelhei-me no emaranhado de bandeiras de reza budistas e, num dos cordões que as sustentavam, amarrei uma fitinha do Senhor do Bonfim. Os três nós foram preguiçosos, na esperança de que cedessem logo (eu sempre usava essa técnica quando criança). Eu pedi para que meu tesão se mantivesse incandescente até o fim da viagem; para que um dia eu tivesse o velho Louiz de volta; e para que uma perereca aparecesse logo pra fazer companhia ao meu pinto solitário. Talvez meus nós devessem ter sido ainda mais desleixados. Só o último pedido viria a se realizar.

De cima daquele pedaço de terra rugoso e esbranquiçado, esforcei-me para mastigar com a retina cada detalhe da paisagem ao redor. Eu tinha certeza de que nunca antes tinha visto uma porção tão grande do planeta de uma vez só. De um lado, ao longe, eu via o começo da China. Do outro, acompanhando o declive do vale que eu vinha subindo havia dias, uma extensão enorme do Nepal. Meu fascínio com a escalada tinha que ter a ver com o simbolismo intrínseco a ela: um cume nada mais é do que o único ponto do qual se vê todos os lados de uma montanha.

O silêncio que refletia a ausência de qualquer forma de vida, lá em cima, era revelador. Talvez o primeiro silêncio de verdade que eu jamais escutara. Porque o som é variável, móvel, quantificável. Já o silêncio é imensurável. Quando existe, é ubíquo. Quando não é ubíquo, não é silêncio.

Eu teria ficado rodopiando o olhar por horas, não fosse a crueldade do frio. Num último esforço, contraí a testa e cerrei a vista sutilmente, como que tentando dar uma mordida final na magnificência daquele cenário. Inconscientemente, imitava assim o olhar que tanto tinham me dirigido os jovens que encontrei naqueles onze dias de caminhada. O olhar que só eles, e adulto nenhum, souberam exprimir. Realizado, ainda que faminto; desconfortável, ainda que pleno; eu olhava ao redor com aquele olhar familiar, mesmo que eu não tivesse ideia de onde o tinha conhecido: o "olhar tibetano".

•••

Antes de começar o trekking, eu não poderia ter sido recebido de um jeito melhor no Nepal. No primeiro ônibus que peguei, assim que cheguei à capital Kathmandu, dois garotos com os quais eu tinha trocado algumas palavras chegaram a discutir pra ver quem pagaria o bilhete pra mim. O mais novo, Dinesh, acabou ganhando e me levando pra conhecer a estupa para a qual eu estava indo.

Com a forma da metade superior de uma bola, era imaculadamente branca a não ser pela agulha dourada que se projetava do seu topo. Na base dela, um par de enormes olhos da sabedoria budista sobre um nariz desnecessariamente desenhado em forma de ponto de interrogação (o olhar já era suficientemente enigmático) observava os fiéis que circundavam a estupa em seus rituais diários, lá embaixo.

– Sempre no sentido horário – Dinesh girou meus ombros e me fez adentrar o fluxo de pessoas na direção certa. – É a tradição.

No mesmo sentido, giravam as rodas de reza fixadas verticalmente numa estrutura circular que dava a volta no templo: cilindros de ferro com um mantra escrito na superfície, podendo ser lido conforme a estrutura girava. Cada uma, impulsionada pelos braços esticados ao lado do corpo dos que por elas passavam, nunca parava de rodar, assim como nunca parava o movimento humano no entorno.

Depois de algumas voltas, contei para ele que estava de partida para um trekking nas montanhas. Ele contou que das montanhas vinham os amigos que formavam a sua banda, chamada "Coração Jovem". Convidou-me para almoçar na sua casa, e, dando ouvidos à coincidência expressa no nome do grupo, é claro que eu aceitei. Não vou negar que também pesou o fato de que a mãe dele tinha cozinhado momos, deliciosas trouxinhas nepalesas recheadas com carne de búfalo.

– Você vai adorar – ele garantiu.

– O almoço ou o trekking? – eu perguntei.

– Os dois. Mas eu estava falando das montanhas. Só tente não se impressionar demais. Por mais que o Nepal tenha partes lindas, ele também tem partes podres.

– Dê exemplos.

– De partes lindas ou podres? – ele esperou para ver se minha risada corresponderia às suas expectativas e, decepcionado, continuou. – Ok. Lindas: a paisagem é fantástica. Você vai ver. Montanhas para todos os lados. O Nepal é o país com a maior altitude média do mundo, até que o Tibete se torne independente. E cachoeiras também. Nosso país é o segundo com mais recursos hídricos no mundo, só atrás do seu! – ao longo da minha estadia, eu perceberia que todo nepalês decora esse dado na escola, e alguns outros fatos sobre o país, como a altura exata do Everest (8.848 metros). Para eles, o Brasil não é só o país do futebol, mas também das águas.

– E partes podres?

– A corrupção. São tantos subornos e desvios de dinheiro que você nem imagina. E pra conseguir um trabalho sem ter algum familiar ou amigo de amigo que te ponha pra dentro da empresa, não tem jeito. E os preços não param de subir. Eles funcionam como uma máquina centrífuga jogando os mais pobres pra periferia – a essa altura eu já estava quase o interrompendo pra falar que, nesse quesito, talvez o Nepal também fosse o segundo no mundo. – E na periferia, a estrutura e a educação e tudo o mais são muito piores, o que acaba com as chances de quem mora nela: a única saída é ter um amigo de um amigo que te arranje um trabalho, ou apelar pra corrupção ou pro crime.

Nós já havíamos deixado a estupa, mas o desabafo dele fez com que eu continuasse visualizando as rodas de reza, girando sempre na mesma direção.

Dinesh falou ainda sobre a tensão que tal situação gerava em cada indivíduo. Ele era um exemplo vivo. Até pouco tempo, fazia parte de uma gangue de vândalos e usava uma droga injetável que nem soube traduzir.

– Eu era egoísta. Mas todo mundo aqui, que não para pra pensar no que está fazendo, acaba sendo. Em Kathmandu tem muita gente que é injusta, mas por questão de sobrevivência, porque o sistema no qual elas vivem também não é nada justo.

A imagem das rodas de reza, girando na minha cabeça, distanciou-se. Movimentando-as, uma corrente de pessoas andando de olhos fechados, todas na mesma direção, também continuava girando.

Quando voltei das montanhas, reencontrei Dinesh. Ele e sua mãe fizeram questão de que eu retornasse para experimentar o gundruk, um preparado de espinafre, nozes e grãos que seca no sol por uma semana antes de ficar pronto.

Conversamos ainda mais. Dinesh me contou sonhar em viajar pelo mundo e conhecer as sociedades que o habitavam. As pessoas que nelas habitavam. Falou da curiosidade em saber se havia, mais do que na sua terra natal, pessoas "boas" lá fora.

– O que fez você passar de um vândalo drogado a um cara que recebe um gringo que acabou de conhecer em casa como se fosse da família? – foi a minha vez de expressar curiosidade em saber o que faz uma pessoa ser adjetivada como "boa".

– Eu não sei direito. Eu vi que estava distante da minha mãe e fazendo ela triste. Eu vi que as coisas aconteciam comigo uma atrás da outra, sem que eu tivesse controle sobre elas. E vi que era a minha obrigação, como budista, acumular um bom Karma, fazendo boas ações... Acho que foi mais autoconsciência do que qualquer outra coisa.

Chama-se dharma, segundo o budismo, o ciclo que rege o universo. No hinduísmo, é samsara o nome da sucessão de encarnações e reencarnações pelas quais passa uma alma. Em ambas as religiões, o principal objetivo do fiel é a liberação dessa roda de eventos à qual se dá o nome que se bem entender. A qual se entende com o grau de literalidade que se bem entender. A meu ver, não havia muita diferença entre a angústia gerada pelo samsara, expressada pelos textos sagrados hinduístas, e o desabafo de Dinesh sobre a progressão da corrupção no seu país.

Continuando, ele me confessou crer que achava que não encontraria, pelo mundo, o tipo de pessoa que estava procurando. A melancolia desesperançosa da sua voz conjurava a ideia de que os ciclos viciosos eram invencíveis. Queria viajar em busca de brechas pelas quais pudesse alterá-los, por mais que achasse que não fosse conseguir. Mas Dinesh não percebia que já vinha conseguindo.

•••

Por mais que quase todo povoado perto da fronteira nepali-tibetana, por onde eu fiz meu trekking, fosse budista, o país ainda tinha uma maioria esmagadora de hindus. Foi só quando voei para a Tailândia, portanto, que me livrei de vez do estigma que o hinduísmo me proporcionara. A princípio não era o budismo, contudo, a minha maior motivação no sudeste asiático. Por mais que eu fosse ser abraçado por ele em seguida, eram praias desertas e idílicas que eu buscava assim que pousei na Tailândia. Acontece que, assim que cheguei, já fui informado de que elas tinham ficado de herança para os cartões-postais.

Como criança que pega um palito de picolé premiado, mas na hora de buscar o brinde descobre que a promoção já terminou, não aceitei a afronta. Eu estava determinado a bater de frente com a noção de que as grandes ilhas tailandesas tinham sido consumidas pelo turismo de massa e o desenvolvimento descontrolado. Em Ko Chang, a segunda maior delas, peguei um caiaque, subestimei a escala do meu mapa e remei em direção à costa sul inabitada.

Subestimei também a qualidade do caiaque. Tendo pagado doze euros pelo aluguel de um dia (a Tailândia também deixara os preços baixos no passado), tinha certeza de que nenhum problema me aconteceria. De que não haveria nenhum furo na sua carcaça. De que não entraria água que o faria afundar aos poucos, de modo que eu só percebesse quando já fosse tarde demais.

Até que eu avistasse a baía na qual eu tinha desenhado um X no meu mapa, foram quatro horas e meia remando contra o vento, a corrente e o sol. Mais algumas horas deitado de bruços na areia e eu estaria igualmente tostado dos dois lados do corpo.

A praia era estreita e uma densa plantação de coqueiros lhe servia de topete. Havia um estuário no canto leste, algumas pedras no canto oeste e, entre eles, ninguém. Era aquela a Tailândia da qual eu tinha ido atrás.

Estacionei o caiaque em algumas pedras que se salientavam na maré baixa e dali mesmo dei uma ponta no mar, com o ímpeto do dedo de um aniversariante mergulhando para roubar creme da cobertura do seu bolo. A temperatura no ar e na água era a mesma.

Mergulhando com o meu snorkel, eu tentava me infiltrar em cardumes de peixe e nadar junto a eles. Alguns cardumes logo me evitavam, mantendo sempre alguns metros de distância que, por mais decepcionantes, ainda permitiam que eu os observasse. Outros mal notavam a minha presença e praticamente envolviam o meu corpo de tão numerosos que eram, seus azuis fosforescentes e amarelos dourados refletindo a luz do sol em incontáveis direções e dando origem a ouriços de luz. Eu boiava, imóvel. Sempre tinha pensado que só passaria horas parado, deitado e respirando por um tubo quando fosse velho. Mas não. Aquela era a Tailândia da qual eu tinha ido atrás.

Só que, enquanto almoçava dois pacotes de amendoim que havia levado comigo, notei bolhas se materializando na traseira do meu caiaque. Ele tinha um furo quase invisível que havia deixado entrar água suficiente para encher um terço do seu espaço interno. Vasculhei minha mochila em busca de chicletes, fita crepe ou qualquer coisa que chegasse perto de ser impermeável, mas só achei livros, dinheiro, documentos, meu celular e minha câmera: os materiais mais permeáveis do universo.

Tentei improvisar um remendo com folhas amarradas com raízes, mas só perdi tempo. Assim que coloquei o caiaque no mar de novo, a água começou a entrar como a areia que escorre pelo furo de uma ampulheta. O jeito era remar com pressa.

A traseira logo inundou, colocando em banho-maria todos os meus pertences. Joguei a mochila no meu colo e passei a remar em uma posição desconfortável, porém mais desconfortável que isso seria ter de tirar um passaporte novo (ficar sem ter o que ler, então, ainda pior).

Quando metade do caiaque estava debaixo d'água, parei numa reentrância da costa rochosa, joguei a embarcação pra cima das pedras e a virei. A carcaça plástica cuspiu a água num filete fino e interminável. Era como se eu virasse a ampulheta e recomeçasse a contagem regressiva. Depois de minutos que pareceram dias, resolvi que era suficiente. O céu começava a se alaranjar.

Voltei a remar, com ainda mais força, mas, não tendo referência espacial alguma a não ser o paredão rochoso e monótono que eu se-guia, parecia que eu não saía do lugar. Não demorou muito para que a traseira afundasse de novo e eu tivesse que buscar outra baía pedregosa qualquer para esvaziar o caiaque. O laranja do céu se transformava em vermelho, o tom da cor variando de acordo com o meu grau de preocupação.

Conforme o caiaque enchia, eu tinha de me encolher até ficar de pernas cruzadas, equilibrando o meu peso exatamente no centro dele e distribuindo igualmente a água que o inundava. Se fosse pra afundar, que ele pelo menos afundasse nivelado. Remar, é claro, deixara de ser prazeroso. Minhas virilhas latejavam constantemente e o trapézio enrijecia a cada movimento. No horizonte, meia dúzia de finas nuvens se esticava para os lados. O sol, palheta rubra, tocava nelas a melodia silenciosa que embalava o meu desespero.

Nas horas seguintes, a cada braçada, parecia que eu tentava escavar com uma colher um pote de sorvete congelado. Dolorido, acabei chegando ao meu ponto de origem, assim que o sol sumiu por completo. Desembarquei na areia e desabei, não de alívio, mas porque as câimbras atacavam minhas virilhas e meu corpo já estava desacostumado a ficar ereto. Deitado na praia, prometi pra mim mesmo que o dia seguinte seria de descanso. Quem sabe eu não alugasse uma moto e não fosse curtir o visual do lado leste e menos explorado da ilha. Quem sabe eu não parasse sob a sombra de coqueiros enormes para refrescar as queimaduras vermelhas como marcas de batom que o beijo incessante do sol me carimbara nos ombros e costas. Quem sabe eu não descobrisse pequenas comunidades de pescadores nos pântanos de frente pro mar. Ou quem sabe eu não parasse de ir atrás do inalcançável e me satisfizesse com a porra da minha praia onde eu estava hospedado, mesmo sendo lotada de russos, algas e taxistas oferecendo corridas para turistas.

Acabei alugando a moto. E dirigindo rumo ao lado selvagem da ilha.

O dono do veículo me advertiu quanto às ruas íngremes que circundavam a ilha. Entrou por um ouvido e saiu pelo outro.

Dei um passo descalço na rua e achei que a sola do meu pé ia derreter. O calor percorreu todo o meu corpo e fez doer até os meus ombros queimados, mas cobertos de protetor solar. "Coitados dos caras que sofrem esses acidentes de moto dos quais tanto se fala aqui na ilha", pensei comigo mesmo. A um acidentado, o asfalto devia ser cruel como uma lixa de rocha vulcânica. O pensamento se fez num neurônio e evaporou assim que chegou ao vizinho.

Na primeira das "ruas íngremes que circundavam a ilha", um caminhão saiu de uma curva na contramão, de frente pra mim. Isso que a mão lá era inglesa. Buzinou, na tentativa de me alarmar, mas o ato teve o mesmo efeito que dizer "não pense em um elefante" a alguém. Se era pra não entrar em pânico, foi exatamente isso que eu fiz.

O freio traseiro não funcionou. Fechei o punho direito como se me agarrando à minha vida, ali no guidão. A roda dianteira fincou-se no chão, a traseira da moto patinou para o lado e eu fui lançado deslizando em um tobogã de asfalto. Girando em torno do meu próprio eixo – as costas queimadas servindo de ponto de contato com o solo fervente –, vi um par de chinelos voando, um retrovisor me acompanhando, asfalto, nuvens, asfalto e, quando vi o para-choque do caminhão me encarando, me lembrei das instruções dos monitores do parque aquático que eu frequentava na infância. Estiquei as pernas, cruzei os braços na altura do peito e adentrei a seção coberta do brinquedo.

Em palavras menos pueris, mantive-me o mais próximo do chão que pude e encolhi os braços. Aconteceu rápido, e eu só me lembro de perceber, de repente, que eu tinha parado e que estava debaixo do caminhão. Ofegante – a adrenalina acobertando qualquer dor –, rastejei para longe da cobertura de canos e tubos de metal e acenei para o motorista mostrando que eu estava bem, por mais que eu só tivera tempo para determinar que não tinha morrido.

O caminhão seguiu com a mesma lentidão com que aparecera, ainda buzinando e ainda na contramão. Sentado no meio da pista, recuperei o fôlego aos poucos. Com ele, veio a queimação ardente nas costas e dores emanando de um dos pés. Nada grave, contudo. Mancando, fui checar a moto. Menos um retrovisor, menos uma lanterna e uma lateral completamente redesenhada pela aspereza do asfalto. Mas ainda ligava – e andava. Já tendo pagado pelo aluguel, nem cogitei a possibilidade de devolvê-la antes de conhecer a parte da ilha para a qual eu estava indo.

Passei com a maior calma do mundo por praias vazias e vilas de pescadores construídas sobre manguezais. Cumprimentei locais com os rostos esbranquiçados pelo óleo de coco que era usado tanto como protetor solar quanto como repelente, e visitei uma escola na qual tentei, sem sucesso, conversar com algumas crianças. Todas, sem exceção, varriam o pátio com vassouras mais altas que elas. Respondiam pontualmente às perguntas que eu fazia num tailandês básico, sem desgrudarem por muito tempo os olhos do chão no qual eu não via sujeira alguma.

Continuei andando por mais que tomado por um sentimento estranho de incompreensão, como o que se tem quando se escuta uma música em uma língua que soa familiar, mas que não se entende. E então estacionei a moto na frente de um templo budista enorme e colorido que se impunha suntuoso diante das palafitas de um pântano.

Pop, um monge de vinte e cinco anos, me recebeu com um sorriso. Ali perto, nas sacadas dos bangalôs que serviam de moradia a ele e seus colegas, fileiras de vestes laranja secavam ao sol. Tendo estudado por quatro anos na Suíça, tinha um inglês tão liso quanto a sua careca e sobrancelhas raspadas. Por mais quatro anos, já vinha vivendo ali.

Guiou-me pelo interior do templo explicando a história da vida de Buda pintada nas paredes com uma naturalidade que fazia com que parecesse que ele estivera aguardando a minha visita.

– Quatro anos, Pop! – revelei minha surpresa quando a intimidade entre nós já era suficiente. – Você pretende ficar aqui pra sempre? – apontei para os dois ou três bangalôs de bambu onde os seis monges locais viviam, tomando cuidado pra não soar desrespeitoso.

– Sabe... normalmente os monges ficam por três meses no monastério, e aí vão embora. Eu fui ficando e ficando...

– Você não respondeu à minha pergunta.

– É porque ela não era a pergunta certa – ele falou com o pingo de desdém que eu não conseguira evitar ao mencionar a sua casa. – Não é que os monges desistam depois de três meses, é que eles se dão por satisfeitos. Muitas pessoas se acostumam a parar de ouvir assim que escutam o que querem.

Pensei em repetir a pergunta, mas resolvi cultivar o silêncio no qual florescia o discurso dele.

– Poucas chegam a descobrir que – Pop continuou –, no fundo, estavam ouvindo a elas mesmas. É difícil aprender a ouvir o que vem de fora, além do que vem de dentro – ele finalizou.

– Quem você ouve, Pop?

– Essa não é a pergunta certa.

– Qual é a pergunta certa, então? – eu retruquei de impulso, quase enfiando um "porra" no fim da pergunta pra adicionar ênfase, e esperando que ele não fosse responder. Mas ele respondeu.

– Quem você ouve?

Era bom em oratória o cara. E eu não gostava muito de discutir com gente que eu sabia que acabaria ganhando de mim numa batalha de palavras. Então dei as costas pro monge e, de imediato, um detalhe pintado nas paredes ilustradas do monastério me chamou a atenção: um par de olhos alongados e de pálpebras semicerradas, encobertos por sobrancelhas ondulantes enegrecidas por um contorno grosso.

– O olhar da sabedoria budista – Pop comentou atrás de mim, notando meu fascínio. – O símbolo que representa a onisciência de Buda.

O "olhar tibetano", eu finalmente reconheci. O emblema do desconforto juvenil que eu tanto vira nos rostos bochechudos das crianças tibetanas. O mesmo desenho que adornava quase toda estupa no Nepal – inclusive a que eu conhecera com Dinesh, assim que tinha chegado ao país. Era grande demais a semelhança entre aquela imagem e a expressão contida nos rostos da garotada com que cruzei perto da fronteira com o Tibete.

– É bonito, não? – Pop continuou. – E repara que, por mais que o nariz pareça um ponto de interrogação, não é isso que ele significa. Esse é o caractere em nepalês para o número um. Aliás, o senhor que pintou esse monastério veio do Nepal.

Virei-me de novo para o monge.

– E o que o número um representa, no caso, é justamente a união – ele completou.

Foi então que a testa dele se contraiu, e os olhos adquiriram aquela serenidade frágil do "olhar tibetano". Foi então que eu percebi que, apesar de ser mais velho que eu, a receptividade de Pop e o interesse dele lhe conferiam um ar excepcionalmente juvenil. Foi então que eu notei pela primeira vez uma semelhança, ainda que sutil, entre fé e juventude. Foi o desenho daqueles olhos inquisitivos que desarmou um pouco do meu preconceito em relação à religião. Eu tinha de dar ouvido àquele sinal. Eu tinha de ouvir Pop. E tinha de ouvir gente diferente. Gente mais velha, quem sabe. Gente mais religiosa, talvez.

Eu não aguentaria ficar quatro anos em um monastério, como vinha fazendo Pop. Tampouco três meses, como tinham feito os colegas cuja atitude ele reprovara. Mas que mal faria passar algumas semanas dentro de um?

•••

Nossas molecagens evoluíam sem freio. Quando os open bars das festinhas de quinze não tinham mais novidades a nos oferecer, voltamos a nossas traquitanas de rua.

Fizemos um vídeo inspirado em Jackass, no qual dávamos voadoras um no outro no meio da rua e mergulhávamos em arbustos. Avançamos para brincadeiras ainda mais pesadas. Dirigindo um carro, Louiz chamava um estranho na rua para pedir informação. Quando o estranho se aproximava, Louiz dava-lhe um tapa na cabeça e acelerava. Aquela fase passou rápido, contudo. Alguns castigos e uma dose de bom senso nos fizeram abandonar molecagens desrespeitosas em detrimento de práticas mais introversas.

Escrevemos o "Teorema da Libertação". Abdicamos de roupas de marca e de vestes estilosas, mas desconfortáveis. Andávamos com calças brancas de capoeira ou pijama e batas ou camisetas compridas. Cores sempre neutras, ao contrário da posição que representavam. Além de nos impormos contra a moda dominante (pensando bem, talvez fosse só um jeito de expressar a necessidade adolescente de se rebelar), pensávamos estar treinando para a volta ao mundo.

Banho, dia sim, dia não. Só quando necessário. Não às superfluidades. Cortávamos os nossos próprios cabelos. Deixávamos "mullets" propositadamente despropositais na nuca. Fazíamos meu pai nos levar a cachoeiras e parques onde contemplávamos a natureza. Flertamos com o vegetarianismo. Aderimos a algumas atividades alternativas. Aprendemos a fazer malabarismos, com os quais ganharíamos dinheiro durante a viagem! Sim: estávamos treinando para a volta ao mundo.

Tudo o que eu ouvira recentemente tinham sido alguns mugidos, e por isso o rosnar de um motor foi ao encontro dos meus tímpanos de modo abrupto como a batida de uma baqueta em um tambor. Empertiguei-me e fiquei parado no meio da estrada de terra, até um ônibus azul-claro e todo empoeirado frear bruscamente por minha causa.

Contornei a frente dele, subi os degraus da escada, tirei uma nota de cinco do bolso e a entreguei para o motorista. Da multidão que se espremia ali dentro pipocavam xingamentos que eu era incapaz de decifrar. Foi só quando o motorista esmurrou o volante que eu notei que ele estava esperando eu pegar o troco da sua mão para poder continuar dirigindo. Incrédulo, peguei o dinheiro. De boca semiaberta, encarei e fui encarado pelos passageiros na dianteira do ônibus. Meu olhar, ao mesmo tempo desconfiado e deslumbrado, era a imitação perfeita do olhar tibetano que eu testemunhara nas crianças com as quais topei enquanto caminhara pela Cordilheira do Himalaia. Era como se aquele fosse o primeiro ônibus que eu tinha tomado na minha vida.

Os olhares alheios, intrigados, logo se enojaram. Eu estava imundo e fedendo, e, enquanto algumas pessoas abriam espaço torcendo para que eu fosse para o mais longe delas possível, outras ficavam propositadamente no meu caminho, para que eu nem pensasse em me aproximar.

Todos desceram na cidade-satélite de Sobradinho, e eu acabei descendo junto. Fiquei imóvel, na parada, até que outro ônibus aparecesse. Embarquei nesse com a mesma passividade diante da pressa do motorista e do desprezo dos outros passageiros. Minha mente e corpo estavam distantes um do outro como um casal brigado. Cada um em seu canto, recusavam-se a funcionar e insistiam em tentar me derrubar para que pudessem descansar. Minhas pernas bambeavam, e esse era o único movimento próprio que eu produzia: o resto era mera imitação do que faziam aqueles ao meu redor, desde o embarque no ônibus até o envolver das barras de apoio com a mão.

O corredor, dessa vez, estava lotado demais, e havia braços subindo ao meu redor, e agarrando nas barras de metal presas ao teto, e havia gente se afastando de mim, e gente se espremendo contra mim, e meu pulmão se encolhia a cada vez que eu respirava. Uma injeção imaginária de chumbo adensava e pesava a minha cabeça. Era mais um sinal do meu corpo de que chegara a hora de parar, mas ele ainda não tinha entendido que eu não tinha água, barrinhas de cereal e travesseiros para aprazê-lo de imediato. Mesmo nunca tendo sido claustrofóbico, vi tudo ficar mais claro, e mais claro, até ficar branco, e desmaiei.

---

8. LAOS >

A acolhida do budismo

Phaeng, um mestre budista que eu conhecera em Vientiane, a capital do Laos, conduziu-me até o quarto de número dezoito, em frente ao seu. Retangular, tinha um banheiro em um dos lados (com um espelho de dois por dois centímetros, pequeno demais para nele crescer a vaidade), uma cama em outro, a porta numa ponta e um altar na outra. Neste, a estátua dourada de um Buda de proporções humanas meditava sob um capuz de sete cabeças de naja, flanqueada por duas estátuas um pouco menores, de feições igualmente andróginas e olhos semicerrados.

O monastério do Mestre Phaeng ficava dentro de um bosque tão idílico que, quando eu vi pela primeira vez o único monge anão que o habitava, tive a impressão de que atrás dele viriam outros seis (não foi o caso). Seria lá que eu passaria um tempo aprendendo sobre meditação budista.

Algumas centenas de metros separavam o portão de entrada do meu quarto. Num vasto e plano espaço coexistiam confortavelmente dois templos, alguns galpões usados para meditação, um par de galinheiros, um enorme mezanino comunal usado para rezas e refeições, uma horta e uma cozinha – sem falar nas esparsas plantações de manga, caju, coco e nas cabanas cuja função eu só fui descobrir mais tarde. As habitações individuais pontilhavam o bosque embaralhadamente, sempre adornadas por um ou outro pano laranja (a vestimenta monástica) pendurado no varal, e um ou outro gato cor de caramelo dormindo encostado na ponta de uma vassoura de palha junto à porta.

Uma trilha sonora imperturbada envelopava o lugar: o cantar dos galos, mais frequente que o mexer do menor ponteiro do relógio (aliás, nenhum quarto possuía relógios); o assoviar agudo e contínuo da trupe de cigarras que se estendia uniformemente pelas copas das árvores, servindo como que de lençol ao monastério; e o ocasional descalçar dos chinelos – que estalavam no chão como uma língua estala na boca – de um monge prestes a entrar em seu quarto. Meus ouvidos eram despertos do ócio somente quando soava o sino do mezanino comunal, indicando que alguma atividade estava prestes a começar.

Na primeira vez em que eu escutei as badaladas, mal tive tempo de especular o que estariam sinalizando. Antes mesmo de terminarem, juntaram-se ao coro algumas batidas na minha porta: era o Mestre Phaeng. Baixinho, com a testa larga e a cabeça um pouco chata, bastariam somente algumas mechas brancas, uma pintura rebuscada na túnica e um pouquinho de imaginação para transformá-lo no Mestre dos Magos da Caverna do Dragão. Através do vidro, encarou-me com o sorriso paradoxalmente congelado, ainda que cheio de calor. Era hora de eu, o discípulo, começar a aprender.

•••

Muito eu já havia lido sobre a dificuldade de se meditar, e as minhas primeiras experiências corroboraram o fato. A posição na qual o meu mestre se mantinha imóvel, por horas, eu nem conseguia atingir. As pernas cruzadas bem junto à cintura, com ambas as solas dos pés viradas pra cima, produziam um efeito parecido ao que se tem quando se observa por um tempo um Triângulo de Penrose[20] ou um desenho de Escher: o negócio parece natural à primeira vista, mas logo se revela impossível. Mesmo sentado na posição "meio lótus" (uma perna dobrada na frente do corpo, bem junto à cintura, e a outra dobrada do lado, bem junto à nádega), o que me era mais confortável, a dor nas virilhas não tardou a aparecer. Assim como os insetos.

Fazendo da minha pele uma pista de pouso, dúzias de moscas me faziam cócegas nos ombros e canelas. Uma formiga se fez notar na minha lombar, subiu as costas pela linha da coluna e, depois do pescoço, aventurou-se pelo meu couro cabeludo, pelo qual atravessou a cabeça e chegou à testa. Um cachorro até então por mim despercebido peidou ali do lado. O ventilador sobre nós tocava um ritmo de três pra um que parecia samba: "tu quer perguntar, quer perguntar, quer perguntar..." era o seu refrão (no fundo, deve ter sido só a primeira frase cheia de consoantes, capaz de traduzir a batucada que me veio à cabeça). E, soterrada por essa avalanche de estímulos, residia, tímida, mas inabalável, a minha respiração. Era nela, somente nela, que eu deveria prestar atenção.

– O colpo é um banco que plotege a mente, Felipe[21] – Mestre Phaeng falava sem abrir os olhos ou mover um músculo que não estivesse ao redor da boca, a serenidade da postura quase tão poética quanto a voz, ah, a voz! Sua aspereza delicada como indício de que ela, a própria voz, tivesse sido e estivesse sendo polida pela exposição constante às intempéries da vida. – Um banco com cinco portas: a visão, o olfato, o paladar, a audição e o tato. E há sempre três ladrões tentando nos invadir: o desejo, a desilusão e a raiva.

---

20. 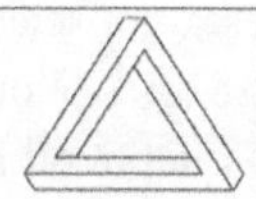

21. Quase todos os laosianos – Mestre Phaeng inclusive – trocavam o R pelo L, à maneira do Cebolinha. Eu pensei em reproduzir todas as suas falas do jeito que foram ditas, mas tenho certeza de que você encheria o saco de ler o que disse o coitado, caso eu o fizesse.

Mas esse banco não precisa de guarda-costas, porque as portas só abrem quando a mente quer.

Foi essa a primeira de várias metáforas às quais o Mestre Phaeng teve de recorrer para explicar-me os fundamentos da meditação budista. Se a prática era complexa, contudo, a teoria na qual se baseava o budismo era um dos mais simples e coesos argumentos religiosos com os quais eu já tinha me deparado. O desejo leva à desilusão, que leva à raiva, numa cadeia que dá forma ao sofrimento, sendo esse parte da primeira das Quatro Nobres Verdades que Buda proclamou, depois de atingir a iluminação. Eram elas: 1– a vida é sofrimento; 2– o desejo é a causa do sofrimento; 3– há um caminho para a cessação do sofrimento; 4– a especificação do caminho (em oito passos).

Cada um dos oito passos desse caminho concernia um aspecto da consciência (o pensamento, a fala, a ação etc.), e foi através dele que o fundador da religião atingiu o nirvana. Buda não é um deus, portanto (o budismo não determina a existência ou a não existência de Deus): é um exemplo.

– Buda significa "o iluminado" – Mestre Phaeng retomava a fala. – Qualquer um pode ser um Buda, Felipe. Qualquer um pode se tornar iluminado. Basta seguir o caminho.

Acontece que aí se chegava perto da fronteira anuviada entre teoria e prática, e a simplicidade evaporava. As rugas nas pálpebras do meu mestre se aprofundavam, conforme ele se esforçava para explicar.

– A essência do caminho é um conceito inexplicável, intraduzível e "inensinável". *Mindfulness*[22] é uma coisa que tem de ser apreendida por si. A mim só cabe usar algumas imagens, pra te ajudar a reconhecê-la quando estiver perto. É o controle total da mente sobre os sentidos, e não o contrário. É como se você estivesse dirigindo um carro, sabendo que a paisagem está passando lá fora, mas não olhando pela janela para não perder o foco na estrada. É como se a mente aceitasse, um por um, todos os presentes que a ela fossem oferecidos, e os jogasse fora, também um por um. É impossível evitar sentimentos, sensações e pensamentos, Felipe. Mas é preciso que não se reaja. Que não se julgue. A meditação não serve pra esvaziar a mente, mas para preenchê-la com essa consciência absoluta e inabalável: *mindfulness*. Não importa se o cheiro é de cocô ou de perfume; quanto à temperatura, você não reclama se está quente ou frio.

22. Ele disse ser impossível traduzir o conceito do inglês para o laosiano, e eu também preferi não traduzi-lo para o português.

Eles simplesmente são. E você simplesmente é. Qualquer julgamento que você faça sobre seus pensamentos vai ser só um pensamento a mais.

Ouvi tudo com paciência e, antes de qualquer coisa, tentei tornar-me consciente de tudo o que atormentava a minha percepção: desde as sensações, passando pelos pensamentos e culminando com os sentimentos. O próprio processo de aumento de atenção parecia multiplicar os estímulos que eu recebia, fato que primeiro mostrou que eu não era só receptor como também produtor de tudo aquilo, e que depois me trouxe a segurança de que eu era capaz de reduzir o ritmo da minha cabeça. Era como se a minha respiração afagasse o cachorro faminto e encoleirado que era a minha mente, lançando-se desesperada a qualquer pensamento que passasse por perto, antes de retornar a casa.

"A absolutamente nada se deve se apegar" foi a frase que Buda usou para resumir toda a sua doutrina. Aos poucos, eu conseguia deixar que os pensamentos fossem embora com o mesmo modo abrupto com que haviam chegado, que as dores fraquejassem diante do descaso com o qual eu as tratava e que os sons e cheiros ao redor, ainda que distintos em forma, deixassem de ser distintos em qualidade. Aí o sino tocou de novo, eu vi que só duas horas tinham se passado e que eu ainda tinha muito chão pela frente.

•••

No meu terceiro dia de monastério, virei alvo de chacota no mezanino comunal. Todo pomposo, vestindo o uniforme lilás-claro que tinha acabado de ganhar, cheguei e fui recebido por uma "ola" de risadas que se movia pro fundo conforme eu entrava na sala. Minhas calças estavam do avesso.

Ajeitei-as no banheiro e entrei no fim da fila formada por monges, de acordo com o tempo de monastério, para pegar a comida preparada por voluntários da vila vizinha. Não me abalei pela decepção que foi ver os melhores pratos da mesa serem esvaziados pelos mais velhos e enchi a minha bacia, mesmo que de restolhos. Somavam-se a isso a minha lentidão para comer e ainda o fato de que eu, único habitante não permanente, sentei de costas para o resto. Resultado: quando enfiei o último punhado de arroz na boca ouvi uma rápida reza coletiva, virei-me surpreso e vi a galera se levantando de imediato, numa sincronia que indiciava o tempo que ficaram esperando até que todos (leia-se: eu) terminassem a refeição.

A falta de jeito, no entanto, não me rendeu inimigos. Muito pelo contrário. As cinco monjas que lá moravam simpatizaram comigo e, além de me fornecerem tigelas de alimentos especialmente desprovidos de pimenta no café da manhã, ainda usavam seu acesso privilegiado à cozinha para me ajudarem a contrabandear chá e suco para o meu quarto.

Sem elas – e o chá e o suco –, eu não sei como conseguiria atravessar longas tardes e noites em jejum. Essa era uma das regras com as quais mais lutei durante a minha estadia. Não se podia comer nada entre o almoço de um dia e o café da manhã do outro. Outra, que eu confesso ter quebrado uma vez aqui e outra acolá, proibia qualquer soneca entre o nascer e o pôr do sol. A rotina, mais puxada do que eu esperava, era mais ou menos assim:

3h30 – Acordar + escovar os dentes + alongar.

4 h – 5 h – Meditar.

5 h – 5h30 – Reza coletiva.

5h30 – 6 h – Nunca entendi o propósito desse intervalo (quando sugeri ao Mestre Phaeng 30 minutos extras de sono, quase levei um tapa na orelha).

6 h – 6h45 – Ajudar as monjas a preparar e servir o café.

6h45 – 7h30 – Café da manhã.

7h30 – 8 h – Recolher e lavar louças do café.

8 h – 9 h – Varrer o pátio e lavar roupas[23].

9 h – 10h30 – Meditar.

10h30 – 11 h – Reza coletiva antes do almoço.

11 h – 12 h – Almoço.

12 h – 13h30 – Conversar no pátio + relaxar (nesse período a soneca me tentava com todas as suas forças).

13h30 – 15h30 – Meditar.

15h30 – 17 h – Ajudar nas obras ou na horta + catar coco ou caju com os monges.

17 h – 18 h – Meditar.

18 h – 19 h – Sauna com os monges.

19 h – 19h30 –Banho (de balde) + dormir.

As três ou quatro sessões diárias de meditação exauriam a minha mente e transformavam as conversas com os monges e a descontração da sauna em momentos preciosos para a manutenção da minha sanidade. Ainda mais por causa da regra que proibia qualquer sonequinha durante o dia.

Foi devido a esses momentos que neguei o pedido do Mestre Phaeng para que eu adentrasse uma rotina ainda mais restrita, naquilo que os budistas chamam de Vipassana. Caso concordasse, iria me abster de falar

23. Camisetas, só em volta dos sovacos, e calças, só perto das bolas, como você faria no meu lugar.

(a não ser com meu mestre) por dez dias, em um esforço direcionado somente à "audição de mim mesmo". Assustado com a perspectiva de mergulhar ainda mais fundo na prática já cansativa da meditação, de deixar de dividir piadas com os monges da minha idade depois do almoço e de parar de trocar sorrisos com a monja mais nova durante a preparação do café, recusei de imediato. Esta, baixinha e magra, de cabelo raspado, tinha bochechas sempre coradas, dentes perfeitos e olhos que eram brechas estreitas por onde escapava um pouco da sua juventude reprimida. Não falava inglês, e a nossa incomunicabilidade só a tornava mais atraente.

– Eu... acho que ainda não estou pronto pra isso, mestre – justifiquei-me, em relação ao Vipassana.

– Tudo bem, tudo bem – ele recuou com a mesma prontidão com que eu recusara. – Mas quero então que você me prometa uma coisa. Que vai fazer o seu Vipassana quando achar que está preparado.

– Eu prometo, mestre – respondi, claramente. E aí completei, num sussurro inaudível. – Prometo que vou pensar.

•••

Novas técnicas de meditação surgiam conforme eu me acostumava com a prática. Em certo ponto, fui orientado a domar a minha respiração de modo a exercê-la não mais em duas etapas (inspirar e expirar), mas em quatro: inspirar, parar, expirar, parar. A fragmentação do movimento tinha um propósito claro.

– Eu quero que você tenha a consciência do instante – Mestre Phaeng deixou a ênfase recair sobre a última palavra. – Do agora. Da impermanência, que é uma das três marcas da existência.

– Quais são as outras duas, mestre? – eu o interrompi.

– O sofrimento e o não ser. Mais tarde chegaremos lá. Além do mais, não basta que eu fale. Você precisa apreender por si. Precisa notar que não tem nenhum controle sobre o passado e o futuro. Mas que tem total controle sobre o presente.

Mestre Phaeng deixou de lado a imobilidade e me instruiu a seguir os seus solenes movimentos. Ainda sentado, desfez a concha formada pelas mãos sobrepostas no colo e apoiou a palma de cada uma em um joelho. Em super *slow motion*, foi apontando o polegar direito para cima, erguendo a palma. Depois, levantou o braço até tê-lo esticado perpendicularmente ao tronco. Dobrou o antebraço, trazendo-o aos poucos para perto do peito. Desceu o antebraço até diante do ventre. E, por fim, colou a mão à barriga. Então refez toda a sequência com o outro braço, para depois rebobinar todo o movimento.

– Quero que você se mova muuuuuuuuuito devagar – ele demorou uns dez segundos só pra terminar a palavra "muito". – Que pense no movimento não antes dele nem depois dele, mas durante ele. Concentração total na ação, Felipe.

– E quantas vezes eu devo repetir a sequência? – perguntei.

– O foco deve ser tão intenso no movimento presente, Felipe, que nem é pra você saber quantas sequências você já fez.

Após ter completado dezoito sequências e meia (eu ainda não tinha conseguido me desapegar completamente da contagem), passamos para o passo seguinte. A meditação andando seguia o mesmo princípio da meditação movendo os braços, mas a mudança de posição aliviava o cansaço muscular. Eu mantinha as mãos sobrepostas em concha na altura da cintura e percorria uma linha reta, indo e voltando num espaço de cinco metros, sendo que cada travessia durava uns dez minutos.

Eu não deveria pensar na sessão de meditação na qual estava. Nem no trajeto pelo qual eu andava. Nem no passo seguinte. Nem mesmo no passo atual, mas, sim, no exato movimento que estava realizando. Primeiro levantava um pé do chão, aí o movia para frente e, por fim, encostava-o no solo adiante, para depois fazer o mesmo com o outro.

Em *Momo*, um de meus livros favoritos, um gari confessa à amiga que seu trabalho é mais prazeroso e produtivo se ele esquece o comprimento da rua e pensa só na vassourada seguinte. Nos ensinamentos do Mestre Phaeng, a noção era ainda mais extrema. Já era distante demais a vassourada ou o passo seguinte. Toda a minha atenção e consciência precisava recair sobre esse átomo temporal chamado presente, tão eterno quanto fugidio.

– Não é pra você andar assim sempre – Mestre Phaeng me consolou, de certa forma. – É que nem musculação. Os jogadores de futebol do seu país levantam quinhentos quilos com as pernas sendo que uma bola tem só trezentos gramas. Mas no jogo eles chutam como ninguém. Você aprendeu equação de quinquagésimo grau na escola, sendo que nunca usa na realidade. Mas na hora de um simples cálculo de juros, você não deixa o banco f... – ele parou justo a tempo de evitar falar um palavrão e quebrar uma das regras do monasticismo – ... ferrar você. A prática da meditação é intensa, sim, para que você consiga, aos poucos, aprender a incorporar *mindfulness* na sua vida.

– E quanto às outras duas marcas da existência, mestre. Você já pode me falar delas? – minha curiosidade havia se abraçado naquelas duas lacunas, e eu ainda não sabia o porquê.

– Segundo Buda, as três marcas da existência são a impermanência, o sofrimento e o não ser, Felipe. Mas isso também é muito difícil de explicar – a relutância do meu mestre a cada nova explanação que ele formulava me fazia começar a entender a ênfase do budismo na experiência pessoal como a forma essencial de aprendizado. – O não ser significa que não existe nenhum "eu", porque nada existe independentemente. Tudo é consubstancial, tudo é interligado. No fim das contas, não existe uma divisão entre um suposto "eu" e um suposto "você" – Mestre Phaeng respirou fundo e continuou. – A impermanência quer dizer que nada começa ou deixa de existir. Tudo muda, tudo flui, desde o que é imaterial até o que é tangível – ele pausou, dando-me tempo para lembrar a Lei de Lavoisier[24], das aulas de química, e as palavras de Heráclito[25], das aulas de Filosofia. – E o sofrimento quer dizer que, já que nada é permanente, não existe desejo realmente satisfeito. Tudo aquilo ao qual se apega acaba se perdendo, e por isso acaba-se sofrendo.

– É por isso que Buda disse que "a nada se deve se apegar"? Para que se evite o sofrimento? – perguntei.

– Exatamente – meu mestre respondeu.

– E para que todo esse desapego?

– Para que se chegue ao nirvana. A iluminação. A cessação do sofrimento. Nós, humanos, só renascemos nesse mundo por uma questão de escolha, Felipe. Porque nos apegamos ao prazer, ou a quaisquer outros aspectos terrenos, materiais ou imateriais. É por isso que não conseguimos nos libertar.

– Então eu não devo me apegar nem à minha família ou aos meus amigos, mestre?

– "Aquele que tem uma centena de coisas queridas" – ele se apropriou das palavras do próprio Buda para responder – "tem uma centena de sofrimentos", Felipe.

Aí a nossa conversa terminou, assim como acabou a sessão de

24. "Nada se cria, nada se perde, tudo se transforma."

25. "Um homem nunca pode atravessar o mesmo rio duas vezes. Porque nem o homem nem o rio jamais são os mesmos."

meditação, assim como começou a ruir a embalagem elegantemente adornada e impecavelmente selada dentro da qual o budismo tinha se apresentado pra mim.

•••

Não tardou para que eu percebesse que "a absolutamente nada se deve se apegar" era um paradoxo que gerava vários paradoxinhos. Se não se apega a absolutamente nada, seguindo a doutrina à risca, a ela se apegou. É como na frase: "passou a vida inteira atrás de liberdade sem perceber que estava preso a essa ideia".

Depois, vinha a série de formalidades e rotinas que o monasticismo budista trazia: nunca sentar em um patamar mais alto que os monges mais velhos, não cantar nem dançar, acordar sempre às três e meia da manhã com o soar do sino... Eu entedia que as regras incitavam o desapego (o orgulho, o entretenimento, o sono...), mas adotá-las não significava apegar-se a elas?

Crescia o meu desconforto em relação ao estoicismo que revestia a filosofia budista. Lendo uma escritura, topei com a seguinte condenação à sede: "É a sede que conduz ao renascimento[...] a sede da existência[...]", e, incontido, fechei o livro imediatamente. A tal da "sede" era um dos pilares daquilo que eu idealizava como a juventude. A sede de existência, sim, exatamente! Que eu continuasse renascendo indefinidamente nesse ou em qualquer outra porcaria de mundo, e continuasse sofrendo; mas que não perdesse a sede, que não perdesse a fome de existência, que a minha vida – condenada à repetição, que fosse! – nunca deixasse de ser faminta e sedenta e insatisfeita.

As intromissões da religião na minha curta existência vinham sendo fontes de decepção havia já algum tempo, sendo o que acontecera com você o primeiro exemplo do qual eu me recordava; e a degradação humana que vi por causa do hinduísmo na Índia, o mais recente. Por alguma razão, entretanto, eu continuava determinado a explorar a fé em suas múltiplas facetas. Por algum motivo que jazia fora do meu alcance, eu me dispunha a viver como um monge, ou a estudar templos e monastérios, ou a participar de rituais islâmicos, ou a tentar memorizar a genealogia dos deuses hindus.

Num masoquismo desenfreado, à guisa irracional de um amante com o coração despedaçado, eu continuava a minha busca. Como um garoto cabeça dura que cava um buraco, a terra ficando mais e mais dura, mas a dor e o cansaço sendo relevados pela certeza de que ali, mesmo que enterrado bem fundo, havia um tesouro, eu não abandonava o ímpeto juvenil nas minhas investidas em direção à religião. "Água mole em pedra dura", meu pai não se cansava de repetir, quando eu era mais jovem, "tanto bate até que fura".

•••

Monges budistas tinham duzentas e vinte e sete regras para seguir. Noviços, ou seja, aqueles que ainda não tinham os vinte anos necessários para que pudessem ser monges, tinham "somente" dez regras. Eram elas:

1. Não matar.
2. Não roubar.
3. Não tocar no sexo oposto.
4. Não mentir.
5. Não comer nada de tarde ou de noite.
6. Não beber álcool.
7. Não usar perfume.
8. Não dançar nem cantar.
9. Não sentar em um patamar mais alto que monges mais velhos.
10. Não receber mais dinheiro que o necessário.

No meu penúltimo dia de monastério, eu quebrei metade delas. Estávamos eu e mais alguns noviços comendo mangas recém-colhidas , quando peguei o celular de um e abri despretensiosamente o álbum de fotos. Os retratos inocentes de amigos logo deram lugar a uma miríade de personagens de mangá em posições eróticas, e a minha expressão serena sucumbiu ao riso.

Não deixei que o dono do celular ficasse chocado com a descoberta do seu arquivo pessoal. Do meu celular, mostrei-lhe algumas fotos de mulheres peladas que eu tinha (todas tinham sido enviadas pelo Rato) e as transferi para o seu aparelho. Agradecido pela minha cortesia, ele prometeu retribuir.

De noite, na ponta dos pés, fui em direção ao quarto de um dos noviços. Diante da aparição repentina de um vulto irreconhecível, fui paralisado pela indecisão. Seria melhor eu continuar caminhando num rumo oposto ao da minha habitação, ou seria melhor eu dar meia--volta? Mais importante do que a decisão que eu tomasse era que eu a tomasse depressa. O vulto se aproximava, e já devia ter me avistado. O que eu não podia era ficar parado no meio do bosque, onde nenhuma desculpa justificaria a minha posição – a não ser que eu dissesse que estava brincando de esconde-esconde e que tinha terminado de contar. Dei meia-volta e caminhei devagar. Mestre Phaeng logo me alcançou.

– Onde você estava, Felipe?

– Com um dos noviços... – a resposta foi cuspida pela minha boca sem nem ter passado pela minha mente. Aquela fala fora um perfeito exemplo de falta de *mindfulness*.

– Qual deles? – meu mestre desconfiou.

– Um careca... de olhos puxados... – fui tão específico quanto um cliente que vai ao McDonald's e pede um hambúrguer.

– E agora você está indo dormir? – a pergunta de Mestre Phaeng tinha só uma resposta correta.

– Sim – quebrei a regra de número quatro dos noviços.

Mestre Phaeng desapareceu no breu noturno e eu fui até o quarto ao qual estava me dirigindo antes.

Em qualquer outro contexto, eu descreveria o encontro como um projeto de festa malsucedido e insignificante. Mas a mera presença secreta de meia dúzia de pessoas numa daquelas pequenas habitações, de noite, depois de um longo dia de meditação, com o propósito mais-do-que-juvenil de quebrar regras como quem destrói um castelo de cartas que levou o dia inteiro para ser erguido, tornava a ocasião espetacular.

O noviço que ganhara de mim algumas fotos de mulheres peladas deu um jeito de contrabandear cerveja para todos. E por "todos" eu me refiro até a um garoto de treze anos, que já tinha duas tatuagens nas costas e bebia mais rápido do que qualquer um dos outros (se o maloqueirinho fosse brasileiro, tenho certeza de que seria corintiano). Voava pelos ares a regra de número seis.

A maioria dos noviços gostava de boxe e luta – por mais que fosse proibido praticá-los no monastério –, e por isso eu os ensinei a ginga da capoeira. Quando já a tinham aprendido, sentei em um canto e comecei a cantar, cuidando para não exagerar no volume, "Paranauê... Paranauê, paraná...", marcando o ritmo com batidas numa latinha de cerveja, o que pôs fogo na roda, incendiando a regra de número oito.

Um detalhe importante é que, por "todos", refiro-me até a, além de o garotinho de treze anos, uma monja. E não uma qualquer. Sentada ao meu lado, a monja mais nova, dona do sorriso infinito e das bochechas cor de cereja, balançava a cabeça de acordo com o ritmo que eu batucava na latinha de alumínio. Quando a cerveja acabou e os noviços começaram a debandar, ela chegou mais perto e, sabendo que eu iria embora no dia seguinte – e que comigo ela não conseguiria se comunicar com palavras –, deu-me um beijo na bochecha, sem tomar conhecimento da regra de número três.

Mesmo tendo todos os noviços já se mandado, e o dono do quarto tendo ido ao banheiro, continuei o batuque, bem baixinho. A monja continuou exibindo um sorriso tão branco quanto a roupa que ela vestia, emoldurado por lábios delicadamente desenhados. Balançava a cabeça, encantada, proibindo-me, com uma força maior do que qualquer regra, de parar de batucar. Os meus olhos, redondos e brasileiros, e os seus, esticados e laosianos, tão distantes geneticamente, dançavam uns em frente aos outros, como dois cachorros que nunca antes se viram se encaram, andando de lado, circularmente, em reconhecimento. E aí, com ela, eu quebrei a regra de número cinco.

E eu desejava intensamente que aquilo que você está imaginando fosse o que tivesse acontecido. Que a regra tivesse sido quebrada figurativamente. Mas a verdade é que ela foi quebrada literalmente. Nós somente dividimos um pacote de biscoitos de coco que fora contrabandeado com as cervejas. Além – creio eu – de termos dividido a frustração do desejo não realizado. Ela seguiria a vida monástica, e eu estaria partindo dali a algumas horas. O compromisso dela com a religião, é claro, reduzia a minha empreitada budista a uma mera espiada na vida monástica. Além do mais, era como eles costumavam dizer: o desejo é a causa do sofrimento.

•••

Quando o sol começou a despertar, eu já tinha acordado, escovado os dentes, me alongado, meditado por uma hora, ido para o mezanino comunal e orado quase uma reza inteira. Por mais que eu já tivesse participado daquele ritual algumas vezes, ainda não conseguira decorar quase nenhum trecho do que o Mestre Phaeng recitava sentado, de frente para uma enorme estátua dourada de Buda, separado de mim por alguns metros e algumas fileiras de monges e noviços.

Quanto ao significado dos movimentos corporais realizados durante a reza, contudo, eu tinha aprendido alguma coisa. Naquela alvorada, como em tantas outras, a cerimônia foi finalizada com todos os presentes encostando a cabeça no chão três vezes seguidas. A primeira, em respeito a Buda. A segunda, em respeito aos seus ensinamentos. A terceira, em respeito à comunidade monástica.

Enquanto eu me empertigava depois de ter me curvado pela última vez, experimentei dois breves momentos de iluminação. Foi como se os primeiros raios de sol do dia, refletidos pelo dourado da estátua para a qual todos estávamos voltados, acendessem uma faísca na minha cabeça. A quantidade de informação que eu processei foi tanta, em um ou dois segundos, que, se eu nunca tivesse aprendido o que é *mindfulness* e nunca tivesse praticado a meditação, talvez em seguida eu já não conseguisse me lembrar do que acabara de pensar.

O Primeiro Insight:

Demonstrar respeito a Buda, a seus ensinamentos e à comunidade monástica era o mesmo que reconhecer as três marcas da existência:

Buda <-> Impermanência (não no sentido de que se desfaz, mas sim no sentido de que, iluminado, não é mais sujeito ao tempo).

Seus ensinamentos <-> Sofrimento (a relação, aí, é quase literal).

Comunidade monástica <-> Não ser (o "não existirmos independentemente" significa a unicidade, a comunhão e a relação entre os seres humanos).

Reconhecer as três marcas da existência, por sua vez, era o mesmo que fazer o sinal da cruz:

Impermanência <-> Pai (sem princípio ou fim, eterno).

Sofrimento <-> Filho (Jesus, que sofreu por nós, sendo a cruz a epítome desse sofrimento).

Não ser <-> Espírito Santo (o amor, ensinamento divino quintessencial no cristianismo, aquilo que une os seres humanos e é a relação primordial entre eles).

Por fim, as três marcas da existência budista e a trindade cristã se assemelhavam demais ao Trivarga: as três vias da conduta moral que o hinduísmo pregava. Eram elas:

O Dharma, que significava a acumulação de bom karma através da ética e das boas ações <-> Pai / Impermanência, ou seja, aquilo que é relativo ao imaterial e "superior".

O Artha, que era a acumulação de bens para a sobrevivência terrena <-> Filho/Sofrimento, ou seja, aquilo que é relativo à nossa vida mundana e material.

E o Kama, que era o bom e velho sexo <-> Espírito Santo/Não ser, ou seja, aquilo que é relativo à relação entre os seres humanos.

Mesmo que, conforme aterrissassem na minha mente, as analogias não se encaixassem com perfeição como blocos de Lego, não as relevei. Eram como um jogo de Tetris medianamente jogado, no qual as peças, por mais que com um buraco aqui e outro ali, preenchessem a tela toda. Além do mais, eu não estava lidando com ficção, e, portanto, não cabia a mim condenar imperfeições. Aquelas religiões eram reais. Aqueles preceitos haviam sido escritos havia dezenas de séculos.

Cada uma à sua maneira, as três pregavam as mesmas coisas quanto às diretrizes básicas da vida humana. Tanto o budismo quanto o cristianismo quanto o hinduísmo prescreviam a plenitude com o Um Maior (aquilo em que se acredita ultimamente), com o Eu (a vida individual terrena) e o Outro (as vidas individuais terrenas alheias)[26].

Eu tinha comigo as instruções, mas desconhecia o fim delas. Eu cultivaria a minha fé, cuidaria bem de mim mesmo e trataria bem todos ao meu redor... para que exatamente? Pra começar, eu nunca tinha sido filiado a nenhuma daquelas crenças – muito pelo contrário! De repente, pensar naquela ideia me fez sentir como se eu estivesse lendo o manual de um jogo que eu não gostava de jogar. E foi aí que eu tive o segundo insight.

O Segundo Insight:

Uau. Eu estava habitando um monastério, em uma floresta no Laos. Mas eu estava em uma floresta no Laos... e estava habitando um monastério! Justo antes de partir, percebi o descabimento do que estava fazendo. Eu tinha viajado até o outro lado do mundo e, mesmo lá, estava me aprisionando sem perceber em uma fortaleza dogmática parecida com a que já te capturara, Louiz!

Quanta ingenuidade da minha parte, em me deixar seduzir pela armadilha na qual meu velho amigo já tinha caído. Religião nenhuma se apropriaria da minha juventude! Se fosse o apego a me conduzir à desilusão, se fosse a sede a me levar ao sofrimento, pouco importava! Nunca é que eu abriria mão das coisas por mim queridas, nem que isso me levasse direto pro céu, pro nirvana, ou pra um camarote numa final de Copa do Mundo!

Era como se a minha juventude acordasse com a aproximação excessiva da religião e rugisse, como uma fera, com todo o seu ímpeto, frustrando a investida do seu domador.

Eu deixei o monastério ainda naquela manhã. Eu tinha todo o Sudeste Asiático para desbravar. Minorias étnicas para conhecer, guerras sobre as quais aprender, recifes de corais para mergulhar, comidas para

26. Elizabeth Gilbert traduziu bem essa "trindade universal" em seu livro *Comer, Rezar, Amar* (Eu, Um Maior, Outro).

experimentar, crianças para conversar. E eu precisava fazer sexo.

– Lembre-se: aqui dentro ou não, a gente nunca para de praticar, Felipe – Mestre Phaeng acatou a minha decisão sem pesar algum e, com essas palavras, despediu-se de mim.

Eu tinha experimentado o budismo e me livrado dele. Eu tinha certeza de que nunca mais encontraria o meu mestre. E eu achava que jamais voltaria a chegar perto de um monastério ou qualquer coisa do gênero.

•••

O sonho ganhava contornos tangíveis conforme eu cumpria algumas metas que impunha a mim mesmo. Para Louiz e eu, adolescentes matriculados em uma escola difícil, ainda que só de meio período, era um desafio juntar o dinheiro que tínhamos estipulado como necessário para o Projeto Volta ao Mundo. Pensávamos em trinta mil reais para cada um, para custear um ano de viagem (no fim das contas, meus gastos não ficaram muito além disso). E tínhamos combinado que, com vinte mil cada, sairíamos tranquilos do Brasil e daríamos um jeito de tocar o barco lá fora.

Por mais que eu nunca tivesse tido em mãos mais que duas ou três notas de cinquenta, não me intimidei. Passei a reservar duas horas diárias para entrar em promoções na internet. Eu escrevia bem, aquele trabalho não tinha custo monetário algum, e eu podia realizá-lo de casa: parecia a solução perfeita para um garoto sem capital, mas com tempo para investir.

Oito meses se passaram sem que eu ganhasse absolutamente nada. Eu já tinha preenchido mais de quinhentos formulários de inscrição, pensado em milhares de respostas "criativas" para perguntas esdrúxulas como "O que você faria para ganhar um videogame novinho?" ou "Por que o seu pai é o melhor pai do mundo?", e computado todas as datas de término em uma planilha que me avisava automaticamente sobre as promoções que estavam prestes a divulgar seus ganhadores. Aí veio a minha primeira vitória, e, com ela, um ano de balas Mentos grátis.

Por mais que tenha me divertido dando Mentos para todo mundo na escola durante o ano seguinte, eu não consegui monetizar esse prêmio.

Com os próximos, no entanto, foi diferente. Ganhei muitas roupas, kits de marcas, ingressos de cinema, cestas de chocolates, videogames, celulares e até uma tevê que valia mais de dez mil reais. Depois de dois anos nessa brincadeira, eu tinha juntado cerca de quinze merréis.

Só que se aproximava o vestibular, e essas duas horas diárias de inscrições em promoções teriam que ser substituídas por estudos. Daí veio a chance de ganhar o dinheiro que me faltava. A faculdade que eu queria era cara, mas oferecia uma bolsa que, ao longo de quatro anos, representava uma economia de noventa e seis mil reais. O prêmio era reservado ao primeiro colocado na prova do vestibular. E minha mãe prometeu depositar na minha conta, pouco a pouco, um terço do dinheiro que economizasse caso eu ganhasse aquela bolada.

Na contramão dos amigos que migraram para cursinhos, estruturei num quadro branco enorme um programa de estudos que ditava exatamente a matéria e o tema que eu estudaria, dia a dia, pelos próximos onze meses. Com esse calendário cuidadosamente preparado à mão a me vigiar da parede onde ficava pendurado, passei a dedicar quatro horas diárias à tarefa. Toda sexta-feira, ainda por cima, eu resolvia a prova de algum ano anterior, depois corrigia cada erro em um post-it que era colado perto da minha mesa. Eu sabia exatamente o número de acertos de que precisava, no total, e em cada matéria, levando em conta minhas limitações para atingir meu objetivo.

Os nove e meio na redação – meio ponto acima da meta – compensaram alguns erros inesperados em Geografia, e os nove e meio – que surpreenderam até a mim – em Matemática equilibraram alguns deslizes em História. Depois de um ano de planejamento e estudos, eu ganhava a bolsa, e a volta ao mundo passava a depender mais de coragem do que de dinheiro.

Com Louiz sempre fora o oposto. Coragem sobrava, dinheiro faltava. Organização idem. Ele chegou a vender tortas de maçã em empresas, e às vezes fazia pizzas para oferecer pedaços a passantes em ruas movimentadas. O dinheiro gerado não era muito, mas, se guardado, daria um belo começo de volta ao mundo. O problema é que o rendimento raramente sobrevivia ao fim de semana seguinte. Louiz jamais aprendera a ligar para o futuro. Toda a sua sede e todo o seu ímpeto juvenil consumiam e eram consumidos pelo presente.

Não seria exagero dizer que aqueles instantes de inconsciência, dentro do ônibus lotado, foram libertadores. De repente, não havia mais multidão, não havia mais aperto, não havia mais desconforto: só havia uma nulidade infinita em possibilidades.

Eu nunca cheguei perto de compreender o conceito de infinito, e talvez morra sem fazê-lo. Ninguém é criado para isso. Pelo contrário. O homem, vendo que o tempo – a quarta dimensão – fugia à sua paixão pelas tríades, tratou logo de dividi-lo em três. Nomeou essas frações iníquas de passado, presente e futuro, e, embriagado pela ilusão de tê-las dominado, não percebeu estar se submetendo para sempre a essa força maior.

Um pouco de sensatez, nesse sentido, foi conservado pelas tradições mais antigas do mundo. Basta um pouco de atenção e pesquisa para que se possa apontar similaridades entre as grandes religiões da humanidade. E, nos objetivos delas, a semelhança chega a ser estarrecedora.

O nirvana, a iluminação final budista que desprende a alma do mundo terreno, tem um significado muito parecido com o moksha do hinduísmo: ambos são a libertação do ciclo de morte e reencarnação, chamado de samsara. O islamismo fala nas virgens que esperam o fiel no céu (e muitos acreditam que "virgens" têm a mesma conotação de "jovens"). O cristianismo promete ao seu praticante o paraíso eterno.

Esses conceitos boiaram no éter em que eu mergulhava, desfalecido e inconsciente, no chão daquele ônibus cheio de gente que rumava para Brasília. Ciclo, virgens, eterno... Aquelas crenças todas se apresentavam, enfim, como formas de escapar do tempo. E não era isso que eu sempre buscara? Fé e juventude, outrora tão antagônicas, para mim, agora, pareciam irmãs. Louiz, que eu vinha achando estar a um mundo de distância, mostrava-se, finalmente, mais próximo do que nunca.

---

9. SUDESTE ASIÁTICO >

Testando os limites do corpo – e da sorte

O Camboja me conquistou pelo charme rústico do interior rural. Em um de seus vilarejos, cheguei de carona em uma charrete – o mochilão infiltrado entre alguns sacos de bananas – e fui embora na garupa da moto de um policial local. Transporte público não era uma opção. E se a logística era complicada na estação seca, na época das monções as ruas de terra alagariam e a coisa ficaria ainda pior. Não que a vila de Kampong Khleang não estivesse preparada. As casas, construídas sobre longos troncos, eram palafitas flutuantes em metade do ano e pareciam projetos de arranha-céus no resto dele, quando o esqueleto de madeira ficava exposto pela estiagem.

A população precisava viver próxima à água. Sendo a pesca o motor da economia local, era rara a residência na qual, à sombra da casa, entre os troncos, não havia uma mãe e alguns filhos desossando peixes e os colocando em uma lona para secar ao sol. E se as ruas eram desertas – tanto na aridez do solo de areia quanto na ausência quase total de automóveis –, em contraste, os braços de rio conectados ao lago Tonle Sap estavam sempre cheios de barcos e canoas.

Maior lago de água doce do Sudeste da Ásia, o Tonle Sap exibia no curso dos rios que originava um fenômeno talvez ainda mais interessante do que as habitações que o circundavam: com a chegada das monções, a direção da corrente mudava. Os rios que antes fluíam a partir dele passavam a fluir rumo a ele.

Os peixes, trazidos pelos homens das famílias, secavam ao sol por um dia inteiro, antes de serem moídos, salgados e armazenados para a fermentação durante mais de duas semanas. O resultado tinha a aparência de um amontoado de poeira e cabelos no canto de um banheiro sujo: era cinzento, seco e esfarrapado. O gosto era pungente. Sabor de peixe e sal, ambos em negrito. Mas quando misturado à salada de manga fresca que a dona de uma casa na beira do rio me preparou, e acompanhado de camarões de água doce do tamanho de unhas, surgia uma das melhores refeições que eu fiz em toda a minha viagem.

– É bem simples, mas garanto que é fresco – disse-me o policial da vila, que me levou até a casa dessa senhora e cujo inglês fluente serviria para mediar, logo mais, uma conversa entre algumas crianças locais e eu.

– Nossa... – pausei para mastigar sem pressa, minhas papilas gustativas suando de prazer. – Eu nunca adivinharia que isso era tão bom.

Conheci as crianças quando, depois do almoço e de uma hora de digestão, deitado na rede da sacada da minha anfitriã, fui caminhar à margem do rio.

Usando um bote virado de lado como trincheira, um time de três garotos catava do chão barroso punhados de lama e arremessava contra os inimigos, que corriam rumo à embarcação em uma ofensiva. Seus corpos magros estavam pelados. Nas peles escuras, a lama seca desenhava o rastro da diversão.

Contagiado pela despreocupação deles, fui chegando perto sem perceber que a frente de batalha também se aproximava de mim. Até que um disparo de lama atingiu em cheio a minha orelha e nocauteou a minha desatenção.

Todos riram descontrolados e me rodearam para averiguar o estrago causado pela bala perdida. Apontaram para a lama escorrendo pela minha bochecha e, levantando as sobrancelhas como se lembrando de algo, riram com ainda mais fôlego. Devem ter reconhecido o gringo que aparecera horas antes, de carona em uma charrete.

Notando que eu não estava bravo – muito pelo contrário –, um deles estendeu uma mão espalmada, à espera de alguma doação. Por mais que eu vestisse uma regata suja e uma bermuda empoeirada, o mero uso de roupas já me "qualificava" entre um grupo de garotos que, no fim das contas, não vestiam nada. A nudez deles, entretanto, não remetia à pobreza. Eram magros, mas não esquálidos. Toda a população da vila, aliás, mesmo atarefada com a atividade pesqueira, fizera questão de erguer a cabeça e me receber com um sorriso quando eu chegara de charrete. Kampong Khleang era um lugar no qual "simplicidade" e "pobreza" ainda tinham significados distintos.

Com o mesmo bom humor com que eu fora atacado, nocauteei a mão estendida com um cumprimento. Tirei da minha mochila minhas bolas de malabares e doei de volta para os garotos a alegria que haviam me trazido.

O efeito foi poderoso e imediato. Como quando se joga ração píscea num aquário, dezenas de peixinhos sorridentes e curiosos apareceram ao meu redor, atraídos pelo fascínio dos seus companheiros. Os olhinhos puxados cambojanos, pequenas meias-luas com as bases lisas, cresciam, tentando acompanhar a amplitude dos movimentos das minhas mãos. Inconscientemente, uma menina chacoalhava timidamente os braços, numa mímica involuntária como a que ocorre quando se vê alguém bocejando. Rolei uma das bolinhas pela cabeça dela entre um lançamento e outro, resgatando-a a tempo de continuar o malabarismo sem deixar nenhuma bolinha cair. A garotada, extasiada com o improviso, voltou-se para a menina e começou a saltitar de ansiedade. Simultaneamente, uma meia dúzia se agarrou aos meus braços, assim que eu recolhi as bolinhas, e me puxou pela rua de terra. Os meninos largaram os montes de barro que carregavam nas mãos. Um pouco de atenção bastou para pôr um fim à guerra deles.

Puxaram-me determinados e me fizeram parar na frente de uma a cada três ou quatro casas para repetir a apresentação para a família de cada um. Ao fim de cada sessão, aplaudiam eufóricos e se dependuravam em mim pra me levar até o próximo palco.

A mão estendida que antes pedira por uma doação passou a fazer o inverso. Quando o dono de uma barraca que vendia doces deu-lhes alguns chicletes, dividiram-nos igualmente e deram um pra mim. Aquele gesto foi suficiente para fazer com que eu me sentisse um artista do Cirque du Soleil.

Encantado com a generosidade e o senso de comunidade da garotada (era normal no Camboja que as famílias dormissem todas juntas e até dividissem a escova de dentes!), esforcei-me para evoluir a cada apresentação de malabares. Quando uma bolinha escapava ao meu controle, lá iam dois ou três pequenos gandulas correndo para resgatá-la para mim.

– Eu quero ser malabarista – respondeu um quando perguntei o que esperava do futuro.

– Eu quero ser tradutor – respondeu outro, acenando para o policial, e não para mim.

– Eu quero ser... peludo – um garoto que mal aprendera a falar sussurrou enquanto envolvia minhas canelas cabeludas com seus antebraços ralos.

– Eu quero ser do Brasil! – gritou uma menina pequena cuja inocência fez meus lábios se esticarem para imitar a forma das duas meias-luas que brilhavam sob suas sobrancelhas.

A quantidade de crianças falando comigo, cutucando minhas pernas e puxando os meus braços tornou impossível a evolução de qualquer conversa em particular. Fez, também, com que eu não me enxergasse como um espelho para eles. A imagem que me veio à mente foi a de um globo de discoteca: vários espelhos voltados para várias direções; um aparato que não emite luz, mas que reflete a que recebe e, assim, faz com que a festa aconteça. Cada um dos pequenos iluminava uma face diferente de mim. Por eles, e para eles, eu precisava continuar girando.

Lembrei-me de um provérbio tailandês que tinha acabado de aprender: "quando a maré baixa, aparecem os tocos". Mas seu viés negativo não fazia muito sentido em Kampong Khleang. Lá, quando a maré baixava, vinham, sim, à tona os tocos: pilastras de madeira que, por mais que singelas, mantinham de pé toda a comunidade.

•••

Ah, se eu soubesse quão premonitório fora o garotinho da vila de Kampong Khleang que mencionara os meus pelos da perna...

Em uma cachoeira na província menos populosa do Camboja, eu observava um grupo de mulheres atravessando a corredeira, encantado com as faixas trançadas e coloridas com as quais prendiam à testa os cestos que levavam nas costas. E o meu fascínio era correspondido.

Quando as primeiras vieram até mim e pediram para tirar fotos, aquiesci mesmo sem compreender o motivo. Era pra eu pedir pra tirar fotos delas, e não o contrário. Foi lá pela quinta ou sexta foto que uma senhora apontou para a penugem fina recobrindo o meu peito e me cumprimentou.

– Bom. Muito bom – ela não resistiu à curiosidade e espiralou a ponta do dedo tentando embaraçar os pelos que, de tão distantes, mal alcançavam uns aos outros.

– Bonito. Muito bonito. Parece uma calça – a moça que tirara a foto cutucou a minha canela com o pé, aproveitando a desinibição da amiga.

Eu finalmente percebia o motivo de tantos olhares a mim dirigidos naquele país. No Camboja, quase ninguém tinha pelos.

Dessa província, embarquei em uma minivan abarrotada para outra, igualmente despopulada, ainda mais ao norte. Eu dividi um assento com um garoto e duas galinhas que, ensacadas em bolsas de plástico, provavelmente estavam mais desconfortáveis que eu. A estrada, basicamente uma faixa de areia, variava de acordo com o vento como se fosse uma duna, e o motorista ignorava qualquer convenção que ditasse o lado da rua pelo qual ele deveria dirigir, ziguezagueando constantemente na tentativa de evitar buracos. Não havia paradas predeterminadas. Quando algum passageiro queria descer, esticava o braço e dava algumas batidas fortes na carroceria do veículo, como um lutador que tapeia o tatame para assumir uma derrota.

Nem eu nem o garoto nem as galinhas estávamos gostando de ser jogados de um lado para o outro como se a minivan fosse um skate num *halfpipe*, mas a minha vizinha não estava nem perto de reclamar.

Baixinha e com no mínimo vinte anos a mais do que eu, tirou o chapéu cônico de palha para poder encostar o rosto no meu ombro toda vez que a minivan mudava de direção, arrancando risos dos homens que estavam sentados de frente pra nós.

– Eles falaram que você é bonito – ela explicou, as segundas intenções preenchendo cada espaço entre as suas palavras pausadas. – Suas pernas são bonitas. E isso sou eu que tô falando... – puxou minha bermuda até a metade da coxa e depois alisou meus pelos com as costas da mão. Seria ela uma versão cambojana da lendária tia que aperta as bochechas do sobrinho? Ou seria ela uma versão "tia" da lendária cambojana que leva um estrangeiro pra cama e depois cobra dele?

Fiz questão de mostrar desinteresse, improvisando caretas sempre que ela tirava novas deliciosas guloseimas da sua bolsa para me oferecer. Primeiro foram inocentes balinhas de mel; depois uma maçaroca de arroz de coco e feijão cozida dentro de um bambu; e por fim fatias de peixe temperadas com limão e menta dentro de uma folha de bananeira. Quanto mais complexa e saborosa era a comida, mais eu tinha de me esforçar pra fingir que não estava gostando. Ou ela percebeu o meu contentamento disfarçado ou era do tipo que gosta de caras difíceis.

Não preciso nem falar que, com um arsenal culinário daqueles, ela tinha, além de no mínimo vinte anos a mais do que eu, no mínimo vinte quilos a mais também. Aliás, para descrever seu corpo, que eu estava prestes a ver da forma como veio ao mundo, basta mencionar um detalhe – um daqueles detalhes que dizem tudo: suas unhas do pé eram pintadas de glitter roxo.

Eu resisti às guloseimas e às suas tentativas de descansar a mão na minha perna. Chacoalhei o ombro quando ela ameaçava deitar a cabeça nele. Mas sucumbi quando ela sugeriu que dividíssemos um quarto naquela noite, cortando o custo da minha hospedagem pela metade. No fim das contas, fizemos sexo.

Além da lenda da cambojana que dorme com um gringo e depois cobra dele, eu tinha escutado outra: a de que a maioria das mulheres, no Camboja, crê que a boca deve ser usada somente na alimentação.

A mulher com as unhas dos pés roxas confirmou a veracidade da história. Até certo ponto. Não nos beijamos. Ela não fez com os lábios nada que fosse... convencional. Mas ela usou a boca. Os dentes, mais precisamente. Enquanto trepava, a mulher com as unhas dos pés roxas mordia os pelos do meu antebraço.

•••

Voltei à Tailândia rejuvenescido pela experiência no monastério em que me internei no Laos. A minha exploração da costa tailandesa tinha sido interrompida pelo encontro com o Monge Pop e a decisão repentina de conhecer mais acerca do budismo, mas não sem que antes eu tivesse tido um gostinho das praias idílicas que o país tinha – ao contrário do que muitos turistas decepcionados haviam me dito – a oferecer. O budismo ficara pra trás. E a curiosidade em relação ao litoral tailandês só aumentara. Eu tinha certeza de que seria lá que eu realizaria dois dos meus sonhos de infância: passar um tempo numa ilha deserta e conhecer uma das mecas do mundo da escalada esportiva.

Foi durante um passeio em um barco de pescadores que me levava para mergulhar, no extremo sul da Tailândia, que eu avistei um oásis boiando no mar. De longe, eu não conseguia ver muito além da cortina densa da vegetação e do tapete alaranjado que era a praia. Mas a cor da água na orla me magnetizou como a cor dos olhos de uma menina pela qual se apaixona. Eu pedi para os pescadores desviarem o percurso: eles estavam prestes a perder um tripulante. Foi amor à primeira vista.

Com alguma comida, água, uma máscara de snorkel e um livro na mochila, pulei do barco e finquei os pés no mar raso. A água era um suco de neon – azul-claro quase metálico que parecia iluminado por um tapete de fibra óptica sob os corais. Ah, os corais! Eram cachos negros e firmes imitando uma peruca black power; cérebros revestidos de um veludo laranja fosforescente; e anêmonas cor de pele balançando seus tentáculos com a corrente e revelando ocasionalmente um peixe palhaço. Aos peixes, palavras não fazem jus: coloridos caleidoscopicamente, eles aparentavam ter sido recém-desenhados por um Dalí entusiasmado logo depois de abrir um pacote novinho de vinte e quatro canetinhas hidrográficas da Faber-Castell.

Dava-se a volta na ilha em quinze minutos a pé e, pra subir até seu cume, a cento e poucos metros, levava-se o mesmo tempo, por uma trilha indicada como "Rota de Evacuação em Caso de Tsunami". A ilha vizinha, com metade do tamanho, distava duzentos metros na maré alta. A travessia do canal era necessária para que eu coletasse exemplares de uma fruta que não existia na minha ilha: um primo pobre do abacaxi. Primo porque a casca amarela, dura e áspera lhes conferia semelhança; pobre porque esse não tinha coroa. O parente do abacaxi somado a um peixe grande ou meia dúzia de pequenos, mais uma porção dos biscoitos que eu tinha na mochila, constituíam minha dieta.

Minha rotina também não era das mais variadas. Eu meditava, fazia snorkel, pescava com redes que a maré trazia, pendurava balanços de madeira nas árvores, lia, escrevia e jogava *sepaktakraw* com os cinco patrulheiros que habitavam a ilha junto comigo. Não, ela não era completamente deserta. Parte de um parque nacional, abrigava esses cinco empregados do governo, que moravam numa cabana e inclusive tinham algumas barracas para emprestar, como a que eu habitei durante minha estadia. Além deles, havia lagartos, esquilos, insetos, iates que de vez em nunca ancoravam a uma boa distância da costa e – não posso deixar de mencionar – um gringo que apareceu na praia, perguntou pra um dos patrulheiros se ali havia internet e, diante de um riso mais surpreso que debochado, que recebeu como resposta, desapareceu com a mesma rapidez com que chegara.

O *sepaktakraw*, ou *takraw*, para os íntimos, era o esporte mais divertido do mundo. Numa quadra de areia com uma rede um pouco mais baixa que a de vôlei, tem-se dois times de três (os patrulheiros fizeram a festa quando o brasileiro chegou e completou o buraco que sempre havia num dos times). As regras eram parecidas com as do futevôlei, mas a bola, um pequeno e leve emaranhado de filamentos plásticos, favorecia ataques acrobáticos. Você já deve ter visto cenas do jogo em programas esportivos falando de jogos asiáticos: normalmente eles mostram um oriental saltando a alguns metros de altura e dando uma bicicleta impossível.

A cada jogada, os patrulheiros desabavam num riso histérico que só era amenizado pelo saque que iniciava o ponto seguinte. Todos compartilhavam o entusiasmo de um jeito que tornava impossível, pra alguém de fora, saber quem estava ganhando e quem estava perdendo o jogo. Coberto de areia, o sorriso carimbado pela memória das cabeçadas e das voadoras – não importando para onde elas tinham mandado a bola –, eu sempre saía da quadra com a certeza de que aquele era o esporte mais juvenil que eu já tinha jogado.

No banho de mar que sucedia uma das partidas, vi algo diferente das costumárias tartarugas e moreias. Uma barbatana rasgava a superfície da água, bamboleando horizontalmente, mas sem se mover verticalmente. Eu já tinha surfado algumas vezes com golfinhos. Eu sabia que eles nunca nadavam na superfície daquele jeito – que suas barbatanas sempre descreviam um arco pra fora da água antes de submergir de novo.

– Tem tubarões aqui? – brinquei de Imagem e Ação com um dos

patrulheiros, sabendo que ele não falava inglês, juntando as palmas das mãos sobre a cabeça e apontando para o mar.

– Nãããão... – eu não sabia se ficava aliviado com a ênfase ou desconfiado por ele ter decifrado minha mímica tão depressa. – Só naquele canto da praia – ele apontou para o recife a algumas dezenas de metros de nós, já rindo conforme meu queixo caía e as sobrancelhas subiam.

Passei a evitar mergulhos durante o amanhecer e o crepúsculo, quando tubarões são mais ativos. Quando entardecia, a luz dispersa pintava a faixa de areia da cor de bochechas de bebês; a água, do azul que se usa nas paredes de quartos de bebês; e o céu, do rosa com o qual se colore tetos de quartos de bebês. Sentenciado pela puerilidade da paisagem, eu vestia a máscara de snorkel, usava um galho pontiagudo como lança e me punha a brincar de pesca submarina, no raso.

Espetava os peixes pegos e mais alguns caranguejos no mesmo galho, e assava o jantar numa fogueira. O fogo me observava, sem parar de dançar, e ria através do estalido da madeira seca sobre a qual sentava, até que eu terminava de comer e ele, julgando não ser mais necessária a sua companhia, partia em forma de fumaça.

A minha estadia, antes limitada à duração do meu mísero estoque de seis litros de água, ganhou fôlego quando negociei reposições de suprimentos com o barco de pescadores que repunha os estoques dos patrulheiros. Quando eu quisesse partir, os pescadores disseram, bastava me juntar a eles após uma das visitas que eles faziam, a cada dois dias, à ilha. Eu decidi que me mandaria assim que terminasse o livro que estava lendo. Ele tinha novecentas e trinta e seis páginas.

Acostumei-me a ter o corpo coberto de insetos, o cabelo endurecido pela areia e a pele desenhada por linhas de sal que ficavam quando a água evaporava, sinuosas como os padrões que o recuo da maré expunha na areia. Mas nunca, em momento algum, perdi o medo de atravessar o canal que separava as duas ilhas.

O azul-escuro que se perdia nas suas profundezas encobria todas as minhas certezas e me fazia nadar com pressa. Eu já tinha estado no deserto, na floresta e na neve, mas não tinha dúvida de que o oceano era a manifestação da natureza que mais se aproximava da ideia do divino.

Sua vastidão abarca mais do que somos capazes de imaginar. Nos detalhes, mostra-se apaixonante – cada nuance da vida marinha embrenhada nos recifes de corais é um milagre. No desconhecido, contudo, revela-se aterrorizante. O mar – e Deus – é tão fascinante quanto assustador.

Vivemos cercados por eles, e cada mergulho, cada reza, cada vislumbre do templo que insistimos arrogantemente em tomar como nosso pode resultar no encontro com um cardume colorido que dança num brinde à existência, ou com uma negritude abissal que esmaga o nosso ego de volta para a sua insignificância.

É a fé, essa mistura de confiança, temor e respeito, que mantém a maioria das pessoas nadando, Louiz. A crença insustentável, mas feral, de que a escuridão não é um fim, mas só um caminho que leva a recifes tão vibrantes quanto os que conhecemos, só que mais profundos. Porque tem gente que não suporta a ideia do infinito. Tem gente que morre de medo da ideia de que, quando afundarmos, não vai ter nada lá embaixo para segurar a queda. Tem gente que só consegue começar a escrever uma história já sabendo que ela vai ter um ponto final.

•••

Menos de cem quilômetros separavam a ilha deserta na qual eu fiquei de Tonsai, uma praia tida por muitos como a meca da escalada no mundo. O mar de Andaman, que banhava ambos os lugares, perdia seu azul saturado e ficava mais esverdeado conforme se descia rumo ao sul. Outra diferença era o relevo: se ele quase inexistia na ilha deserta, era justamente o que tinha catapultado Tonsai à fama internacional. Por fim, havia a mudança na minha condição física: a rusticidade das condições na ilha – mais o contato incessante com a água e o vento – tinham me feito contrair uma dor de ouvido infernal, que até precipitara a minha partida. Só que eu não estava em um spa onde podia passar uma semana relaxando e me recuperando. Eu estava em uma das capitais mundiais dos esportes de ação. Tonsai teria de me curar na marra, proporcionando sensações que se sobrepusessem à dor e me fizessem esquecê-la. Ou pelo menos era esse o remédio que eu tinha em mente.

Com as mãos suadas e os antebraços exaustos, alcancei a última fenda na rota que eu terminara de escalar, sem equipamento algum além das sapatilhas. A protuberância na rocha calcária onde eu pisava era larga o suficiente para acomodar os meus dois pés. Virei-me de costas para a parede, de frente para uma queda livre da altura de um prédio de seis andares que era o único caminho para voltar à água, lá embaixo. A vertigem que senti foi pontuada de fortes lampejos de dor nos tímpanos.

Deep water soloing é o nome de uma modalidade de escalada na qual se abre mão dos acessórios de segurança: a queda, quando acontece, é sobre a água. A adrenalina aumenta – com o risco – na mesma proporção da altura subida.

Eu só parei depois de dezoito metros macaqueando pelas rupturas na rocha cinzenta que se erguia sobre o mar de Andaman, no sul da Tailândia, porque não havia mais para onde escalar. O passo adiante, que me propeliu como um foguete rumo à água esmeraldina, deu início a uma queda curta e cuja fulminação não me satisfez. E eu não esperava que me satisfizesse. A dor de ouvido, pensando bem, talvez fosse só um pretexto para que eu continuasse me aproximando mais e mais do perigo, o que eu já vinha fazendo havia um bom tempo.

Depois de passar a tarde fazendo *deep water soloing*, estirei-me nos pufes de um bar de frente pra praia. O garçom era russo, com *dreadlocks* loiros e a cara coberta de tatuagens tribais. O furo na sua orelha era quase da circunferência do meu pulso. E ele me trouxe uma cerveja sem que eu nem precisasse ter pedido. Gostei dele imediatamente.

O russo – cujo nome eu nem me lembrei de perguntar, de tão atordoado que fiquei com as suas histórias – acabara de sofrer um acidente de base jump. Uma das cordas de manobra do seu paraquedas falhara, ele não conseguira frear direito e pousara, havia menos de uma semana, na mesa de bar do lado da que eu estava sentado, de frente pra praia.

Mesmo com cinco costelas quebradas, subiu a trilha que, em duas horas, chegava ao pico de um morro, consertou o equipamento e pulou de novo, dessa vez aterrissando em segurança. Tudo para que, quando se recuperasse, ele tivesse a lembrança do salto que deu certo em vez da do acidente.

Ele fazia suspensão corporal com ganchos fincados na pele das costas, do peito e dos braços, desde a adolescência. Ele tinha mais de cem cicatrizes no corpo. Ele me trouxe um milk shake de cogumelos alucinógenos – também, sem que eu pedisse. E, em seguida, me convidou para ver o brinquedinho que ele tinha acabado de montar na floresta que protegia um dos cantos da praia.

O filho da puta só podia ser louco. Arqueou um sorriso cujas pontas subiram até os lados dos olhos quando vestiu em mim a cinta de segurança que ele mesmo tinha costurado com velhos equipamentos de escalada. Rosqueou meia dúzia de mosquetões, apertou alguns nós e me garantiu que o salto era seguro. Quando eu perguntei de novo, ele confirmou. Todo o aparato de segurança era duplicado: caso uma corda arrebentasse, havia uma substituta.

Por uma escada de tábuas pregadas no tronco, nós tínhamos subido uma antiga figueira de vinte metros, na borda de uma clareira enorme na mata. Acocorado num galho, meu olhar se dividia entre o êxtase quase maníaco na expressão do russo e o vazio sedutor debaixo dos meus pés. Eu queria pular. Eu estava louco pra pular. Eu estava quase escorregando os pés do galho de propósito. E eu comecei a sentir as alucinações causadas pelos cogumelos justo quando ponderava se devia ou não dar o passo adiante.

Era tudo pela dor de ouvido. Era tudo pelo contato com o perigo. Era tudo pela fuga da monotonia nada jovial que a segurança proporcionava.

Segundo ele, eu despencaria em queda livre por cinco metros e aí seria puxado para um movimento pendular ao longo da clareira, pela corda que saía da minha cinta de segurança e se prendia em outro galho, mais alto e distante. Aquele era só mais um dos tantos *bungee jumps* caseiros que ele já tinha montado pelo mundo.

Eu varri com os olhos o chão coberto de folhas secas, lá embaixo. E as folhas espiralaram pelo ar, como se atingidas por uma lufada de vento correndo entre as árvores. Elas continuaram espiralando e subindo, até se manterem na altura dos meus olhos deslumbrados. Aí ensaiaram uma dança solene, quase litúrgica, balançando sincronizadas os seus caules amarelados em movimentos parabólicos, pra frente e pra trás, pra frente e pra trás. A minha dor de ouvido tinha desaparecido.

Num piscar de olhos todo o ritual evaporou. O russo continuava do meu lado. O sorriso continuava se espraiando na sua face. Também uma parábola, as pontas escalavam lentamente as bochechas tatuadas de motivos tribais. Os cantos dos lábios rasgavam a pele pintada como a barbatana de um tubarão rasga a superfície do mar. E as barbatanas do sorriso, depois de terem ultrapassado a altura dos olhos, curvaram-se para o centro da testa. Pouco a pouco foram se aproximando, sem nunca deixarem de descortinar uma coleção exótica de dentes atrás de si: dentes brancos, dentes pretos, dentes quebrados, dentes de ouro... E aí, bem em cima do vão entre as sobrancelhas, os cantos dos lábios do russo se tocaram, e o seu sorriso virou um enorme círculo dando a volta em toda a sua cara.

Eu olhei pra baixo. E olhei pro russo. A clareira redonda bordeada por raízes milenares mergulhando no chão. O sorriso circular emoldurado por grossos *dreadlocks* loiros. Eu não sabia qual das visões me dava mais medo. Eu não sabia qual das visões mais me fascinava. Uma vertigem parecida eu sentira algumas horas antes, escalando e pulando a dezenas de metros do mar. O problema é que não era mais a água, e sim uma sólida camada de terra que me esperava caso qualquer coisa desse errado.

Nada daria errado. O sorriso impossível do russo me assegurava. Eu não tinha opção. Comecei a me erguer da posição acocorada. Eu já estava vestido e amarrado à cinta. Eu já tinha feito o russo me levar até aquele lugar no meio da mata.

Eu estiquei um pé para trás, deixando-o pendente no ar, sendo que o outro, firme no galho, ainda me sustentava. Não deixei de encarar o russo. O sorriso agora se expandia rumo ao próprio centro. O lábio inferior recuava até concentrar-se num pequeno ponto, bem no meio do rosto, onde um dia houvera um nariz. Um leque de dentes adornava sua cara desfigurada – os *dreadlocks*, pelo menos, ainda estavam no lugar.

Eu avancei a pélvis, curvando as costas. Joguei o meu peso para trás. O movimento foi devagar o suficiente para que eu me visualizasse como sendo um grão da areia de uma ampulheta sendo virada. E aí o tempo parou, e o sorriso do russo e as folhas secas e a clareira e todos nós compartilhamos o êxtase contido naquele primeiro instante de queda livre: naquele centésimo de segundo em que a firmeza do apoio dá lugar à incerteza do despencar. Naquele caos de possibilidades, naquele embate entre a supremacia da natureza e a teimosia do seu filho mais infame, naquele momento em que, mais do que caindo, eu estava levantando voo.

•••

A dor de ouvido, que vinha desde a estadia na ilha deserta tailandesa, perdeu a paciência quando eu entrei na Malásia. Meu corpo assumia a postura de uma criança teimosa que decide levar a sua bola para casa e acabar com a brincadeira dos outros.

Um Golias fictício deve ter confundido minhas orelhas com xoxotas e se pôs a masturbá-las. Seus dedos enormes, pesados e invisíveis arrombavam as laterais da minha face, desfigurando minha expressão e me confinando a um murmúrio constante, lamentoso e impotente diante da dor excruciante. Quando suas unhas arranhavam meus tímpanos, uma cascata de calafrios percorria minha espinha dorsal. Era como se eu gestasse um monstro expansivo dentro de cada ouvido; um monstro cruel e inconsequente que não via a hora de explodir seu útero e se ver livre de seu progenitor; era como se eu gestasse a própria morte.

Era impossível mastigar, sorrir ou encostar nas bochechas sem que uma cerca elétrica descarregasse um choque advertindo que o território adiante não era meu. Cada bocejo era um lembrete dolorido de que dormir não era uma opção. Meu coração, rastejando depois do ataque analgésico de meia dúzia de comprimidos de Tylenol, implorava por um descanso. Golias, tirano, negava.

Depois de três dias e três noites sem dormir, os antibióticos começaram a amenizar a dor de ouvido. Meus cotonetes ainda voltavam vermelhos, como guerreiros que retornam ensanguentados depois da batalha, mas menos molhados que antes. Quando as pontadas – que se faziam sentir como agulhadas no cérebro – se tornaram infrequentes a ponto de eu conseguir caminhar sem tropeçar no susto da dor, fui a uma clínica médica para ser examinado e comprar mais remédios.

Um filipino gordo e com uma barba branca encaracolada me atendeu. E me injetou cotonetes nas orelhas com a delicadeza de um lutador de esgrima. E viu que a infecção ainda sangrava, e pingou gotinhas de anti-inflamatório, e puxou o meu lóbulo com força como se estivesse arrancando um pedaço de massinha de modelar e depois ainda chacoalhou minha cabeça pra ter certeza de que as gotinhas seriam bem espalhadas pelo tímpano que, após esse mise-en-scène todo, já estava mais do que rendido.

– Vai tomar n... – eu comecei a xingar, mas interrompi o murmúrio primeiro porque lembrei que nas Filipinas o espanhol é muito falado e segundo porque o médico começou a disparar perguntas.

Eu não queria conversar. Eu só queria fechar os olhos, mais que isso, fechar os ouvidos – não ouvir nada, não ver nada, não sentir nada. Eu precisava dormir.

E quando o filipino fez a mais sutil menção ao fim da consulta, ergui-me da cadeira e me aprontei para ir embora.

– Espera! – ele pôs a mão pesada no meu ombro. – Eu sou pastor. Vim das Filipinas até aqui como voluntário. Deixa eu te fazer uma pergunta...

Peguei a sacola com dois frascos de gotinhas e dois tabletes de pílulas da mão livre do médico. Depois, levantei o olhar até encontrar o dele, com uma lerdeza que demonstrava o esforço que aquele movimento demandava de mim.

– Você conhece Jesus? – um sorriso didático se apoderou do seu rosto redondo.

Pisquei algumas vezes. Anotei mentalmente que "fechar os ouvidos" era uma capacidade que eu precisava desenvolver. Respirei fundo, e só não bocejei porque a ameaça da dor era um laço envolvendo minhas mandíbulas. Pelo menos ele me deu todos os remédios de graça.

A dor de ouvido passou, mas ficou uma sensação estranha. Associei-a aos efeitos dos remédios que vinha tomando, pra livrar minha própria consciência de qualquer responsabilidade. Quando eu digo "estranha", não é porque ela era ruim em sua essência: só incomodava porque me era completamente inédita.

Era parecida com a ânsia que se tem ao terminar um prato cheio de comida e não ficar satisfeito; lembrava os instantes anteriores a um bocejo ou espirro, nos quais não temos nada a fazer a não ser que o movimento involuntário dê o ar da graça; remetia à indecisão contida em cada espaço entre uma inspiração e a próxima expiração.

Tentei capturar a criatura com uma rede de palavras, mas não consegui trançar uma armadilha que não deixasse buracos pelos quais ela pudesse escapar. Talvez a ansiedade fosse a sua parente mais próxima dentre o panteão de sensações comuns e nomeadas. Talvez ansiedade com lampejos de medo, e acompanhada de uma expectativa suspeitosa quanto ao seu próprio excesso de ânimo. Talvez um tesão cauteloso para não se queimar com a chama do prazer antecipado. Talvez um frio na barriga premonitório. Talvez.

Contive-me à rotina letárgica que precedeu minha ida para a Indonésia. Como se algo de importância maior me esperasse no arquipélago, releguei-me a passear despretensiosamente pela Malásia, experimentando um pouco da comida, da paisagem e da história, mas sem me esforçar em mergulhar na vida local.

O sentimento era parte consciente e parte inconsciente. A Indonésia vinha sendo um destino dos sonhos para mim já havia algum tempo. Mas a Turquia também fora, e não por isso eu perdi a fome durante minha passagem pelos Bálcãs, antes de chegar lá. Era como se, dessa vez, alguma mão me afagasse a cabeça e pedisse para que eu me resguardasse para o que estava por vir. Era como se a mim fosse aceso um sinal amarelo. Era como se, excepcionalmente, a bonança precedesse a tempestade.

•••

O diretor da nossa escola era baixinho, de cabelos ruivos e pele avermelhada como a de um camarão. Sua voz era quase um sussurro, e sua linguagem, absolutamente formal. Ele usava óculos redondos tão minúsculos quanto os seus olhos.

Durante uma viagem com a escola, Louiz o chamou para o vestiário masculino da pousada onde estávamos, supostamente por um motivo urgente. Abriu a porta de um dos boxes e disse ao diretor que ele precisava ver o que havia ali dentro. Louiz, é claro, já sabia. Um amigo nosso – cujo nome eu não vou deixar escapar da ponta da minha língua – continuou se masturbando, debaixo do chuveiro, apesar de diminuir a velocidade dos seus movimentos, quando viu quem estava na sua frente. Aluno e diretor se encararam por longos segundos, em silêncio. A essa altura, Louiz já rolava no chão. Desrespeitar a autoridade era o seu maior hobby.

Eu jamais ri tanto como naquele dia.

O branco foi ganhando contornos, e os contornos foram suspirando de alívio, enquanto eu abria e piscava os olhos. Os tapinhas que alguém desferia na minha bochecha engatilhavam em mim pequenos espasmos, e o homem que me despertou cessou-os quando viu que eu estava acordado.

Eu estava esparramado no corredor do ônibus, mirando o teto sujo dele. Uma meia dúzia de cabeças preocupadas que pareciam ter tomado conta de mim me deram de beber e de comer, apressadas, antes de desembarcarem e seguirem suas rotinas em Brasília.

Eu teria me levantado de uma vez, mas minha cabeça latejou como se o badalo de um sino atacasse as laterais do meu crânio, assim que tentei. Depois de alguns instantes sentado, pus-me de pé, vi que o motorista não estava mais lá, que o ônibus estava vazio e que eu estava de novo na rodoviária onde, mais ou menos vinte e quatro horas antes, eu tinha pegado a carona da qual eu mais me arrependeria em toda a minha vida.

O último dos homens que tinha me ajudado foi embora, e não tive sanidade suficiente para agradecer ou perguntar seu nome. Desci do ônibus, e comi um sanduíche antes de embarcar em outro, que parava perto do Seminário. Dentro dele, sentei e despejei a cabeça contra a janela de vidro.

Eu não estava mais faminto e sedento, mas continuava exausto, e incapaz de discernir realidade de alucinação. Antes de fechar os olhos, perguntei-me se aquele ônibus iria mesmo até o Seminário atrás do qual eu tinha ido até a capital federal. Se existia mais gente má, no mundo, como o homem que me oferecera uma carona e dera início àquele sofrimento todo. Se eu estava prestes mesmo a dar um fim à jornada que tinha começado havia mais de um ano, e que tinha começado a ser sonhada havia tanto tempo. Se a cadeira sob mim era reclinável, ou se eu tinha a impressão de estar deitado simplesmente porque não mais sentia meus músculos cansados.

Era tão tênue a divisão entre delírio e fato, e tão impossivelmente próximo o fim daquilo tudo, que eu cheguei a me perguntar se Louiz existia de verdade ou se eu é que o tinha inventado.

---

10. INDONÉSIA >

A acolhida do islamismo

Aterrissei na Indonésia com o coração na mão – sem nem imaginar que iria embora mais ou menos do mesmo jeito. Eu tinha escutado mais de uma vez que Jacarta, a capital, era um reduto imundo de pessoas se amontoando em busca de dinheiro, e que se assemelhava em muitos aspectos às grandes metrópoles indianas. Tendo sido a Indonésia a nação com a qual eu mais sonhara durante o planejamento da viagem, só me restou levantar a guarda e torcer para que o país não me desse pesadelos como o fez a Índia.

Minha primeira impressão foi desalentadora. Saindo do aeroporto, embarquei num mototáxi cujo motorista não tinha amor à vida. Quando um policial sinalizou para que ele parasse, dividi-me entre especular a razão da abordagem (faróis desligados, ausência de capacetes, contramão e excesso de velocidade foram só as primeiras causas prováveis que me vieram à cabeça) e combater a angústia provocada pelo déjà-vu.

Fugir da polícia no carro do motorista Ram, na Índia, foi amedrontador, mas fugir da polícia ziguezagueando pelo cardume descontrolado de motocicletas que inundavam Jacarta na hora do rush me fez considerar seriamente a possibilidade de saltar da moto e seja-o-que-Deus-quiser. Entretanto, não foi preciso. O script que estava escrito na minha memória se repetiu à risca: alguns minutos de fuga, a polícia nos alcançou, o motorista jurou não ter ouvido a sirene, negociou um suborno durante meia hora e depois tudo voltou ao normal. O episódio serviu como um lembrete: a Índia e a Indonésia tinham, sim, muito em comum. Acontece que o ódio e o amor não são opostos, mas irmãos quase gêmeos.

Jacarta era a prova de que, se substituíssemos os indianos, a Índia poderia funcionar direito. Os rios eram poluídos, mas não havia corpos boiando corrente abaixo. As ruas eram congestionadas, mas – por mais que os motoqueiros lá também gostassem de brincar de dublê – não se notavam muitas buzinas ou desespero. As prostitutas, os traficantes e os mendigos abundavam, mas negociavam com respeito: se recebessem uma negativa, não ficavam grudados no seu pé pelo resto da vida. Por fim, a cidade era cinza, suja e feia, mas não era fedorenta. Oferendas não eram queimadas em toda esquina. Quando era hora de rezar, os indonésios se dirigiam à mesquita, faziam-no e depois retomavam suas rotinas sem ter adicionado ainda mais fumaça a elas.

A comida era deliciosa e ridiculamente barata. Por um euro, fazia-se uma refeição decente na rua. Além do mais, a pimenta que reinava (sem trocadilhos) na Índia, lá dava lugar a um molho de nozes cremoso e docinho que relegava o ketchup a uma posição gastronômica tão importante quanto a do jiló.

E as mulheres, ó Alá... Se abríssemos mão daqueles véus, estaríamos no paraíso. Havia as de feições tipicamente chinesas, que não me agradavam muito, e as que, como em toda nação, reservavam seus dons para outras áreas que não a estética. Mas havia uma gorda fatia da população feminina cujos traços carimbavam a mente como o rosto marcante da Juliana Paes, e deixavam um rastro de perfume na memória como faz a sutileza da face da Ísis Valverde. Junte olhos grandes com cantos internos arredondados e externos pontiagudos, como gotas, a pupilas negras, a narizes no meio termo entre o achatado da China e o protuberante da Índia, a lábios carnudos (sendo o superior tão ou mais recheado que o inferior, salpicando a beleza de exotismo), e aplique tudo numa pele domada pelo sol tanto na lisura quanto no bronzeado achocolatado. Quando os caça-níqueis genéticos ainda faziam isso cair sobre um corpo curvilíneo, meu irmão, era difícil de acreditar no que eu estava vendo.

Flutuando no transe que toma forma quando um sonho começa a escorrer para o terreno da realidade, deixei-me levar. Com um bocado de desconfiança que diminuía dia após dia, rumei para o sudoeste da ilha de Java, meio sem planos, meio sem saber o que esperar.

•••

Java, Sumatra, Sumbawa, Papua, Bali... Os nomes das maiores ilhas do país já eram uma mostra da monumentalidade da língua indonésia. O equilíbrio perfeito entre vogais e consoantes, a plasticidade das palavras e a ausência de acentos – como se fosse impossível deixar uma sílaba mais tônica do que ela já era na sua forma original – evocavam imagens de vulcões, de gigantes, de tambores sendo tocados em rodas, em cujos centros xamãs proclamavam feitiços através do idioma mais fascinante com o qual eu já me deparara. Até então.

Espremido contra a janela de um ônibus onde até a carroceria suava, tamanho o calor, eu recitava baixinho os nomes das cidades que as placas ao longo da estrada estampavam. O congestionamento de vendedores de tofu no corredor entre os assentos não importava, nem as duas vezes em que o motorista parou para "manutenção de emergência", nem as oito horas que enfrentei para cruzar um pouco mais do que cento e cinquenta quilômetros de asfalto e terra. Eu me concentrava em copiar no meu caderninho as palavras mais bonitas que lia, como que tentando roubar para meus escritos um pouco da musicalidade pueril delas. Boko-Boko, a expressão para "buracos na pista", foi a minha preferida (era também a preferida das placas de beira de estrada) ao fim daquela madrugada não dormida.

Ter chegado a Lopaji[27] às cinco da manhã não foi um problema. A mesquita havia convocado os fiéis para a primeira reza do dia, uma hora antes, então a cidade já estava toda acordada. Arranjei um lugar barato pra passar a noite, comprei uma prancha de surfe usada sem muito critério e corri para o mar.

A onda de Lopaji quebrava para a direita[28], lentamente, sobre uma praia de pedras pretas e redondas. Cada onda que recuava depois de estourar na beira revolvia as pedras produzindo um som que lembrava o de uma série de fogos de artifício explodindo. De dentro da água, a impressão que eu tinha era a de que, a cada onda pega, depois de ficar mais de um ano sem surfar, o mar comemorava comigo.

Eu tive tempo de recuperar a agilidade na remada e de começar a me acostumar com a prancha, bem maior do que a que eu costumava usar no Brasil, antes que algumas dezenas de locais e surfistas de Jacarta superpopulassem o mar e acabassem com a minha euforia incipiente. Aí eu comecei a me dar conta de que a água era suja. De que o barulho dos carros e as silhuetas de centenas de grandes barcos de pesca no horizonte não eram companhias das mais agradáveis. De que a onda era divertida, mas não muito longa. E, por fim, de que ela era uma direita, sendo a Indonésia o paraíso das esquerdas[29], segundo as toneladas de revistas de surfe que eu devorara alguns anos antes. Se Lopaji ficasse no litoral paulista, eu a amaria. Mas, em se tratando de Indonésia, e dos sonhos que eu tinha com aquele lugar, confesso que minhas expectativas iam mais longe.

Saí do mar e fui fisgado por um homem que cantarolava em português, enquanto operava uma filmadora enorme equilibrada sobre a cabeça de um tripé. Os óculos escuros cobriam os olhos, mas não escondiam a tímida frustração que, assim como eu, ele logo revelou sentir em relação à onda diante de nós. O que eu mais gostava nos meus compatriotas era a franqueza com que falavam dos seus sentimentos. O grupo de meia dúzia de surfistas brasileiros semiprofissionais que ele vinha filmando nas

27. Nome fictício.

28. No surfe, a direção de uma onda é determinada pelo ponto de vista do surfista, e não de quem assiste da praia.

29. Para surfistas que colocam o pé direito na frente da prancha (meu caso), surfar para a esquerda é geralmente mais confortável, pois se fica de frente para a onda. Surfistas que colocam o pé esquerdo na frente quase sempre preferem a direita.

últimas semanas pensava o mesmo. Afinal, eles tinham acabado de voltar de uma viagem de barco a uma baía a algumas horas de viagem dali.

– Suave, macio, longo, forte... Pense em todos os adjetivos que você já ouviu em propagandas de xampu – o cameraman chiava num denso sotaque carioca, com o cigarro pendendo debaixo de um bigode escuro, enquanto filmava a onda de um brazuca na água. – Todos eles servem pra onda daquela baía.

– E por que vocês vieram surfar aqui? – tentei não soar desdenhoso, tanto em relação a Lopaji quanto em relação à decisão deles.

– A gente volta pro Brasil amanhã – ele tirou o cigarro da boca, soltou a câmera, vendo que seu surfista tinha terminado a onda, e virou a cabeça pra mim, até que as lentes dos óculos escuros ficassem exatamente alinhadas aos meus olhos. – Mas, cara, se eu tivesse mais trinta dias aqui na Indonésia, eu passaria os trinta dias lá.

•••

No seio de um enclave semicircular de montanhas esculpidas por terraços de arroz, ficava Sampurna[30]. Como se a estrada arenosa, tão ondulante quanto a frequência cardíaca de quem a percorresse, não fosse seletiva o suficiente, ainda havia de se atravessar uma ponte pênsil, a pé ou de moto, para adentrar a vila. Todas as casas pareciam flutuar num infinito arrozal alagado. A singular calçada (ou rua, caso se estivesse de moto) que costurava a vila era a única maneira de circular por ali sem molhar os pés. Bifurcava-se diante da fileira de coqueiros que antevinha a praia, levando aos extremos da baía.

Na primeira vez em que cheguei a essa bifurcação, o deslumbre foi maior que a ansiedade em conhecer a onda, e eu fui impelido a largar a prancha no chão e olhar ao redor. As montanhas que ladeavam a baía e formavam um arco isolando a vila dos entornos eram tão íngremes que me faziam sentir como na boca de um funil. Duas linhas de casas, uma de cada lado da rua, tinham às suas costas plantações de arroz que se estendiam, ininterruptas, até a base das montanhas, onde passavam a se organizar em degraus para vencer o obstáculo do terreno inclinado. Colocando-se a imensidão do arrozal em perspectiva, era como se aquela rua fosse só uma continuação da ponte pênsil que dava entrada ao local. E que mantinha carros, com suas fumaças e seus barulhos, bem longe dali.

O arrozal só terminava onde começava a areia. Nela reinavam os coqueiros, oferecendo sombra para uma dúzia de warungs: misto de

---

30. Nome fictício para preservar a "virgindade" do lugar.

minirrestaurante, cabana de praia e habitação, com paredes de madeira, camas de bambu e telhados de folha de bananeira e palha.

Em um canto da baía, as montanhas se ligavam ao solo por ríspidos rochedos verticais. No outro, o declive era mais suave e, entre a areia e a água, havia um recife, exposto na maré baixa e encoberto na alta. A caminhada até ele, por pontes e vias de terra entre os arrozais, levava dez minutos a partir da bifurcação, e já oferecia vislumbres da onda local.

O mar revolto era reflexo da sensação que despertava em mim. Na superfície amarronzada pela chuva recente emergiam ondas fracas e mexidas, entretanto alinhadas e quebrando sempre no mesmo lugar. A impressão que eu tinha era a de estar em frente à menina mais bonita da escola, mas tendo ela acabado de acordar. E, no banco de madeira pregado numa árvore bem na frente do point, estava o que seria o menino mais feio da escola (tendo também, ainda por cima, acabado de acordar).

Seu corpo era magro, baixo e levemente corcunda. A pele, mais irregular que o recife diante de nós. Tirou os óculos escuros – iguais àqueles que vinham de brinde quando se comprava um tênis do Tigor T. Tigre – do topo da cabeça, mas os cabelos enrolados se mantiveram puxados pra trás, como que pra sempre confinados àquela posição. Aí abriu um sorriso largo, cheio de dentes se acotovelando pra ver o que acontecia fora daquela boca, e acenou para mim.

– O canal fica ali – apontou para uma fissura estreita no recife, pela qual eu muito remaria nas semanas seguintes. – Pra quando você quiser pegar umas ondinhas – ele balançou a cabeça frenético, como um cachorro se secando ao sair da água, e depois riu da minha risada.

– Obrigado. Seu nome... – ele respondeu antes que eu completasse a pergunta.

– Garal e o seu?

– Felipe.

– Felipe? Oh! Significa "aquele que traz a luz"! – ele cobriu a boca com as mãos como se a minha aparição fosse um milagre.

– Caralho. Que bonito – reagi meio entusiasmado e meio sem jeito, tendo aprendido que o meu nome, vindo do grego, significava um sem graça "amigo dos cavalos".

– Você veio... – ele arregalou os olhos e meneou a cabeça em direção à prancha debaixo do meu braço. – ... pegar umas ondinhas? – e sacudiu a cabeça com menos animação do que antes, mas ainda o suficiente para me fazer rir.

– Sim. Você também... pega umas ondinhas?

– Na verdade, eu surfo só acompanhado da minha namorada – ele não se contentaria em ser menos sarcástico que eu. – Surfe de cama, conhece?

E aí nós dois desatamos a gargalhar enquanto ele abria os braços como se estivesse surfando, mas pulava no banco e rangia os dentes como se estivesse fazendo outra coisa. Obedeci à mão que tapeava o banco de madeira convidativamente e sentei ao seu lado antes de entrar na água. Garal queria me explicar a onda.

– Você não consegue ver todo o recife por causa do mar, mas ele é tipo um triângulo isósceles, com um cateto virado pra gente e o outro virado pra esquerda.

– Hã? – não consegui verbalizar em palavras a surpresa com o rumo que a conversa tinha tomado. Bastou uma gargalhada para que fôssemos de surfe de cama a geometria.

– Um triângulo isósceles. É que eu tô lendo um livro de Matemática, e um triângulo isósceles é exatamente o que esse recife é. Você entende de Matemática, né?

– Um pouc...

– Beleza, então escuta. A onda, aqui em Sampurna, vem quebrando por fora da hipotenusa do triângulo: pra direita, pra quem vê da praia; pra esquerda, pra quem surfa. É uma esquerda rápida, mas não muito difícil. E longa, cara. Muito longa.

– Como você sabe de tudo isso se você não surfa? – eu o interrompi.

– Eu nasci aqui, cara. E desde os catorze anos eu fumo um cigarrinho aqui, neste banquinho, de frente pra essa ondinha.

– E surfar nunca te passou pela cabeça?

– Primeiro: eu nunca tive prancha. Segundo: eu sempre preferi surfe de cama. Mas voltando ao assunto: pra entrar no mar, tem duas opções. Caminhar até a ponta do cateto vertical e pular na água ou remar pelo canal, que é aquela fissura no cateto horizontal que eu te apontei agora há pouco. A primeira massacra os pés. Você precisa arranjar umas botinhas de borracha, depois eu te ajudo com isso. A segunda geralmente resulta em algumas ondas na cabeça a uma proximidade nada confortável dos corais. A escolha é sua.

Eu escolhi o canal, e fiquei de me encontrar com Garal mais tarde, na praia, sem ligar para a imprecisão temporal e espacial que "mais tarde" e "na praia" representavam. Por mais que o mar estivesse pequeno, pude notar como a onda quebrava sempre penteando a borda do recife.

Uns trinta metros mais perto da praia, uma seção mais elevada dele se protuberava pra fora do mar, exibindo pontas afiadas e curvilíneas, como chamas petrificadas. Era a linha de chegada que eu jamais queria cruzar.

Se eu seguisse sempre o curso das ondas, ou seja, se estivesse sempre por fora da hipotenusa de Garal, não haveria problema. Mas uma queda na hora errada, ou uma série de ondas na cabeça e eu poderia ser arrastado pro interior maligno do triângulo. Foi atormentado por esse receio que, em vez de sair pelo estreito canal, decidi remar meia hora até a parte da praia onde ficavam os warungs e a bifurcação, onde não havia mais corais e a água chegava até a areia.

Garal berrou meu nome enquanto eu passava pelos coqueiros e retornava à casa onde ficava o quarto que eu tinha alugado.

– Senta aqui, Felips! – ele deixou escapar um riso fugaz e tapeou a esteira de bambu na qual estavam deitados, ao lado de uma mulher, um jovem e uma criança.

– Boa tarde – eu cumprimentei a família em indonésio.

– Ha-ha! – Garal jogou a cabeça pra trás e a trouxe de volta num instante, antes que a família pudesse me cumprimentar de volta. – Você fala indonésio, então?

– Só sei uma coisa ou outra – respondi, desconfiado quanto à enorme graça que ele tinha achado naquilo.

– Olha: essa aqui é Mama, essa é Alaia e esse é Wan – ele tocou o ombro da mulher, da garotinha e do jovem. Todos dirigiram a mim uma saudação que não compreendi. – Aqui em Sampurna, eu e mais um ou outro professor falamos inglês, Felips – ele estava gostando de brincar com o meu nome. – Tirando a gente, todo mundo fala a língua local. Também se fala indonésio, mas a língua-mãe não é essa. Se você quiser ficar aqui, é melhor você aprender a falar sundanês.

•••

Nos dias seguintes, nem o vento nem a chuva deram as caras, e a onda pôde se apresentar a mim decentemente. Lá de longe, vinha desfilando veloz ao longo da hipotenusa de Garal, a espuma sendo despejada pela crista sobre uma parede azul opala impecavelmente lisa. Aqui, não surfei sozinho. Além de Wan, que sempre aparecia no meio da manhã, dois franceses vinham de barco, um pouco mais tarde. Esses eu reconhecia por causa das pranchas repousando na proa, o que distinguia a embarcação das dos pescadores que regularmente entravam e saíam da baía. Wan chegava por terra, mas não por isso era menos notável.

Mesmo a milhas de distância eu conseguiria distinguir a sua cabeleira loira despejada até a altura dos ombros, destacada pelo contraste com a pele escura. A mandíbula quadrada, o peito erguido e as costas largas inflavam-lhe a silhueta. E, na água, a sua presença não era menos imponente.

Wan sempre esperava pelas séries mais pro fundo do que qualquer um. Não lhe interessava o que quebrasse com um tamanho menor do que a altura dele – e olha que ele era alto. Ninguém falava, mas todo mundo entendia o consenso que garantia a ele o direito de pegar as maiores ondas. Consenso que eu, aliás, jamais contestei. Cada movimento dele naquela prancha de pontas arredondadas me deixava boquiaberto. Ele talvez não fosse o melhor de nós – o francês ou até eu, num dia inspirado, conseguíamos ser mais plásticos e abusados. Mas nós, inevitavelmente, cometíamos erros. E Wan não cometia. Seu surfe era maduro. Precipitação zero. Costurava nas paredes imensas curvas amplas com uma precisão cirúrgica, entrando e saindo das ondas sempre na hora certa. Sua postura era rígida, mas relaxada. O olhar, de tão concentrado, intimidaria o mar caso ele pudesse enxergar. E a boca não se abria em momento algum.

Mesmo já tendo sido apresentado a mim, ele limitava a nossa comunicação a um aceno de cabeça quando entrava no mar. O silêncio pairava sobre a água como neblina na serra em uma manhã fria, só sendo perturbado pelo soar do minarete da mesquita da vila, convocando os fiéis para a reza, em horários fixos: quatro da manhã, meio-dia, três da tarde, seis e sete da noite.

Quando isso acontecia, Wan pegava a primeira onda que aparecia – abrindo mão da seletividade criteriosa que norteava o seu *modus operandi* no mar – e saía pelo canal.

– Ele foi adotado por Mama depois de se desentender com a família e abandonar a cidade onde nasceu – Garal já tinha me contado. – Ela tem um coração enorme, cara – e isso ele nem precisava ter dito para que eu percebesse.

Todas as famílias que moravam na praia tinham me acolhido com carinho, talvez por causa do meu empenho em aprender a falar sundanês, e com todas eu conversava e punha em prática as frases que tinha aprendido no dia anterior. Mas era no warung de Mama que eu passava mais tempo.

Alaia, a sua filha biológica de três anos, sempre me seguia na minha caminhada entre as cabanas, e aguardava pacientemente cada parada, ouvindo os diálogos e franzindo o cenho de estranheza quanto a minha dificuldade em pronunciar aquelas palavras que, para ela, eram tão naturais. Quando onze cabanas já haviam sido visitadas – e, de canto de olho, eu acompanhava a contagem dela com os dedinhos –, ela arregalava os olhos levemente puxados, descortinando duas grandes pupilas totalmente negras. Tirava a franja curta da testa com uma mão, e aguardava até que eu me postasse ao seu lado.

Não me puxava, porque ainda tinha vergonha de encostar em mim. Mas andava ao meu lado, um pouco mais adiante, guiando-me até o warung da sua mãe. A cabeça, que batia no máximo na minha coxa, permanecia virada, vigiando-me durante o trajeto. Aí, quando chegávamos, ela escalava uma esteira de bambu, ofegante pela missão recém-cumprida, sentava de pernas cruzadas e me recompensava com um sorriso minúsculo, que lutava para abrir uma fenda entre aquelas bochechas desproporcionalmente grandes.

Mama então saía de dentro da cabana, com a expressão cansada, mas o andar vigoroso, e pegava alguma coisa na geladeira para eu beber, antes de sentar ao nosso lado em uma das esteiras. Depois verificava minhas costas e pernas, procurando por cortes que porventura o recife tivesse feito, e, na ausência deles, e da necessidade de se aplicar algum remédio, suspirava aliviada, baixinho. A missão dela também estava cumprida. Podíamos, enfim, encher o meu caderninho de novos substantivos e verbos em sundanês, cada um precedido por uma mímica hilária performada por algum de nós.

– Bebe, tio Felipe – Alaia superou a vergonha e ordenou, num dia em que, de tão empolgado com a aula, me esqueci do suco de laranja que segurava em uma mão.

– Felipe – a voz de Wan veio de trás do balcão do warung. – "Aquele que traz a luz."

Ele era o único que não ria daquela definição.

•••

Dentre todas as cabanas da praia, uma era significativamente menor que as outras. Yoga e sua mulher não tinham filhos, e, portanto, moravam num quarto pequeno, separado, por uma cortina verde e amarela, do balcão onde vendiam refrescos para os turistas indonésios que apareciam nos fins de semana.

Yoga vestia sempre camisas largas de mangas compridas e calças, apesar do calor, para o qual ele parecia não ligar. Seu rosto já esguio era ainda mais alongado por dois atributos: a *taqiyah*, uma touquinha islâmica baixa e cilíndrica, que sempre repousava sobre os cabelos; e um chumaço cinzento de barba que pendia do queixo, como os pelos de um cabrito. Esse, ele vivia acariciando com os dedos, enquanto me ensinava a estruturar frases em sundanês, com um método muito mais organizado do que o que Mama e as mulheres dos outros warungs utilizavam quando praticávamos a língua. Não era por acaso. Yoga era um dos mais antigos professores da escola local.

– Me diz uma coisa... – interrompi uma lição, na qual falávamos de pronomes. – O nome de todo mundo na Indonésia se parece com nomes de personagens de desenho animado?

Ele riu, mais com os olhos do que com a boca.

– É sério – continuei. – Garal, Yoga, Wan... daqui a pouco eu acho um Goku por aí...

– Muitas mães escolhem os nomes dos filhos mais preocupadas com o som deles do que com o significado – ele ignorou a minha menção ao Dragon Ball Z, ou porque o desenho não era do seu tempo ou porque jamais passara na Indonésia. – Por um lado, muitos nomes são bonitos e fáceis de lembrar. Por outro, pode ter alguma confusão...

– Como assim... confusão?

– Por exemplo, eu vejo nos filmes que, nos países ocidentais, Yuri é nome de menino, e Nana é nome de menina. Aqui não existe distinção. Yuri pode ser uma mulher, Nana pode ser um homem, e vice-versa. O que importa é que soe bonito.

– Sua mãe também escolheu seu nome pelo som? – eu perguntei.

– O que você acha? – ele começou a sorrir, certo de que eu já imaginava a resposta.

– Que não – com os cantos da minha boca, imitei-o.

– Claro que não. Meu pai era nervoso. Viciado em jogo. Meio fanático. Descontrolado. Minha mãe me chamou de Yoga na esperança de que eu fosse um homem mais calmo.

– Eu acho que funcionou – não contive o elogio quanto à sua serenidade, e nós dois sorrimos juntos. – Garal aprendeu a falar inglês com você? – mudei de assunto quando, de súbito, dei-me conta de que só tinha conhecido duas pessoas que falavam inglês na vila, e que provavelmente uma tinha ensinado a outra.

– Sim. Eu dei aula pra ele.

– Pra Wan também?

– Não. Wan não foi à escola.

– A essa escola – apontei na direção da escola local – ou a nenhuma escola?

– Até onde eu sei, a nenhuma escola.

– Porque ele não quis ou porque ele não pôde?

– Porque não quis. Tenho certeza de que Mama fez de tudo pra que ele mudasse de ideia.

– E é comum... que não se goste de ir à escola, aqui em Sampurna?

– É comum não gostar de algumas disciplinas da escola. Na hora da educação física, eu nunca vejo ninguém reclamando.

– Quais são as disciplinas "chatas"? – perguntei, depois de recordar meus tempos de colégio e concordar com a preferência das crianças locais.

– Suas perguntas estão ficando mais difíceis, Felipe. Mas eu acho que... – e aí foi ele que, de súbito, deu-se conta de uma coisa. – Eu acho que você me deu uma ideia.

No dia seguinte, conforme combinado, eu me apresentei em algumas classes do primário da escola. O chamado do minarete, ao meio-dia, era o sinal para que encerrasse a sessão matinal de surfe, tomasse uma ducha e fosse me encontrar com Yoga e as crianças que ele teimava em chamar de "meus alunos", por mais que eu jurasse não ter muito o que ensinar.

– Nossas crianças podem até ser preguiçosas, mas são curiosas. Só a presença de um gringo já vai atiçar todas elas – ele cochichou no meu ouvido enquanto eu entrava na primeira sala. – Repare como elas observam cada gesto seu.

E, de fato, todas pareciam vidradas. Não que eu também não estivesse. Todas as garotinhas usavam macacões ou vestidos coloridos, encimados por um véu geralmente branco. O "uniforme" dos meninos era uma calça e uma camisa xadrez, de manga comprida e botões. Tanto os banquinhos quanto as mesas eram de madeira. E, depois de cada aula terminada, todos faziam uma fila para beijar o dorso da minha mão e levá-la à testa, para, só depois da despedida formal, saírem da sala. Era impossível não me deslumbrar com o abismo cultural que separava aquele ambiente do outro, no qual eu e você, Louiz, crescemos juntos, em salas refrigeradas por ar-condicionado, apinhadas de cadeiras de metal e plástico, nas quais mal se cumprimentava os professores.

Com algumas piadas prontas em sundanês, que eu tinha memorizado na tarde anterior, arranquei risadas dos pimpolhos de todas as salas. Mas foi com uma participação relâmpago no futebol, que rolou no intervalo, que eu comecei a ganhar o carinho deles. Afinal, eu era mais próximo da criançada de cinco ou seis anos, em termos de idade, do que dos professores de mais de quarenta.

Yoga, no fim da tarde, não poderia estar mais entusiasmado. Coisa que, em um homem calmo como ele, transparecia através de uma frequência aumentada nas coçadas na barba e nas ajeitadas na taqiyah, além de um embrião de sorriso sempre prestes a crescer nos lábios. Ele queria que, nos próximos dias, eu ensinasse às crianças, em inglês, números, cores e animais. E que, se a coisa funcionasse bem, nós sentássemos com os diretores, depois, para discutir sobre o andamento do programa e um possível pagamento. Queria me ajudar, sempre que possível, a praticar o meu sundanês. Queria que eu não hesitasse em pedir a ele o que quer que precisasse. E queria, ainda naquele fim de tarde, levar-me pra conhecer as terras de sua família.

Foi lá que, diante de um arrozal gigantesco, cujas cercas que delimitavam seu fim eu quase não conseguia enxergar, pontilhado por estábulos, uma destilaria, e casas maiores do que quaisquer outras da vila, eu o questionei, mais ingênuo que desconfiado:

– Com todo esse espaço aqui... por que você vive com sua mulher naquela cabana m... – segurei o “minúscula” para não soar desdenhoso – ... pequena?

– Eu preciso ficar perto da praia e do mar, Felipe – o olhar varreu toda a plantação até chegar ao oceano, lá longe. – O nome que a minha mãe me deu não é o bastante pra que eu consiga manter sempre a calma.

•••

A primeira providência que as famílias da praia tomavam, quando me viam chegar perto dos warungs, com a prancha debaixo do braço e a expressão derretida pelo cansaço, era arranjar um lugar pra eu sentar em alguma cabana. A segunda era me trazer um coco.

Não adiantava eu pedir para pagar por ele. Enquanto as mulheres balançavam a cabeça, para cima e para baixo – não aceitando o meu pedido, mas sim aprovando o meu sundanês –, as crianças corriam para ver quem arrancava primeiro um coco do ramo jogado na areia, e algumas até se esticavam para alcançar um facão nas prateleiras mais altas dos warungs, até que as respectivas mães as contivessem, tomassem a lâmina e abrissem o fruto com a facilidade de quem corta um pedaço de salmão.

– No Brasil, quanto custa um coco? – uma zombou, certa vez.

– Umas dez mil rúpias – eu respondi, sério.

– Pois aqui é de graça – outra completou, e aí todas riram, a graça não estando na piada, mas sim na bênção que a natureza lhes concedia a cada momento.

– Além do mais, você é bonito – a primeira alisou a minha sobrancelha com o dedo, e depois apertou o meu nariz: justo os traços que, eu sempre achei, impediam o meu rosto de ser belo.

– Kasep! – as crianças repetiam num coro empolgado, apesar de envergonhado. – Bonito!

– Meu filho vai se chamar Felipe – uma mulher que estava grávida contou, orgulhosa. – E vai ter o nariz que nem o seu. Não achatado que nem o nosso – ela apertou a mão contra o meio do rosto e todas desataram a rir mais uma vez.

– Sabe... – eu tentei restituir a sensatez à conversa. – No Brasil, nariz assim não é legal. E as pessoas gostam de pele escura, não branca, que nem vocês preferem.

– Ah, bonito, pena que a gente tá na Indonésia – foi o humor, e não a sensatez, que foi restituído.

Em jogo de curupira, gol de bico vale mais que calcanhar.

– Felipe... – eu pensei alto, aproveitando o silêncio que sucedia mais uma rodada de gargalhadas, enquanto olhava para a barriga da grávida – ...“aquele que traz a luz”.

– Cinco watts! – uma garotinha me fez entender o gosto local pelo meu nome quando, em meio a risos das mais velhas, apontou para o teto da cabana, a lâmpada pendurada nele, e a logomarca nela impressa: Philips.

•••

Custou-me tempo – mais alguns nacos de pele e buracos na prancha – para que eu começasse a me acostumar com aquela onda. Para entender que era melhor caminhar pelo recife quando o mar estava grande, mas remar pelo canal quando estava pequeno. Que o *drop*[31] era mais íngreme, mas os tubos mais frequentes na maré baixa. Que a onda tinha três seções: a primeira mais gorda e gentil, a segunda uma parede veloz, e a terceira mais e mais côncava até, inevitavelmente, fechar-se sobre o recife e punir qualquer empolgadinho que não tivesse ejetado a tempo. E que a maré cheia fazia conectarem-se as três seções, oferecendo, a cada onda, um longo e prazeroso passeio sobre as águas.

31. Momento em que o surfista se põe de pé e desce a parede da onda.

Meu rolo de *silver tape* foi afinando conforme fornecia curativos para a prancha. Meu kit de primeiros socorros também emagrecia rápido. Eram raros os dias em que eu não saía com pelo menos alguns cortes nas canelas.

Em um começo de tarde, depois de uma sessão de cinco horas de surfe, fui arrastado por uma série enorme de ondas para cima da cama de corais que começava a ser exposta pelo recuo da maré. Era o que acontecia quando não se calculava bem a hora de sair do mar. Exausto e faminto, engatinhei até a areia, onde sentei e notei o sangue brotando dos pulsos e joelhos.

– Os beijos do coral – Wan apareceu do meu lado e comentou. Se foi uma piada, ele não riu. Continuou alongando os braços, pronto pra entrar no mar que tinha acabado de me virar do avesso. – Esse tanto de beijos... o recife gosta de você. É um bom sinal. Você tem muito mais com o que se preocupar por aqui – ele empertigou o corpo, encaixou a prancha debaixo do braço e partiu, impassível.

Wan estava certo. O mar, em Sampurna, não era de rosas. O recife cortante e os ouriços abundantes eram os perigos mais iminentes, mas mais inofensivos. Tubarões, por mais que nunca tenham me visitado durante uma sessão, eram diariamente vistos por pescadores a alguns quilômetros da costa. Afogamentos, ainda que raros, eram motivo constante de debates entre as famílias que moravam na praia: frequentemente se discutia se um japonês, morto enquanto surfava ali havia dois anos, tinha se enforcado com o próprio *leash*[32] ou desmaiado depois de arremessado contra o fundo de corais.

Aí havia os perigos invisíveis, sobre os quais eu ouvia bastante, mas com os quais não tinha contato. Era o caso da malária, relativamente sob controle no sudoeste da ilha de Java, e da Jemaah Islamiyah (ou "congregação islâmica"), cuja atividade na região, classificada pelos locais como quase inexistente, era difícil de rastrear.

A JI era uma organização fundamentalista que, através de atentados terroristas, reivindicava atenção para seu objetivo de estabelecer uma república islâmica na Indonésia. E, por fim, havia uma série de perigos geológicos que, ao meu ingênuo ver, causavam mais paranoia do que risco: a ilha de Java tinha quarenta e cinco vulcões ativos, dois tsunamis tinham atingido o país nos últimos dez anos e os terremotos eram incontáveis. A Indonésia, afinal, ficava sobre um origami de placas tectônicas.

32. Corda que prende a prancha a um pé do surfista.

Levou tempo, também, por mais que estivéssemos convivendo, para que eu visse no rosto de Wan uma expressão pela primeira vez. Essa expressão foi de dor, e essa dor não era dele, mas emprestada de mim.

Empolgado com uma onda comprida, perdi o momento de ejetar e a crista socou meu rosto, lançando-me para ser beijado pelo recife raso, justo numa área onde havia uma congregação de ouriços. Com os tornozelos apinhados de espinhos, manquei até a cabana de Mama. Num sundanês exasperado, ela me mandou esperar deitado numa esteira de bambu e logo voltou acalmada pela presença de Wan. Ele retorceu as sobrancelhas – como se os espinhos que me afligiam lhe fincassem a vista –, arrancou uma planta da areia e esfregou o caule leitoso dela nos meus ferimentos.

– Planta medicinal, Felipe – ele explicou, lacônico, porém reconfortante.

E aí aquele homem de ombros largos encarnou a sensibilidade de uma mãe e, pinça numa mão e agulha na outra, removeu, um por um, todos os espinhos da minha pele. Agradeci e ele, surpreso com meu sundanês, deixou escapar o começo de um sorriso. Então bagunçou meu cabelo com a mão, no gesto mais carinhoso que eu tinha recebido nos últimos meses.

– É bom que você conheça as plantas da praia – ele aconselhou. – Você também tem que conhecer melhor o recife. Ele gosta de ti. Não é pra você ficar te machucando nele – e pegou um cesto de fibras de coco para ele, alcançou um para Mama e um para mim, vestiu uma camiseta e sinalizou para que eu o acompanhasse. De mãos dadas a Mama, fui levado a uma parte do recife que a maré baixa tinha exposto.

– Pelo menos uma vez por semana, todo mundo que mora na praia vem aqui pra catar caramujos – Mama explicou, notando a minha surpresa diante da quantidade de pessoas que se equilibravam em chinelos sobre os corais cortantes.

Vi Yoga, distante, e o cumprimentei de longe. Garal também. Este veio saltitando a nosso encontro.

– E os caramujos servem para...? – eu perguntei.

– Comer! – Wan exclamou. – Esses bichinhos são... como se diz em inglês... – ele esticou vigorosamente um indicador diante da cintura.

– A-fro-di-sí-a-cos? – Garal sugeriu, escrevendo a palavra no ar.

– Isso! Afrodisíacos. Bom pra comer antes de ziggy zig – vi Wan rir pela primeira vez, depois que pronunciou a gíria sundanesa para "sexo".

Aquela era uma de minhas expressões preferidas. Exibia a tendência sundanesa à caricatura de um conceito através da sonoridade. Hitut, a gíria para "peido", era outro exemplo, sendo a última sílaba sempre pronunciada com ênfase, numa mímica pueril do som que o gesto produzia: tut!

Eu adorava aquela língua. No sundanês, cada conceito era expresso por três ou quatro variantes: uma "fofinha", que se usava com crianças ou garotas; uma formal, que se usava com os mais velhos; uma informal, que se usava entre amigos; e uma rude, que se usava com "inimigos".

– Todo conceito? Até palavras como... braço? Ou verbos tipo... andar? – eu reagi, perplexo, depois que Garal me explicou, ainda enquanto catávamos caramujos.

– Afirmativo, cara – ele respondeu.

– Quer dizer que toda a língua tem quatro camadas, como se cada uma fosse uma língua diferente? – continuei pasmo.

– Quer dizer que, num jantar com seus pais, sua namorada, e os pais dela, você precisa de um vocabulário do tamanho de um bonde pra se comunicar. O "fofinho" pra garota, o formal pros seus coroas, o rude para os sogros e o informal pra perguntar pra você mesmo: "que porra eu tô fazendo aqui?!" – os olhos de Garal rodaram pra lá e pra cá, enquanto ele formulava a piada, até se fecharem em apoio ao riso histérico que se seguiu.

Depois da aula sobre a língua e da aula sobre o recife – Wan andou o tempo inteiro sem chinelos, sobre o coral macio, sabendo de cor onde ele se tornava escorregadio ou cortante –, voltei com uma cesta pequena cheia de caramujos. Não porque eu era um bom catador, mas porque as cestas de Mama e Wan já tinham atingido suas capacidades máximas, e eles tiveram que despejar o excedente na minha. Meus olhos destreinados tinham achado só dois espécimes encrustados no coral, em mais de uma hora de procura. Até a pequena Alaia, que aparecera depois, tinha coletado mais do que eu.

Os moluscos, fritos, serviram de acompanhamento a um pato que Wan capturou perto da cabana de Mama. Auxiliado por um Garal que esperneava com o animal toda vez que este se contorcia, amarrou suas patas, pendurou-o de cabeça pra baixo numa árvore e fechou os olhos.

– Bismillah al Rahman al Rahim... – ele murmurou, em uníssono com Garal, baixo o suficiente para que o dizer fosse interpretado como uma reza, mas alto o suficiente para que todos ouvíssemos. – Em nome de Allah, o clemente, o misericordioso...

Aí abriu os olhos, sacou um facão não sei de onde e degolou o animal com um único e preciso movimento. Garal, não compartilhando da sua frieza, mordeu o lábio inferior e saiu pulando de aflição.

As mulheres dos warungs vizinhos depenaram o pato em uma bacia de água quente, alguns de seus maridos cortaram-no em pedaços, e outros assaram-no numa grelha colocada na areia.

Enquanto isso, dancei com as crianças da praia, e até Alaia, tímida, às vezes saía de trás de uma pilastra de onde observava tudo e arriscava alguns passos. Depois ainda dividi uma garrafa de cerveja com Garal, escondido. Todo o resto bebia só café e água. Na vila, mulheres jamais ingeriam álcool, e homens só o faziam em ocasiões muito especiais.

Aquela foi a primeira de muitas noites que passei em uma das esteiras de bambu junto à cabana de Mama. Caí no sono depois de comer alguns pedaços de pato e de muito rir das imitações que Garal fazia do andar de peito inflado de Wan. Este somente balançava a cabeça e deixava os cabelos caírem sobre o rosto. Por entre as mechas loiras, todos viam que ele não conseguia segurar o riso.

Fui despertado pela luz do nascer do sol e pela necessidade de surfar. Ainda deitado sobre os filetes de bambu, percebi um par de bracinhos rechonchudos ao redor do meu pescoço. De pálpebras cerradas e boca entreaberta, a pequena Alaia fazia do meu peito o seu travesseiro.

•••

– É assim que a criançada se sente quando te vê entrando na sala – a fluidez com que Yoga disse indicava que aquela frase era mais planejada do que espontânea.

Eu estava ajoelhado diante de um copo de vidro em cujo fundo repousava uma pepita de ouro do tamanho de uma bola de gude. O deslumbre estava escrito abaixo da minha testa, em letras arregaladas, sublinhado ainda por uma boca aberta.

– Ah, não é – retruquei. – Essa é a primeira vez que eu entro numa refinaria de ouro. Eles veem professores entrando e saindo da sala todos os dias.

– Eles não veem gringos entrando e saindo da sala todos os dias. Além do mais, eles te acham engraçado e bonito – ele insistiu, elogiando.

– Eu acho a mesma coisa desse lugar – falei, e, quando percebi o homem que trabalhava lá me apontar um olhar sério, corrigi-me. – Quero dizer... acho mais bonito do que engraçado, claro.

O homem vestia um boné com o nome de algum político, tinha uma barriga enorme e uma camada de suor que já se alojara permanentemente sobre sua pele. Sampurna já era quente, e era insuportável ficar por muito tempo no interior daquela refinaria construída com pedaços velhos de madeira e alumínio, onde engrenagens peregrinavam eternamente, alimentadas pelo vapor suado por litros de água fervente.

Yoga gostava de me levar para conhecer as pessoas mais excêntricas da vila. Às vezes porque eu pedia, às vezes porque elas pediam, e às vezes porque ele pretendia me paparicar. Era este o caso da visita àquele homem que inventara um método revolucionário de se refinar ouro, mas que, a julgar pelo ambiente em que trabalhava, ainda não tinha ficado rico com a descoberta.

As aulas em Sampurna vinham dando tão certo que eu começara a ensinar também em Yapah[33], a cidade grande mais próxima, a meia hora de moto. Por mais que lá eu estivesse sendo pago, o trajeto na garupa da moto triturava a minha bunda e moía a minha paciência. Eu ia só uma ou duas vezes por semana, mas cogitava passar a não ir nenhuma. Yoga tentava fazer a minha cabeça mencionando o dinheiro, a felicidade dourada das crianças em serem ensinadas por um gringo e o gosto que os diretores das novas escolas sentiam por mim. Ele mesmo já tinha lecionado em quase todos aqueles colégios. E era pela insistência gentil dele que eu sacrificava, em um dia ou outro, algumas horinhas de surfe.

Meus alunos em Yapah eram mais velhos, atentos e demandadores. O desafio também servia de estímulo para que eu encarasse o *rally* que era o percurso da vila à cidade grande.

Na tarde que sucedeu a visita à refinaria, o tema da aula eram elementos da natureza. Acontece que, no indonésio, a mesma palavra (karang) se referia tanto a "pedra" quanto a "coral", e foi tentando explicar a diferença dos dois conceitos, no inglês, que eu me vi em uma encruzilhada.

Depois de alguns minutos de pensamento silencioso, diante de uma classe igualmente quieta, concluí que não seria através da linguagem verbal que eu os faria entender aquela discrepância. Pedi um minuto, corri até o pátio, cujo solo eu recordava ser coberto de pedrinhas, e comecei a vasculhar com os olhos. Minha memória me traiu. O que cobria o chão não eram pedrinhas, mas fragmentos de coral morto, provavelmente trazidos da praia. De qualquer modo, peguei um punhado deles e voltei à classe, cujas paredes – dessa vez eu tinha certeza – eram de pedra.

Distribuí os pedaços de coral entre os alunos, que me receberam com um suspiro de alívio, como que tendo achado que eu tinha fugido. Apontei para os fragmentos nas mãos deles e escrevi "coral", em inglês, na lousa. Depois apontei para um bloco que constituía a parede e

33. Nome fictício.

escrevi "pedra". Entre as duas palavras, desenhei o sinal matemático da diferença, e, abandonado pelo capacidade de me expressar pela fala, torci para que eles suspirassem de alívio mais uma vez.

Não o fizeram. Correram atrás da capacidade que me faltava. E eu só não larguei o giz e sentei em uma das cadeiras porque todas já estavam ocupadas.

– Quer dizer que a "pedra" é uma coisa morta, e o "recife" é uma coisa viva? – uma garota se dirigiu a mim, mas não tive tempo de responder.

– Então quando um "coral" morre, ele vira "pedra"? – sua vizinha levou o raciocínio adiante.

– Já sei – um menino no fundo da classe levantou o braço e se pronunciou, concluindo o pensamento coletivo daquele monte de neurônios cobertos por véus e cabelos moicanos. – A diferença entre o "coral" e a "pedra" é a idade que cada um tem.

•••

Como se as sessões matinais de surfe não bastassem, comecei a jogar bola todo dia (em que não tinha nenhuma aula marcada) às quatro da tarde. O cantarolar da mesquita, às três, despertava-me da soneca pós-almoço a tempo de tomar um café, caminhar até o campo (de terra) e brincar com a criançada antes de o jogo dos mais velhos começar.

Aí a molecada corria pra trás de uma das traves do gol, acocorava-se numa fileira e idolatrava silenciosamente cada um dos homens que trotavam para dentro das quatro linhas, devidamente uniformizados. Não que os uniformes fossem, de fato, uniformes. Cada um vestia a camisa do seu time europeu favorito, e, no caleidoscópio de cores em movimento, era para a cabeleira loira de Wan que eu vivia direcionando meus passes. Sempre parceiro de time, além de parceiro de posição, ele gostava de agradecer as minhas bolas trotando até mim e me dando um cascudo na cabeça, entre um lance e outro.

Em alguma lateral do campo, Mama ria do gesto. Alaia, no seu colo, erguia os bracinhos e ensaiava aquele sorriso em miniatura, como se tivesse testemunhado um gol. Ambas não perdiam uma partida sequer.

De zagueiro, sem fazer firula nem parte das discussões acaloradas que por vezes atormentavam o juiz, pouco a pouco ganhei o respeito de todos. E um par de chuteiras velhas de presente.

Por cima dos cortes mordiscados pelo recife, nos meus pés começaram a aparecer bolhas infladas pelo atrito com a sola áspera. Não importava. Eu me dedicava religiosamente a cada onda surfada pela manhã, a cada bola disputada pela tarde e a cada minuto passado com Mama, Wan e Alaia, de noite, na praia. Era reconfortante assentar-me de novo em uma rotina, depois de tantos meses de viagem. Ainda mais em uma rotina como aquela.

Reconfortante era, também, a minha presença na grande área, para Yoga. Um dos goleiros, ele estava sempre acariciando o cavanhaque, comprido como um dedo, com suas luvas enormes. Tendo sido quem me levara ao futebol pela primeira vez, fazia questão de sempre jogar no meu time. Eu gostava de pensar que não era só pela nossa amizade, mas também pela segurança que eu lhe passava. A cada bola que eu tirava, ele reagia do mesmo jeito – estando eu olhando ou não: as crianças viviam comentando comigo. Largava o cavanhaque, juntava as mãos deitadas na barriga e se inclinava rapidamente pra frente, os olhos semicerrados, grato como se eu tivesse salvado a sua vida.

•••

Amigo é aquele com quem você se sente confortável em conversar, mas irmão é aquele com quem você se sente confortável em ficar em silêncio.

O laconismo, que antes eu achava que se interpunha entre mim e Wan, agora eu percebia que nos conectava. Fosse dentro da água, quando um vibrava a cada manobra do outro; fosse fora dela, nas tardes em que o mar, de tão grande, ficava fora de controle e nos obrigava a assistir a sua fúria a partir do banquinho de madeira pregado na árvore.

Não posso dizer que meu aniversário chegou de repente. Durante a minha estadia em Sampurna, pela primeira vez na vida, vi o tempo passar nem tão depressa nem arrastado. Os quadradinhos do calendário simplesmente foram sendo riscados – preenchidos por tinta e memórias – até que o próximo espaço em branco fosse o dia trinta de abril.

Naquela manhã, vi que Wan caminhava sobre o recife mais rápido que o normal, para entrar na água. Sua face, que vista do mar era sempre nada mais que um triângulo negro coroado por uma cabeleira dourada, dessa vez tinha um risco branco em sua parte inferior.

Ele pulou na água, veio remando depressa – o sorriso refletindo os primeiros raios de sol do dia – e me deu um cascudo tão forte que me derrubou da posição sentada na prancha.

– Parabéns. Agora você não é mais um adolescente – ele disse, meio sem jeito.

Quem diria que, quando eu completasse vinte anos de existência, um sundanês mal-encarado do qual eu tinha aprendido a gostar seria o primeiro a me parabenizar. Eu retribuí o sorriso, voltei a sentar na prancha, e o deixei pegar uma, duas, três ondas enquanto pensava, alheio a elas e a ele. Meus últimos três aniversários tinham sido comemorados em baladas brasileiras, cujos preços dos ingressos me sustentariam por umas três semanas em Sampurna. Na presente ocasião, entretanto, não haveria balada. O que não quer dizer que eu ficaria sem festa.

No fim da tarde, Wan e Garal prepararam as grelhas e convidaram todas as famílias da praia para que fizéssemos um churrasco maior que todos os que havíamos feito nas semanas anteriores. Com os dois, escolhi um pato e meia dúzia de galinhas. Nunca imaginei que fosse capaz de participar da matança de tantos animais em tão pouco tempo. As aves foram amarradas, penduradas em um galho de árvore e degoladas, uma atrás da outra, em menos de vinte minutos. Ao fim do ritual, o despejo de sangue na areia fora tanto que a árvore parecia circundada por geleia de framboesa em pó. E eu aprendi a pronunciar tão bem o *Bismillah al Rahman al Rahim* (Em nome de Alá, o Clemente, o Misericordioso), que Wan me elogiou com uma piada, e Garal o fez com seriedade.

Não joguei bola nem dei aula naquele dia. A única coisa que eu ensinei foi o *Parabéns pra Você*, em inglês, para Alaia. Cantando a canção numa voz delicada e um sotaque indescritivelmente fofo, os olhinhos engolidos pelas bochechas que o sorriso erguia, ela me trouxe uma camiseta que Mama comprara de presente para mim. Com um beijo que fez estalar uma das bochechinhas gordas da menina, e um abraço que quase esmigalhou as costelas de Mama, eu tentei demonstrar a intensidade da minha gratidão.

As outras famílias foram chegando, e me trouxeram mais uma camiseta e algumas garrafas de cerveja. Estas, sempre que eu ia buscar na geladeira, estavam mais vazias do que eu as deixara depois de encher o último copo. Garal, sempre que eu retornava da cozinha, dançava mais alegre do que qualquer outro convidado.

Yoga passou a maior parte do tempo com a mulher, numa esteira de bambu, comendo ou observando o movimento. Cheguei a lhe oferecer uma cerveja, que foi prontamente negada.

– Vai contra os meus princípios – a resposta polida escondia a repreensão que o olhar escancarava. Ele acompanhava os movimentos de Garal, incrédulo quanto à conduta do ex-aluno.

Até Wan chegou a dançar. Encorajado por Mama, equilibrou entre os dentes a coxinha de galinha que comia, e mostrou o rebolado mais desenvolto da festa. Fosse menos sorumbático, daria um belo pé de valsa.

Alaia ainda não tinha o mesmo gingado do meio-irmão, mas, com o passar do tempo, esquecera qualquer vergonha que um dia tivera na minha presença. Com um pijama azul-claro estampado com porquinhos, mexia a cintura, com as mãos nos quadris, esvoaçando os babados nas pontas das mangas e das pernas das calças. Quando cansava de ver o mundo de um ponto de vista mais baixo, esticava os braços pro alto e pulava no meu colo. Era o sinal para que eu saltitasse pela areia com ela, por entre as mulheres que dançavam desinibidas como se aquela fosse a última noite do mundo e homens que riam como se aquela festa fosse uma piada sem fim. O rosto dela, do lado do meu, mas virado para trás, emitia um suspiro constante marcado por gargalhadas agudas e esporádicas. Eu não via os seus olhos, mas tinha certeza de que as pupilas pretas brilhavam como um ônix recém-polido.

Não era tarde quando a pista de dança que fora estabelecida em frente ao warung de Mama começou a esvaziar. Tampouco era cedo. Era suficiente. Um por um, todos me cumprimentaram de novo e foram embora. Até que chegou a minha vez de sucumbir ao sono.

– Boa noite, bonito – Mama e uma mulher que remanescia se despediram de mim.

– Até amanhã, tio Felipe – Alaia subiu numa esteira de bambu para poder alcançar meu braço, beijou o dorso da minha mão, levou-a até a testa e inclinou a cabeça para a frente, exibindo o mesmo sorrisinho inabalado. Era, certamente, a mais animada da noite.

– Dorme bem, barayana – vieram de Wan as últimas palavras do dia. Não sei se foi a sua voz engrossada pelo cansaço, ou a imagem que um dia eu tivera dele, ou a gota final da enorme dose de carinho por mim recebida naquela noite, que me chacoalhou o coração. Talvez a suntuosidade do som e do significado de barayana, a palavra sundanesa para "irmão", fosse a causa do baque que senti.

Voltando para a cabana ali ao lado, onde eu vinha passando as últimas noites, mirei a cabeça para o alto, para vencer a disputa com a gravidade pela lágrima que se formava em um dos meus olhos. Não havia uma nuvem no céu. O universo apontava seus infinitos holofotes silenciosos para mim, como que inquirindo: "e aí, o que você tem a dizer?".

E aí, não conscientemente, mas porque, dentre tudo o que me veio à cabeça, foi a coisa mais bela e capaz de exprimir a pureza do que eu estava sentido, peguei-me recitando:

– *Bismillah al Rahman al Rahim...* – e a batalha por aquela lágrima solitária continuava enquanto eu caminhava olhando para cima. – Em nome de Alá, o Clemente, o Misericordioso...

•••

Estive em Yapah muito mais vezes. Ao fim de cada tarde letiva, as crianças pediam para tirar fotos comigo, os adolescentes me metralhavam de perguntas sobre o Brasil e os diretores me propunham pequenos aumentos no pagamento. Com este último contato eu pouco me importava. Os outros dois eram as razões que me faziam continuar voltando à cidade grande.

É claro que eu aproveitava para usufruir dos confortos que ainda não tinham atravessado a ponte pênsil que conduzia a Sampurna. Era preciso ir até Yapah para visitar um minimercado (Sampurna tinha só um nanomercado), entrar na internet, achar remédios, ou, como foi o caso, certa vez, imprimir fotografias.

Eu aguardava na porta da gráfica pela dúzia de fotos que daria de presente em Sampurna, quando um dos funcionários veio dos fundos do estabelecimento carregando uma pilha de papéis com os braços. Eu estava prestes a alertá-lo de que tinha mandado imprimir só doze fotos, mas percebi do que se tratava quando ele deixou a pilha em uma mesa, trouxe um exemplar em uma mão e estendeu a outra para que eu o cumprimentasse. Os papéis eram as páginas de uma tiragem do jornalzinho local. Na capa havia uma foto grande e algumas menores de um homem descalço diante de uma audiência de crianças em um pátio de jardim de infância. Sob as imagens havia um texto curto e para mim ininteligível, em indonésio. Reconheci o homem das imagens, assim como duas palavras que compunham o texto: "Felipe" e "Brazil".

Ou o funcionário da gráfica achou que eu era famoso, ou achou que eu estava ficando famoso, ou o texto me elogiava desproporcionalmente. As fotos saíram todas de graça, e ainda veio de brinde um aperto de mãos fervoroso e admirado.

No entanto, não foi só agradecimento que os presentes suscitaram. A intuição de Mama fez com que ela logo percebesse a moldura que encapsulava e motivava a existência daquele gesto. Assim que pegou suas fotos, pôs-se a chorar ofegantemente. Abracei-a, apertando a cabeça contra meu ombro, num impulso quase desesperado que desconhecia a causa da sua tristeza. Foi quando encarei Alaia, sentada na esteira logo atrás de sua mãe, que entendi a situação.

A menina arremessou contra mim um olhar que pesava uma tonelada. Metade dele me acusava instintivamente por aborrecer Mama. A outra metade lamentava minha despedida iminente.

– Não vai ficar aqui pra sempre, né, tio Felipe? – os lábios finos lutaram contra a expressão enrijecida.

"Por que entrou na nossa vida pra sair dela logo depois? Não gosta tanto de nós quanto gostamos de você?", falava o tremular da sobrancelha, em nome da boca selada pelo temor de que, se continuasse verbalizando seus medos, viesse a chorar como sua mãe.

Ainda abraçado a Mama, inclinei-me em direção à garota, tirei a franja da sua testa e nela dei um beijo longo. No meio dele, senti os dedinhos se entrelaçando com força na minha nuca, e os braços de Mama envolvendo-nos todos em um abraço triplo.

As fotos de Yoga eu dei pouco antes do começo de um jogo de futebol.

– Você nem imagina – eu estava ansioso para contar para alguém a novidade que, com Mama, não houve clima para compartilhar. – Na gráfica em que eu imprimi essas fotos, os caras tavam imprimindo um jornal comigo na capa!

– Eu já sabia – ele conteve um sorriso enquanto observava as fotos que tinha acabado de ganhar.

– Sabia que eu ia aparecer no jornal? – eu indaguei, tão curioso quanto surpreso. Ele continuou segurando o riso e não respondeu. – Por que não me contou?

– Todo mundo gosta de uma surpresa.

– Eu vou deixar que você tenha algumas surpresas no jogo de hoje, pra ver se você gosta – retruquei e comecei a caminhar rumo ao centro do campo.

– Espera, Felipe! – ele trotou e agarrou meu braço. – A surpresa não é só o jornal. As histórias sobre as suas aulas já se espalharam na cidade grande. E chegaram até a universidade – sua fala ficava mais devagar conforme as sobrancelhas subiam. – O reitor me fez uma proposta. Quer que você dê uma palestra para os graduandos do curso de inglês.

– Uma palestra? Numa universidade?!

– Para motivar os alunos a estudarem o inglês mais a fundo – ele arrematou a surpresa com um piscar de olhos cuja intenção parecia ser a de me passar confiança.

– Mas sobre o quê, exatamente?! – a confusão e o ânimo batalhavam por espaço na minha mente.

– Sobre o que quer que possa motivar os alunos a estudar a língua, ué – ele disse enquanto andava de costas em direção à sua área, de frente pra mim. – O que te motivou a aprender sundanês? – finalmente gritou, quando já estava quase debaixo das traves.

•••

– Está provado que as moscas e alguns outros insetos enxergam uma cor que nós, humanos, não vemos.

Eu comecei a discursar bem alto, já que o microfone não funcionava. Só seria ouvido se ninguém soltasse um pio naquele grande salão que virara um auditório improvisado. Atrás de mim havia uma lousa comprida em branco. À minha frente, mais de duzentos estudantes, um pouco mais velhos que eu.

– Eu quero que vocês fechem os olhos por um minuto e que tentem imaginar essa cor.

Dez ou quinze segundos tinham se passado quando vi que era hora de prosseguir. Alguns olhos indiscretos já se abriam, assim como algumas bocas ávidas por fofoca. Por mais que os ventiladores funcionassem na potência máxima, o calor grudava a camiseta no meu corpo. O reitor da universidade me olhava com expectativa, do fundo do salão. Eu olhava com receio para aquela multidão de indonésios despertando de seus exercícios imaginativos, com uma inquietação aparente que seria difícil de domar. Tirei um punhado de moedas de cinquenta centavos de real do bolso da bermuda, ergui a mão que as continha e continuei.

– Quero agora que tentem descrever a cor que imaginaram. As respostas mais criativas vão ganhar uma moeda do Brasil.

– Verde-claro... mas tipo... muito, muito claro – uma menina meio desligada falou alto. Acompanhei a gargalhada de todos e transcrevi a fala para a lousa.

– Uma mistura de roxo e laranja – um jovem se pronunciou, perto de mim. Contorci a boca, meio desapontado, e escrevi a resposta na lousa.

– O que fica no buraco que existe entre o coral-claro e o ocre-escuro – uma garota berrou de longe. Arregalei os olhos e lhe arremessei uma das moedas, que foi exibida como um troféu entre seus dedos polegar e indicador, no topo de um braço levantado.

Escrevi também a última resposta na lousa, no limite interno de um círculo que desenhei. A primeira resposta ficou escrita no centro, e a do meio, na metade do caminho.

– Esse círculo é a nossa capacidade de expressão através da língua. No meio dele, a língua é densa. Ali fica o vocabulário que usamos no dia a dia, frases comuns, respostas automáticas. Quanto mais caminhamos para as bordas, mais requintada fica a linguagem. Mais vasculhamos nosso repertório em busca de palavras difíceis, de estruturas complicadas, de imagens raras. O que eu quero mostrar pra vocês é que, por mais que nos esforcemos, nunca conseguimos sair desse círculo. O buraco entre o coral e o ocre pode ser mais distante que o verde-claro, mas tanto o coral quanto o ocre quanto o verde estão definidos em qualquer dicionário. A nossa imaginação é limitada pelo modo como é expressa. A nossa criatividade está eternamente confinada ao perímetro desse círculo. Podemos pensar fora da caixa, mas não podemos pensar fora dessa bola.

Nas testas enrugadas que se proliferavam diante de mim, eu lia um pouco de incompreensão e um pouco de desconfiança. Escrevi na lousa, então, em letras garrafais, uma frase do lado do círculo: "Os limites da minha língua são os limites do meu mundo – Ludwig Wittgenstein".

– Quero lhes dar quatro exemplos rápidos de quanto uma língua pode revelar sobre um povo – prossegui, enquanto escrevia na lousa:

1 = Língua > Comportamento.

– Meus pais sempre me disseram para eu tomar cuidado com ciganos. Eles roubam criancinhas, fazem bruxarias, e por aí vai, é o que pensa grande parte do povo brasileiro. O conselho comum é: fique longe deles. Não foi o que eu fiz. A Romênia, proporcionalmente, tem a maior população cigana do mundo. Eu passei um tempo em uma pequena vila cigana no interior do país, e o que descobri é que a imagem que se tem deles, no Brasil, que são arrogantes, mal-educados e rudes, é muito influenciada pela língua cigana. Para ficar só no básico, basta dizer que eles não têm uma palavra para "por favor". É claro que a boa educação deles é uma coisa diferente da boa educação que é ensinada a nós, na qual a comunicação verbal tem um papel importante. Além do mais, eles não têm uma palavra para "obrigado"! Bom, paremos por aí. O que importa é que eu fiquei amigo de muitos ciganos e que nada de muito mau me aconteceu enquanto estive lá. Meu preconceito com eles foi sumindo conforme os conhecia, e conhecia a sua língua.

Respirei fundo e esperei para ver se a história seria comprada ou desdenhada. A julgar pelas cabeças que meneavam positivamente aqui e ali, ela foi aceita. Encorajado pela inquietude do reitor – que se mexia na cadeira não de desconforto, mas de curiosidade – escrevi no quadro:

2 = Comportamento > Língua.

– Antropólogos têm descoberto algumas tribos interessantes na selva amazônica, na América do Sul. Em muitas delas, pratica-se o animismo, ou seja, se crê que todo elemento é um espírito: o fogo, a água, o ar etc. E não se tem eletricidade. Nem roupas de marca. Nem eletrônicos. Nem dinheiro. Nem comércio, nada de capitalismo. E sua língua, os antropólogos foram descobrir, não tem palavras para números. Só se diz "um" e, depois disso, "muitos"! Não existe "dois", "três" ou "quarenta e sete", porque ninguém precisa de "dois", de "três" ou de "quarenta e sete". Não se tem amigos no Facebook pra contar, dinheiro da passagem do ônibus pra separar, número de telefone da namorada pra decorar. A língua deles termina onde o mundo deles termina.

O calor continuava, mas eu parara de suar.

– Eu dei dois exemplos de palavras que não existem em certas línguas. Mas é agora que vem o interessante. O que me fascina mais são as palavras que só existem em seus idiomas. Aí entram o meu querido país, e o lindo país dos senhores. Os brasileiros são vistos como um povo caloroso. Acolhedores, simpáticos, um povo que valoriza relações pessoais, os amigos e os familiares. E que sente falta deles. Tanto que, no Brasil, há uma palavra específica pra esse sentimento que surge quando se está há um bom tempo longe de alguém que se ama: "Saudade". Quando as boas memórias queimam o coração e as lágrimas tentam inutilmente apagar o fogo. Bem, não vou me delongar tentando explicar o significado desse conceito. Nunca vou conseguir ensinar o que é "Saudade", e vocês nunca vão conseguir entender, até que aprendam a falar português.

Virei-me de costas para a audiência e na lousa desenhei dois outros círculos, sobrepostos, como num diagrama de Venn. A um, dei o título de "Português". O outro, intitulei de "Indonésio". Na área que pertencia somente ao "Português", escrevi "Saudade". A área que era comum aos dois círculos eu hachurei. Dela puxei uma seta.

– Aqui ficam as similaridades entre as nossas línguas. Tudo o que existe no português assim como existe no indonésio: pantai, ou "praia"; pagi, ou "manhã"; ombak, ou "onda". O mundo que é comum a todos nós.

Do campo do "Português" puxei outra seta. E preenchi toda a sua área com bolinhas.

– Esse espaço é onde fica a "Saudade". E tudo o que, no português, é diferente do indonésio. Palavras, expressões, onomatopeias, ditados, construções sintáticas... Essa área toda é quão maior o seu mundo fica se você aprende português. "Saudade" – e todo o background cultural que ela carrega – é um exemplo, mas existem mais incontáveis deles.

No espaço que era exclusivo ao "Indonésio", escrevi uma de minhas expressões favoritas: tanah air. Voltei a levantar a mão que continha as moedas de cinquenta centavos de real.

– Uma moeda pro primeiro que me der a tradução de tanah...

– Homeland – um garoto num estado petrificado de atenção respondeu antes que eu terminasse de falar. – Terra natal – ele completou, eu lhe joguei uma moeda e ele a capturou executando a menor quantidade de movimento possível.

– Mais uma moeda pra quem me der a tradução palavra por palavra, e não da expressão inteira.

– *Tanah* é terra. *Air* é água – dessa vez a resposta foi um pouco mais demorada. O intervalo de silêncio não significava que a audiência desconhecia a resposta, mas sim que, antes de mais nada, tentava prever o meu raciocínio.

Joguei uma moeda para a aluna. O quique metálico me surpreendeu. A moeda rodopiou pelo chão até repousar esquecida. Ou a jovem não tinha nenhum gosto pela numismática ou estava concentrada demais para compensar com um esticar de braços a minha falta de mira.

– Algum palpite sobre o significado dessa diferença? Sobre a razão pela qual "terra natal", aqui, é "terra-água"? – levantei o volume da minha voz, num misto de desafio e incentivo.

– Nosso país é todo feito de ilhas – a mesma aluna da última resposta falou mais consigo mesma do que comigo, o olhar perdido na branquidão dos espaços vazios da lousa atrás de mim.

– O país de vocês é feito de ilhas. Mais de dezessete mil ilhas – continuei levantando a voz até estabilizá-la, já satisfeito com a atenção expressa por todos aqueles olhos esbugalhados. – É água para todos os lados.

Equilibrando-me sobre o silêncio frágil que tomava a sala, fui até a lousa e circulei a expressão *tanah air.*

– O que *tanah air* quer dizer, de verdade, é que a gente não pertence só a um pedaço de terra, mas também a um pedaço de mar. O que *tanah air* quer dizer, de verdade, é que todos devemos tratar o mar como nossa "terra-água-natal". Porque é ao oceano que nós devemos a nossa existência. Eu, vocês, todo ser humano e todo animal ou vegetal que já existiu: porque foi no oceano que a vida surgiu em suas formas primitivas. Porque é ele o nosso eterno berço, nosso indiscutível progenitor-mor.

Porque é numa mistura de água salgada – um microcosmo marítimo – em que um dia fomos gestados na barriga de nossas mães; porque é de uma mistura de água salgada que é feito o sangue que corre nas nossas veias, assim como as lágrimas que choram nossas tristezas, ou o suor que conduz às nossas conquistas. O que *tanah air* quer dizer, de verdade, é que a água salgada foi e é a tinta com que se escreve a história do planeta Terra – planeta Água! – e as histórias de todas as civilizações que nele habitaram. O que *tanah air* quer dizer, de verdade, é que a ampulheta que mede o tempo universal não é feita de grãos de terra, mas sim de partículas de oceano. O que *tanah air* quer dizer, de verdade, é que mesmo a expressão mais corriqueira numa língua estrangeira pode despertar em qualquer um não só a sede pelo conhecimento, mas também o amor pela mais magnífica manifestação da natureza.

Expirei o pouco de ar que ainda me restava nos pulmões e deixei que o barulho servisse de ponto final a tudo o que eu tinha dito. O tilintar das últimas moedas que eu tinha, no fundo do bolso da bermuda, ressoou como indesejáveis reticências. Caminhei até uma mesa em um dos cantos da lousa, e soltei nela minhas canetas – o ruído dos meus passos sendo o único a desafiar o silêncio que preenchia todo o ambiente. Percebendo a multidão de olhares sincronizados que perscrutavam cada um de meus movimentos, à espera de mais exemplos – ou de conselhos, ou de pérolas de sabedoria, não sei –, resolvi complementar, dessa vez num tom espontâneo que não continha qualquer didatismo:

– É isso, galera. Se esforcem pra aprender inglês. E qualquer outra linguagem, não só as línguas faladas: fotografia é uma linguagem, cinema também, e física e religião... Todo campo de conhecimento humano, toda forma de expressão, é uma porta para um novo mundo. Um mundo que vai crescendo conforme cresce o conhecimento que vocês têm na cabeça.

E quando faíscas de cochicho surgiram aqui e ali, cabeças menearam enquanto assimilavam tudo o que havia sido dito, e alguns braços curiosos estavam prestes a se levantar em questionamento, pronunciei-me por uma derradeira vez:

– Qualquer pergunta que vocês tiverem, não tenham vergonha de fazer para mim – girei o corpo num movimento longo e devagar, não conseguindo ser discreto ao mirar o relógio pendurado na parede às minhas costas. Se eu abusasse do motor da minha moto, ainda daria pra chegar a Sampurna a tempo de pegar algumas ondas antes do fim da tarde. – Mas façam todas elas na próxima vez em que eu estiver aqui. Agora tenho que ir. Tenho um encontro importante. Obrigado, e perdoem a pressa!

Ergui um punho cerrado com o polegar em riste, acenando positivamente para o reitor, que se esforçava para conter um sorriso de satisfação lá no fundo do auditório. Ele me respondeu fechando os três dedos centrais sobre a palma de uma mão, e esticando o polegar e o mindinho. Um *hang loose* vindo daquele cara era a maior prova de que a minha palestra tinha sido bem recebida. Eu não duvido que ele fosse também um surfista. E que soubesse que o encontro tão importante que eu tinha era com Netuno.

Saí da sala a passos apressados, e comecei a correr em direção à minha moto logo que cruzei a porta e deixei de ser visto por aquelas duas centenas de alunos. Ignorando o próprio atraso, todos começaram a aplaudir, ainda que eu estivesse cada vez mais longe deles e do som que produziam. Mesmo que eu me distanciasse, no entanto, percebia as palmas soando mais e mais efusivas.

Enquanto corria, eu me perguntava se o reitor continuava ostentando seu *hang loose*. E se Yoga, contagiado pela satisfação dele, em algum lugar daquele auditório, não estaria, quem sabe, fazendo o mesmo. Se o reitor fosse sensato, organizaria o resto do dia letivo em torno do mesmo tema que eu tratei na palestra, para canalizar o entusiasmo dos alunos. Mas se fosse surfista, como eu suspeitara, e tivesse checado a previsão das ondas na internet, encerraria as aulas sem mais delongas.

•••

A chegada de uma ondulação nova e perfeita me fez abrir mão de qualquer compromisso em prol do surfe. No dia da palestra, eu surfei de manhã, depois do almoço e no fim da tarde, depois de voltar de Yapah zarpando sobre uma motinha. As condições se manteriam, segundo a previsão, somente por mais dois dias.

Entre um metro e meio e dois metros de altura, as ondas tinham força e velocidade sem serem assustadoramente grandes. A direção da ondulação – que atingia o recife não de frente, mas diagonalmente – fazia com que as paredes fossem excepcionalmente compridas. Não havia mais ninguém na água. Se nenhum ouriço me beliscasse, eu continuaria pra sempre pensando estar dentro de um sonho.

O vento, soprando terral[34] na maior parte do tempo, deixava o mar liso como um lenço de caxemira. E os tubos, na maré baixa, eram inevitáveis.

Devia ser um pouco mais tarde do que o meio-dia – a mesquita havia soado sua convocação à reza não havia muito tempo – quando, no último dia da ondulação, uma série como tantas outras se ergueu no horizonte. Era o fim de uma sessão matinal: meus ombros estavam petrificados e meu estômago oco ficava mais revolto a cada bocado de água que eu engolia. Por sorte, não precisei remar muito. As condições impecáveis transformavam o posicionamento em uma tarefa ridiculamente simples. Eu pegara todas as ondas do dia exatamente no mesmo lugar. Nessa – que, quando chegou até mim, eu já decidira ser a última da manhã – foram uma, duas, três braçadas e pronto.

O *drop* macio foi seguido por algumas aceleradas na parede. A crista se protuberava alguns metros adiante. Mais um tubo estava para me servir de anfitrião. Eu já tinha entrado em um naquela mesma sessão, e em mais uma meia dúzia nas semanas anteriores, mas nenhum seria comparável ao derradeiro.

Mantive-me alto na onda e agachei o corpo. Já tendo gerado velocidade, não havia muito mais o que fazer. Braços esticados pra frente, fui engolfado pelo rugido ecoante produzido na garganta daquela massa de água em movimento. Só quem já visitou um tubo tem noção da imponência desse som. É o eco do eco – um grito grave e reverberante das profundezas do oceano. Como uma bomba que não para de explodir por um segundo sequer; deslumbrante como música, avassalador como o silêncio.

O tubo me acolheu bem. Não se formaram os degraus de água tão comuns em mares mais mexidos. Cheguei a ficar tão fundo naquele canudo translúcido que, em certo ponto, a saída pareceu ser só uma janelinha de luz no fim do túnel. Agarrei uma borda da prancha com uma mão, acariciei a parede com as pontas dos dedos da outra, e não me preocupei.

A analogia com o útero materno é, ainda que conveniente, batida demais na literatura do surfe. A relação que perturbou a minha concentração, naquela eternidade que não deve ter durado mais do que dois segundos, foi com a expressão *tanah air*. Se pelo mar tinham passado todas as histórias da História, aquele tubo me propeliu para o verdadeiro seio do tempo. Envolto por um volume colossal de água salgada em

34. O vento que sopra da terra para o mar é, geralmente, o que mais favorece o surfe.

movimento, eu tive a certeza momentânea de estar sendo envelopado por toda a juventude à qual alguém poderia jamais aspirar.

As paredes e o teto foram ficando para trás, a luz veio banhando meu rosto com cada vez mais intensidade, e eu fui cuspido pra fora em meio a um spray de espuma, escapando justo antes que aquelas mandíbulas líquidas se fechassem sobre o recife.

O silêncio, de tão plácido, parecia fúnebre. Ainda mais quando comparado à tempestade sonora de momentos antes. Surfando a marola na qual a onda tinha se transformado, rumei para o canal. Ainda de pé, soltei um grito que calaria o rugido do maior de todos os tubos do mundo. "Soltei", na verdade, não é a palavra certa. Eu libertei aquele grito, desenjaulei-o, ele nasceu através da goela. E, para a minha surpresa, toda aquela fúria juvenil e extasiada foi retrucada.

Solene, a mesquita entoou seu canto não muito longe dali. Era impossível que o tubo tivesse distorcido tanto a minha noção temporal. Ainda faltavam no mínimo duas horas para as três, quando a convocação islâmica supostamente deveria soar de novo. Pela primeira vez durante toda minha estadia em Sampurna, a mesquita se fazia ouvir fora de hora.

•••

Todos os warungs da praia estavam vazios, ainda que abertos. As fileiras de pacotes de salgadinhos pendurados sobre os balcões mantinham-se constantemente inclinadas pela brisa terral. Os banquinhos de madeira e as esteiras de bambu repousavam todos bagunçadamente desalinhados. Em uma cabana, um radinho que parecia ter sido esquecido ligado tocava música indonésia num volume que mal fazia frente à onipotência de toda aquela quietude.

As ruas da vila também estavam desertas. Eu caminhava molhado, só, como o último habitante do planeta. Debaixo de um dos meus braços, a prancha parecia pesar cada vez mais. Acelerando o passo inconscientemente, eu lançava a vista para todas as direções possíveis, na procura desesperada por alguma alma viva que pudesse me explicar que brincadeira de mau gosto era aquela.

Comecei a ouvir um discurso distante e monotonamente controlado, já perto da mesquita. Só podia vir de dentro dela. O tom era o mesmo de um sermão católico.

Virei uma esquina – a essa altura, já correndo – e duas cenas dividiram a minha atenção. De um lado, a mesquita, de portas abertas, e abrigando um sem-número de pessoas absolutamente quietas, a não ser por uma voz, a do discurso monótono, que eu não consegui identificar de quem era e muito menos o que dizia. Do outro, Garal vinha caminhando cabisbaixo, soluçando e com uma mão cobrindo o rosto. Soltei a prancha no chão e corri ao encontro dele.

Abracei-o instintivamente, e ele me apertou com força contra o seu corpo, como se aquele gesto fosse exatamente o que ele vinha buscando. Se existisse uma pessoa no mundo a qual eu jamais imaginara ver chorando, ela era Garal. Acariciei seus cabelos revoltos e os penteei com os dedos, como que tentando acalmar todo o espírito do homem. Quando afastei seu rosto de meu ombro, notei a pele vermelha e as pupilas efervescidas. As bochechas, contudo, estavam secas. Sua caminhada começara a alguma distância. O choro já tivera tempo para cessar. A tristeza vinha de longe. Vinha do fundo.

Agarrei seu pescoço com ambas as mãos e deixei que meu silêncio o inquirisse. Como que me julgando merecedor de saber logo tudo o que ele tinha para contar, desembuchou:

– Aconteceu um atentado, Felipe – sua voz era árida e sem vida como um arrozal amarronzado depois de uma longa estiagem. – A Jemaah Islamiyah, os terroristas... um deles vivia aqui, Felipe.

Parecia se apoiar numa segurança ilusória toda vez que invocava o meu nome. Eu permanecia imóvel. As mãos no seu pescoço já não exerciam pressão alguma.

– Eles são todos maus... Esse explodiu sua moto, Felipe, com uma bomba – um punhado de água salgada se acumulou perto dos cílios inferiores de Garal.

A imagem de Wan me ocorreu – as mandíbulas quadradas e os olhos semicerrados – e por mais que a associação tenha sido inconsciente, eu tenho certeza de que nunca vou me perdoar por ter pensado naquilo. Primeiro por tê-lo relacionado espontaneamente àquele evento frio e brutal: por trás da aparência intimidadora, Wan tinha um coração caloroso o qual eu já tivera a honra de conhecer. Segundo, e pior, por ter cogitado um possível autor, em vez de possíveis vítimas: eu tinha muitos com quem me preocupar, desde a turma do futebol, passando pelos meus alunos, até meus amigos próximos, as famílias da praia, e o próprio Wan, e Mama, e...

– Alaia morreu, Felipe – Garal continuou justo quando despencou de sua íris a lágrima que se formara. – Yoga tinha uma bomba na moto. Estão dizendo que os chefes terroristas dele o tinham mandado fazer o ataque em Yapah, mas parece que ele não queria machucar ninguém, porque explodiu o negócio num pedaço de estrada, mais pro canto da praia, onde passa muito pouca gente. Só que a Alaia tava lá por perto, Felipe, catando conchas, ou indo pra algum lugar, ou voltando pra casa, ninguém sabe.

Eu tirei as mãos dele e deixei cair os braços, amolecidos, junto ao meu corpo. Abri a boca, mas nenhuma palavra teve a coragem de pular pra fora.

– Yoga era... ele era estranho, Felipe, todo mundo sabia disso. Mas ninguém imaginava... – ele parou e limpou com as costas da mão o rastro pegajoso que o choro tinha escorrido na sua face. – Ninguém sabe o que esses caras têm na cabeça. Tão dizendo que, se ele não cumprisse a ordem, os chefes dele viriam e matariam ele e fariam o ataque como bem entendessem e... tão dizendo que ele quis fazer parecer com que o negócio tivesse dado errado, para que os outros não o culpassem e quem sabe deixassem esse atentado pra lá... E... tão dizendo muitas coisas, mas eu não sei, Felipe, eu não sei.

Dessa vez foi Garal que tentou me confortar. Segurou os lados da minha cabeça e me deu um beijo na testa. Exatamente como eu costumava fazer com Alaia. Deu-me dois tapas nas costelas, gesticulando para que eu o seguisse, e continuou caminhando até a mesquita.

Eu não tinha sido capaz de chorar uma lágrima, ou de dizer uma palavra. Minha mente estava vazia, exceto pela lembrança ainda latente do último tubo surfado: vi-me de novo entrando nele, deslumbrando-me, aprofundando-me, e, então, sendo cuspido violentamente pra fora.

Virei-me para a mesquita a tempo de ver Garal cruzando o pórtico a passos lânguidos. Percorri a silhueta da construção, da base até o topo do minarete, com meus olhos desprovidos de vida. Das portas de madeira às paredes impecavelmente brancas, aos detalhes em verde, aos quatro alto-falantes, lá em cima, apontando para os pontos cardeais. Baixei a cabeça, observando cada uma daquelas formas por mais uma vez, uma última vez, até mirar o chão de terra batida e os meus pés descalços empoeirados.

Não havia sentimento algum dentro de mim. Não havia angústia, não havia medo, não havia tristeza, não havia desespero ou questionamento – nada. Tampouco havia qualquer tipo de animação, é claro. Eu não tinha emoção. Minhas posses eram irrelevantes. A prancha, jogada num canto; as roupas e o mochilão, abandonados na cabana na praia. Eu não tinha desejo. Não tinha com quem falar, a quem perguntar, a quem responder, a quem ou o que ensinar. Meus laços pareciam desfeitos, estilhaçados pelo choque de uma perda maior que qualquer relação havia pouco tempo construída. Eu não tinha planos em curto prazo. Eu não dependia de ninguém, e ninguém dependia de mim. Eu estava livre.

•••

Cada pequeno espaço cotidiano, tangível ou não, era um playground para Louiz. A linguagem não ficava de fora. Sua voz era camaleônica: ora pontuada de chiados escapados por entre os dentes e acompanhados de mãos requebradas, na imitação de uma bicha; ora vinda do fundo da goela num discurso engrossado e recheado de gemidos na imitação do vô ou bisavô de algum amigo nosso.

Conversas com ele nunca seguiam um script. Quando eu me prolongava muito ao contar uma novidade, ele interrompia a minha fala na metade com um polegar levantado grudado abruptamente na minha face, dizia "Peleça!" e virava a cara como se estivesse para ir embora. Alguns amigos nossos ficavam bravos com o atrevimento. Eu sempre morria de rir e encurtava a história que vinha contando. Às vezes, mais subitamente ainda, intervinha quando eu contava alguma notícia séria com um "É meeeixmo?", numa demonstração insolente e sarcástica de incredulidade.

Louiz era um dedetizador de tédio. A sua imprevisibilidade era apaixonante. Da sua boca, antítese da caixa de Pandora, saíam as maiores pérolas da humanidade. Loiras, nordestinos, anões e corintianos (sendo que ele mesmo era um) eram alvos frequentes da fábrica de piadas que ele escondia na cabeça.

Usava mais palavrões do que vírgulas. Sem falar nos nomes impublicáveis que ele dava pra qualquer pessoa nova que visse. Era como se a primeira impressão que tinha de alguém fosse sempre em forma de apelido. Teoricamente, aliás, Louiz não era Louiz: era Luiz Filipe.

Eu já tinha virado Felipíon, Pelíbion, Flambdon e Féguidon. Entre nós, os apelidos raramente se repetiam, num exercício de improviso e mirabolância. Eu tinha de me esforçar para chegar aos pés da sua criatividade. Chamei-o de Lúi, Lombol, Louíbon e Láuen. Esse último foi o nome que ele usou ao telefone, com a minha empregada, em um dia no qual eu não estava em casa. Quando eu cheguei da rua, e ela foi me dar o recado, disse que o Lauro tinha ligado. Não tendo nenhum amigo chamado Lauro, relevei a questão, achando ter se tratado de um engano. Foi no dia seguinte, quando Louiz disse ter me ligado, que nos demos conta de que a minha empregada tinha traduzido Láuen como Lauro, e passamos um bom tempo rindo do caso. Lauro seria o seu novo apelido.

Além dos nomes, inventávamos palavras. Típicas crianças, nos divertíamos não só em criar apelidos, mas também em criar nossa própria linguagem. E não ligávamos para o fato de ela ser cada vez mais incompreensível e sem sentido. A realidade não mais nos importava. Éramos os donos do nosso próprio mundo.

– Cadê o Lauro, Felipe? – a minha empregada perguntava, não mais do que um ou dois anos depois do apelido ter surgido. Ela adorava o Louiz. – Nunca mais apareceu aqui em casa!

Eu encolhia os ombros e fechava os olhos, atormentado pela doçura insuportável das melhores memórias que tinha dele. Aí subia as escadas em silêncio, para o meu quarto, guardando a resposta pra mim.

3

Não sou jovem o suficiente para saber de tudo.

Oscar Wilde

Fui desperto por um chacoalhar forte na minha cabeça. Era o motorista do ônibus, avisando-me que a linha chegara ao fim. Estávamos perto do Seminário que eu procurava, ele me garantiu. Ainda me indicou as direções para que eu chegasse lá, o que não demoraria mais de dez minutos, caminhando, e me ajudou a descer os três degraus da escada do veículo. Sem ter me apoiado no ombro dele, eu teria caído de cara no chão. Minhas pernas tinham a rigidez daquelas balas de goma em forma de minhoca.

Eu tropecei, engatinhei e rastejei algumas vezes, antes de me recompor. Quem me viu chegando perto daquele Seminário deve ter tido a certeza de que eu era um fanático pagando uma promessa.

Norteei-me pela torre de mármore enorme, visível de longe, que resguardava um sino e ostentava um padrão geométrico preto, em mosaico, sobre um branco imaculado. Já próximo, escalei a torre lentamente com os olhos, até o sino dourado e a cruz, lá em cima, e desci a vista, também devagar, até o gramado impecavelmente cuidado, no solo. O verde dele enchia meus olhos.

A passos cambaleantes e com o coração batendo frenético, implorando por sono, cheguei até o portão. Debrucei-me nele e vi o porteiro do Seminário, lá dentro, correndo em minha direção, com o semblante assustado de quem topa com uma assombração. Não dei importância.

Com a pouca força que me restava, cerrei os punhos em torno de duas das barras de metal que me separavam de Louiz. A frieza delas ajudou a sanar a dor da palma da minha mão esquerda, que ainda sangrava. Talvez por isso aquela barreira tivesse um quê de reconfortante, além de um bocado de simbolismo.

Fé e juventude não eram assim tão semelhantes. Entre elas havia uma diferença fundamental. Um portal intransponível até que se vislumbrasse a verdadeira natureza da fé, e se deixasse de questionar ou pedir. Até que se aceitasse, abraçasse e confiasse naquilo que se crê. Era tão simples aquela ideia e tão batida, que eu cheguei a me culpar por nunca tê-la acatado.

O porteiro continuava correndo ao meu encontro, as mãos cobrindo a boca e as sobrancelhas jogadas pro alto, de tal maneira que me senti mal por preocupá-lo. Naquele instante, olhei para minhas calças rasgadas, minha camiseta coberta de pó, os rastros de sangue seco nos meus antebraços, e o nojo que senti da minha condição física só não foi maior que o nojo que tive da minha prepotência e arrogância. Naquele instante, com o porteiro chegando mais e mais perto, e o susto estampado no seu rosto se convertendo em pena, tive certeza da minha ignorância e insignificância. Naquele instante – as lágrimas que eu chorava pra dentro regando o vazio que florescia em meu peito –, talvez eu tenha amadurecido uma adolescência inteira. Naquele instante, aceitei a raiva, a nostalgia, a esperança e a minha própria fraqueza. Fechei os olhos, e uma primeira lágrima escapou pra fora. Senti as mãos deslizarem para baixo ainda que agarradas às barras metálicas do portão, senti as pernas cederem, as canelas deitando no chão, e eu só parei de cair quando finalmente fiquei de joelhos.

---

11. AMÉRICA CENTRAL >

Levantando a bandeira dos perdedores

Foi numa tela retangular, transparente e de bordas arredondadas, a algumas dezenas de milhares de pés de altura, que eu comecei a pintar por cima do vazio no qual resultou minha passagem pela Indonésia. O céu era uniformemente azul em todas as direções. O carpete de nuvens, lá embaixo, parecia acolhedor.

Neguei qualquer serviço de bordo, exceto vinho. Reivindiquei garrafinha depois de garrafinha, sem olhar para a aeromoça nem mesmo uma vez. O voo, que rasgou metade do globo terrestre, durou mais de vinte horas, e meus olhos se mantiveram marejados por todo o tempo. Com a cara grudada na janela do avião, era como se eu esperasse que o vento secasse as minhas lágrimas incipientes. Como se achasse que, deixando o arquipélago indonésio pra trás, iria me livrar também de todas as partes dele que pra sempre se alojaram em mim.

Enquanto a lembrança do minúsculo sorriso de Alaia, abrindo espaço entre bochechas enormes, alagava as minhas pupilas, a lição sarcástica e silenciosa do tempo martelava a minha consciência. Eu sabia que nunca mais teria o dorso da mão beijado por aquela boquinha dócil, e que, se um dia voltasse a Sampurna, nada seria como antes. O mesmo com as festas do primeiro ano de faculdade, com o semestre em que morei na Austrália com meus melhores amigos, com a infância explosiva compartilhada com Louiz. De todos os bons momentos, só haviam sobrado memórias ralas, fósseis esqueléticos de um tempo cuja substância já fora extinta. Eu não podia me prender a elas.

O tempo me perseguia frenético como o fantasminha do jogo do PacMan. Olhando para trás, tudo o que eu via era a aproximação inevitável de suas mandíbulas famintas, ocultando o caminho percorrido e as frutinhas já acumuladas. PacMan solitário – eterno fugitivo –, eu precisava resistir à tentação. Era só olhando pra frente, e seguindo pelo labirinto gigante e complexo da vida, que eu veria a miríade de cerejinhas que ainda estavam por ser devoradas.

Aterrissei no México cabisbaixo e tomado por um desânimo difícil de espantar.

Só que foi bom ver, em qualquer rua, rostos desconhecidos, mas que, por serem latinos, não me pareciam estranhos. Foi bom topar com mulheres lindas a toda hora. Foi bom começar a entender tudo o que era dito, nos telejornais noturnos ou nas conversas das mesas vizinhas durante a refeição. Foi bom reencontrar velhos hábitos – deixei de me sentir paranoico ao perceber que, na Cidade do México, todo mundo também andava sempre olhando pra trás por cima dos ombros. E foi extremamente aliviante parar de trombar com passantes em calçadas movimentadas, já que, nas Américas, ao contrário dos países nos quais eu passara os últimos meses, todos desviavam para a direita quando iam de encontro a alguém.

A familiaridade reconfortante colocou todo o meu estresse emocional em uma espécie de banho-maria. E foi só algumas semanas depois que a âncora dele chegou pesada ao fundo da minha consciência. Uma mistura de temor e desânimo compunha a máscara com a qual se apresentava a ressaca moral que se assentava em mim. E se assentava firmemente.

Passei a agir mais desconfiado e menos aberto. Mais atento e menos serelepe. Inconsciente, quiçá lamentavelmente, fui abrindo mão da vivacidade que me seduzira e depois me vitimara no maior arquipélago do mundo.

Ao mesmo tempo, no entanto, ficava conspícua uma mudança aparentemente externa a mim, que estava em curso já fazia tempo. A pele do rosto das crianças com as quais eu conversava tinha passado do quase branco da Europa Ocidental para o moreno forte que abundava nas repúblicas ex-iugoslavas. Aí vieram os cabelos grossos dos árabes da Turquia, a pelagem negra dos indianos, as maçãs do rosto altas e protuberantes do Sudeste Asiático, e, agora, os olhos arredondados, mas com um toque ameríndio dos centro-americanos. Sem que eu percebesse, a fisionomia dos nativos tinha ficado cada vez mais parecida com a sua, Louiz. A latinidade da qual eu tanto sentira falta propelia-me para o sul e me forçava a continuar.

•••

"Relacionamentos são como agasalhos numa tarde de inverno: quanto mais você tem, mais confortável fica, mas menos consegue se mexer. Tendemos a enxergar laços afetivos como amarras horizontais, quando, na verdade, eles são raízes e, sendo assim, o sentido vertical é mais conveniente para expressar o aprisionamento que causam. O único jeito de ser livre é ser sozinho. Liberdade é solidão."

Eu lembrava de cor o parágrafo que tinha anotado logo depois da conversa com o velho Pedro, na sua aldeia no coração de Portugal. Eu o reescrevi no meu caderno enquanto cruzava um semideserto mexicano de ônibus, e rebobinei a memória até o começo da viagem. Um riso nostálgico se infiltrou na minha expressão séria. Em um ônibus com o Bola e o Rato, eu estaria tirando sarro de algum dos dois, ou vice-

-versa, jamais escrevendo em silêncio. Eu saberia não só o destino que se aproximava, mas também o seguinte, e o próximo – e não estaria me deixando levar por impulsos ou interesses momentâneos.

Logo na saída da estação rodoviária, a cidade de Oaxaca me recebeu com uma parada carnavalesca. Bonecos parentes dos de Olinda se destacavam na multidão dançante. Jovens com longos vestidos florais giravam cestas de frutas na cabeça, e senhoras rodopiavam seus coques e tranças negras, todas sincronizadas na mesma coreografia.

Havia sido, de fato, a tradição que me levara àquele estado. Não a da dança, contudo.

Oaxaca era o estado de origem dos alebrijes. E eram os alebrijes a origem do fascínio que me guiava naquele momento.

Algumas leituras e visitas a museus na Cidade do México tinham me vendido a história romântica que, apesar de muito difundida, não é a mais verdadeira quanto aos primórdios dessa forma de artesanato. Pedro Linares era um escultor e modelador que trabalhava com alguns dos grandes artistas mexicanos da primeira metade do século XX, Diego Rivera sendo um deles. Durante uma febre avassaladora, Linares intercalou períodos de insônia com noites cheias de pesadelos. Foi numa dessas que, segundo a lenda, as alucinações macabras que vinham assombrando Pedro deram uma trégua. A paisagem onírica se transformou num bosque, de cujas entranhas saíam animais fantásticos, como cachorros com caudas de dragão e peixes com pata de galinha, coloridos estroboscopicamente. Em uníssono, os bichos repetiam uma só palavra: alebrije... alebrije...

Quando sarou, "Don" Pedro tratou logo de desenhar os animais híbridos dos quais se lembrava. Depois de modelá-los com papel-cartão, reproduzia os padrões de cores que lhe apareceram no sonho. Com a prática, então, pôs-se a inventar criaturas cada vez mais bizarras, e a apresentá-las aos seus amigos influentes no mundo da arte. Não demorou muito para que os alebrijes se espalhassem por todo o México, e para que o mundo visse neles um símbolo da cultura nacional.

Só que Pedro Linares já estava morto fazia tempo, e, no endereço onde supostamente ficava o ateliê dos seus filhos, na Cidade do México, eu não encontrei nada mais do que uma caminhonete policial se oferecendo para me dar uma carona pra fora daquele bairro.

– Essa rua seguinte tá cheia de prostitutas e cafetões – um policial aconselhou, botando a cabeça pra fora da janela. – Na anterior tem um mercado onde se vendem animais exóticos. E armas.

Imaginando que os animais exóticos não tinham muito a ver com os bichinhos que eu procurava, aceitei prontamente a oferta do guarda.

No presente, os melhores alebrijes do México vinham de San Martin Tilcajete, um povoado a meia hora da capital de Oaxaca. Lá, as ruas eram quase todas de terra, um punhado de tuk-tuks fazia as vezes do transporte público, e os cactos só não eram mais frequentes que os ateliês de artesãos.

Quando desci do ônibus que me levou até Tilcajete, o aceno de despedida do motorista veio na forma de uma arrancada que me encobriu de poeira marrom. Enquanto o rugido do motor era silenciado pela distância, e a terra voltava ao chão do qual nunca deveria ter saído, a cidadezinha foi se revelando. Uma longa rua, ladeada por casinhas pintadas com imagens de animais fantasiosos, conduzia até a igreja. O silêncio era tanto que eu quase conseguia ouvir os espinhos de todos aqueles cactos crescendo. E a movimentação dos poucos pedestres, todos indo e vindo por um mesmo caminho, apontava para um ateliê bem maior que os tantos outros.

Ele pertencia a Jacobo e Maria Angeles, um casal de artistas cujo trabalho eu já conhecia de alguns museus na capital do país. Do meio do burburinho gerado pelas quase cem pessoas que se dedicavam a diferentes etapas da produção de alebrijes, levantou-se um rapaz não muito mais velho que eu. Gesticulou para que eu fosse até ele, no fundo do quintal daquela casa enorme que era feita de ateliê, e se apresentou. Chamava-se Felipe, e me conduziria, com mucho gusto, por aquele labirinto de mãos entalhando, lixando e pintando madeira.

A madeira não era qualquer uma. O cobal era uma espécie de árvore que abundava na região, cujo tronco era leve e muito maleável quando úmido. No fundo do pátio, troncos de árvores esperavam enfileirados para que algum entalhador os escolhesse. Esses, cada um empunhando um facão comprido e tendo ao lado uma lâmina menor, refinavam a forma dos pedaços de tronco que seguravam entre os joelhos.

– Não tem nenhum planejamento ou desenho no papel – meu xará explicou. – O que os guiam são as curvas da própria porção de madeira que estão entalhando. Um par de galhos próximos podem ser chifres, por exemplo. Ou pernas. E esse galho menor aqui saindo do meio delas... – ele recuou os dedos justo antes de tocar o ramo que mencionava. – Bom, você entendeu a ideia.

Esculpir o bicho chegava a demorar mais de um mês, quando a forma era complexa ou o tamanho maior que o normal. Depois lixava-se a superfície, o que não tomava mais que um par de dias, e era preciso deixar a peça secar ao sol por dois meses, já que a umidade era a maior ameaça à conservação do alebrije depois de pronto.

– Isso sem falar nos cupins – Felipe continuou seu discurso, que, por mais que evidentemente ensaiado, me agradava. – Antes de pintada, toda peça também passa um tempo num forno do qual nem um cupim alienígena sairia vivo.

O que mais distinguia o ateliê de Jacobo e Maria do resto eram as tintas. A maior parte dos alebrijes lá feitos era pintada só com pigmentos naturais. E fazia toda a diferença. Comparar um alebrije de cores naturais com um de cores artificiais era como justapor o retrato de uma senhora que levara uma vida saudável com o de uma que fumava, bebia e não se exercitava, mas que acabou injetando alguns litros de botox. As cores naturais eram simplesmente mais... naturais. Faziam o bicho parecer nascido da terra, enquanto os seus parentes de revestimentos químicos aparentavam ser mascotes de times de futebol em figurinhas brilhantes.

Tendo espremido um pouco de limão na palma da mão, Felipe misturava ao líquido extratos de frutos e rochas com a ponta do indicador, mostrando-me como ir do cinza ao verde em apenas quatro etapas, passando pelo marrom e o amarelo. Limpou a mão colorida num tatu-bola que ele mesmo vinha esculpindo e me conduziu então a uma sala onde se concentrava a maior parte dos artesãos. Artesãs, na verdade.

– Tradicionalmente, é o homem que esculpe e a mulher que pinta – ele verbalizou o óbvio. O fundo do quintal era o reduto da ala masculina, ao passo que o ambiente no qual estávamos agora continha quase só mulheres. – Aqui a gente não faz questão de manter a regra. Mas acontece que as mulheres têm mais jeito com a parte fina do trabalho.

Quando ele terminou de falar, eu já estava distante. Fora atraído para perto de uma senhora que colava miçangas metálicas na cabeça de uma iguana contorcida numa expressão de medo tão real que eu quase recuei achando ser a causa do temor. Notando o meu fascínio, ela me convidou para sentar num banquinho de madeira ao seu lado, e, depois do coloquial como-você-se-chama-e-de-onde-é-e-está-gostando-do-México?, ela perguntou de onde vinha meu interesse pelos alebrijes e eu contei que tinha aprendido um pouco sobre a história deles na capital federal.

Se ela fosse uma velha brava, eu estaria fodido. Ainda bem que não era o caso. Eu sei quão irritante é quando leigos acham que sabem tudo sobre um assunto com o qual você já está mais do que familiarizado. A senhora respirou fundo, colou uma última miçanga acima de um dos olhos de sua iguana e me contou a sua versão da história dos alebrijes.

– A tradição vem desde os zapotecas – o tom de voz dela era tão ameno que logo desmontou minha estância medrosa imitada da iguana no seu colo. – Os indígenas que um dia habitaram essa região. Eles acreditavam que todo espírito humano tinha um par animal no qual um dia ele até poderia vir a se converter. O nome desse tipo de animal era nagual. E o nome dessa ideia era nagualismo – Felipe estava tão atento quanto eu, do meu lado, mas só fui perceber depois. – Pra saber qual era o animal "guardião" de cada um, antigamente, colocava-se farinha ao redor da casa onde um bebê tinha acabado de nascer. As pegadas que surgissem primeiro indicavam o bicho. Foi mais tarde que a coisa ficou mais simples, com a criação de um calendário que ditava o nagual de acordo com a data de nascimento.

– Mais simples e mais sem graça – Felipe interrompeu. – Eu gostei do negócio da farinha.

– Bom, não vem ao caso – a senhora continuou. – O fato é que já se esculpiam miniaturas dos naguais de madeira há muito tempo, para que as pessoas tivessem em casa ou usassem como colar o animal que supostamente os protegia. O que Don Pedro Linares fez, mais que popularizar o cartão como material, foi dar um belo de um nome para essa forma de arte.

Ela, satisfeita com o esclarecimento, e eu satisfeito com o aprendizado, ambos retornamos ao papo coloquial antes que Felipe me levasse para ver uma sala onde eram expostas as peças finalizadas. Já tendo visto todo o processo de escultura e pintura, executado por dezenas de jovens, o que mais me chamou a atenção lá foi a assinatura ostentada na base de toda peça, em gordas letras cursivas: "Jacobo e Maria Angeles".

– Eles ainda moram aqui? – eu perguntei a Felipe. – Jacobo e Maria Angeles?

– Claro, ué. Mestre Jacobo não está hoje. E Maria é a senhora que estava falando com você.

Caiu meu queixo, e um breve silêncio teria se estabelecido não fosse o hábito dele de empilhar palavras.

– A propósito... Maria gosta de deixar bem clara a origem indígena dos alebrijes, mas Don Pedro foi um baita de um artista. A gente tem que reconhecer o mérito dele e dos filhos, que levaram a tradição adiante. Especialmente de Felipe Linares.

– Mais um Felipe – notei de imediato. – Por que tem tantos Felipes no México?

– Por causa de São Felipe, ué – ele respondeu como se aquela fosse a coisa mais óbvia do mundo. – O padroeiro da juventude.

Aí eu fechei os olhos e não pude impedir que um riso brotasse nos meus lábios. Depois de a Indonésia e seus muçulmanos me enganarem com um "aquele que traz a luz", era agora a vez do México e seus cristãos me venderem uma nova definição para o meu nome. Ficara pra trás o "amigo dos cavalos", que constava em qualquer livro de nomes para bebês. Amontoavam-se significados, sobrepunham-se religiões, e até meu nome era palco da minha incapacidade de decidir em quem acreditar.

•••

Eu nunca antes tinha estado em uma igreja com o chão coberto de feno. Muito menos em uma onde se bebesse deslavadamente.

A igreja de Chamula, um povoado de Chiapas no sul do México, me conquistou de longe com seu portão entreaberto que exalava fumaça. Apressei o passo para entrar no ritmo da pequena multidão que tomava o mesmo rumo que eu, e encobri a cabeça com o capuz na tentativa de me fazer passar por um dos locais. Logo percebi que não conseguiria.

Todo homem usava um pedaço retangular e felpudo de lã de ovelha, preto ou branco, com um furo para a cabeça, no meio, metade cobrindo o peito e a outra metade cobrindo as costas, amarrado à cintura por um cinto de couro. Coroando o traje sempre havia um chapéu de caubói. Se eu fosse mulher, seria ainda mais difícil: elas vestiam saias da mesma lã felpuda do manto masculino; uma bata bordada com motivos florais sobre preto, ao redor do pescoço; e um blusão rendado. Isso sem falar nas duas tranças simetricamente pendentes até a bunda, enfeitadas com lenços de cores brilhantes e bolinhas de veludo nas pontas. Para completar, quase todas tinham dentes de prata.

O soar de um par de sinos apressou a movimentação dos que já trotavam em direção ao santuário. Em frente ao pórtico, crianças agachadas ciscavam freneticamente algumas partículas no chão, com a ponta dos dedos.

– Eu já te falei que isso não é ouro, garoto! – um pai reprimiu o filho que, do meu lado, abaixou-se enquanto corria. Olhando pra cima, contra o sol, pude ver a garoa de lascas de metal que o sino lançava quando batia, fascinando a garotada.

Assim que atravessei o portão, embrenhado entre algumas famílias, notei a crueza das paredes de concreto sem pintura alguma. Ao pé delas, enfileiravam-se gaiolas de vidro contendo imagens de santos católicos. Pelos flancos da nave, dezenas de famílias levavam seus bebês, trajados de branco dos tênis à gravata, para serem batizados pelo padre no altar, sob uma estátua de São João Batista, lá mais reverenciado que Jesus. Toda a área central da igreja era intransitável. Mal havia espaço para que se movessem os incontáveis fiéis que se ajoelhavam no chão coberto de feno, acendendo velas virados para o altar ou para seus santos prediletos.

Como aquele feno todo não pegava fogo, eu não sei. Talvez tivesse algo a ver com o caráter sublime das chamas.

– Servem para curar os enfermos – um velhinho se achegou do meu lado e explicou antes mesmo de se apresentar. – A quantidade de velas, de galinhas sacrificadas – apontou para uma senhora ajoelhada que sacudia uma delas pelos pés, sobre o fogo de algumas velas, de olhos fechados e murmurando uma reza em tzotzil[35]. – e de Poch que se bebe tem a ver com a intensidade da doença.

– Poch...? – eu falei baixinho enquanto processava tudo o que me fora dito.

O senhor enfiou a mão em um bolso no seu traje e tirou uma garrafinha de Coca-Cola. Havia centenas de garrafas idênticas espalhadas entre os fiéis no meio da igreja ou sendo carregadas e bebidas pelas famílias que levavam seus bebês ao altar.

– Poch – o velho desrosqueou a tampinha e me ofereceu um gole. O gosto era o de uma cachaça tomada e depois vomitada. – O que você acha que tem debaixo de todos esses mantos pretos? Não tá tão frio assim...

No altar, a meia dúzia de padres revezava goles de uma garrafa entre um batismo e outro. Mais de uma vez vi um deles se confundir e batizar a criança com o goró em vez de a água benta. Não importava. Os pais e mães, cada um empunhando sua própria garrafa, compartilhavam da desorientação das autoridades religiosas. Depois do ritual, a maioria dos bebês ganhava um golinho de recompensa. E, no caminho de volta ao portão da igreja, as famílias abriam espaço para jovens que rumavam para o altar às pressas, carregando nos

35. Língua maia com a maior quantidade de consoantes e sons guturais que eu já ouvi. Se me batesse uma tosse na rua, era capaz de um passante me responder, em vez de um "Saúde", um "Eu concordo, companheiro".

ombros pilhas de duas ou três caixas cheias de mais garrafinhas de Coca adulteradas.

– Às vezes se bebe duzentos e cinquenta mililitros – o velhinho continuou –, às vezes meio litro. Quando se bebe um litro, é porque o enfermo, pra quem se direciona o ritual, já está com o pé na cova.

– Eu me pergunto como a Igreja permite que os povos maias daqui façam isso com as tradições dela... – meio que pensei em voz alta, deslumbrado com a luz preguiçosa gerada pela multidão de velas e dispersada na fumaça delas. Eu já tinha viajado um bom bocado, e aquele foi um dos ambientes mais surreais em que já estive.

– Você devia perguntar como os maias permitiram que a Igreja fizesse isso com as tradições deles – o senhor injetou uma boa dose de represália na voz.

E ele estava certo. O ponto de vista europeu-cristão talvez não fosse o mais adequado para a situação. Era como se, depois de vinte milhões de indígenas assassinados pelos espanhóis em nome da instalação do catolicismo na América Central, os maias juntassem os cacos e se posicionassem: tudo bem, nós vamos acreditar no Deus e nos santos de vocês, mas vamos fazê-lo do nosso jeito.

Despedi-me do velhinho e voltei à praça que afrontava o santuário, embrenhado junto às mesmas famílias com as quais tinha entrado.

A praça não estava menos lotada que o interior da igreja. Uma infinidade de tendas voltadas em todas as direções oferecia de frutas a DVDs piratas, compondo um mercado enorme e colorido. Pedi para tirar foto de uma mulher cujos grandes olhos verdes contrastavam majestosamente com o vermelho da bandana que lhe envolvia a cabeça, e recebi uma resposta negativa. Pedi pra tirar foto de um pai carregando um bebê no colo por entre algumas barracas de frutas, e recebi outra resposta negativa. Mais duas, e eu desisti da câmera. Muitos indígenas da região temiam que a lente pudesse aprisionar-lhes o espírito. Muitos tinham vergonha ou se sentiam intimidados. E o resto simplesmente dizia estar com pressa.

Sentado num banquinho de concreto, deixando que todas aquelas cores e formas carimbassem as minhas retinas, fui abordado por duas garotinhas que pareciam ser irmãs.

– Eu me chamo Laura – a mais alta disse.

– Eu me chamo Maria – a menor se pronunciou.

– Quer comprar uma boneca? – ambas entoaram em coro.

A risada sincronizada que se seguiu me deixou em dúvida se aquilo era mesmo uma oferta ou somente uma piada. A mais jovem abraçava uma boneca de pano de boca escarlate e cabelos feitos de fios de lã negra. Ao lado da boneca, ela apertava contra o corpo também rolos de fios com os quais provavelmente tinha confeccionado o seu brinquedo. Eu não ficaria surpreso se a boneca tivesse sido inspirada em alguma das duas meninas: as três tinham pele morena, rostos bem redondos e chuquinhas na cabeça.

– Não posso comprar a sua boneca – eu me desculpei enquanto abaixei-me até que meus olhos ficassem na linha dos delas. – Posso dar uma manga pra vocês. Querem?

Eu saquei da mochila uma manga que tinha acabado de comprar, e estendi o braço. A mais velha tomou a fruta e agradeceu com um vulto de sorriso. Ambas continuaram me encarando sem dizer nada.

– Vocês querem mais alguma coisa?

– Se você quiser nos dar mais alguma coisa... a gente aceita – a pequena respondeu. – Se não quiser, também não tem problema.

– Eu... posso tirar uma foto de vocês? – a essa altura o olhar da mais jovem parecia pedinte, ao passo que o da mais velha resvalava na desesperança. O meio-termo entre eles era a completa aceitação de o que quer que acontecesse.

– Tira sim, ué – a mais velha assentiu.

– Vocês frequentam a igreja? – apontei para os sinos não longe de nós, enquanto ligava a máquina fotográfica.

– Quando nossos pais nos levam, vamos – ela disse.

– E bebem Poch? – perguntei e depois tirei a foto, justo antes de ela abrir a boca de novo.

– Quando nossos pais nos dão, bebemos.

– Mas eu prefiro Coca-Cola – a menor murmurou.

– Eu também só gosto da Coca – a maior logo se explicou. – Mas entre Coca com esses álcoolos que...

– Álcoois – eu a corrigi, segurando-me pra não rir.

– Álcoois. Entre beber Coca com esses álcoois que os adultos gostam, e beber nada, eu prefiro Coca com os álcoolos.

– Álcoois – a mais nova falou rápido e baixinho, cobrindo o sorriso incipiente com a bonequinha que agarrava.

Eu tive tempo de lhes entregar o resto das mangas que tinha na mochila antes que o sino tocasse de novo. A dúzia de frutas tinha custado oitenta centavos de real. As meninas se entreolharam, surpresas, e se curvaram brevemente em agradecimento. Aí viraram em direção à igreja e partiram correndo. Ainda acocorado, acompanhei-as com a vista, até que se perdessem na multidão aglomerada perto do portão entreaberto.

Um pouco mais tarde, caminhei até a entrada do santuário, de onde ouvi um coral de choros de bebês atravessando toda a atmosfera esfumaçada do interior até escapar pela fresta entre as duas metades do pórtico. Logo, contudo, o barulho arrefeceu-se até que permaneceram só alguns gritos fracos aqui ou acolá. Era como se a revolta evaporasse e deixasse cinzas de aceitação. Em meio a porções de água benta – e a goles de Poch –, centenas de crianças maias eram batizadas. Nascia mais uma geração de católicos. Católicos e fãs de Coca-Cola.

•••

Não era só a Coca-Cola que escorria pra fora das fronteiras norte-americanas e se esgueirava para dentro da psique centro-americana. Num istmo onde o futebol já reinara isolado como esporte mais popular, outro jogo vinha escalando os degraus do pódio da preferência local. O beisebol já era o esporte mais praticado na Nicarágua, virtualmente empatado com o futebol no Panamá e ascendia fulminantemente na Costa Rica. No que se referia a língua, os anos de ocupação ianque também tinham deixado suas pegadas. A gíria provavelmente mais popular em toda a América Central, espraiando-se da Guatemala até o Panamá, era *tuanis*: um "tudo bem" informal, quase como o nosso "suave". Acreditava-se descender de *too nice*, inglês para "bem demais".

Em se tratando de gente, em vez de cultura, o movimento migratório se invertia. Havia americanos expatriados em peso na Costa Rica e no Panamá, é verdade, mas, na maioria dos casos, eram os centro-americanos que subiam o continente e forçavam suas entradas na terra do Tio Sam.

O serviço de um coyote, incluindo alimentação, transporte e apoio logístico na travessia (ilegal) da fronteira americana pelo deserto mexicano, custava cerca de quatro mil dólares e durava quinze dias, saindo da Guatemala.

– Quatro mil dólares! – se o valor soava absurdo para mim, imagine para o camponês guatemalteco que me dava uma carona em seu caminhão até o começo de uma trilha perto da cidade de Nebaj, no centro-oeste do país.

– Quatro mil dólares – o senhor diminuiu a velocidade e semicerrou os olhos despreocupadamente. Sem problema. Não havia mais nenhum automóvel na estrada de terra. – Uns trinta mil quetzais.

– E quanto se ganha trabalhando no campo... aqui, por exemplo? – fiz o meu melhor para evitar a indiscrição de perguntar a ele qual era o seu salário.

– Vinte dólares. Trinta dólares num mês bom.

– Num dia bom você quis dizer?

– Não, não. Num mês bom – ele contorceu a boca numa expressão de impotência e olhou para mim pra se certificar de que eu tinha entendido.

Foi a minha vez de baixar as pálpebras. Pensei um pouco e disse:

– Onze anos. Demora onze anos, sem gastar nada – e considerando que todos os meses sejam bons – para que alguém que more aqui consiga pagar tudo isso.

– Não, não. Não funciona assim. Irmãos elegem um entre eles e trabalham pra que esse cara tenha a sua chance. Famílias inteiras dão todo o dinheiro que ganham pra ele. Aldeias inteiras vivem, por meses, ou anos, em função de pagar a viagem de um de seus moradores para *los estados.*

Aquela foi a primeira vez que eu ouvi a expressão afetuosa através da qual muitos guatemaltecos, hondurenhos e nicaraguenses se referiam ao país com o qual sonhavam. E que os tratava como se se fossem pesadelos. Los estados.

– E se dá errado? – eu perguntei ao motorista justo antes de descer do caminhão. – Se a pessoa não consegue entrar nos Estados Unidos?

– Volta e tenta de novo, ué. Isso se ela sobrevive.

– E o dinheiro?

Ele retorceu os lábios na mesma expressão de impotência que fizera antes. Dessa vez, um sorriso desmanchou a escultura labial. Não fosse tão estoico, eu até o consideraria bem-humorado.

– Já era. Começa-se tudo de novo. Ainda não inventaram seguro pra esse tipo de coisa.

A trilha que eu pretendia percorrer ligava Nebaj às comunidades vizinhas, no topo do altiplano guatemalteco, antes de descer uma escarpa íngreme e desembocar em uma cidade não muito distante da qual saíam ônibus frequentemente. Três dias de caminhada bastariam. Eu deveria me recolher sempre antes das duas ou três da tarde, por causa da chuva. Indígenas da etnia Ixil, descendentes da civilização maia, alugavam quartos em suas casas ao longo do caminho. A trilha, na verdade, fora feita, era mantida e era usada por eles. Não havia estradas por perto. E nenhum outro turista cruzou o meu caminho durante todo o percurso. Perfeito.

A primeira manhã foi esgotada com uma subida excruciantemente íngreme, que me levou dos vales verdes das cercanias de Nebaj à aldeia de Xexocom, encrustada perto do fim da encosta que conduzia ao topo do altiplano. A chuva chegou com o almoço servido pela minha anfitriã: uma senhora cuja pele escura era esticada pelas maçãs do rosto altas e protuberantes. Seu cabelo era preto, liso e longo. Os olhos, puxados; o nariz, achatado. O vestido, parecido com os dos grupos indígenas do sul do México, era quase todo bordô, salvo padrões florais costurados em branco e verde-escuro. Seu sorriso, ainda que mixado, era sincero. O prato que ela carregava, desalentador.

Almocei meia dúzia de tortillas, acompanhadas de um ovo frito e de uma colherada (de chá) de feijão. Jantei o mesmo. E recomecei a caminhada, na manhã seguinte, faminto por calorias, vistas e algum contato com os locais, notoriamente reclusos. Exceto pelas calorias, tive meus desejos realizados.

A noite chuvosa deixara um manto de neblina sobre as colinas ondulantes, lá embaixo. O sol, que acabara de acordar, ainda não vigorava. Não havia vento e o silêncio era melancólico. Do alto do altiplano, a cena era ainda mais bonita, já que se justapunha à paisagem lunar na qual eu então adentrava. A trilha seguia por entre um terreno miraculosamente plano, a três mil metros de altitude, no qual floresciam pedras pontiagudas de um cinza-claro. A vegetação não mais passava dos meus joelhos, e musgos alaranjados eram o máximo que a flora tinha a me oferecer por ali.

Despertei da contemplação quando uma flecha sonora varou a quietude.

– Levanta-te, hombre!

Um jovem adulto, acorcundado por um saco de arroz mais ou menos do meu tamanho, conseguiu tirar um sorriso do rosto esmagado pelo esforço. Segui-o, tão curioso quanto admirado.

– Dormiste em Xexocom? – ele adivinhou.

– Sim – confirmei, ainda estupefato com o tamanho da carga que ele levava nos ombros. Aquele saco devia pesar mais de cinquenta quilos.

– E agora vai pra Chortiz – dessa vez ele nem se importou em embeber o dito num tom interrogativo.

– Sim.

– Prazer, Felipe. É comigo que você vai se hospedar lá em Chortiz – ele estendeu a mão e eu o cumprimentei rápido, com medo de que o arroz todo fosse despencar se fosse sustentado por muito tempo por um só braço.

– Prazer. Eu sou Felipe também.

Por mais que a trilha bifurcasse ao topar com algumas pedras do tamanho de casas, a ausência de declive fazia com que o caminho fosse fácil de seguir. Um guia não era preciso, mas as histórias do meu xará tornavam a sua companhia mais do que valiosa.

Felipe vivera por quatro anos em los estados, e trabalhara durante o tempo todo em um galinheiro. O salário, inferior ao mínimo norte-americano, fora suficiente para que ele vivesse em um apartamento alugado com mais dois guatemaltecos e um hondurenho, bebesse nos fins de semana, mandasse dinheiro para a família todo fim de mês, e, quando voltasse, construísse duas casas na sua aldeia e ainda guardasse um pé-de-meia "mais cheio que barriga de pobre em fim de festa com comida grátis" – nas suas próprias palavras.

– Em galinheiro, você quer dizer... cuidando de galinhas? – eu perguntei.

– Pelo contrário. Matando os bichinhos – ele passou uma mão esticada pela frente do pescoço, sucessivas vezes, até que eu o interrompi com mais uma questão.

– Assim, sem parar?

– Parava pra almoço, ué. Meia hora pra comer. Dez horas de trabalho por dia.

Carregar aquele saco de arroz repentinamente deixou de parecer tão difícil.

– E você não tinha... nojo? Ou pena, sei lá?

– Pena quem tem são as galinhas. E nojo quem tem é rico, Felipe. Lá ninguém se importava. A gente na verdade só quebrava o pescoço das galinhas. Aí colocava nuns ganchos, assim, mais altos – ele riscou com o dedo uma linha imaginária acima da sua cabeça – e a máquina decepava todas elas, mandando o corpo pra um lado e deixando a cabeça. Ficava um monte de cabecinhas penduradas bem ali na nossa frente.

A caminhada prosseguiu até a aldeia de Chortiz, na qual Felipe me conduziu até a sua casa, atrás de uma escola de uma só classe. Adentrou por um cômodo cheio de banquinhos baixos em torno de uma fogueira coberta por uma chapa de metal, que eu supus ser a cozinha, cumprimentou com beijos no rosto as quatro mulheres de vestidos rubros e bochechas idem, que ali sentavam, e atravessou uma série de buracos retangulares nas paredes de madeira, até desaparecer no fundo daquela sucessão de quase-portas e deixar pra trás só uma fileira de pegadas no chão de areia. Quando voltou, estava sem o saco de arroz. Descarregou-o longe o bastante da cozinha para que eu perdesse a esperança de que aquilo compusesse alguma de minhas próximas refeições.

De fato, elas foram exatamente iguais às anteriores: tortillas, um pouquinho de feijão e um ovo frito – com as vantagens de que, dessa vez, as tortillas eram ilimitadas, e a família anfitriã, mais receptiva. A mulher de Felipe tentou me ensinar a preparar a massa do alimento mais popular da Guatemala, as tortillas, mas desistiu depois que minhas três primeiras tentativas deram origem a amebas esburacadas.

Passava do meio da tarde, a chuva já tinha começado, e, no feixe de luz alaranjada que mergulhava pra dentro pela única janela do cômodo, boiavam infinitas gotículas de água e poeira. Ficamos todos em torno do fogo, a dona da casa amassando e depois jogando no ferro fervente, automaticamente, as tortillas que em seguida eram devoradas pelo primeiro que se atrevesse a tomá-las. De mão em mão, passava uma garrafa colossal – quase um galão – de um destilado de arroz. A julgar pelo tempo que Felipe retinha a bebida, nas mãos e nos lábios, o fim do conteúdo do saco que ele trouxera enquanto caminhava comigo talvez não fosse um prato, mas sim um copo.

Meu estoque de perguntas sobre a vida na aldeia se esgotou quando começou a escurecer lá fora. A família não era de falar muito, e a rotina local, do ponto de vista deles, era mais sem sal que comida de hipertenso. Só o ânimo de Felipe andava na contramão. Respondera a cada nova indagação com um entusiasmo explosivo, escorregando palavras umas pra cima das outras, por exemplo, enquanto descrevia o caminho que fazia quando pastoreava as ovelhas:

– Paaaassoaezcola.... Deesçoaencozta... E paroooonde tencontrei hoje, Felipe.

Logo ele começou a emendar murmúrios sem sentido, num chiado constante e incompreensível, que nem rádio entre uma estação e outra. Falando no modo automático, era observado pela mulher, moldando tortillas no seu próprio modo automático, e pelas filhas, que faziam nada – também automaticamente –, como vinham fazendo desde que eu chegara.

A cozinha estava totalmente escura, salvo o halo preguiçoso que entornava a chama quase extinta da fogueira, e Felipe já tinha parado de murmurar havia algum tempo. Quando um estrondo seco e alto se produziu, olhei em volta assustado procurando a origem do barulho. A dona da casa, quase inalterada, deu a volta na fogueira e tateou o chão ao meu lado. Felipe tinha desabado da cadeira, de tão bêbado, e a mulher, agindo como se já soubesse que aquilo aconteceria, agora literalmente o arrastava pelas pernas casa adentro. Não vi o rastro que o corpo inconsciente traçou na terra, mas, pelo rumo que tomou o chiado áspero das roupas no solo, concluí que ele foi levado para o mesmo lugar onde repousava o seu saco de arroz. Virei-me para as filhas. Todas permaneceram imóveis.

Saí cedo na manhã seguinte, tomado por vergonha alheia pelo que acontecera de noite. Desci do altiplano por um bosque de pinheiros espetados na encosta, inundado em uma neblina tão opaca que eu só percebi a cidade quando já estava dentro dela. Depois de algumas horas de ônibus, estava de volta a Nebaj, e só não corri direto para o primeiro restaurante que vi pela frente porque fui cumprimentado por três crianças apoiadas contra uma grade, de dentro do pátio de uma escola.

Rastejaram pra fora, por um buraco no pé da grade, e deixaram a bola com a qual brincavam pra trás. O interesse repousava no caderno que eu trazia numa mão, e sobre o qual escrevia com a outra. Foi só quando se levantaram de novo que percebi que uma delas tinha o dobro do tamanho das outras. Ainda assim, batia no meu umbigo. Era a única criança fluente em espanhol – as outras só falavam o idioma indígena Ixil. Por isso, e pela curiosidade com que fincava o olhar nas páginas do meu caderno, dei-lhe a caneta e pedi para que me ensinasse algumas palavras em Ixil.

Rogelio tinha treze anos, e chegava ao fim de uma infância que ainda não decidira se desembocaria na adolescência ou se o jogaria direto na vida adulta. Vide a discrepância entre as primeiras coisas que ele anotara e as primeiras coisas que me dissera. Traduziu "bolinhas de gude" e "futebol com os colegas", antes de confessar que vinha tendo cada vez menos tempo pra brincar em função do trabalho. Ensinou-me a perguntar "Você tem namorado, moça?", antes de me perguntar se eu tinha um computador ou se no Brasil eles era tão caros quanto na Guatemala.

– Eles são caros, sim – para o bem da minha própria consciência,

evitei contar quantos laptops e tablets o pessoal da minha casa possuía.
– Mas eu percebi que aqui toda casa tem uma televisão, pelo menos.

– Tem uma lá em casa, também. O que eu não tenho é tempo pra assistir.

Encarei-o inalterado, como aprendera com as filhas do beberrão Felipe, aguardando uma explicação. Rogelio meneou a cabeça para os milharais que rodeavam a cidade, e que nós víamos de cima já que estávamos ainda na encosta, e não no fundo do vale. Foi só aí que eu percebi a quantidade de construções cúbicas de cimento, do tamanho de armários, e cada uma de uma cor diferente, que pontilhavam o gramado no qual estávamos.

– Eu trabalho lá nos campos de milho. Jogar bola, só no fim de semana – completou, sem que respingasse nenhuma gota de reclamação no tom da voz.

– Você gosta de trabalhar lá? – eu já tinha aprendido havia tempo que as perguntas de respostas mais óbvias eram quase sempre as que levavam às mais livres divagações.

– Claro que não. Eu ia gostar é de trabalhar num restaurante. Imagina, de gravatinha e tudo – ele estufou o peito e equilibrou uma bandeja imaginária numa das mãos. O topete espetado a gel e o sorriso largo, de certa forma, combinavam com a profissão desejada.

– Tem muitos restaurantes aqui em Nebaj?

– Ter, tem, ué. Mas eu queria ir pra los estados, né – e aí os olhos escuros rolaram pro alto, imaginativos, e a voz se amaciou como se Rogelio tivesse passado a falar na mulher da sua vida. – Trazer bastante dinheiro pra minha família, comprar um computador, livros...

– Você gosta de ler, então?

– Claro! Por que você acha que a gente se amontoou perto do seu caderno?!

– Mas, quero dizer... vocês gostam de ler livros, também?

– Sim, sim. Sembradores. São livros de histórias que a escola tem. O difícil é comprar pra ter em casa. São caros.

De novo, não houve reclamação nenhuma no tom da sua voz. Ela só se encolheu devagar, até se cobrir de silêncio, como que reconhecendo a sua incapacidade de mudar a situação, mas sem se revoltar com isso.

As duas crianças menores ziguezagueavam as vistas entre meu rosto e o de Rogelio, como se a nossa conversa naquela língua estranha fosse um milagre. Acuado pela curiosidade deles, olhei ao redor de novo. Os blocos de cimento coloridos tinham todos buquês de flores em torno de suas bases. Eram lápides, eu agora notava. Os lados que não estavam virados pra mim provavelmente continham as inscrições obituárias: nome, data de nascimento e data de morte.

Todos os cemitérios que eu já tinha visto na Guatemala eram coloridos como aquele, e eu me surpreendi por não ter percebido onde estava assim que entrei no lugar. Talvez a companhia das crianças tivesse me distraído. Ou talvez, depois de um tempo, eu me acostumara a ver aqueles jardins de concreto como celebrações da vida em vez de lamentos pela morte. Afinal, só podia ser esse o propósito do hábito guatemalteco de colorir e enfeitar túmulos: o tempo acaba vencendo todos, do mesmo jeito. A diferença é que alguns aceitam isso, e outros, não.

– Você tem medo de alguma coisa, Rogelio? – eu me voltei para o menino mais uma vez.

– Tenho – a resposta estava na ponta da língua. – De não agarrar a migra.

Mirei de novo as lápides, e depois Rogelio mais uma vez, ainda sem entender direito o que ele dissera. Com os túmulos em mente, eu achara que aquela era uma pergunta de resposta óbvia, mas o garoto me surpreendera.

– A migra – fazendo uma mão de papel, e a outra de carimbo, ele gesticulou o estampar de um passaporte. – De não conseguir entrar em los estados. Mas se acontecer, também, tem tantos outros países nos quais eu posso ir trabalhar... – ele piscou pra mim e um sorriso coçou-lhe os cantos dos lábios. Pôs a mão no meu ombro e continuou. – Tipo o seu. Eu jogo bola direitinho, já te falei?

Os dois garotos menores fixaram seus rostos admirados em Rogelio. Eu compartilhei do mesmo sentimento. Em momento algum pareceu-me estranho que toda a nossa conversa se desse em um cemitério. Talvez fossem parecidas, afinal, a lição que me ofereciam aquelas várias tumbas coloridas e a que brotava das palavras cheias de vida do menino.

•••

No litoral de Honduras eu conheci mais um lugar apaixonante à beira do mar, que me fez lembrar a Indonésia nos poucos instantes pacíficos que se sucederam à minha chegada. Seria chato se, de novo, eu conhecesse um pedaço de paraíso e aos quarenta e cinco do segundo tempo o destino estragasse a festa. Dessa vez, pelo menos, ele variou o script. A merda aconteceu assim que eu cheguei à ilha hondurenha de Chachauate.

Larguei a mochila na cabana de madeira onde me hospedaria e trotei para o mar. Não é preciso descrevê-lo: era exatamente como os cartões-postais e fundos de tela que vemos do Caribe. A água límpida como as lágrimas de um bebê era mera extensão do branco róseo da areia, depois do azul esbranquiçado do fundo raso e por fim do azul-escuro das profundezas. As ilhas que adornavam o horizonte faziam as vezes das nuvens que faltavam no céu. E, mergulhado nesse cenário, eu fui abordado por um gordo cambaleante que carregava entre os dentes um frasco de perfume com um líquido de cheiro mais forte que qualquer perfume do mundo.

– Bom dzia, louquinho! – ele enfiou a cara na água e perdeu o boné de candidato político que vestia. – Dondze você vem?

– Brasil – eu devia ter dito Trinidad e Tobago, ou Ilhas Maurício, ou ter inventado um lugar tipo Ilhas Docaralhício.

– Bradzilll... São todos louquinhos no Bradzil, né? Locos, locos...

Aí ele resgatou o boné e saiu da água. Nos quatro metros pelos quais se estendia a faixa de areia, ele caiu de joelhos duas vezes, antes de voltar para o toldo de palha sob o qual vinha bebendo com os amigos. Amigos... Bem, era o que pareciam ser, e foi o que me disseram os mais velhos depois do incidente: "O pior é que eles eram amigos!".

Eu não vi como a briga começou nem vi quando o gordo esfaqueou o "amigo" por quatro vezes nas costas. Foram os gritos agudos de uma mulher desesperada que despertaram a minha vista da soneca que ela tirava na linha quase imperceptível que se interpunha entre o céu e o mar. Virei-me a tempo de ver a tal mulher abraçando o marido, recém-vitimado pelo ataque, antes que ele tombasse de dor. A ela seguiram-se todos os que estavam ao redor. Acudindo o negro, cuja regata branca agora tinha as costas pintadas por esguichos de sangue à maneira pollockiana[36], esqueceram-se completamente do agressor.

Aquele foi o meu primeiro contato com a cultura garífuna. Além de saber pouco sobre eles, eu acabava de descobrir então que não podia confiar cegamente em tudo o que me fora dito: "o mais marcante nos garífunas é o senso de comunidade e a relação fraternal mesmo entre pessoas que mal se conhecem", explicara-me uma menina, ainda no continente. Se um homem tinha acabado de apunhalar um amigo, eu

36. Pollock foi um artista americano de um movimento chamado Expressionismo Abstrato. Através do que chamava de *action painting*, pintava suas telas arremessando tintas, dançando vigorosamente com pincéis encharcados e derramando baldes de cor enquanto caminhava sobre o quadro. O trabalho dele era bastante juvenil, e talvez por isso eu o tenha sempre admirado.

não queria nem imaginar o que ele seria capaz de fazer com um estranho.

Eu também sabia que toda a raça descendia de um navio de escravos africanos que se acidentou perto da ilha de São Vicente. Os homens casaram com mulheres locais e, do Caribe, a população se espalhou para a costa atlântica de parte da América Central. Por fim, eu tinha sido alertado sobre os perigos do gifiti.

O gifiti era uma mescla de ervas, raízes e temperos que marinava dentro de uma garrafa de rum por semanas antes de ficar pronto. A palavra, no dialeto garífuna, significava "amargo", e o adjetivo se aplicava bem não só ao gosto da bebida como também ao comportamento de muitos dos seus fãs depois de alguns copos. Não todos, contudo. Acreditava-se que o gifiti, cuja receita exata variava de família para família, tinha também propriedades afrodisíacas[37].

Já tendo saído do mar, ziguezagueei o pescoço por entre a pequena multidão que se aglomerava em torno do homem das costas feridas, e percebi três garrafas de vidro vazias na mesa diante da qual ele sentava. A raiva que pintava seus olhos de vermelho e bombeava sua respiração ofegante era a prova de que ele não tinha bebido um pingo sequer daquela bebida. As três garrafas, ao que parecia, tinham sido todas esvaziadas por um alguém que sentara na única cadeira que permanecia vazia. Como que por superstição, todos ali preferiam ficar de pé em vez de ocupar a cadeira do suposto criminoso.

Do outro canto da praia vinham cada vez mais famílias, sempre trotando bem perto do mar e os pais carregando os bebês no colo. Aquela fora a maior demonstração do senso de comunidade garífuna que eu presenciara até então: sem ordem alguma, estabeleceu-se um consenso que foi seguido imediatamente por todos. A disciplina daquele povo no momento de confusão era comparável à dos asiáticos que se veem frequentemente obrigados a evacuar prédios e escritórios em países muito suscetíveis a terremotos. Em minutos, a ilha toda estava vazia, exceto pelo bar numa das pontas da praia, onde todos eram espremidos pelo medo. Sentei-me numa rede perto o bastante da galera para que eu visse e ouvisse o que estava acontecendo, mas longe o bastante para que tivesse tempo de correr ou rezar ou me enterrar na areia caso algum dos outros bêbados (havia mais dois, aparentemente) tivesse acesso a uma faca e a alguma razão para usá-la.

---

37. Como dizia uma placa que eu vi na frente de um bar: Vende-se *gifiti* – a bebida que faz velhinhos terem bebês.

O céu estava imaculadamente azul, e ainda assim todos se protegiam como se confrontados com um temporal iminente. A polícia chegou derrapando uma lancha, que, em vez de farol, tinha um fuzil apoiado num tripé, bem no meio da proa – coisa que eu só tinha visto no GTA[38] até então. Cinco negões enormes desceram fardados e com metralhadoras atravessadas no peito como um cinto de segurança que os protegia de tudo e de todos. Viram aquele amontoado de gente num cantinho e logo se deram conta do problema. Haviam sido chamados para encontrar e prender o gordo que cometera o crime.

Uma varredura pela ilha, de ponta a ponta, estava prestes a ser empreendida. Correndo, era possível cruzá-la em uns trinta segundos. E, além de o terreno ser pequeno, o foragido em questão era grande. Não seria difícil encontrá-lo. Mas a polícia achava que estava atrás do Bin Laden.

– Mais homens! Queremos mais homens! – um dos negões se apro-ximou abanando os braços energeticamente, recrutando locais para a missão.

Eu levantei da rede discretamente, e fui andando de lado, tipo caranguejo, para perto das mães que cuidavam de seus bebês.

Com o contingente agrupado e devidamente instruído pelos oficiais (o que custou um pouco, devido a uma pausa para cigarros), iniciou-se uma varredura. Entrando em toda casa, e teoricamente revistando todo cômodo, os policiais e seus ajudantes civis atravessaram a ilha e regressaram de mãos vazias. Refizeram o percurso, e mais uma vez voltaram sem sucesso. Foi aí que os cinco negões enormes decidiram ficar na praia esperando até que um dos locais voltasse com a presa capturada. Fiquei incrédulo com a atitude, que eu não sabia se era motivada por preguiça ou covardia. O interior da ilha era labiríntico, de fato. Viviam noventa pessoas numa área que não passava de cinquenta metros quadrados, e os caminhos de areia proporcionados pelas frestas estreitas entre as cabanas de madeira formavam o cenário ideal para um jogo de esconde-esconde. Mesmo assim, não pensei que eles fossem desistir tão cedo.

O resto do povo, que a essa altura já não estava mais tão amedrontado, compartilhou da minha incredulidade. Cabeças balançavam de um lado pro outro quando se viravam para os oficiais. Pelo jeito, também não havia muito "senso de comunidade"

38. Jogo de videogame em que o objetivo geralmente era matar pessoas com armas e veículos desproporcionalmente grandes. E dava pra usar códigos e criar helicópteros no meio da cidade, ou ser imortal, ou levar prostitutas para becos escuros e ver o carro pulando e depois matar as mulheres para recuperar o dinheiro gasto até então.

entre a polícia e a população local. Além do mais, os homens que não estavam envolvidos na busca não pareciam tão preocupados. Um velho com um chumaço de cabelo que um dia fora um black power empunhava seu martelo como uma metralhadora e disparava gargalhadas roucas a seus amigos. Outro saía de uma cozinha com a cara toda lambuzada de ketchup e mancando como se a suposta lesão no rosto tivesse afetado suas pernas. De mais longe, porém, vinham choros de crianças: como sempre, eram elas as mais sensatas.

Quando do meio da selva de coqueiros, palha e madeira saíram gritos como os de macacos, os policiais lá se embrenharam às pressas. E voltaram com o gordo algemado. A busca terminara, e a única casualidade parecia ter sido um talho escarlate na testa de um jovem.

Jogaram o gordo pra dentro da lancha com a rispidez de quem empilha um monte de peixes recém-fisgados, mas, pelo jeito, a concorrência por um lugar no veículo era grande. Os homens que tinham capturado o agressor, revoltados com o machucado sofrido pelo jovem que os ajudara, apoiavam-se nas bordas da lancha e acusavam os policiais de incompetência e desleixo. A coisa piorou quando os oficiais decidiram que não levariam o gordo pra costa, e o arremessaram de volta pra areia. Aí um negro que media dezoito metros de altura subiu na embarcação com um impulso violento e peitou os cinco policias de uma só vez. Eu admirei a coragem daquele homem. Dois dos negões fardados levantaram suas metrancas e engatilharam aquelas armas enormes bem no peito nu e cabeludo do atrevido. A cena foi horripilante. Mas o barulho dos cartuchos sendo preparados pra entrar no jogo – tchk tchk! -, aquilo sim foi amedrontador[39].

Uma senhora desmaiou e caiu com a cara na areia, bem do meu lado. Aposto que foi por causa daquele barulho. Exceto pelo seu filho, ninguém a notou. Estavam todos hipnotizados pelo perigo fascinante que emanava do embate entre a coragem do negro sem camisa e a supremacia armada dos homens fardados.

No fim, que até o corajoso se sentiu intimidado e aceitou o empurrão que o jogou de volta pra terra firme. Os oficiais foram embora sob uma salva de dedos do meio. E, em seguida, mandaram-se o criminoso, os dois enfermos e mais meia dúzia de gatos pingados pra prevenir confusão, até a costa, num barquinho de pescador.

39. Outra coisa que eu só tinha ouvido em videogame até então.

– É normal isso? – inquiri o jovem que tinha acabado de encher a cara de ketchup.

– Sim, acontece uma vez por ano – ele encolheu os ombros enquanto enxugava o rosto com a camiseta.

Mais tarde decidi diversificar minhas fontes.

– É normal isso? – perguntei pro senhor que arranjara minha acomodação na ilha, e que parecia o mais calmo durante todo o evento.

– Não – sua voz devagar já era tranquilizadora –, é ocasional. Acontece só uma vez por ano.

Chachauate tinha a forma de uma lua crescente, sendo a praia do lado exposto cheia de ouriços, e a baía, do outro lado, o sonho de todo banhista. Era nela que eu carregava crianças pra lá e pra cá nos meus ombros, pelas manhãs. Numa delas, Javier, um dos garotos mais tímidos de toda a ilha, revezava com seu irmão menor o lugar no assento no qual tinham transformado as minhas costas. Com as perninhas negras caindo sobre meu peito, e as mãos tirando o meu cabelo molhado da frente dos meus olhos, confessou-me querer estar na escola.

– Mas a mamãe não ajuda – Javier comentou num tom mais conformado que lamentoso.

– E seu pai? – eu cuspi o resto de água que ficou na minha boca depois do mergulho que tinha dado com ele em cima de mim.

– Tá no litoral. Encarcerado. Tava roubando uma casa e o dono apareceu, eu acho... Mamãe não fala muito disso.

– Irmãos, vocês têm mais? – mudei de assunto imediatamente.

– Nós dois, mais dois.

– Três! – o irmão corrigiu, enquanto esperava a sua vez de ser erguido e carregado por mim.

– Ah é. Uma menina vive com o papai. Mas não conheço ela, não – Javier se lembrou.

– Nem eu – o irmão assentiu.

– Você queria conhecer ela? – Javier perguntou pro irmão.

– Acho que não. Se papai é um criminoso de verdade, sabe, eu tenho medo dessas coisas.

– Ah... me dá lástima quando se mete uma bala em alguém – Javier lamentou. – Uma vez, eu tava no litoral, e quase me mataram.

– Por causa daquela menina? – o caçula perguntou. A conversa fluía sem que eu falasse quase nada.

– Aham – Javier, de cima dos meus ombros, inclinou a cabeça para frente e para baixo, encontrando meus olhos e quase fazendo com que nós dois tombássemos juntos. – Um senhor apontou uma pistola pra mim e falou que ia me matar sem dó na próxima vez em que eu tocasse na filhinha dele. Ele achava que eu tinha tocado na filhinha dele, mas eu não tinha feito naaada, nadica de nada.

– Ele não tinha feito nada – o irmão completou.

– Nadica de nada. E ele falou pra eu nunca mais passar perto da casa dele.

– Ele não gostava da gente porque a gente é garífuna – o irmão ofereceu sua explicação.

– E vocês não gostam deles também? – provoquei.

– Por quê, ué? Só não gosto do que quer me matar. Do resto do mundo inteiro eu gosto.

– Do mundo todo – o caçula concordou.

– Vocês têm vontade de conhecer o mundo?

– Claro – Javier foi rápido.

– Mas você ia morar em outro lugar, daí? – seu irmão pareceu não compreender.

– Eu podia morar no seu país – Javier deu um tapinha na minha bochecha.

– Mas aí a gente não ia mais cuidar dos banheiros? – o caçula estava incrédulo. Ele e o irmão eram os responsáveis por manter limpos os banheiros num canto da ilha, e por cobrar dos visitantes que desejavam usá-los.

– Ah, é verdade. A gente tem que ficar aqui – Javier se conformou finalmente.

– Mas vocês vão ficar cuidando dos banheiros pra sempre? Até quando forem adultos?

– Sim – o irmão de Javier foi assertivo.

– Eu quero ser policial quando for adulto. Mas vou continuar cuidando dos banheiros – Javier divagou.

– E vocês têm vontade de virar grandes logo, ou preferem continuar crianças?

– Hum... pra mim tá bom assim – Javier buscou apoio no olhar do irmão.

– Eu queria ser grande só por causa de uma coisa – ele respondeu. – Pra dar pé mais no fundo do mar.

Todos rimos, e Javier chegou a cair pra trás, vagando meus ombros e comunicando ao caçula que era a vez dele de subir neles.

– Eu queria ser grande pra ter filhos e deixar que eles escolham –

Javier mal emergiu do mergulho e já estava falando – se querem morar aqui na ilha ou no litoral.

– A mãe de vocês não deixou vocês terem essa escolha?

– Não! – Javier exclamou.

– Sim! – seu irmão se opôs.

– Sim – o primeiro retomou a fala. – Eu ia dizer que não, que muito pelo contrário. Claro que fui eu que escolhi vir pra cá. Papai estava preso. E aquele homem que tinha me ameaçado ia me matar a qualquer hora. Não tinha jeito: eu passava perto da casa dele todo dia indo pra escola. Foi uma coisa que eu tive que aceitar.

– Que a gente teve que aceitar – o caçula enfatizou, de cima de mim.

– Daí nós dois viemos pra cá, com a mamãe. Casa nova, vida nova.

– E no fundo, no fundo, vocês preferem a vida aqui ou lá no litoral? – eu os cutuquei.

– Eu prefiro... – o caçula levou dramaticamente a mão ao queixo, quase perdendo o equilíbrio.

– No litoral a gente ia pra escola... E tinha mais espaço pra brincar, né? – Javier ponderou e ergueu as sobrancelhas convidando o irmão a se expressar.

– Espaço?! Aqui tem treze ilhas, Javier! O Felipe não tá falando só de Chachauate – a voz que veio de cima de meus ombros teve o tom de uma bronca.

– Ah, treze ilhas... – Javier desdenhou. – tirando a da escola das outras crianças, que é a ali da frente, a gente quase não vai pras outras, mesmo...

Estiquei a mão que o caçula não usava de apoio e dei um tapinha carinhoso na bochecha de Javier, como ele mesmo fizera comigo antes. Alguns dias adiante, com orgulho, eu contribuiria com mais dinheiro pelo combustível, para que ambos fossem comigo e com os mais velhos até outra ilha, de barco. Javier sorriu seus dentes grandes e alargou os lábios grossos, acatando o meu afeto. Era o máximo de atenção que ele conseguiria tirar de mim, já que o turno do irmão nas minhas costas tinha começado, e eu ainda teria de pular muito na água até que ele vagasse meus ombros. Javier não se importava. Aquele garoto era bom em esperar. Sabia que, aceitando os fatos, estava só cultivando a esperança e a certeza de que logo a brincadeira começaria de novo.

A ilha tinha direito a duas horas diárias de eletricidade, consensualmente usadas das sete às nove da noite. Exceções foram feitas para que se ligasse a tevê durante a partida entre Honduras e Jamaica, por eliminatórias da Copa do Mundo, e durante o amistoso entre Brasil e França. Aquela galera amava o futebol brasileiro. Sabiam de cor os nomes completos de jogadores das Copas do meio do século passado, e escalações inteiras de seleções que eu nunca sequer vi jogar.

Armamos algumas peladas com uma bola murcha na praia, mas nada que satisfizesse alguém além da criançada. Os mais velhos estavam doidos pra me levar pra jogar na ilha maior, a alguns minutos de barco dali. Quando juntamos gente suficiente, enchemos o tanque de combustível, enchemos os bancos do barquinho com descamisados que se agarravam nas cordas e gritavam como se estivessem montando um touro de rodeio, e nos mandamos para a ilha de Cayo Mayor.

Bem do lado do píer aonde chegamos havia uma cancha de areia plana e com um tamanho decente, rodeada por coqueiros e por um barranco de grama que se erguia a partir de uma das laterais. Além do mais, os habitantes daquela ilha tinham uma bola de verdade. Mal deu tempo de aquecer e já tinha um time postado em uma metade do campo. Eu e mais cinco dos jovens de Chachauate nos viramos e, enquanto nos ajeitávamos em nossas posições, vislumbrei os adversários pela primeira vez. Bem... Não era exatamente a primeira vez que nos víamos.

No time de seis, só me era inédita a figura do anão branquelo que cumpria o papel de atacante. Os outros cinco eram negros gigantescos, vestindo um uniforme mais pesado que uma camisa do Brasil: "Infantaria do Exército de Honduras" era o dizer que estampava, em uma só linha, as suas costas. Estas eram tão largas que ainda sobrava espaço para margens.

Na primeira saída de bola eu pedalei pra cima do anão, dribleі um meio de campo e fui parado por um zagueiro. Ele apareceu do nada com um carrinho tão truculento que merecia ser chamado de caminhãozinho. Eu interrompi a corrida a tempo de evitar ser arremessado por suas pernas de volta pra ilha de Chachauate. Só tropecei nas suas coxas grossas e fui parar alguns metros adiante.

Recompus-me da meia dúzia de cambalhotas dadas e abri os braços instintivamente. O negão marchou pra cima de mim com uma cara de capeta, as sobrancelhas tão rispidamente apontadas pro nariz que eu achei que a testa dele ia quebrar ao meio. Mas um companheiro de equipe deu ouvidos à torcida, que os lembrava desesperadamente: "É gringo, é gringo!". Esse conteve o amigo e proclamou uma falta. Foi a primeira e única do jogo. Nem eu nem ninguém do meu time nem ninguém da torcida – uns trinta homens e mulheres sentados no barranco do lado da cancha, metade de cada ilha – tivemos coragem de confrontar a indocilidade daquele policial mais uma vez.

– Não é jogo pra culero, filho de uma grande puta! – ele berrava pra ninguém em especial, mas justo nos momentos em que estava me marcando de perto. Seus beiços tinham a espessura de meus antebraços.

Perdemos por dez a dois. Mas fui eu que dei as duas assistências.

Na volta a Chachauate, quase viramos o barco. Eufóricos, não sei com o quê, mal notei a bizarrice da cena que compúnhamos. Uma dúzia de marmanjos pulava que nem macacos em alto-mar. Um negro forte, mas que perto dos caras do exército fora reduzido a uma mera pilhazinha de músculos, levantou sua camisa suada com os dois braços.

– A bandeira dos perdedores! – gritou, para o deleite de todos os outros. Ele estava sempre rindo ou falando rápido que nem uma versão masculina da mulher da caixa de mensagens. – E que o exército vá à merda, bando de culeros!

Sorri com mais afinco que qualquer um naquele barquinho de madeira prestes a ceder aos impactos constantes de doze pares de pés. Tirei também a minha camiseta, e a sacudi como bandeira com os braços erguidos. Os garífunas podem não ter sido o povo com o mais dócil "senso de comunidade" que eu já conheci. Tampouco produziam a melhor – ou mais saudável – bebida do mundo. Mas foram eles que me ensinaram que, no fim das contas, a derrota ou a vitória tem de ser admitida. E que, ainda mais importante, isso não nos priva do poder de começar uma outra partida logo em seguida.

•••

E, assim que voltei da ilha de Chachauate, eu admito que joguei a toalha. Quero dizer, eu ainda escalaria a maior montanha da Costa Rica, surfaria uma das ondas mais longas do mundo e desceria um vulcão fazendo sandboard, mas todo mochileiro que vai pra América Central faz essas coisas.

Eu joguei a toalha no que diz respeito a tentar sair da linha: sem mais ilhas desertas ou vilas ocupadas por minorias étnicas. Até conversei com uma ou outra criança, mas não fiz esforço suficiente para que a entrevista valesse a pena ser contada.

Fiz sexo com uma suíça linda, sete anos mais velha que eu, em um albergue em San Jose, e só não o fiz com uma costarriquenha com o dobro da minha da idade porque ela me assustou, como se sua data de nascimento não fosse o bastante: atravessou o seu país em umas dez horas de ônibus para me encontrar, de surpresa, em uma vila na qual eu dissera que estaria, semanas depois da primeira vez em que tínhamos nos visto. Ela era meio obsessiva, e ainda por cima era Testemunha de Jeová, e eu estava dando um tempo com Deus depois do que acontecera na Indonésia, por mais que Ele estivesse se comportando direitinho. Onde já se viu, uma mulher velha daquele jeito e indo atrás de gente mais nova pra ver se por acaso rejuvenescia?

Dizem que o que mais nos irrita nos outros são os defeitos que nós também possuímos. Foi só mais tarde que eu percebi que, havia mais de um ano, vinha fazendo o mesmo que ela.

É claro que eu continuava feliz pra caralho, e confesso que até rezava, de vez em quando, em agradecimento pela chance de realizar meu sonho. Mas meu tesão vinha se esgotando.

O cansaço físico era inevitável. Ainda que eu me mantivesse em forma, depois de tantas mudanças de ambiente minha saúde não era mais de aço: dores de ouvido eram constantes, feridas nas pernas demoravam a cicatrizar e picadas de insetos inflamavam facilmente. Minhas costas por vezes se rebelavam contra tantas camas em forma de half-pipe e resolviam doer por tardes inteiras.

Meus pertences não eram muito mais resistentes. O par de chinelos mexicanos que eu vinha usando era tão maleável quanto aqueles travesseiros da NASA. Na parte da frente, a borracha tinha cinco dedos esculpidos perfeitamente. Na parte de trás de cada um, havia um buraco redondo que fazia meus calcanhares tocarem o chão a cada passo. O encaixe justo pelo menos impedia que minha pele deslizasse sobre a borracha escorregadia – era só o fundo gasto dos chinelos que continuava esquiando desenfreadamente sempre que a umidade relativa do ar (e do solo) estivesse acima dos dois por cento.

O disparador da minha máquina fotográfica tinha emperrado, provavelmente incomodado por alguns teimosos grãos de areia. A máquina só funcionava no foco manual. Isso quando não acordava de mau humor e se negava a ligar o visor, só de sacanagem.

Eu tinha perdido muita coisa, também: um carregador do iPod, um carregador do laptop, um mouse do laptop, três adaptadores de tomada, uma meia dúzia de camisetas esquecidas em varais ao redor do mundo e um *nécessaire* com tudo dentro. Para evitar ter de pendurar roupas, e ter de me lembrar delas depois, passei a enfiar as peças molhadas numa sacola separada, onde poderiam mofar juntas sem contaminar nenhuma vizinha seca.

De fato, a higiene não era uma prioridade. Dei-me conta disso quando percebi a simbologia contida no modo como vinha guardando meus artigos de banheiro. Em substituição ao *nécessaire* perdido, usava um saco de lixo.

Descosturas no meu mochilão transformavam o fechamento cotidiano do compartimento principal numa atividade cirúrgica e arriscada. Um dos fechos havia cedido, desgarrando-se de um dos trilhos e ficando pendurado inutilmente por um lado só. Tive de arrancá-lo, como se fosse um dente podre, e fazer uma gambiarra com o fecho restante (e uma série de macumbas: se ele não aguentasse, o mochilão já era).

Todos os outros zíperes estavam infectados por maresia e ferrugem. Seus trilhos estavam atolados de sal. Abri-los era tão trabalhoso quanto fatiar o caroço de uma manga com uma faca de plástico. E o barulho do zíper sendo arrastado por entre aquele sal todo, quando eu conseguia movê-lo, afligia-me mais que qualquer coisa. Serrava meus tímpanos, de modo que eu evitava abrir a mochila a não ser que fosse extremamente necessário. Aquele ruído era quase tão insuportável quanto o cheiro de lixo queimado que perfumava toda esquina na Índia. Aquele ruído... me faz querer mudar de assunto.

Tudo isso me exauria, mas nada me afligia mais que a falta de contato com os amigos. Até os que mais frequentemente me mandavam mensagens vinham se esquecendo da minha existência. Havia chegado um ponto, uma espécie de limbo, em que eles notaram que a minha viagem deixara de ser uma novidade, e, pior que isso, que eu deixara de vez de fazer parte de suas rotinas.

A solidão pela primeira vez tinha um caráter realmente degradante. E as condições precárias com as quais eu topava só agravavam a situação.

Eu não via mais graça em fazer cocô de cócoras. Em dormir com macacos, lagartos ou animais voadores não identificados passeando ao meu redor. Em conhecer pessoas que, apesar de virem do mundo todo, no fim vinham todas dos mesmos lugares; pessoas que, apesar de viajarem pelo mundo todo, no fim iam todas para os mesmos lugares.

Eu enjoara da comida típica que experimentara no dia anterior. E também da que eu sabia que experimentaria no dia seguinte. Tinha enjoado de ter de experimentar a cada lugar novo pelo qual passava. E o enjoo não era causado pela repetição. Porque eu nunca enjoei do arroz e feijão que era feito lá em casa.

Tinha cansado de procurar um lugar pra ficar, de trocar dinheiro, de tirar dinheiro, de gastar dinheiro e de ver que o sorriso, inteligível em todas as línguas, obedecia do mesmo jeito à rúpia, ao peso, ao dólar e ao real.

Tinha cansado de escalar montanhas, de fazer trilhas, de mergulhar em cachoeiras, de nadar na praia, de festejar num bar, de andar de bicicleta, de visitar museus, de pular em crateras de vulcões e de guiar elefantes por selvas virgens. Tinha cansado de nunca ser único, e de tentar me emocionar com um pioneirismo falso que mascarava tudo o que era exótico. Como um caçador que desiste do seu tesouro, via-me tomando de volta o rumo de casa.

Tinha cansado de ir atrás de crianças. De ir atrás de tradutores. De ir atrás de perguntas e – mais difícil ainda – de respostas. Tinha me satisfeito com uma definição por mim escrita, que enjaulava em poucas palavras a minha ideia de juventude: crianças têm medos raros e mundanos, e sonhos abundantes e fantasiosos. Adultos têm medos abundantes e fantasiosos, e sonhos raros e mundanos. Essas três linhas continham todos os preceitos da única fé que nunca me abandonara.

Tinha cansado de tirar fotos que, geradoras de inveja boa por parte de quem ficou em casa, pudessem legitimar o que eu estava fazendo. Tinha cansado de escrever sobre o que acontecia. Até porque, ultimamente, o que mais eu escrevia era sobre o próprio cansaço.

Tinha cansado do fedor estridente das roupas sujas. Do barulho azedo do zíper. De não ter eu um fecho com o qual pudesse lacrar os tímpanos por alguns momentos. Tinha cansado de voltar cedo pra espelunca qualquer que estivesse me hospedando, deitar no trapo que chamavam de cama, olhar pro mosaico de remendos que chamavam de teto, e pensar "e amanhã?".

O amanhã corria eufórico em minha direção. Seus braços abertos, ansiosos para me abraçar, eram a casa, a família e a rotina que finalmente me acolheriam de volta. E o cansaço me impedia de continuar fugindo de tudo isso. O amanhã não via a hora de me recuperar depois daquele tempo todo em que ele tinha me perdido para o presente.

•••

O primeiro e último e-mail que Louiz já me mandou começava com: "A paz de Cristo Ressuscitado, irmão!".

Fazia já anos que não nos falávamos, e, proibido de usar o telefone, foi o único meio que encontrou de se comunicar comigo. Dizia estar "muito contente por ver a obra que o Senhor vem construindo em minha vida, quantas maravilhas, ver que Deus não me rejeitou e que ele me AMA do jeito que eu sou. Provar que ele é o Deus do impossível é o que me motiva a continuar".

Estava maravilhado com a intimidade que vinha construindo com Deus. Feliz em ter tido que abandonar seu comodismo para ver como o Senhor tinha misericórdia com ele. Torcia – e rezava – para que a minha Volta ao Mundo acrescentasse muito ao meu futuro profissional. Profissional. Eu nunca o tinha visto usar aquela palavra antes.

Não havia um erro gramatical no texto todo. Nenhum palavrão sequer. Ele desejava que eu ficasse com Deus. E – o pior de tudo –, no fim do e-mail, não assinava como Louiz, tampouco como Láuen, Louíbo, ou qualquer outro apelido bizarro que outrora orgulhosamente tivera. O texto era assinado por um sem sal, imaculado e adulto "Luiz Filipe".

O porteiro do Seminário chegou até mim e foi contagiado pelos meus prantos. Só não chorou porque seu espanto foi maior que qualquer outra emoção. Daquele menino cheio de terra nas roupas, sangue na pele e lágrimas no rosto, ouviu uma história que não lhe era de todo desconhecida.

– Não pode ser... Cê não pode ser o cara que tão dizendo que morreu sendo a última vítima daquele bandido... – ele reagiu, incrédulo, antes de contar que tinha lido no jornal sobre o criminoso que, com seu carro, vinha estuprando algumas pessoas na região.

Eu estava vivo e lúcido quanto ao motivo da minha peregrinação até aquele lugar. O homem abriu o portão e me levantou pelos braços. Deu-me uma cadeira, um copo d'água, e foi correndo ao telefone para ligar para a classe onde a pessoa que eu buscava estava em aula.

– Como é o nome do seu amigo, mesmo? – ele se lembrou de perguntar, já tendo começado a correr.

– Louiz – eu respondi, com a boca cheia d'água.

Aí, segundos depois, o porteiro reapareceu. Ofegante, disse que tinha falado com o professor que conduzia a aula em andamento, dentro da classe do Seminário. E que este dissera que não havia nenhum Louiz ali.

12. BRASIL >
Uma overdose de liberdade

A última entrevista que eu fiz foi no Panamá. Eu vinha gastando mais dinheiro do que devia. Comendo frutas e me preocupando com a saúde. Dormindo em lugares mais decentes. E até tomando uma cervejinha de vez em quando. Quando descobri o preço cobrado por agências de turismo para uma visita a uma aldeia de índios Emberá, nas selvas do centro do país, quase desisti da ideia. Todas pediam mais de cem dólares. Acabei tendo de apelar para o improviso. E gastei só quatro doletas.

Chamava-se piraguá a canoa escavada de um único tronco que o índio remava de pé, com facilidade, sendo que eu, sentado, achava que ia cair a cada dois minutos. Eu não podia reclamar do balanço, contudo. O cara tinha atrasado a última viagem do dia, só porque me vira abanando desesperado no horizonte, assim que saía rio acima. Eu tinha contado ter pegado um ônibus da Cidade do Panamá, ter descido no meio da estrada e ter caminhado até uma bancada de areia que servia de porto só pra pegar aquele barco e ir até a aldeia dele. O que era mentira, é claro. Aquela embarcação era a única que ainda não tinha regressado da viagem diária ao mercado na cidade, e representava a minha única chance de chegar a uma aldeia de índios Emberá. O destino exato da canoa piraguá, entretanto, eu não tinha nem ideia.

Um velho vestindo só um pano verde-musgo em frente ao pinto e uma senhora com duas tetas de fora quase chegando na cintura receberam a canoa e ajudaram o remador a desembarcar as mercadorias que ele trazia. Não foram os seus trajes que mais me chamaram a atenção, no entanto. Dos cantos das suas bocas saíam riscos pretos que tingiam a pele do rosto até as orelhas, lateralmente, e até o queixo, verticalmente.

Foi só uma garotinha, mais tarde, que me explicou o que era aquela pintura. Os velhos seminus não eram nada receptivos e, depois de um aceno de cabeça desconfiado, tomaram suas mercadorias e subiram a encosta sutil que ligava a margem do rio à aldeia. Passeando por ela, não fui muito mais bem tratado. Os poucos índios que se atreveram a meter a cabeça pra fora da escuridão das ocas de madeira e palha só enrijeceram as sobrancelhas finas, num olhar que, combinado à negritude do rosto tingido, era mais intimidador que exótico.

De volta à beira do rio, encontrei essa menina acocorada e lavando o rosto. A água turva escorria pelas bochechas sem levar nada da cor que pintava sua pele. A tintura era feita do extrato de uma fruta chamada jaguá, que tradicionalmente se passava nos corpos dos bebês recém-

-nascidos para impedir o desenvolvimento dos folículos capilares. Em suma, ninguém naquela tribo tinha pelos. Até a pele dos mais velhos, onde não enrugada, era lisa como a de um neném.

– E como sai esse negócio? – eu interrompi a menina que explicava rápido, ávida por praticar seu espanhol. – Com sabão, ou alguma coisa assim?

– Não, isso não adianta – ela continuou usando a mão como concha para despejar punhados de água sobre a testa e o cabelo negro. – Só desaparece quando a pele descasca. Com o tempo.

O nome dela era Eva, e, por mais que ela não fosse entender a ligação, eu não pude deixar passar o gancho para perguntar sobre a religião da tribo. Tinha lido que o catolicismo não conseguira fincar suas raízes no solo arenoso daquelas aldeias de beira de rio. E não sabia qual outra crença seria capaz de florescer naquele terreno ainda muito pouco regado de influências externas.

Eva ficou me olhando atônita, os cantos angulados da mancha negra em suas faces servindo quase como espelho dos vértices da franja preta e retangular que recobria sua testa. A pergunta que eu fizera sobre religião talvez tivesse sido vaga demais. Fui mais direto:

– Você acredita em Deus, Eva?

– Eu acredito... em mim mesma – ela respondeu indecisa e em voz baixa.

Eu tomei aquilo como um sim.

Elogiei as formas tribais que a tintura de extrato de jaguá formava em um de seus braços, e ela se ofereceu para me tatuar. Pelo jeito, não era só o espanhol que ela vinha aprendendo e queria praticar.

Caminhou devagar encosta acima, e depois me mandou sentar num banco de madeira que ficava num canto do aglomerado de ocas que constituía a aldeia. Voltou de dentro de uma delas carregando uma metade de coco e um sorriso ansioso.

– O que quer que eu tatue? – indagou-me.

– Sei lá. Faz o que você quiser – talvez eu estivesse sendo contagiado pela tranquilidade quase desanimada dela.

– Não. Tem que me dizer alguma coisa.

– Mas eu não sei mesmo o que quero.

– Então não vou fazer nada – ela definiu, e soltou no meu colo a metade de coco.

Ficamos nos encarando numa competição de estoicismo, até que a vontade de experimentar dela falou mais alto.

– Fale uma frase que signifique alguma coisa para você – a menina sugeriu, com a clareza de uma professora.

Eu já suspeitava de que ela mal sabia mexer com a tinta e estava louca para me usar como cobaia. Mas estava se divertindo. E eu também.

– “Não sou jovem o suficiente para saber de tudo” – eu a obedeci.

Aí ela ponderou por uma meia dúzia de segundos, e, quando achou ter compreendido, perguntou se eu é que tinha inventado aquilo, as sobrancelhas quase inexistentes contorcidas pela desconfiança.

– Não fui eu que inventei. É uma frase do escritor de que eu mais gosto – respondi.

– Então tudo bem – ela respirou fundo, inflando o peito descoberto, e deu a volta ao redor de mim, de onde pôde observar minhas costas. Escolhera o local da tatuagem por conta própria, eu supus. Confesso que fiquei triste por ela só ter se animado a tatuar depois que a frase ganhara a credibilidade de um autor e deixara de pertencer àquele brasileiro descreditado que chegara numa canoa sozinho, a não ser pelo remador e as mercadorias compradas na manhã.

Mergulhava um indicador na tinta preta que a metade de coco continha e, em meio a risinhos abafados, trabalhava na pele do topo das minhas costas. Lá pela quarta ou quinta palavra, perguntou, pausada e ironicamente:

– Quantos anos o senhor tem?

– Quantos anos a senhora acha que eu tenho? – eu respondi na mesma moeda, devolvendo o golpe sarcástico da menina. Mas é impossível ganhar de uma criança no quesito genialidade. Todas elas são poetas.

– Quantos anos o senhor deseja ter? – Eva me nocauteou.

•••

Rato e mais alguns amigos estavam escondidos no lavabo da sala de estar assim que eu cheguei a minha casa, exaurido pelo voo desde a Cidade do Panamá. Abriram a porta do lavabo de supetão e eu me virei de susto. Rato me deu um abraço tão empolgado que até me derrubou no chão – o sorriso feio dele chegando a parecer bonito de tão alargado. A animação que eu demonstrara naquele primeiro dia de viagem, quando o encontrei e pulei em cima dele em Lisboa, ele agora retribuía.

Tirando o abraço do Rato, do Bola e de mais um ou outro amigo, no entanto, fui cumprimentado com o ânimo de um sobrinho que dá oi para aquela tia que ele só vê no Natal. Mesmo quando reencontrava, depois de um bom tempo, amigos pelos quais eu daria um braço.

Minha expectativa em rever essas pessoas era sempre duas ou três vezes maior que a que elas tinham em me rever. Exceto pela Bia: a morena linda, inteligente e gente finíssima, que você não chegou a conhecer – aquela com a qual passei um tempo quando tive de voltar para o Brasil depois da apendicite.

A expectativa dela em me reencontrar era altíssima. E como eu sei disso? Porque ela me falou. Depois de nos vermos em um churrasco em São Paulo, deu-me um pé na bunda cujo motivo era exatamente esse: "tinha criado expectativas altas demais". Será que ela esperava que eu voltasse com uma barba branca e professando pérolas de sabedoria, ou coisa assim? Aliás, outros amigos também mencionaram que achavam que eu voltaria mudado, mais sóbrio, filosófico talvez, e não moleque do jeito que eu aparecera depois daquele ano que tinha passado fora. Mas não era atrás de sabedoria que eu tinha ido viajar.

Seria a Bia a motivação das idas a São Paulo que, pensava eu, iriam se tornar mais frequentes agora que eu tinha voltado. Fora ela a monopolizadora dos meus pensamentos acerca do Brasil, nas semanas que antecederam o retorno da Cidade do Panamá para Campinas. E era ela que me mandava à merda e escancarava a realidade amarga das pessoas com as quais eu convivia antes de ir viajar: é um prazer te rever, Felipe, mas eu tenho mais o que fazer, então vai procurar sua turma.

Eu não podia exigir nada deles, contudo. Eu já deveria ter aprendido aquilo. A gente não tem controle sobre o amor que os outros dirigem a nós. O único amor sobre o qual temos controle é aquele que nós dirigimos aos outros. E se esperarmos qualquer coisa além disso, em um relacionamento – além desse amor que nós temos pra dar aos outros –, estamos fadados a nos decepcionar.

Minha saúde estava perfeita e eu não tinha problemas ou preocupações maiores. Minha rotina ainda era uma ameba disforme e não estabelecida. Alguns laços que eu possuía agora estavam enfraquecidos. Outros, desfeitos. Ainda por cima, o sonho da minha vida tinha sido realizado. Eu estava à beira de uma overdose de liberdade.

•••

Eu não entendia por que as pessoas fingiam se interessar pelas minhas histórias se elas não estavam dispostas a ouvir. Das duas uma: ou elas diziam que eu devia ter muita coisa pra contar, e aí se despediam, superatarefadas; ou me pediam pra contar alguma coisa e então cravavam o olhar no relógio de pulso, engatilhando um *Se Vira Nos 30*.

No início, fiquei revoltado com essa "lógica financeira aplicada à experiência", atitude de praxe daqueles que lidavam comigo. As pessoas estavam pouco se fodendo para mim, no ali e no agora. O que importava era aquilo que eu já tinha feito, e aquilo que eu iria fazer: aquilo que eu tinha escrito, e como eu capitalizaria meus textos mais adiante; as crianças que eu tinha entrevistado, e onde iria expor as fotos que tinha tirado delas; os rótulos de cerveja que eu colecionara enquanto viajava, e onde penduraria o quadro com eles mais tarde.

Poucos queriam saber dessas histórias, ver essas fotos ou descobrir esses rótulos. A maioria só estava ali para atestar a necessidade de se tomar a avenida expressa entre o passado e o futuro. O que fora, e o que viria a ser: jamais o que era. O presente, esvaziado, era só a testemunha silenciada do seu próprio abandono.

Toda vez que alguém me dizia estar sem tempo, eu sentia a dor que se sente quando se vê um ente querido se machucando. Ficava claro pra mim que um "não tenho tempo" era o atestado da derrota, Louiz. Se você não tem tempo, é ele que te tem. Era tão literal! A gente que se acostuma a inverter o significado da expressão. Uma pessoa não tem quarenta anos: são os quarenta anos que a têm. O que se tem, de fato, são os anos que ainda restam. Tem-se mais tempo, portanto, quanto menos tempo já se viveu. Não ter tempo era não ter a matéria-prima da juventude.

Não demorou muito, contudo, para que eu percebesse que talvez estivesse viajando na maionese.

– A gente só quer ouvir você falar alguma merda – um amigo certa vez me disse. – Que presente vazio e futuro financeiro, o que... Só queremos que você conte da mina que comeu no Camboja, vai, desembucha.

Talvez a solidão crônica que me acompanhara naquele ano tivesse realmente me trazido tendências sociopatas. Aliás, eu não tinha comprado nenhum presente, de nenhum lugar, pra ninguém, sendo que muitos dos meus amigos me traziam lembranças até dos feriados que passavam em outro estado.

Aí eu começava a falar e me dava conta de que não, eu não estava viajando. Diálogos eram raríssimos. A maioria das conversas era feita de monólogos arremessados uns contra os outros. Era tanta coisa dita, e tão pouca coisa escutada: parecia que todo mundo tinha desaprendido a ouvir! E o pior é que a minha viagem já tinha me ensinado aquilo, e o Brasil, ou a minha cidade, ou meus amigos, não eram uma exceção, mas somente o limite do qual jamais passariam as minhas esperanças nostálgicas. Se ali, no meu ambiente, as coisas eram assim, era desse jeito que seriam aonde quer que eu fosse.

Restava a mim escrever para o único cara que, com certeza, tinha interesse nessa história. Porque, junto comigo, era dono dela.

Você, Louiz.

Organizei minha rotina em torno da feitura desta carta. Dediquei-me de coração a te contar o que de mais importante eu tinha vivido e aprendido. E aí fui perceber que a história que eu escrevia ainda não tinha terminado. Porque o tempo é cíclico, e a história só termina onde antes começou. Está até escrito na Bíblia, Louiz: do pó viemos e ao pó retornaremos.

Ainda havia uma criança com a qual eu precisava conversar. Então entrei em um ônibus e só fui descer dele doze horas depois, na capital federal.

•••

Um par de dias em casa já tinha bastado para que eu me recuperasse do cansaço. Alguns banhos bem tomados, refeições bem-feitas e momentos longe do ranger agonizante dos zíperes do meu mochilão tinham me feito cair na real. Era reconfortante ter voltado, mas aquela minha antiga chama de tesão pela vida não se manteria acesa se eu não fosse atrás de algo que me deixasse fissurado. "O lar do passarinho é o ar, não é o ninho", Gabriel O Pensador diria. É por isso que, mesmo sentado num banquinho de rodoviária em Brasília, sem saber direito que direção tomar, eu me senti em casa. À fome do desconhecido eu pertencia – onde quer que eu estivesse.

Vi como uma bênção o homem rechonchudo e barbudo que apareceu oferecendo ajuda:

– Ouvi você ligar pro Seminário Redemptoris Mater, agorinha... Tô indo pra lá agora, ajudo o pessoal com a limpeza. Quer uma carona?

É claro que eu queria uma carona. Eu não fazia ideia de como chegar ao tal Seminário – eu nunca tinha estado em Brasília antes! Deus só podia estar me dando uma mão, eu pensei, assim que a picape preta que meu anjo da guarda dirigia passou em frente àquela linda Catedral Metropolitana. Era claro que tudo o que Ele queria é que eu e você nos reencontrássemos logo, Louiz.

Por quinze ou vinte minutos, eu e o gordinho conversamos sem parar. Contava várias histórias do Seminário e fazia perguntas – mal houve um silêncio para que eu pudesse agradecer por aquela coincidência. Eu tinha pegado muitas caronas na volta ao mundo, mas jamais fora assim tão fácil. Bastara mencionar um endereço ao telefone, comunicando ao Seminário que eu estava chegando, que o santo ouviu a conversa e, estando indo para o mesmo lugar, ofereceu-se para me levar.

Relevei as estradas de terra nas quais o caminho de asfalto que estávamos começava a se bifurcar. O Seminário não podia ser no centro da cidade, afinal. Além do mais, eu estava em êxtase. Eu estava em casa.

Aí o gordo se inclinou em direção ao banco do passageiro, mantendo uma só mão ao volante. Com a outra, abriu o porta-luvas, de onde tirou, bem diante de mim – e com toda a calma do mundo – uma faca de cozinha. Fechou o porta-luvas, ajeitou-se de novo no seu banco e manteve aquela lâmina pontiaguda apontada para mim, com o braço direito em riste do lado do corpo.

– Agora cê não se mexe até eu mandar – ele disse sem tirar os olhos da pista adiante, o engambelo de antes dando lugar a uma ordem rude.

Olhei para o rosto papudo dele, e para a ponta da faca, e para o chão de terra da estradinha para a qual ele logo desviou. Refiz algumas vezes a triangulação visual: do papo para a faca, da faca para a terra; até que meus olhos assimilassem o que viam. Não consegui falar nada. Minha boca, vazia, era a cova das expectativas que havia pouco eu tinha lhe confessado acerca do meu reencontro contigo, Louiz. Só o que eu queria era te ver de novo depois de todo aquele tempo. Era impossível que eu estivesse pedindo demais, Deus do céu.

Cogitei fazer alguma pergunta, mas nada que o homem respondesse saciaria o meu anseio. Minha respiração trôpega anestesiava meu cérebro, ainda por cima. Era tanta coisa em que pensar que, numa espécie de cansaço mental premonitório, eu acho que preferia não pensar em nada. E o motorista continuava impassível, enfiando a picape cada vez mais fundo naquele funil terroso que não desembocava nunca, mas era rodeado, cada vez mais, por morros áridos e distantes de qualquer sinal de alguma cidade – rodeado, cada vez mais, de nada.

Do lado do gordo, o braço continuava erguido, com o punho e a faca adornando a extremidade superior, no formato de um ponto de exclamação invertido: sinal que, no espanhol, não só encerra a frase, mas também prenuncia a sentença que enfatiza.

Estávamos devagar, mas ainda andando, quando ele tirou a mão esquerda do volante e a levou para o próprio colo. Olhou-me pela primeira vez desde que assumira sua real personalidade.

– Agora cê pode vir – ordenou calmamente, enquanto abria o zíper da braguilha da sua calça jeans.

E foi o ranger daquele zíper abrindo caminho entre seus fechos velhos que instilou em mim a maior raiva do mundo. Tentei engoli-la, mas ficou entalada na minha garganta. Acontece que eu nunca tinha brigado na minha vida, muito menos tinha sido ameaçado com uma faca. Não me restava muita opção. Nem tempo pra pensar.

Apertei o botão laranja do encaixe do meu cinto de segurança. Peguei a ponta metálica dele e a levei devagar até a parede à minha direita, onde ficava o gancho que a segurava, enquanto não estava em uso. O motorista continuava dirigindo devagar, esperando-me. Com a cabeça virada para a janela, notei o pino que indicava o travamento das portas levantado. Já sem cinto, abri-a de supetão, e pulei para fora, agarrado na mochila que estava em meu colo.

Não vi outra coisa a ser feita. Não vi a velocidade marcada pelo velocímetro da picape. Não vi a reação do gordo. Não vi nenhum ponto de referência que me desse ideia de onde eu estava. E não vi o barranco enorme que ladeava a estrada de terra.

•••

No auge da sua inconsequência, Louiz repetiu de ano. Nem mesmo seu carisma pôde conter a ira dos professores que já haviam lhe dado milhares de segundas chances, ou dos pais que tanto já tinham tentado colocá-lo na linha através de visitas à igreja que frequentavam.

Ele acabou trocando a nossa escola por uma pública. Os amigos playboyzinhos que conviviam conosco (nós dois inclusos) por outros da periferia. E os encontros comigo, na minha casa, por encontros com fiéis, na igreja de sua família.

Foi aos poucos que mergulhou no catolicismo dos pais. Aos poucos que perdemos contato. Mas foi de repente que fez a decisão mais inesperada de sua vida. Sentiu "o chamado" e, quando me dei conta, Louiz já estava de mudança para um seminário que o acolheria, em Brasília. Lá, não teria acesso a telefone ou computador, e só teria direito a um ou outro e-mail de vez em quando. Meu amigo mais diabólico estava a caminho de se tornar um padre.

A imagem da criança abandonada em um cesto e jogada num rio é o ponto de partida para várias histórias antigas. Moisés foi relegado à correnteza do rio Nilo; Rômulo e Remo foram largados nas águas do rio Tibre.

Minha história não compartilha da grandiosidade desses mitos, mas compartilha de um começo parecido. Meu rio era o tempo. E quem me abandonara, sozinho, fora o meu melhor amigo.

Foi o sumiço abrupto de Louiz que me fez notar que a maioria dos meus amigos de escola havia se separado. E que os planos que tínhamos feito no colegial jamais sairiam de lá. Embarcados em carreiras sobre as quais tinham tanto controle quanto uma criança num cesto tem sobre o rio que a leva, eles evitavam questionamentos. A maior dúvida que tinham era sobre qual o próximo carro que comprariam com o dinheiro que vinham juntando. A maior jornada que faziam era até o clube no domingo.

Foi dolorido perder pra correnteza o companheiro que viveria o sonho comigo. Mas ausência significa leveza. E, sozinho, vi que virar o cesto seria mais fácil. Eu podia deixar o rio me levar e viver esperando por uma salvação que não se mostrava em margem alguma, ou podia jogar a comodidade pro alto e sair nadando contra a correnteza. De súbito – do jeito que Louiz tomara a sua decisão –, eu escolhi a segunda opção.

13. BRASIL

Se fosse pra apontar um final, este seria ele

Aristóteles, o filósofo grego, disse que toda história tem um começo, um meio e um fim.

Jean-Luc Godard, o diretor francês, disse que toda história tem um começo, um meio e um fim; não necessariamente nessa ordem.

Graham Greene, o autor americano, disse que uma história não tem começo nem fim, e que o autor simplesmente escolhe o ponto a partir do qual começa a olhar para ela, e o ponto a partir do qual não olha mais adiante.

Aquela resposta do porteiro do Seminário poderia ter feito com que eu desmoronasse sobre mim mesmo, mas isso não aconteceu. Enquanto ele me encarava, atônito, eu retribuía o seu silêncio, e despejava mais algumas lágrimas, já sem saber se a fonte delas era o desespero, o alívio ou somente a inércia.

Virei-me para o gramado impecável que ladeava o caminho de pedras que conduzia até a torre do sino. Senti o cheiro doce dos jasmins que pontilhavam alguns arbustos. Ouvi o chiar de um vento frio se embrenhando pelas folhas da grama, e me lembrei da noite anterior. Se eu não fosse dormir logo, talvez começasse a sonhar acordado mesmo.

A mim não restava mais muito o que fazer. Não restava por que chorar. Nem para quem pedir. A jornada tinha chegado ao seu fim.

Não cabia mais a mim acreditar ou não no Deus que tinha recrutado Louiz. Tudo o que me acontecera de bom e de ruim naquele ano, num arranjo meticuloso que me obrigava a ver na sucessão de eventos algum sentido, fez com que eu parasse de me importar com aquela crença. O que importava é que Ele jamais tinha deixado de acreditar em mim.

Talvez Ele tivesse me guiado até a porta daquele Seminário com o mero intuito de reafirmar Sua soberania. Tendo viajado o mundo para evitar que comigo acontecesse o que tinha acontecido com meu melhor amigo, nada escancarava mais a minha impotência do que ter de me dar por vencido justo na entrada de Sua casa.

Ou talvez aquela fosse só mais uma de Suas provocações. Ao longo da minha viagem, eu tinha experimentado a bondade da alma humana em todo seu esplendor, e ficado em estado de graça, por algumas vezes, para depois testemunhar a podridão que a mesma alma humana é capaz de produzir, e ver a graça desaparecer no fundo do poço. Eu tinha nutrido a solidão, e pego algumas dezenas de caronas, e isso não tinha me trazido nenhum mal, para depois ser traído pela ingenuidade que eu tanto idealizava, tão perto de casa.

Em todos os casos, eu mantive o meu rumo. Em todos os casos, continuei correndo atrás daquilo em que acreditava.

Não era esse, afinal, o significado da fé? E não era esse, afinal, o significado da juventude?

A vida é assustadoramente frágil. Eu já tinha aprendido. Só faltava decidir a minha reação diante dessa verdade incontestável: abusar do cuidado para me preservar; ou me nortear pela sede de juventude e viver o suficiente antes que algum outro psicopata tentasse me raptar e que, desta vez, eu não conseguisse escapar.

Talvez aquele último incidente com a minha falsa carona, e aquele porteiro que me informava que não havia nenhum Louiz no Seminário, e aquela pequena eternidade em que eu fiquei em silêncio, contemplando o zunido do vento e o perfume dos jasmins, não fossem uma derradeira represália divina. Pelo contrário. Talvez fossem um aval. Eu tinha crescido. Tinha sabido explorar, e questionar, e aceitar. E agora podia recomeçar o ciclo.

Dei as costas para o jardim e me voltei de novo para o porteiro. Ainda oscilando entre o susto e a confusão, ele continuava me encarando. Ofereci-lhe um embrião de sorriso.

É claro que não existia nenhum Louiz ali no Seminário. Para eles, Louiz era Luiz Filipe. Só que, para mim, Louiz era Láuen. Era Louenbol. Era qualquer apelido incompreensível. Era qualquer faísca imprevisível de vitalidade. Era qualquer desejo inconsequente que não se calava até ser satisfeito. Era o menino imaculadamente diabólico que alimentara a minha vida de juventude. Era o mais utópico e, ao mesmo tempo, o mais palpável dos meus ideais.

A sede, a fome e o cansaço passaram de necessidades a irrelevâncias. A liberdade deixara de ser um fardo. Tornara-se de novo a embriagante possibilidade de se descortinar o novo. O sangue e a sujeira que me recobriam deixaram de ser incômodos. Tornaram-se a imundície cândida que envolve um bebê recém-saído do útero.

O professor da classe do Seminário já devia ter perguntado por "Louiz", varrido a lista de alunos e se certificado de que nenhum de seus pupilos tinha aquele nome. Luiz Filipe, chocado pela surpresa, já devia ter se dado conta da situação. Já devia ter relembrado seu antigo apelido, ignorado as regras estritas do mentor e saído às pressas da sala, mesmo no meio da aula.

Já devia vir em minha direção. O sorriso gigantesco vanguardeando aquele rosto extasiado. O olhar arregalado e transbordando fulgor.

A passagem do tempo é a força mais impetuosa da natureza. E eu só seria capaz de suportá-la se a encarasse como o faz uma criança: sonhar, mais que temer.

Ao encontro de Louiz, ergui-me da cadeira e corri. Atrás de mim, o porteiro boquiaberto. À frente, a parede envidraçada e a porta singela de uma das capelas do Seminário. Eu tinha certeza de que o encontraria logo. Mesmo que ainda não pudesse vê-lo. E esse espaço curto, mas eterno que se interpunha entre o incerto e o certo, implorando para ser explorado, era exatamente o que me propelia adiante e impedia minha cabeça de controlar minhas pernas irrequietas. Esse ponto de interrogação diluído em tempo era o que trazia à tona a ânsia juvenil do espírito e relevava qualquer outro instinto. Era o que me forçava a continuar correndo, e correndo, e correndo.

••••••

AGRADECIMENTOS

Este livro e esta história nunca chegariam perto de existir não fosse o apoio incondicional da minha família. Obrigado, mãe, por me ensinar a gostar de viajar. Obrigado, pai, por me ensinar a gostar de voltar pra casa. Obrigado, Dani, minha irmã caçula, que vai ser pra sempre mais jovem que eu.

A companhia de alguns amigos, e as memórias que restaram do tempo que passamos juntos, me deram forças para continuar viajando mesmo quando isso não parecia a coisa mais sensata a se fazer. Rato, Bola e Vali: serei eternamente grato pelas risadas que compartilhamos e pelas palavras de incentivo que me ofereceram em suas respectivas despedidas.

Também não dá pra deixar de citar aquelas pessoas cuja relação comigo ficou em "stand by" durante a viagem, mas com as quais sempre pude contar na realização deste projeto. Michel, Vitão, Pedro Henrique, Giulia, Fer, Tati, Diego, Tomás, Pinda, Gabito, Caio e tantos outros: obrigado por terem sonhado comigo.

Isa e Dinda: a juventude de vocês me inspira. Marcela, Kátia e Vera: as palavras de vocês sempre me guiaram, e obrigado por terem sempre me guiado em direção a esse amor pelas palavras que todas vocês têm em comum.

Algumas almas abençoadas com as quais eu tive a sorte de cruzar iluminaram o meu caminho. Agradeço a quem tenha me feito encontrar com Leyla, a pastora francesa com quem caminhei pelo Himalaia; Benedetto, o sábio alemão que peregrinava rumo à China; Petra, a suíça que me fez sentir em casa em plena Costa Rica; Márcio, o brasileiro sereno com quem gastei horas de papo na Albânia; Sabina, a menina punk que me hospedou e me divertiu na Bósnia; e todos os que me acolheram na Indonésia. Se algum dia vocês lerem isto, saibam que eu adoraria receber notícias e reencontrá-los.

Agradeço do fundo do coração, também, a todos os apoiadores que transformaram esta história em livro através de suas contribuições no projeto de financiamento coletivo que realizei no Catarse. Sem vocês, nada disso seria possível. Muitas das mensagens de incentivo que recebi me encheram os olhos d'água; outras plantaram um sorriso que custou a sair do meu rosto. Todas ficarão comigo para sempre.

Por fim, deixo um abraço apertado em cada uma das crianças que compartilharam um pouco de juventude comigo. Vocês constituem a alma desta jornada, resumem muito daquilo em que eu acredito e desejo levar para a vida toda. Sinceramente, espero conseguir retribuir, quanto antes, todas as lições que aprendi. Obrigado por terem me mantido – cada um à sua maneira! – jovem o suficiente.

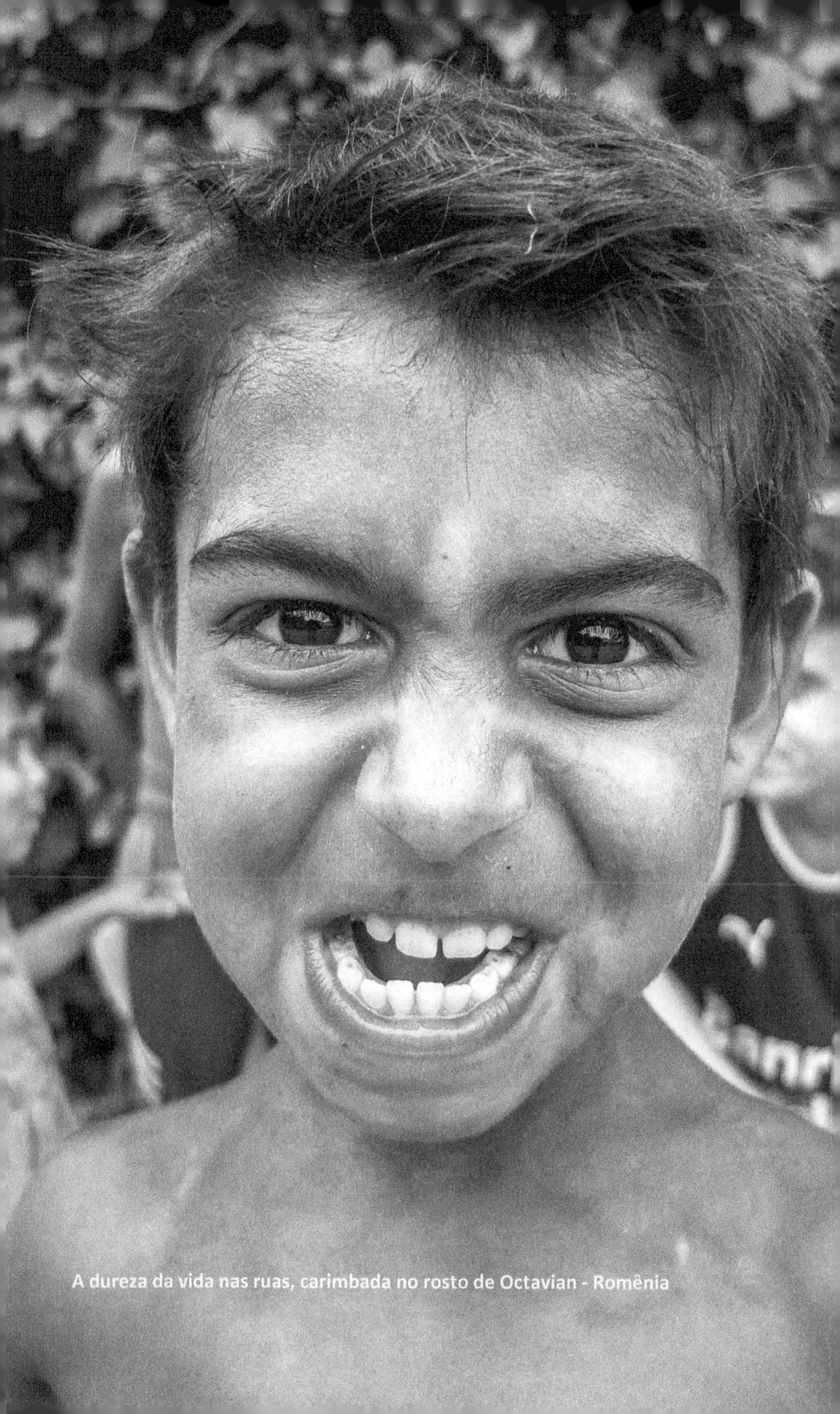

A dureza da vida nas ruas, carimbada no rosto de Octavian - Romênia

Os monastérios de Meteora são refúgios para monges ortodoxos e para os olhos de qualquer viajante - Grécia

O primeiro encontro com garotos de regiões isoladas costumava gerar reações difíceis de descrever, como esta - Tibete